EASTERN FRONT 东线

莫斯科的秋与冬

东西方残酷较量的开端　全人类命运的决战

朱世巍 / 著

重庆出版集团　重庆出版社

图书在版编目(CIP)数据

东线:莫斯科的秋与冬/朱世巍著.—重庆:重庆出版社,2018.3(2019.12重印)

ISBN 978-7-229-12827-2

Ⅰ.①东… Ⅱ.①朱… Ⅲ.①纪实文学—中国—当代 Ⅳ.①I25

中国版本图书馆CIP数据核字(2017)第279578号

东线:莫斯科的秋与冬
DONGXIAN:MOSIKE DE QIU YU DONG

朱世巍 著

责任编辑:袁 宁 何 晶
责任校对:何建云
装帧设计:王芳甜 胡 越

重庆出版集团 出版
重庆出版社

重庆市南岸区南滨路162号1幢 邮政编码:400061 http://www.cqph.com
重庆出版社艺术设计有限公司制版
重庆市国丰印务有限责任公司印刷
重庆出版集团图书发行有限公司发行
E-MAIL:fxchu@cqph.com 邮购电话:023-61520646
全国新华书店经销

开本:720mm×1000mm 1/16 印张:25.75 字数:415千
2018年3月第1版 2019年12月第1版第2次印刷
ISBN 978-7-229-12827-2
定价:58.00元

如有印装质量问题,请向本集团图书发行有限公司调换:023-61520678

版权所有 侵权必究

> 目录

第一章　从叶利尼亚到列宁格勒
——朱可夫的崛起
一、叶利尼亚之战　/003
二、列宁格勒城下的形势　/018
三、列宁格勒危如累卵　/035
四、朱可夫在列宁格勒　/057

第二章　"台风计划"
一、1941年9月初至10月初的东部战线　/075
二、莫斯科战役前的红军　/106
三、莫斯科战役前苏德两军的态势和计划　/123

第三章　从维亚兹马——布良斯克"大沸锅"到莫扎伊斯克
序幕："台风"袭来　/135
一、古德里安的南部进攻战役：从布良斯克到姆岑斯克　/139
二、维亚兹马之战　/162
三、莫扎伊斯克防线　/177

第四章　鏖战：图拉、加里宁、莫扎伊斯克
一、交战双方下一步的计划　/189
二、两翼的鏖战：德国人在图拉和加里宁的进攻　/200
三、莫扎伊斯克防线激战　/210
特别章节：斯大林在莫斯科　/226

第五章　莫斯科城下的转折

　　一、德军进攻莫斯科的最后尝试　/235

　　二、中央集团军群在莫斯科城下的失败　/257

　　三、莫斯科保卫战的总结　/285

第六章　神话与现实：德军莫斯科进攻战役中的后勤、气温和"西伯利亚师团"

　　一、后勤与气温　/293

　　二、1941年的远东局势　/309

第七章　1941年秋冬之交的东线南段
　　——顿巴斯、哈尔科夫、克里木、罗斯托夫

　　一、东线南段战局：顿巴斯、克里木　/323

　　二、罗斯托夫战役　/368

特别篇：1941年战争的总结　/397

第一章

从叶利尼亚到列宁格勒

——朱可夫的崛起

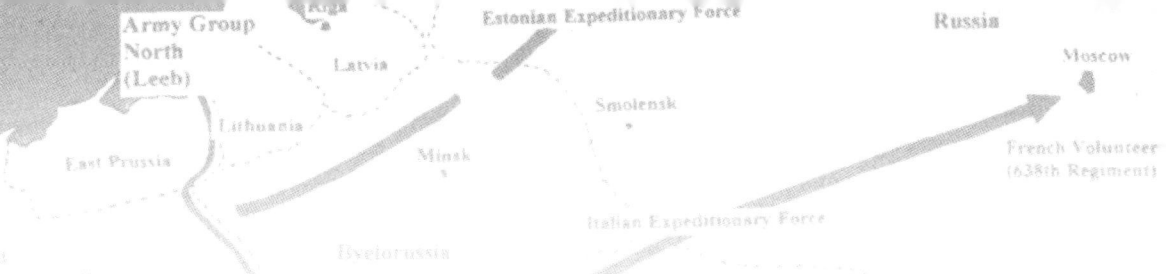

一、叶利尼亚之战

朱可夫其人

格奥尔吉·康斯坦丁诺维奇·朱可夫,苏德战争中崛起的红色战神,未来的"胜利的象征"。这位红色军队最具影响力的未来的元帅,于1896年12月2日(俄历11月19日)出生在莫斯科西南卡卢加省一个穷鞋匠家庭,其家庭背景可谓"根正苗红",而且有着和苏联领袖斯大林相同的出身——他们都是鞋匠的儿子。

两人的共同点还不仅仅局限于此。和斯大林一样,朱可夫也具有惊人的毅力和魄力,这无疑首先来自于他虽然穷困但却生命力顽强的父母:父亲康斯坦丁·安德烈耶维奇,一个不知道父母身处何方的孤儿,8岁就开始作为学徒谋生;母亲路乌斯金妮娅·阿尔捷米耶芙娜,一个据说力气很大,能够轻松

朱可夫

沙俄军士时代的朱可夫

地扛着5普特（1普特≈16.38千克）粮食走很远的劳动妇女。他们艰难辛苦的生活不可能不对儿子产生巨大的影响。

朱可夫本人的经历无疑最终形成了他鲜明的个性。1915年8月7日，已经熬过老板的毒打，从学徒升格为毛皮匠助手的19岁的朱可夫，应征入伍，成为一名骑兵——一个很受斯大林青睐的"浪漫兵种"，虽然他们必须比不怎么浪漫的步兵晚睡一小时，早起一小时，并且要接受更为严格的训练。

但朱可夫不仅在这种训练中表现合格，还成为了一名军士。这一职务对他后来的军事生涯无疑有着巨大的帮助——一般来说，军士都是沙俄军队的精英，在多数情况下，他们要比军官称职得多。

在第一次世界大战的战场上，朱可夫经受了最初的实战考验，并且获得了两枚乔治十字勋章，其中一枚据说是奖励他俘获了一个陪着女友散步的德国军官。

十月革命爆发后，昔日的穷孩子朱可夫理所当然地加入了红军，并再次重操旧业，在"伟大的红色骑手"布琼尼手下充当骑兵。内战结束后的1920年，朱可夫被送往骑兵训练班学习，1925年又毕业于骑兵指挥员进修班，1930年再毕业于高级首长班。经过一战、内战的实战考验以及职业军官训练后的朱可夫，终于成为了一名职业军人，并且不是一名和党貌合神离的前沙俄"军事专家"，而是一名布尔什维克党一手培养出来的"红色指挥员"。

朱可夫在红军中官运亨通。1928年他被任命为萨马骑兵第1师第39团团长，而且正如他自己所说，是团的单一首长，也就是说，将部队"军事、政治、行政管理以及后勤工作的全部权力和责任集中在指挥员一人手中"。而在1925

年以前，为了限制"军事专家"们的权力，一切命令必须由部队主官和政委共同签字才能生效。但在1925年以后的一段时间内，对新一代"红色指挥员"充分信任的苏共一度给予他们完全的指挥权。

但对朱可夫来说，担任这一职务的意义还远不仅仅于此，更在于在此期间他的部队被用来试验新型的坦克团编制。另一个试验坦克团的团长，是在《东线》第一卷提到的巴甫洛夫大将。他们两人的任命据说是在斯大林本人的亲自过问下发出的。担任试验坦克团团长的经历，无疑使朱可夫和这个在未来的苏德战争中将起决定性作用的兵种结下了不解之缘。昔日的俄国龙骑兵军士从此以后将用铁甲的战马驰骋于战场。

大清洗前后的朱可夫继续在权力的阶梯上步步高升，从骑兵旅旅长、骑兵监察部助理、骑兵第4师师长、骑兵第3军和第6军军长，一直升到白俄罗斯特别军区副司令。还有传闻说朱可夫也曾被派到中国给蒋介石当顾问，但恐怕是和崔可夫搞混了（这两个名字在俄国以外经常被混为一谈）。

但到了1939年春天，清洗的阴影也笼罩在朱可夫身上。就在这命运攸关的时刻，风云起伏的远东形势救了朱可夫。在中苏、中蒙边境地区，日本关东军和苏联远东部队的冲突日益频繁，最终在诺门坎地区酿成了军师级的大规模战争。1939年6月，朱可夫来到蒙古前线，迅速着手组织对付日本陆军第23师团——关东军新组建的三步兵联队单位师团。

这是朱可夫指挥的第一次大规模战役。他充分体现了后来广为人知的指挥风格。战役前，他在后勤地理条件并不理想的前提下，竭尽全力集结起一支人数、装备都大大超过对手的大军，而且建立起了令关东军参谋们后来羡慕不已的弹药储备。在战斗中，他将不容置疑的意志毫无保留地贯彻给他的部下，铁石心肠地驱使他们顶着日本人疯狂的顽抗，不计伤亡代价地向前猛冲，并近乎冷酷地把那些不能完成任务的部下撤职甚至就地处决。日本人都为苏联人这种毫不留情的军法措施感到大为吃惊。

在朱可夫的5万多兵力、823辆坦克装甲车和600多门火炮迫击炮的猛烈打击下，日本陆军第23师团在短短几天内遭到了毁灭性打击，参战兵力损失

73%。但是,这场胜利的军事价值却被过分夸大了。俄国人几乎拥有一切优势:兵力比关东军更多;坦克飞机大炮的数量优势达到了压倒性的规模。地形也对苏军极为有利:和在狭窄的林海雪原展开的苏芬战争不同,诺门坎之战发生在一片荒芜的开阔草原上,朱可夫可以尽情展开大规模坦克攻击,占据高地的苏联强大炮兵可以轻易压制住日军。日本人却没有芬兰军队那样的坚固边境堡垒,只能在无遮无掩的荒草上临时挖掘野战掩体。关东军唯一的优势是,地理上,他们可以更容易获得物资补给。但这也仅仅是地理上的可能性。事实上,深陷中国战争的日本陆军上层,从一开始就不愿意也无能力为关东军提供有力支援。而通过佐尔格间谍集团洞悉这一切的苏联,却不惜血本投入了大量军队和物资。于是,关东军仅有的这点优势也没起到任何作用。尽管如此,俄国人为了赢得这次胜利所付出的代价也相当沉重,人员伤亡甚至比日军更大。朱可夫倚重为主力的机械化部队,也在并不强大的日本炮兵机动灵活的抵抗下损失惨重,丧失了几百辆坦克。这证明苏军的战术缺陷依然相当严重。即使朱可夫也无法克服这些缺陷。

诺门坎之战苏日两军伤亡[①]

	死亡	失踪	伤	病	总计
日本军（两次冲突合计）	7855人	1033人	8766人	2350人	20004人
苏联军	7675人	2028人	15251人	701人	25655人

但这一切在当时被遮掩了起来。外界只知道俄国人赢了,却无从得知苏军损失惨重的真相。这一胜利给斯大林带来的政治和战略上的好处是实实在在的:事实上,这是大清洗后,红军在苏德战争爆发前表现最出色的一仗,给士气低落的官兵们注入了一剂兴奋剂。外交上,可能还为当时进行着的苏德谈

[①]《俄罗斯和苏联在二十世纪的军事损失》(修订数据),《战史丛书·关东军》卷一,第462、713页。

判增添了一点点筹码。更重要的是,这一仗确立了日本人对苏军的心理劣势。本来就因为中国战局而被束缚住手脚的日本,更不能对苏联构成威胁——但另一方面,作为诺门坎之战的后遗症,苏德战争期间,苏联始终坚持用比诺门坎冲突时更庞大的军队与关东军对峙。这也是因为俄国人内心对日本人依然相当忌惮,诺门坎之战日军的强悍战斗力,反而强化了这一心理。

在苏联体制下,如此复杂的政治问题并不需要军人过分操心。朱可夫也不例外。他个人在诺门坎之战中的指挥风格,处处体现出他酷似斯大林的惊人毅力和不计代价的惊人冷酷。如果说后来的德国海军司令邓尼茨是希特勒的年轻化身,那么朱可夫无疑也是斯大林在红军中的年轻化身。诺门坎的胜利使斯大林看到了这一切。这为朱可夫的平步青云铺就了道路。

日军所处的诺门坎战场是一片无遮无掩的平原,日本人只能把汽油桶堆起来才能观察到远方动向

1940年6月,朱可夫被晋升为大将,并成为红军最重要的基辅特别军区司令。1941年1月,朱可夫又被任命为苏军总参谋长。此后到他"触怒龙颜"前,一直担任该职。这个职务或许不怎么适合他,也使他的作战指挥才能在苏德战争初期无法充分发挥。

诺门坎前线的朱可夫

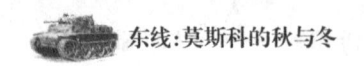

从这个意义上说，1941年7月底，斯大林将他从总参谋部赶出来，派到前线指挥方面军倒是成全了他。现在，朱可夫又可以施展他的那套"斯大林式"的指挥风格去取得胜利。当时红军的一切都被说成是"斯大林式"，但却没有一个像用到朱可夫身上那样贴切。

而这些胜利，正如前面所说，是斯大林的红军在遭受基辅惨败的黑暗时刻，仅有的一点亮色。

叶利尼亚突出部

朱可夫首先被派往中部战区，担任预备队方面军司令员。他所担负的首要任务，就是配合铁木辛哥元帅的西方面军，对当面的德军中央集团军群发动反攻。

此时苏德战场中部地区的情况，《东线》第二卷已经做过介绍：德国中央集团军群在博克元帅指挥下，已经占领了距离苏联首都莫斯科只有380公里的斯摩棱斯克。博克麾下的古德里安第2装甲集群，还夺取了该城东南面的叶利尼亚，并将这个突出部作为威胁莫斯科的桥头堡。

德国中央集团军群阵地前的桥梁

第一章 ‖ 从叶利尼亚到列宁格勒——朱可夫的崛起

可是,盘踞叶利尼亚桥头堡的德军处境相当困难。斯大林不断调来大量红军反复攻打叶利尼亚。桥头堡自身的后勤补给也很困难。稍后,希特勒又把博克的大量机动部队交给北方集团军群和南方集团军群,去实施基辅和列宁格勒会战,迫使野心勃勃、原本企图一举攻入莫斯科的博克只能全线转入防御。博克对此相当不满。9月初,他在日记里做出如下评估:东线德军的三个集团军群,只有他处于兵力劣势,只能用55个德国师对抗苏联的86个半师①。博克认为苏军的主力就在自己面前,可他却没有足够兵力去消灭这个俄国重兵集团。

观察敌情的红军指挥员

在此前后,俄国人不断向博克施加压力。为了尽可能从德国人手中夺回地盘,消除莫斯科面临的威胁,在斯大林命令下,中部地区的红军频繁对当面

在T60坦克掩护下准备反击的苏联步兵 这种坦克只有一门20毫米小炮,炮管看上去特别细

①《博克日记》,第306页。

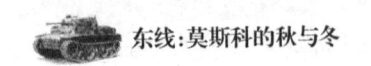

德军实施反击：

铁木辛哥的方面军动用第30、19、16集团军，进攻盘踞在杜霍夫希纳的德军第9集团军；而朱可夫，则指挥他的预备队方面军，拔除那个直接威胁莫斯科的"叶利尼亚突出部"。

此前，红军已经动用大量部队对该突出部发动多次猛攻，可全都无功而返。为了保住这个对苏德双方来说都意义重大的地区，博克元帅和古德里安使用了不少最精锐的部队。在8月10日左右，德军在叶利尼亚地区的部署如下：

在叶利尼亚以西的中部，部署着第46摩托化军所辖的第10装甲师（8月11日有125辆可用坦克）；在叶利尼亚西北部，有第17装甲师、党卫军"帝国"摩托化师（8月12日，朱可夫曾提审该师一个名叫米特曼的士兵），以及兵力超过一个旅的国防军"大日耳曼"摩托化团。另外，德军在叶利尼亚南部还部署着第268步兵师。

同一天，朱可夫指挥的预备队方面军管辖着第31、43、32、33、24、49集团军。总兵力虽然不少，但大部分集团军被作为预备队，部署在苏军纵深内的勒热夫、维亚济马和基洛夫等地。真正在战线上的则只有第24集团军。这个集团军是在西伯利亚军区组建的，最初编有第52、53军。指挥官是拉库京少将。在8月中旬，他手头的兵力大概有7个师，总计7万余人。

对自己复出战场后的这第一仗，朱可夫极为重视。战后他这样描绘自己当时的心情："叶利尼亚战役是我独立指挥的第一次战役，是自己的战役战略能力首次在大规模对德战争中的尝试。我想，任何人都会理解，我是怀着何等激动的心情，以异常审慎和认真的态度进行这次战役的组织。"

朱可夫的描绘倒还确实。还在他赶到预备队方面军司令部所在地格扎茨克就任的当天，就又赶到第24集团军司令部。第二天一早，他和集团军司令员拉库京一道去实地勘察叶利尼亚地区的情况。

通过这次视察，朱可夫不满地发现，拉库京等指挥官对当面德军的火力配置根本没有搞清楚，甚至一直是在对想象中的德军"火力点"实施炮击。有鉴

东线战场的"大日耳曼"团步兵队　1941年秋季

于此,朱可夫感到,斯大林原来要求他必须在8月下半月发动进攻的指示是不可能执行的。他的部队必须真正搞清楚德国人的防御体系,还要增调2~3个师的炮兵,运来足够的技术设备物资。为此,至少还需要10~12天准备。

但斯大林从来就没有给他的部下们充分准备时间的习惯。在他的不断催促下,朱可夫从8月16日开始对叶利尼亚地区发动了一些局部进攻。就像诺门坎战场一样,朱可夫在叶利尼亚也动用严厉手段驱使他们的部下们顶着德国人的炮火发动伤亡惨重的进攻。根据1941年8月底上报的一份材料,仅红军第24集团军内,就有480~600人因为惊慌失措、逃跑等原因而被枪决[1]。

但在付出重大代价后,朱可夫仅仅取得了一些局部进展。8月21日,他给斯大林打报告,称他的部队在德军炮火下疲于奔命,难以消灭叶利尼亚的德国军队。朱可夫不得不请求在8月24日停止进攻,准备调整战线后于8月25日再战[2]。

当然,德国人也遭到了很大的伤亡。按照朱可夫的说法,德军被迫把两个

---

[1]《胜利与悲剧》,第214页。
[2]《朱可夫外传》,第138页。

被打得七零八落的装甲师、一个摩托化师和一个摩托化旅从叶利尼亚调走,换上步兵兵团。

朱可夫的说法符合一部分事实:德国人确实把第46摩托化军所辖的第10、17装甲师和"帝国"摩托化步兵师,以及"大日耳曼"团先后调离了叶利尼亚。而且第10装甲师和"帝国"师也的确是被博克下令撤到罗斯拉夫利等地休整。可是,第10装甲师在8月21日至9月1日之间,仍有143~150辆可用坦克,损失并不特别大(该师自苏德战争开始到9月4日,仅彻底损失25辆坦克)[①]。第17装甲师则被调去参加古德里安南下进攻基辅的战役;而"大日耳曼"团在叶利尼亚驻守到8月18日,此后防地被第263步兵师接替,然后也参加了基辅战役。至于在后方休整的"帝国"师,也在9月2日被派往基辅方向参战。

夺回叶利尼亚

防守叶利尼亚对德国人来说,越来越成为一种负担。在红军凶猛的炮火和不顾死活的冲击下,德军不断有死伤。而且由于叶利尼亚距离最近的火车站也有450公里,弹药补给也极为困难,加上德军又迟迟没有发动对莫斯科的进攻,而南下作战又需要宝贵的装甲部队,所以更没有余力去支援叶利尼亚。

甚至当初夺占叶利尼亚的古德里安也对这个桥头堡失去了兴趣。他转而建议放弃叶利尼亚。但博克和陆军总参谋长哈尔德等人不愿采纳这项建议,因为他们认为这个地方"对敌人造成的不利比对中央集团军群多"[②],而作为进攻莫斯科的前进基地,它依然意义重大。

于是,尽管古德里安的装甲部队撤离叶利尼亚南下,博克还是命令克卢格从第4集团军抽调大量部队接替其防务。但在苏军巨大压力下,到了8月28日,博克也开始后悔。他只好向总参谋长哈尔德表示,如果苏联人继续进攻,

---

[①]《装甲部队1933—1942》,第210页。
[②]《闪击英雄》,第228页。

也只能放弃这个突出部了。

尽管如此,到1941年8月29日,克卢格仍然在叶利尼亚地区部署了第20军(第7、78、268、292步兵师)和第9军(第15、137步兵师,以及第263步兵师部分兵力),总计7个师。其中6个师被配置在第一线阵地。当时德军的满员率一般是70%～80%,每个师人数在1万人以上,因此其在叶利尼亚的总兵力大约有7万到8万人。

与过去相比,叶利尼亚的德国守军增加了3个师。兵力虽然更多了,却没有了坦克支援。而在博克中央集团军群后方,仅有的3个装甲师大都在休整,无力帮助叶利尼亚的德国守军。

德军装甲部队的撤离,自然无法瞒过战线那边的朱可夫。此时他的兵力也得到了增强。到8月底,拉库京的第24集团军增加到10个师,兵力达到103200人,并且得到了坦克和火箭炮的加强。所辖部队包括:

第102坦克师,第105摩托化师,第107、100步兵师,第103摩托化师,第309、19、120、106、303步兵师。

苏军阵地上的午餐时间

鉴于形势有利,朱可夫制订了新的进攻计划。考虑到德国人在叶利尼亚的阵地是一个伸向苏军阵地的大突出部,两面的侧翼都暴露给了红军,朱可夫就决定从这两个侧翼对叶利尼亚发动相向突击,铲平这个突出部。

攻击突出部北部侧翼的,是第102坦克师,由第107、100步兵师配合。另有第105摩托化师充当预备队。当面德军有第15、263步兵师和第78步兵师的左翼部队。红军的突破口选择在德军第263步兵师和第78步兵师的接合部附近。

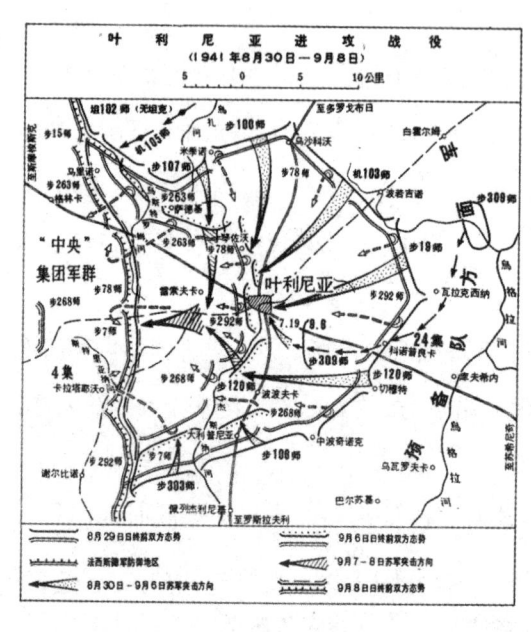

叶利尼亚进攻战役

攻击突出部南部侧翼的是第303、120、106步兵师。预备队是第309步兵师。当面防御的德军是第7、268步兵师,以及第292步兵师右翼部队。红军的突破口选择在第268步兵师和第292步兵师的接合部附近。

1941年8月30日黎明时分,经过短促的炮火准备后,拉库京将军的第24集团军发动了进攻,但出师不利:德国军队依托高地,以凶猛火力射击冲上来的苏联步兵,给对方造成了重大伤亡。红军的坦克也损失惨重。尤其是苏军第102师加强的坦克群,由于事先没有摸清地形,沿着没有修筑加固的道路前进,而且没有工兵伴随,结果陷在沼泽里白白损失了。

红军的进展并不顺利,可朱可夫却拼命催促他们前进,还不断索要战果。万般无奈之下,第24集团军司令拉库京只好谎报军情,向朱可夫报告说他们已经占领了一个叫谢佩列沃的重要地区。但朱可夫也不是好骗的。9月4日,他和拉库京少将通话①,一面指责他们把配属的坦克给白白损失了,同时逼问拉库京到底占领谢佩列沃没有,拉库京只好实话实说。朱可夫闻之大怒,威胁拉库京必须停止扯谎,否则就要他好看。

但在红军排山倒海的猛攻下,德军也日渐动摇。尤其是被俄国人用"喀秋莎"火箭炮轰击过的地方,阵地整片被摧毁。克卢格的参谋部发现,没有坦克支援的德国步兵在壕堑防御中处境不利,死伤惨重。博克终于丧失了坚守叶利尼亚的兴趣。为了减少无谓的伤亡,也为了防止一旦苏军从南北两翼实施突破,会把他的2个军部队包围在突出部内,9月5日,博克命令克卢格把部队撤出叶利尼亚,以建立一条较为平直的战线。

就在同一天,曾经在明斯克城下重创德军的红军第100步兵师(参见《东线》第一卷),在其师长鲁西扬诺夫少将的指挥下,突破了突出部北面德军第78步兵师的防线,冲向德国人的纵深,一举切断了连接叶利尼亚和斯摩棱斯克的铁路线。而在正面,红军第19步兵师也刺穿了德军第292步兵师的防线,冲进了叶利尼亚城。当晚,城内的德国军队逃了出去。同时,南面红军也冲进了突出部。

9月6日凌晨,红军收复了叶利尼亚。当天,斯大林接到了朱可夫的电报:"你下达的关于粉碎叶利尼亚敌军集团并收复该市的命令业已完成。今天,我军已占领叶利尼亚。在叶利尼亚以西,我们正与敌进行激战,敌人已陷于半合围中。"

朱可夫现在急不可待的发动追击,准备全歼正在撤退的德军,但德国人溜得很快,迅速退到乌斯特罗姆河和斯特里亚纳河附近,并在已经拉直了的战线上转入防御。9月7日,朱可夫也追到斯特里亚纳河,并受命与索边尼科夫将军指挥的西方面军第43集团军继续发动进攻。为此,第43集团军派出一个师的兵力,以夺取斯特里亚纳河的登陆场。

但他们在渡过河后,很快就遭到了德国人的凶猛反击并陷入困境。朱可夫赶紧见好就收,下令全线停止进攻,并赶到那个师阵地上收拾局面,为此一

---

① 《胜利与悲剧》下,第221页。

苏联第24集团军俘获的德军官兵 1941年9月

直待到了9月9日晚上。叶利尼亚之战至此结束。第二天,铁木辛哥的攻势也宣告结束。但和朱可夫相比,他的进展太小,猛打了九天只前进了几公里[1]。

和苏德战争众多大规模战役相比,叶利尼亚之战的规模并不值得一提,消除叶利尼亚突出部对苏联人来说现实意义也不大。而且由于德国人及时撤离,红军也未能完整歼灭对方的大型兵团。相形之下,朱可夫所付出的代价却颇为惨重,仅仅在9天时间里,投入的十万部队就死亡失踪了10701人,伤病21152人,损失总数达到31853人[2]。

朱可夫宣称他在叶利尼亚取得很大战果,消灭了四万多德军[3]。这个数字可能过于夸张了。根据德方记录,先后参加叶利尼亚之战的共有9个德国师(第10装甲师,"帝国"师,第268、292、263、137、87、15、78步兵师)和"大日耳曼"团。其中,第263步兵师在8月20日到27日之间损失了1200人,第137步兵师在8月18日到9月5日间伤亡2000人[4]。由这些零星统计来推测,德国人在叶利尼亚的伤

---

[1]《第二次世界大战史》卷四,第130页。
[2]《苏联在二十世纪的伤亡和战斗损失》,第107页。
[3]《回忆与思考》,第509页。
[4]《中央集团军群:德国武装部队在俄国1941—1945》,第71页。

亡确实相当严重。这得到了直接当事人——克卢格的参谋长布卢门特里特的证实①。古德里安则评价说这些损失毫无意义,还不如一开始就放弃叶利尼亚。

不过对1941年在战场上总是节节败退的红军来说,叶利尼亚之战的精神意义不可小视。毕竟,这是他们在战争中第一次真正意义的战役级胜利。为此,在被撤退的德国人彻底破坏、全城只剩下一座石头筑成的教堂还完好,原来的1.5万人居民只有少数人靠躲在地窖里才得以幸免的叶利尼亚城内,朱可夫组织了很像那么回事的入城式。受阅部队行进在断壁残垣之间。为了宣传这个胜利,从9月16日起,一些西方记者也被允许到叶利尼亚采访。他们是苏联官方准许进入苏德战场的第一批外国记者。

斯大林还决定利用这个胜利好好鼓励一下士气,同时还准备好好利用一下俄国人传统的民族主义情绪。为此,他在1941年9月18日发布了国防人民委员会第308号命令,授予在叶利尼亚反击战役中表现突出的第100步兵师以第1近卫步兵师称号。同时,阿基缅科上校的第127步兵师、加根少将的第153步兵师、莫斯克维京上校的第161步兵师,也获得了第2、3、4近卫步兵师称号。苏联近卫军就此诞生。对其组成人员来说,这个称号不仅意味着荣誉,而且也包含实际的好处。近卫部队指挥员的薪金比其他部队高一半,普通士兵更是高出一倍。近卫军有自己专门的军旗,成员配发证章。

但叶利尼亚胜利最大的意义还是朱可夫本人在斯大林心目中地位的进一步提高。紧接着,他又将这位爱将派往新的战场。在苏德战场北段,形势危如累卵的列宁格勒,朱可夫再度不辱使命。

苏军收复叶利尼亚

---

①《纳粹将领的自述——命运攸关的决定》,第57页。

二、列宁格勒城下的形势

勒布元帅的新进攻计划

在朱可夫赶到之前,1941年夏秋东线战局在北段的发展对苏联人极其不利。虽然边境交战后,伏罗希洛夫元帅指挥下的部队在列宁格勒城下打退了德国人的第一次进攻,但却未能完全扭转战局(参阅第二卷)。

这次攻势失败后的1941年7月中下旬,德军勒布元帅暂时停止了进攻,其指挥下的德国北方集团军群这时被楚德湖分成了两个集团。

楚德湖北面,在爱沙尼亚地区,德军第18集团军正在和撤退至此的红军西北方面军第8集团军(7月14日转属北方面军)继续作战。

楚德湖南面,德军第4装甲集群和第16集团军得以推进到纳尔瓦河、卢加河和姆沙加河一线,从东南面严重威胁着列宁之城。当面的红军防御部队,包括部署在卢加方向的红军北方面军的卢加战役集群。以及在旧鲁萨和诺夫哥罗德方向的伊尔门湖地区设防的西北方面军主力,最初拥有第11、27集团军,他们从东面威胁着勒布的侧翼。伏罗希洛夫元帅领导下的西北战略方向总司令部,统一指挥这两个方面军的防御。

在这段时间内,勒布元帅正在吸取第一次进攻失败的教训,改进作战方案。应当说，和德军中央集团军群那位一心只想早点冲进莫斯科的博克元帅相比，在苏军逐步增强的抵抗面前，老炮兵勒布的头脑要冷静得多。1941年7月15日到17日，在集团军群司令部内进行两天研究后，他得出了结论，认为苏军此时已经从德军自国境线发动的突然袭击中反应了过来，其后的抵抗必将坚决而有序，德军如果还是采取开战时那套一味猛冲猛打的战术，必将损失惨重而无法取得更大进展。因此，只有稳扎稳打，分阶段对苏军发动进攻。

基于这一判断，勒布决心不急于发动进攻，而是停下来作好准备。这对后勤工作也比较有利。和其他战区一样，北方集团军群的后勤运输也困难重重，需要花时间修复道路。

希特勒的看法和勒布颇为接近。他在7月19日下达的第33号指令中，就曾经要求北方集团军群必须消除红军从东面构成的侧翼威胁，在爱沙尼亚作战的第18集团军应该和第4装甲集群建立起联系，然后"方可继续向列宁格勒方向推进"。同时，他还要求中央集团军群设法协助勒布，切断莫斯科—列宁

列宁格勒市中心一角

格勒铁路。在具体战术上,他则要求勒布务必密切坦克和步兵之间的协同,再不能任由装甲部队指挥官们乱冲乱撞。

两天后,亲自来到北方集团军群司令部的希特勒又对勒布强调如下两点要求:"第一,必须及早夺取列宁格勒和澄清芬兰湾沿岸的形势,以清除俄国舰队","第二,对列宁格勒的突击关键在于,迅速切断莫斯科—列宁格勒铁路,以阻止俄军兵力撤往其他战线和莫斯科"。在希特勒的战略中,对红海军波罗的海舰队的威胁,一直置于重要的考虑位置。

7月30日,希特勒发布第34号指令(详见上卷),做出南北分兵决定的同时,下令恢复对列宁格勒的进攻,将其作为和南部基辅大会战同样重要的任务,并且最终确定了攻打列宁格勒的具体作战方针。他命令勒布:"应将主要兵力用于伊尔门湖和纳尔瓦之间,继续向列宁格勒方向突击,旨在合围该市并与芬军建立联系"[①]。希特勒同时要求:"当北方集团军群右翼需要掩护时,中央集团军群左翼应向东北方向推进"。

为了保证勒布完成上述任务,希特勒命令中央集团军群抽出大量兵力支援北方集团军群,其中有:

德军炮队镜看到的列宁格勒 1941年9月

[①]《希特勒战争密令全集》,第113页。

第一章 ‖ 从叶利尼亚到列宁格勒——朱可夫的崛起

霍特大将的第3装甲集群下辖的第39摩托化军：包括第12装甲师，第18、20摩托化师。

原隶属于第9集团军的第50军，被转给第4装甲集群。这个军管辖着第269步兵师和党卫军"警察"师。

另外，希特勒还将原隶属于第2航空队的第8航空军主力拨给第1航空队，用以强化对列宁格勒的空中攻势。从7月22日起，德国陆军总司令部东线预备队所辖的第42军，也分配给北方集团军群。

上述增援部队中，第8航空军来得最快，8月6日就抵达北方集团军群防地。但从中央集团军群战区赶来增援的地面部队，则要到8月中旬甚至更晚才赶到。如第39摩托化军，调动命令于8月16日发布，但这个军8月24日才来到北方集团军群战区①。第50军要拖到8月15日。

于是在7月底8月初，冯·勒布元帅的北方集团军群能够使用兵力的只有26个师，包括3个装甲师和3个摩托化师。而根据勒布的计算，他所需要的

德军摩托车在距离列宁格勒75公里的路牌前

①《北方集团军群：德国武装部队在俄国1941—1945》，第83—84页。

兵力则是35个师。但不管怎么说,他的部队已经停顿了很久,再不进攻也没法向元首交代,所以只能先以现有兵力作战,然后再把陆续到达的新部队增援上去。

根据希特勒的指示和自己的看法,勒布制订了新的进攻计划。他的集团军群将在爱沙尼亚和列宁格勒两个方向发动进攻。同时,芬兰军队也应该在拉多加湖地区展开攻势。其中,在爱沙尼亚和拉多加湖的交战属于辅助攻势,而主攻方向则是指向列宁格勒。

在此,先略表一下德军在东线北段的辅助攻势:爱沙尼亚和拉多加湖流域。

爱沙尼亚之战和红旗波罗的海舰队的灾难

在爱沙尼亚方向,德军投入的是屈希勒尔大将的第18集团军。8月7日辖有第26军(第291、93、254步兵师)。另外,又从东线预备队调来第42军(第61、217步兵师)[1]。

屈希勒尔的任务是:彻底击溃红军第8集团军,并占领爱沙尼亚沿岸的港口和岛屿,消除苏联波罗的海舰队和空军对德国本土以及海上交通线的威胁。同时,德军还受命攻占楚德湖北面的纳尔瓦(1864年之前,那里曾经建立有要塞),争取和湖南面的赫普纳第4装甲集群连成一体。

德国第26军首先发动凶猛攻势,在8月7日攻占拉克韦雷和昆达,推进到芬兰湾南岸,将苏军第8集团军割裂为两部分。其中,苏军第11步兵军被迫撤往东部的纳尔瓦地区,直到8月17日,该城被德军第291师攻占为止。这是该师在攻占利耶帕亚后取得的又一次重大胜利(参见《东线》第一卷)。不久,德军第18集团军和第4装甲集群所属第38军在纳尔瓦地域会合。德军北方集团军群的战线连成了一体。

---

[1]《德国武装部队的兵团与部队》卷四,第81页。

红军第8集团军的另一个军——第10步兵军则向西退到爱沙尼亚首都——已成为孤城的塔林。连同波罗的海舰队的海军陆战队，和大约由2500名居民组建的拉脱维亚、爱沙尼亚工人团在内，塔林守军总数有2.7万人。海军航空兵在当地还拥有85架飞机①。守军兵力非常薄弱。不过，他们还可以得到驻泊该地的红旗波罗的海舰队的强有力支援。8月14日，舰队司令员特里布茨海军中将亲自接手了塔林的防务。

屈希勒尔大将着手攻陷塔林。为此他一共动用了4个德国师，即第42军所辖第254、61、217步兵师，以及赶来参战的第26军的第291步兵师，共计6万余人。支援他们的有强击火炮和210毫米口径的超重迫击炮②。爱沙尼亚当地的亲德"自卫武装"负责保卫德军的交通线，清理苏联游击队。德军在兵力上对苏联守军构成绝对优势，第1航空队也派来了不少飞机参战。

8月20日3时30分，德军发动了强大攻势。由西向东展开第217、61、254

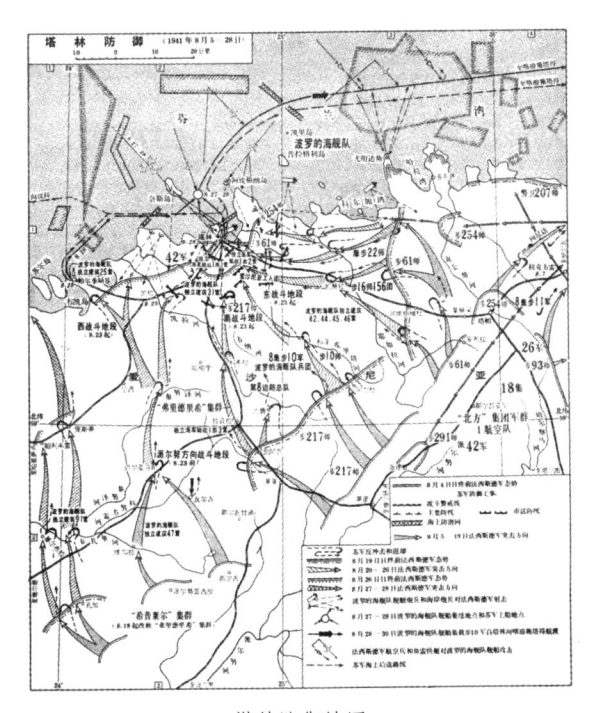

塔林防御地图

---

① 《苏联军事百科全书·军事历史》下，第959页。
② 《巴巴罗萨战役(2)：北方集团军群》，第46页。

步兵师,"弗里德里希少将"战斗群,向塔林步步推进。为了阻止德国人,从8月23日开始,塔林海域的大量苏联军舰,包括"基洛夫"号重型巡洋舰、"列宁格勒"号驱逐领舰,以大口径海军炮轰击正在逼近的德军。海面上火光烟团闪过,地面上便有无数巨响如山崩地裂般的重炮炮弹爆裂轰鸣。

但德军仍在前进。8月25日,德第254步兵师突入塔林东郊。此时,西北战略方向总司令伏罗希洛夫也很清楚:塔林的失守只是早晚的问题,与其让宝贵的部队在这座孤城内白白丧失掉,不如把他们通过海上送到列宁格勒,增强那里的部队。莫斯科的斯大林在8月26日批准了他的报告,下令放弃塔林。

苏联海军在1941年最大的行动开始了。波罗的海舰队立刻动用了100多艘舰艇和67艘运输舰、辅助船只,包括18艘驱逐舰、6艘鱼雷艇、28艘扫雷艇、6艘潜艇、83艘小型船只、1艘油船和25艘货轮,准备将塔林守军运向列宁格勒和喀琅施塔德。包括"基洛夫"号在内的战舰则继续以凶猛火力狠狠打击已经越来越近的希特勒军团。在撤退当日,"基洛夫"号还以准确的炮击掀掉了一个德国炮兵连。

8月27日,德军终于突入塔林,与担任后卫的苏军展开激烈巷战。几乎整个城市都燃起熊熊大火。第二天,苏军守卫部队约2.05万余人冒着德军炮火,成功地登上舰船,驶出了塔林。此时,德国海军在这个海域没有什么强大海上兵力,只能靠第1航空队的飞机和此前布设的水雷来阻止苏军的航渡。红军船队在通过德国人布设的"朱明达"雷区时,遭到了惨重损失。夜间,船队在雷区抛锚,又有一些船只被炸。

从8月28日到30日的三天航渡中,由于德军的空袭和水雷,红海军一共损失了5艘驱逐舰、2艘潜艇、2艘护卫舰、1艘炮艇、3艘扫雷舰、4艘扫雷快艇、1艘鱼雷艇、1艘护卫艇、34艘运输船和辅助船①。其中还有6艘受伤的船只被俘获。但是大部分撤离部队还是成功地来到了列宁格勒和喀琅施塔德。这些部队对保卫危城将起到极其重大的作用。

可是在列宁格勒和喀琅施塔德,红旗波罗的海舰队也遭到了德国空军第1航空队的猛烈轰炸。从中央集团军群

德军的"斯图卡"

重创"马拉"号的鲁德尔

①《苏联历史档案汇编》卷十六,第291页。

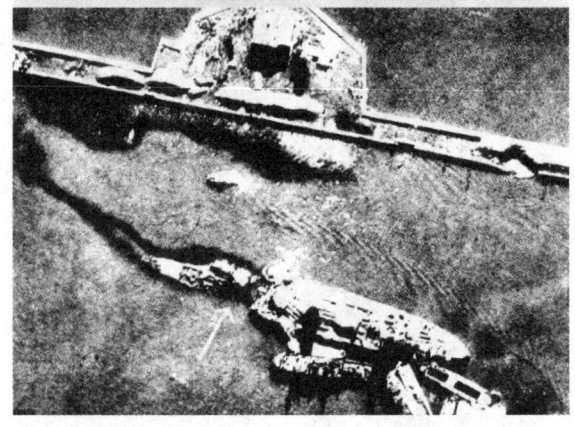

被击中前后的"马拉"号战列舰（上下），看上去的确像是被炸成了两截

第2航空队调来的第8航空军，配备的能够精确俯冲轰炸的Ju-87"斯图卡"飞机发挥了巨大作用。从1941年9月22日开始，第2俯冲轰炸航空联队在联队长奥斯卡·迪诺尔特中校指挥下，对停泊在喀琅施塔德港的红军舰队展开了连续7天的轰炸。

9月23日8时45分[①]，第2俯冲轰炸航空联队的第1、3大队从陶伊尔克沃起飞。每架"斯图卡"都挂着一枚1000公斤重的特制穿甲弹。一小时后，上百架德国飞机到达目标上空，然后呼啸着从5000米以上高空向下俯冲。红军防空部队和舰艇上的高射炮猛烈开火，整个天空弥漫着黑色的炮烟。被击中而无法拉起的飞机拖着烟坠入海中。可是，更多德国飞机还是俯冲到苏联战舰上空1000～1200米，相继投下了巨大的特制炸弹。红海军战列舰"马拉"号先后被三颗巨弹击中，最后一颗是汉斯·乌尔里希·鲁德尔中尉投中的。"马拉"号两天前已经被德国飞机命中过一次。可今天这次的打击更为致命，直接引爆了弹药库。从硝烟弥漫的空中看起来，似乎是被炸成了两截。

---

①《黑十字与红星：东线空战》第一册，第187页。

> **"马拉"号的命运**
>
> "马拉"号在9月23日空袭中遭受重创。第一号305毫米主炮塔被炸到天上,舰艏严重受损,舰桥和前部烟囱被炸塌。全舰损失了包括正副舰长在内的326人。"马拉"号几乎被毁灭。可苏联水兵们没有放弃,依然奋力抢修。由于他们采取了有效的损管措施,几乎在劫难逃的"马拉"号奇迹般搁浅在11米深的水中,得以幸存了下来。在以后的战争中,"马拉"号继续用305毫米口径重炮支援地面作战。1943年5月31日,"马拉"号恢复了其在1921年3月31日前的名字"彼得巴甫洛夫斯克"。战后的1950年11月28日,该舰又改名为"沃尔霍夫"号,并作为非自航训练舰一直服役到1953年9月4日。但这些事实一点都不影响西方历史学家们后来宣称鲁德尔一个人在战斗中一举"击沉"了"马拉"号。

在9月23日的空袭行动中,红海军除了"马拉"号被重创外,"十月革命"号战列舰和2艘驱逐舰也被击伤,另有一艘驱逐舰和潜艇M-74号以及驱逐领舰"明斯克"号被击沉。德国空军也付出了相当代价,其机群在返航途中遭到波罗的海舰队航空兵第13独立歼击机中队的拦截。德军的损失为:6架飞机被击落,包括2架Ju-87、2架Ju-88、1架Bf-109和1架Bf-110(苏联方面则宣称击落了10架敌机)。苏军有2名飞行员阵亡,1人受伤。

遭受攻击的不仅是喀琅施塔德。德国人对列宁格勒港口内的苏联舰艇也进行了空袭,重巡洋舰"高尔基"号被重创。而自整个苏德战争开始以来,红旗

现代化改装后的红海军"马拉"号战列舰

波罗的海舰队已经丧失了1艘巡洋舰"彼得巴甫洛夫斯克"(该舰原为德国海军"吕佐夫"号巡洋舰,1940年9月被苏联购买,但在战前尚未完工,1941年9月18日在列宁格勒沉没,后来被捞起,改名"塔林"号,1958年退役)、3艘驱逐领舰、16艘驱逐舰、23艘潜艇。

红海军波罗的海舰队不仅损失了大量舰艇,同时还丧失了大量基地。9月7日,德国第18集团军开始着手夺取莫昂宗德群岛——正如上卷所言,苏军曾利用这些岛屿的机场空袭德国首都柏林,还限制了德军在芬兰湾的行动。苏军在萨烈马岛和希乌马岛部署了15000人,主要隶属于西北方面军独立第3步兵旅和波罗的海舰队的岸防部队[1]。

这些岛屿对德国人来说无疑是眼中钉肉中刺。为了夺取它们,德军投入了得到工兵和炮兵加强的第61步兵师,还有第217步兵师一个营。以及一个爱沙尼亚人组成的"志愿营"。德国空军派出第77轰炸机联队第1大队和第26驱逐机联队第2大队[2],还组建了"B指挥部"(含第10高炮团)。德国海军不仅派出"波罗的海训练队"用船只和冲锋舟协助陆军登陆,这次还破天荒投入了一支较大的舰队,包括"莱比锡"、"埃姆登"、"科隆"号轻巡洋舰,第2鱼雷艇分队,第1扫雷分队,第11猎潜分队,第2、3摩托化鱼雷艇分队[3]。芬兰海军也派出了2艘岸防装甲舰和一些辅助船只。

战斗进行得出乎意料的艰苦和漫长。9月13日黄昏,芬兰旗舰"伊尔迈林

苏联海军重巡洋舰"莫洛托夫"号

---

[1]《第二次世界大战史》卷四,第112页。
[2]《巴巴罗萨战役(2):北方集团军群》,第66页。
[3]《北方集团军群:德国武装部队在东线》,第100页。

恩"号（岸防装甲舰，标准排水量3900吨，4门254毫米口径重炮①）在希乌马岛附近②撞上两颗水雷，七分钟后带着271名舰员沉没。9月14日，在强有力空军配合下，德军（270艘船艇）开始大规模登陆。可是搭乘

搭乘冲锋舟登陆的德国第61步兵师工兵

小型冲锋舟的第一波登陆队被大风和海流弄得偏离预定海滩；第二波迷失方向只好返航。但当天仍有5个步兵营和1个山炮营登陆成功。德国轻巡洋舰与苏军岸炮展开激烈炮战，还遭到了苏联鱼雷艇和飞机的袭击，但每次都是有惊无险。莫昂宗德群岛的地面战斗持续到10月21日。德国陆军为夺取这些岛屿死伤失踪了2850人，宣称俘虏苏军15000人（看来过于夸大）。苏军残部有500人逃到当时尚未放弃的汉科半岛（参阅第一卷），还有一些跑到拉脱维

主炮发射的"提尔皮茨"号超级战列舰，该舰当了几个月的世界第一巨舰

---

①《康威海事报道：全球战斗舰艇1922—1946》，第365页。
②《俄国与苏联海上力量史》，第426页。

亚打游击。

9月25日，德军最终肃清了爱沙尼亚全境的苏军，控制住了芬兰湾南岸，这一地区的苏联海上前进基地随之全部丧失。在波罗的海海区又有德国人布设的大量水雷，波罗的海舰队只能利用残余舰艇以舰炮支援地面作战，同时把不下10万海军人员也派往陆地参战。

此时，红海军波罗的海舰队实际上已经没有远航作战能力。可在9月20日，德国海军却决定投入一支整个战争期间都难得一见的庞大水面舰队——"波罗的海"舰队。组建这个大舰队的原因，据说是德国陆军和海军总部认为，一旦列宁格勒陷落，失去基地的俄国舰队可能开入北海，逃亡到瑞典。于是希特勒命令德国海军拿出全力阻止这次想象中的突围。

从9月23日开始，在齐里亚克斯海军中将指挥下，德国海军"波罗的海"舰队从斯维内明德出发，开到了芬兰阿兰群岛附近。该舰队北部舰群有当时世界上最大的战舰：满载排水量五万吨左右，安装8门380毫米重炮的"提尔皮茨"号超级战列舰（日本海军的大和舰当时尚在建造中）。还有"舍尔海军上将"号重装甲舰，"纽伦堡"和"科隆"号轻型巡洋舰，以及Z25、26、27号驱逐舰，T2、5、7、8、11号鱼雷艇。南部舰群力量较弱，部署在占领不久的利耶帕亚附近，拥有"莱比锡"号、"埃姆登"号轻巡洋舰和若干快艇[①]。

德国空军派出Ju-88侦察苏军的动向。他们不久就意识到苏联舰队已经瘫痪，无须如此兴师动众，于是在9月24日撤走了"提尔皮茨"和"舍尔海军上将"这两艘最重型的舰艇和2艘鱼雷艇，并将剩下的3艘鱼雷艇交给了南部舰群。到9月29日，德国海军北部舰群全部回到德国本土。

德军机枪手

---

① 《第二次世界大战大事记》，第113页。

拉多加湖之战

在拉多加湖两岸和奥涅加湖之间,曼纳林麾下的芬兰军队也从北面逼向列宁格勒。在这个方向,他指挥着东南集团军和卡累利阿集团军,共有14个芬兰陆军师和3个芬兰旅,还得到德军第163步兵师的加强(详细情况见《东线》第一卷)。

芬军主力当面的红军,隶属于由西北战略方向总司令统一指挥的北方面军,司令波波夫中将。波波夫管辖着三个集团军。但其中第14集团军在北极方向防御德军"挪威"集团军。用于在列宁格勒北面对抗芬兰军队的,是第7、23集团军。现在兵力为9个步兵师和3个筑垒地域。依然处于劣势。

对于在作战风格上和自身颇为相似的部队,一个苏联军官曾经这样评价:"他们是很好的战士,在作战上甚至强于德国人。他们适应冬季作战,善于伪装和侦察,熟悉自己手中的武器,而且作战顽强"。在靠近北极圈的高寒地带,芬兰军队要比德国人更加适应环境,因此也具有更强的战斗力。这也成为芬兰人在德国面前讨价还价的重要筹码。

但芬兰人的作战热情正变得越来越低。和罗马尼亚等国家相比,芬兰总喜欢夸耀自己没有完全沦为德国的附庸,也尽可能避免与德国正式签订同盟条约。芬兰的顾虑很多。自苏德战争开始以来(芬兰人将其称为苏芬"冬季战争"的延续),芬兰已经动员了四十多万军队,对这么一个三百万人口的小国来说,压力之大可以想象。进攻苏联给芬兰造成的惨重伤亡也越来越无法承受。另外,芬兰还想和美英尽量保持关系。

于是,从7月中旬开始,还在芬兰军队到达芬苏旧边界前后,希特勒对他们就开始有些招呼不灵了。曼纳林放慢了从拉多加湖东西两侧向南进攻的步伐。他对德国人最终胜利的可能性,也需要再观望一下。

可芬兰毕竟得依靠德国提供军事保护、军火、粮食以及其他物资。希特勒还在7月19日施加压力,迫使芬兰人关闭了驻英国的外交机构①。亲德的芬兰军队也做着吞并苏联领土建立"大芬兰"的美梦。即使芬兰国内较为温和的论调,也认为至少应该收回在"冬季战争"中失去的领土。

就这样,曼纳林从7月31日再次转入进攻。沿着拉多加湖东西两侧继续向南推进。而当面的红军也没有兴趣在这个地区进行顽强抵抗,而是边打边撤,步步为营:

在拉多加湖西面,芬兰第2军(第2、15、18师)在拉迪凯南将军指挥下,进攻红军第23集团军右侧阵地(第142、115师)②。曼纳林亲自指挥这次战役,并于8月5日将预备队第10步兵师投入战斗,冲到拉多加湖西岸,一举把第23集团军分割为两部分。8月11日,芬军攻占希托拉。8月16日,芬第2军又在第7军协同下,以3个师击退苏第168师,占领了索尔塔瓦拉(拉多加湖北岸)。苏联第23集团军与友邻第7集团军的联系被彻底切断。8月22日,芬第2军西侧的芬第4军(第12、4、8师,第25歼击旅)又攻击了苏第23集团军左侧(第43、123师)。最西侧的芬第8师绕过海湾,穿插到苏军后方,三天后在维堡附近切断交通线。可俄国人经过一番苦战,还是救出了被困的第43、123师。

在红海军拉多加湖河区舰队的帮助下,苏联第23集团军一部乘船南撤。9月1日,被芬军孤立在拉多加湖北岸的红军第142、168、198步兵师(后两个师原属第7集团军),被运送到卡累利阿地峡的南部,撤退到了旧苏芬国境线。其

曼纳林会晤德军将领

---

① 《芬兰史》中册,第599页。
② 《巴巴罗萨战役(2):北方集团军群》,第57页插图。

中，第168师曾被芬军3个师（第2、19、7师）挤压到湖边的狭窄地带，用机枪就能贯穿全师的战斗队形。但这个师还是突围了出来，建制也很完整，安全撤出的有10157人和大部分重炮（10门152榴弹炮、39门122榴弹炮、24门加农炮[①]）。

在拉多加湖东面，芬兰卡累利阿集团军右翼的第7军，外加德国第163步兵师，由海伦格将军指挥，进攻红军第7集团军西侧。8月中旬，卡累利阿集团军左翼也向彼得罗扎沃茨克（奥涅加湖岸边的铁路点）方向发起进攻，将红军赶过了1939年的苏芬国境线。在芬兰军队压力下，红军第7集团军（第67、314、21、114、272步兵师）在9月底撤退到了斯维里河。

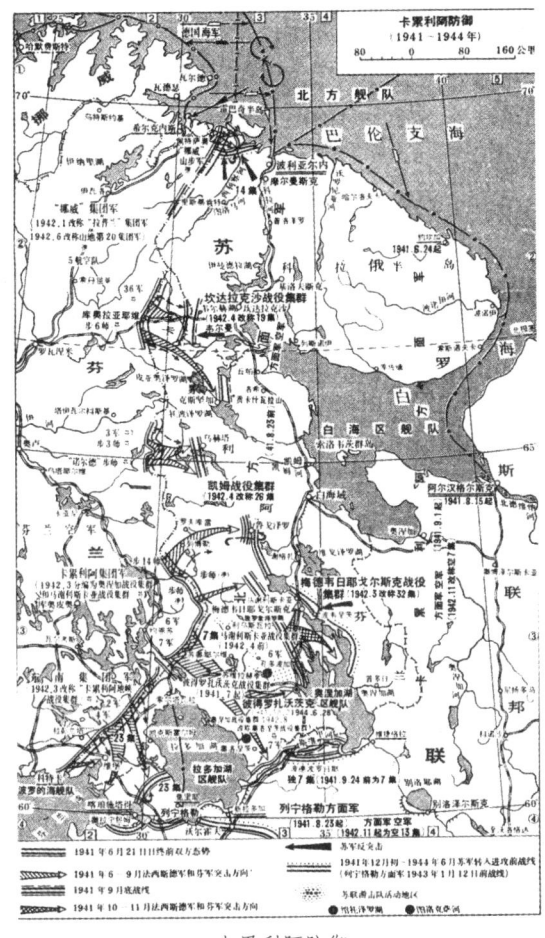

卡累利阿防御

现在，芬兰军队已经收复了"冬季战争"中的失地，从北面推进到了距离列宁格勒不过50多公里的地方。希特勒急于让他们继续向前，与从南面进攻的北方集团军群会合，联手夺取列宁格勒。为此，德国国防军统帅部长官凯特尔在8月22日亲自写信催促曼纳林元帅[②]。在德国人的压力下，9月初，芬兰总统赖提允许曼纳林使用卡累利阿集团军继续进攻。

[①]《苏联伟大卫国战争步兵师战例汇编》，第535页。
[②]《苏德战争》，第175页。

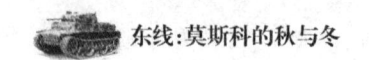

可现在芬兰军队伤亡惨重,而当面红军兵力依然强大,其兵力增加到11个师(第23集团军6个师,第7集团军5个师)。加上和西方国家的关系(他们现在是俄国人的盟友),赖提又不允许曼纳林配合德国人直接进攻列宁格勒。于是曼纳林决定,仅仅在列宁格勒郊区建立只需少量部队就可扼守的战术据点。在那里,他将观察列宁格勒城下局势的下一步变化。在这座城市的南面,勒布元帅的德国北方集团军群正发动强大攻势。

三、列宁格勒危如累卵

勒布的第二次列宁格勒攻势计划

在列宁格勒城下，勒布动用了他的主力部队。其中，布施大将的第16集团军将右翼留在伊尔门湖以南，掩护赫普纳大将第4装甲集群在东南方向伊尔门湖地区的侧翼，而集团军主力则和第4装甲集群共同组成左、中、右三个突击集团，攻打列宁格勒。为了切断红军从列宁格勒向东撤退的道路，将其包

德军用240毫米超重炮轰击列宁格勒

围歼灭在芬兰湾与拉多加湖之间,并且和沿着拉多加湖南下的芬兰军队会合(尽管他们对此不是特别热心),勒布将右路作为主攻方向,而在左中两路发动辅助攻势。三路德军的兵力及具体作战计划如下:

左路集团一共有5个师,包括莱因哈特装甲兵上将的第41摩托化军(包括第1、6装甲师,第36摩托化师)和第38军的2个步兵师。赋予他们的任务,是从卢加河下游经赤卫队城攻打列宁格勒。

中路集团,准备使用从中央集团军群调来的第50军,共有3个师。他们将对卢加正面发动钳制性进攻。不过这个军要到8月15日才能赶到战场。此前卢加战场将由曼施坦因的第56摩托化军负责。该军所属的3个师中只有一个摩托化师,即第3摩托化师,其他2个师为新开到的党卫军第4"警察"步兵师和第269步兵师。而曼施坦因麾下的第8装甲师(此时大约拥有150辆坦克),则被赫普纳大将作为第4装甲集群的预备队留了下来,党卫军"骷髅"师则加强给了第16集团军。

勒布用来主攻的右路集团,即第16集团军,将沿着伊尔门湖,向诺夫哥罗德和拉多加湖方向发动进攻,以一个巨大的迂回动作绕到列宁格勒以东。刚从第2航空队调来的第8航空军将支援他们的行动。为此,第16集团军的第1、第28军投入了7个师,但其中却只有党卫军"骷髅"师这一支摩托化部队,其余都是步兵师。之所以如此,也实在是不得已。因为在伊尔门湖两侧,尽是些森林沼泽地,根本不适于装甲部队进攻,所以也只好以步兵作为主力。

1941年8月1日 苏德两军在列宁格勒方向作战序列
红军
北方面军(包括和德军"挪威"集团军作战的第14集团军)
  第7集团军
    步兵第54、71师
    第3民兵师
    第3海军步兵旅
    第9、24摩托化步兵团
    第452摩托化步兵团

第108大威力榴弹炮团

第47独立迫击炮营

第2坦克团

第7摩托车团

第55混成航空兵师

第18独立工程营

第14集团军

　步兵第42军

　　步兵第104、122师

　　步兵第14、52师

　坦克第1师第1摩托化步兵团

　第23筑垒地域

　第104加农炮团

　第31工兵营

　第1混成航空兵旅

　摩尔曼斯克防空地域

　独立坦克营

第23集团军

　第24、28炮兵团

　第101、577榴弹炮团

　第20独立迫击炮营

　第27独立高射炮旅

　第241、第485独立高射炮旅

　第198摩托化师

　第5混成航空兵师

　第53独立工程营

　第54独立工程营

　步兵第19军

　　步兵第115、142、168师

　步兵第43师

　步兵第367团（步兵第71师）

　步兵第123师

　第27筑垒地域

　第28筑垒地域

卢加战役集群

　第41步兵军

步兵第111、177、235师

　　第3民兵师第1团

　　第260、262独立机枪火炮营

　　第51榴弹炮团

　　卢加防空地域

　　第24坦克师

第8集团军

　　步兵第10军

　　　　步兵第10、11师

　　步兵第11军

　　　　步兵第16、48、125师

　　步兵第118、268师

　　内务人民委员会步兵第22师

　　第39、103防空营

　　第47、51、73炮兵团

其他部队

　　步兵第90、191、265、272、281师

　　第2、4民兵师

　　第1、2、3、4近卫民兵师

　　第8步兵旅

　　列宁格勒基洛夫步兵学校

　　第21、22、29筑垒地域

　　第1坦克师

　　第60独立装甲列车

　　第2防空军

　　第7歼击航空兵军

　　第39歼击航空兵师

　　第41歼击航空兵师

　　第1混成航空旅

德军[①]
北方集团军群(第一线部队)

第16集团军

　　第1军

　　　　步兵第11、21师

　　第2军

[①]《列宁格勒之战1941—1944》，第531—532页。

步兵第12、32、123师
第10军
　　步兵第30、126、290师
第28军
　　步兵第121、122师
　　党卫队"骷髅"师
第50军（第9集团军控制）
　　第251、253师
第18集团军
　第42军
　　步兵第291、217师
　第26军
　　步兵第254、61、93师
第4装甲集群
　摩托化第41军
　　装甲第1师
　　摩托化第36师、步兵第1师
　摩托化第56军
　　装甲第8师
　　党卫队"警察"师
　　摩托化第3师、步兵第269师
　第38军
　　步兵第58师

德军北方集团军群1941年8月初兵力编组

第十六集团军
　　第1军（7月27日前隶属第4装甲集群）、第2军、第10军、第28军
第十八集团军
　　第42军（7月22日前为陆军总司令部预备队）、第26军
第四装甲集群
　　摩托化第41军、摩托化第56军、第38军（7月19日前隶属第18集团军）
　　总兵力30个师，包括3个装甲师（第1、6、8装甲师），3个摩托化师（第3、36摩托化师，党卫军"骷髅"师）

此时，防守列宁格勒的红军部队也在进行着紧张的准备。利用德国人发动第二次进攻前的3周战斗间隙，他们正拼命地加强列宁格勒防御。为了协

调作战行动,斯大林还在7月30日把伏罗希洛夫元帅和军事委员日丹诺夫召回到莫斯科的大本营,和总参谋长沙波什尼科夫一道讨论了下一步战局。

在前线,红军也在扩大兵力。在7月23日,苏军将卢加战役集群扩编为3个独立战役军团。8月6日,斯大林又将预备队方面军所辖第34集团军(7月底兵力为第257、259、262师,第25、54骑兵师),加强给了西北方面军,并特别要求方面军司令员索边尼科夫将军不得把这个集团军分散使用,而将其部署在伊尔门湖北侧和南侧的诺夫哥罗德和旧鲁萨。8月初,又在原诺夫哥罗德战役集群的基础上组建了拥有第70、128、237步兵师,第21坦克师,民兵第1师在内的第48集团军,由阿基莫夫中将指挥(8月19日隶属北方面军)。

此外,列宁格勒市还加速组建民兵师。同时动员了大量市民增修防御工事。到8月初,已经有3个民兵师开到前线;1个师在后方组建完成;4个师正在组建中。

可是,德国人不会给他们太多的时间。1941年8月8日,勒布对列宁格勒的第二次进攻正式开始。此前的8月7日,勒布司令部的气象部门预告说明天将是个好天气[1]。可事实却正好相反。

德军的第二次列宁格勒攻势

8月8日晨9时,在倾盆大雨中,德军左路集团的第41摩托化军(莱因哈特装甲兵上将)和第38军,从此前夺取的卢加河下游登陆场出发,以第1、6装甲师(其中第1装甲师在8月3日有109辆可用坦克[2]),第36摩托化师,第1步兵师组成突击集团[3],向赤卫队城方向发动进攻。

在列宁格勒到纳尔瓦铁路线以南的开阔地上,莱茵哈特的坦克摩托化纵

---

[1]《巴巴罗萨战役(2):北方集团军群》,第58页。
[2]《装甲部队1933—1942》,第210页。
[3]《北方集团军群:德国武装部队在俄国》,第77页。

第一章 ‖ 从叶利尼亚到列宁格勒——朱可夫的崛起

队力图展开快速突击。但由于道路被大雨毁坏，他们的许多坦克却陷在泥中。第6装甲师和第36摩托化师还遭到隐藏在森林里的俄国火炮的猛烈轰击，损失严重，被迫停止前进。只有第1装甲师获得较大进展。

8月9日，第1装甲师突破苏军阵地。第二天，在第6装甲师配合下，第1装甲师击退了红军列宁格勒第2民兵师，推进到列宁格勒的莫罗斯克韦策车站[①]。现在，德国坦克随时可能闯进列宁格勒。手头已经没有多少预备队的伏罗希洛夫，只能把还在组建中的列宁格勒近卫第1民兵师投入战斗。为了迅速赶到战场，该师抛弃了辎重，仅带着武器和干粮，强行军60公里赶到了莫罗斯克韦策车站，紧接着就撞上了德军精锐的第1装甲师的装甲摩托化纵队，陷入了力量对比悬殊的残酷战斗。

8月10日天气好转，德国第8航空军的飞机也开始升空支援。有了强大空军的配合，莱因哈特如虎添翼，攻势越发猛烈。红军的战况急转直下。8月13日，莫罗斯克韦策车站失守。为了挡住敌人的进攻，红军第8集团军在赤卫队城的阵地上，和从科波尔高地猛扑过来的德军展开了殊死战斗。同时，红军在

一队德国步兵从坦克旁走过

[①]《保卫列宁格勒》，第86页。

列宁格勒城内正紧急组建新的部队。一些KV重型坦克由妇女和工厂检察员驾驶着开往前线阻击德军。

莱因哈特的进展让他的顶头上司赫普纳大为兴奋,下令把曼施坦因的第56摩托化军唯一的装甲兵团——第8装甲师(150辆可用坦克),也调到莱因哈特的右翼。这样莱因哈特就有5个师攻打列宁格勒,其中有3个装甲师。但当面苏军的抵抗依然极为顽强。莱因哈特希望再得到党卫军"骷髅"师的增援[1]。可此时南面的战斗也激烈起来,勒布再也拿不出援兵了。

因气候恶劣,曼施坦因自己在卢加和诺夫哥罗德方向的进攻比原计划推迟2天。他已经没有装甲师了,所辖部队由左向右展开为:第269步兵师、党卫军第4"警察"师、第3摩托化师[2]。当面是苏联第41步兵军的3个师。直到8月10日4时,第56摩托化军才在战线中部,以2个师("警察"步兵师和第269步兵师),向卢加方向进攻。第3摩托化师留做预备队。

本来卢加战线的任务应该由德国第50军负责。但此时该军尚未赶到,只好由负责右路进攻的曼施坦因"代劳"。但他的进攻没有取得显著战果,被当面苏军的拼死抵抗所阻止。其后虽然曼施坦因又发动了多次进攻,但也未能奏效。正如曼施坦因所说,他当面的红军卢加战役集群已经增强了兵力,而且比德国人更熟悉地形,不那么好对付了[3]。

经过头四天战斗,莱因哈特损失了1600人,曼施坦因损失了900人[4]。在卢加战场没有捞到多少便宜的曼施坦因,对这场他后来称为"极其艰苦"的战斗也已经失去了兴趣。恰在此时,他的上司赫普纳向勒布建议,把曼施坦因的第3摩托化师也投入北面,去掩护莱茵哈特的侧翼,保证对列宁格勒的进攻不受干扰[5]。一开始,勒布同意了这个建议。8月15日,林德曼将军的第50军已经赶到了战场,曼施坦因便交出防地和2个步兵师,带着第3摩托化师和从伊

---

[1]《德意志帝国与第二次世界大战》卷四,第635页。
[2]《北方集团军群:德国武装部队在俄国》,第78页。
[3]《失去的胜利》,第186页。
[4]《巴巴罗萨战役(2):北方集团军群》,第58页。
[5]《第三帝国:巴巴罗萨》,第77页。

尔门湖抽回来的"骷髅"师,开始北上。但紧接着,他突然接到了赫普纳的新命令,要求马上掉头,开到右面的伊尔门湖地区,配属给第16集团军。结果,曼施坦因只好带着部队沿着刚才走过一遍的恶劣道路,行军13个小时赶到第16集团军防地。对此,他后来在回忆录中牢骚不已。

不过勒布和赫普纳也不会把曼施坦因调来调去地闹着玩,而确实是因为在第16集团军防线上出现了危险的局面。该集团军正担当着勒布的主攻任务:

同样是由于气候恶劣,担任主攻的德军第16集团军在8月11日才发动进攻,为此投入了第1、28军的部队。由于苏军没有料到德国人会从恶劣地形进攻,德国人在诺夫哥罗德西南地域很快突破了苏军第48集团军的防御,切断了连接莫斯科和列宁格勒的"十月"铁路线,并且直接威胁到了西北战略方向司令部伏罗希洛夫元帅坐镇的诺夫哥罗德。

为了夺回列宁格勒—莫斯科的公路和铁路线,8月12日,伏罗希洛夫命令红军西北方面军使用第48、34、11集团军向该方向反击。但由于遭到德军的主动进攻,第48集团军未能参加战斗。实际参战的主要是从预备队方面调来的红军第34集团军。

第34集团军此时拥有4个步兵师(第257、262、245、259步兵师)和1个骑兵第25师,加强有军属炮兵第270团(32门火炮),军属炮兵第264团2个营(35门火炮),反坦克炮兵第759、171团(40门火炮),总计加强有107门火炮,还有1个火箭炮营(12门火箭炮)和1个独立坦克营①。集团军指挥官卡恰诺夫少将。其当面之敌,是掩护德军第16集团军南部侧翼的第10军第290、30步兵师。红军

德国装甲师反坦克炮队的半履带装甲车

---

①《军事学术史》,第296页。

跟随在坦克后面的德国半履带装甲车

在突破地段形成了巨大兵力优势。

依靠优势兵力,苏联人迅速打垮了当面的2个德国步兵师,并在7天时间内推进30到40公里,一路打到了德军第16集团军后方的铁路枢纽德诺。此时,整个德国陆军第16集团军都有被包围的危险。

正是为了挽救这次危机,勒布才命令赫普纳火速把曼施坦因的第56摩托化军调去增援第16集团军。他甚至还直接向陆军总司令部告急求援,请求他们赶快把第3装甲集群第39摩托化军,从斯摩棱斯克抽调到诺夫哥罗德方向。

于是,来自诺夫哥罗德的党卫队"骷髅"师(已经被重新归入曼施坦因指挥),从卢加方向开来的摩托化第56军主力,在第1航空军和第8航空军俯冲轰炸机的直接配合下,与第16集团军第10军一道,在旧鲁萨地区洛瓦季河一线,与反击的红军展开恶战。

在曼施坦因指挥下,德军的第3、"骷髅"摩托化师等部队迅速赶到了战场,并秘密进入阵地。8月19日凌晨3时,曼施坦因向红军第34集团军侧翼发动了出其不意的凶猛进攻。红军遭到德军摩托化部队和俯冲轰炸机的这一突然而猛烈的打击,顿时乱了阵脚。加上部队配备的无线电严重不足,而集团军的指挥员此时也大部分是些刚刚征召来的毫无经验的人员,以至于红军集团军和各师的指挥常常中断,部队损失惨重。

到了8月22日,红军的反击宣告失败。曼施坦因宣称他抓到了12000名俘虏,缴获了141辆坦克,246门火炮,其中包括1门此前被苏军缴获的88毫米高射炮。另外,德国人还在这次战斗中,第一次缴获了苏军的新式火箭炮。红军第259步兵师师长斯洛夫将军也在战斗中受重伤,于9月4日死去。

第一章 ‖ 从叶利尼亚到列宁格勒——朱可夫的崛起

由于曼施坦因的进攻击退了红军的反击,德军第16集团军再度恢复了攻势。此前在8月16日,他们冲进了红军西北战略方向司令部所在的诺夫哥罗德。城市西部很快失陷,而决死一战的守军在城市东部则顽强抵抗到19日。

到8月20日,德军北方集团军群几乎沿着整个战线发动了全面进攻,红军第8、48集团军和卢加战役集群节节失利。在南下的第8装甲师配合下,林德曼的德国第50军(第269步兵师和"警察"师)也在8月22日恢复攻势。"警察"师于8月24日占领卢加,俘虏500人。但为了这一战术胜利,"警察"师自身几乎丧失战斗力[1]。此后,德国第50军在第28军协助下,继续攻击卢加以北的红军。战至9月中旬,苏军卢加防线不复存在。苏第41步兵军几乎被消灭,整个苏第48集团军只剩下6235人和31门火炮。

中央集团军群的援兵也大量抵达。8月24日,第39摩托化军(第12装甲师,第20、18摩托化师)赶到。此前一天,在北方、中央集团军群接合部的大卢基方向,德国第57摩托化军(第19、20装甲师外加2个步兵团)于凌晨3时30分[2],由大量空军、炮兵、火箭炮配合,猛攻苏联第22集团军。至8月26日几乎将对手毁灭,抓了3万多俘虏。德国人终于拔除了两大集团军群之间的这个顽固钉子(有些德国书籍误以为苏第22集团军司令叶尔沙科夫中将阵亡,其实他当时没死,后来还当了第20集团军司令)。9月9日,第57摩托化军向北推进到霍尔姆,与北方集团军群建立联系。

现在,北方集团军群消除了侧翼威胁,可以全力攻打列宁格勒。此前的8月21日,从列宁格勒通向卢加和莫斯科的道路都被德国第41摩托化军切断,坚固据点赤卫队城也在德军威胁下。列宁格勒告急。

在元首大本营内的希特勒对列宁格勒的失陷已经确信不疑。8月18日,他告诉前来问候的戈培尔,说想尽可能地避免伤亡,所以不打算用地面兵力夺取城区,而是把列宁格勒封锁起来,切断粮食来源,然后用炮击和轰炸摧毁居

---

[1]《北方集团军群:德国武装部队在俄国》,第84—85页。
[2]《巴巴罗萨战役(2):北方集团军群》,第64页。

民的抵抗意志,制造混乱①。毁灭列宁格勒的想法,他早在7月8日就对哈尔德说过(参阅第一卷)。希特勒尤其不想把宝贵的坦克投入城市巷战。

可是,事先组建的党卫军特别行动队,却已经做好了进驻列宁格勒,执行"清洗"任务的准备。他们甚至连各种车辆进出列宁格勒的特别通行证都准备好了。德国人还把传单撒到了似乎注定要陷落的列宁格勒城:"如果你们还以为列宁格勒能够守得住,那你们可是错了。如果你们敢对德国军队进行抵抗,那你们就会在德国炮弹和炸弹的猛烈轰击下被埋葬在列宁格勒的废墟里。我们将把列宁格勒夷为平地,把喀琅施塔德炸到海里。"

而在列宁格勒城内,恐惧情绪正在到处蔓延。8月14日,一个列宁格勒居民在他的私人日记中写道:"今天是令人痛苦而心烦意乱的一天。前线情况不妙","城里充满了各种小道消息。尤其是妇女们更是惶惶不安","今天甚至连意志坚强的人都感到了恐惧"②。8月20日,苏联官方紧急成立了"保卫列宁格勒军事委员会",并且开始在城内构筑防御工事。

莫斯科的斯大林这会儿也坐不住了。他在8月17日要求伏罗希洛夫务必保住列宁格勒,尤其要应付来自南面和东南面的威胁③。可现在伏罗希洛夫管的战区太大,很难集中精力。于是,在8月23日,红军统帅部将北方面军分成两个新方面军:卡累利阿方面军和列宁格勒方面军。

其中,卡累利阿方面军由弗洛罗夫中将(原来的第14集团军司令)指挥。这个新方面军负责巴伦支海—拉多加湖的防务。下辖第7、14集团军(帕宁少将接管第14集团军)和北方舰队。这些部队不再听命于伏罗希洛夫的西北战略方向总指挥部,而由最高统帅部直辖。

北方面军部署在列宁格勒以及爱沙尼亚的部队,被改组为列宁格勒方面军,司令员还是波波夫中将。他依然归伏罗希洛夫指挥。列宁格勒方面军下辖第23、8、48集团军。8月30日又接管了波罗的海舰队。后来又临时组建了

---

①《希特勒与战争》,第378页。
②《围困纪事:列宁格勒大血战》,第380页。
③《第二次世界大战史》卷四,第108页。

第42、55集团军。为了给这些新军团拼凑兵力,再次从列宁格勒动员了大量民兵。这些昨天还是工人、老师、演员、教授甚至作家的老百姓穿着便服系着皮带,经过匆忙训练后,就被送上了战场。领导他们的中下级军官很多都是些技师、技术员或者小组长。9月以后,这些民兵部队就被改编成了正规军。

新组建的红军集团军,被直接部署在列宁格勒城的周围。同时,斯大林还下令从西北方面军内,成立了由他直接指挥的独立第52集团军,企图从东面的沃尔霍夫河一线拖住德军进攻列宁格勒的脚步。

红军在列宁格勒紧急组建的新集团军

第42集团军,1941年8月在列宁格勒方面军组建,司令员谢尔巴科夫少将,被部署在列宁格勒。9月9日,该集团军兵力包括近卫民兵第2、3师,海军陆战队第6旅,步兵第500团,克拉斯诺格瓦尔杰斯克筑垒地域。

独立第52集团军,1941年8月由原西北方面军第25步兵军组建,步兵第267、285、288、292、312、314、316师和第442炮兵团、第881高炮团。司令员克雷科夫中将。由大本营直属。部署在沃尔霍夫河对岸。

第55集团军,1941年8月底在列宁格勒方面军组建,最初编有步兵第70、90、168、237师,第1、4民兵师,第2步兵团,斯卢次克—科尔皮诺筑垒地域等部队,司令员拉扎列夫坦克兵少将。

在莫斯科城内为列宁格勒安危极度担心的斯大林,还把他最信任的干将派到那里拯救危机。8月26日,他签发了国防人民委员会派往列宁格勒全权代表的委任状,全权委派莫洛托夫、马林科夫、库兹涅佐夫、柯西金、空军司令日加列夫和炮兵主官沃罗诺夫前往列宁格勒。

8月29日,斯大林又打电报给莫洛托夫、马林科夫,认为列宁格勒目前的困境,完全是方面军指挥员波波夫中将过于无能所致。为此,他在当天干脆撤销那

列宁格勒城郊的苏军高炮阵地

个碍事的西北战略方向总指挥部,直接指挥北方战线的各方面军。伏罗希洛夫则在9月5日接替被认为无能的波波夫中将,亲自出任列宁格勒方面军司令员。他受命直接指挥部队,保卫列宁格勒。

但德国人的攻势此刻也已经一日紧似一日。现在不仅是莱因哈特从东面逼近。8月25日,在列宁格勒东南面,北方集团军群以新开到的第39摩托化军,加上第16集团军的第1、28军两个步兵军,集中起9个师的兵力。其中第39摩托化军和第28军合编为"施密特"集群(以第39摩托化军长施密特命名)①。他们的任务是:

沿着涅瓦河和沃尔霍夫河发动进攻,为莱因哈特向列宁格勒的直接进攻提供侧翼掩护,并在可能的情况下推进到拉多加湖以东的斯维尔河,和那里的芬兰军队会合。

德国第16集团军其他部队,则在第57摩托化军支援下,与旧鲁萨方向的红军第24、37集团军交战,并于9月下旬占领迭米扬斯克。

"施密特"集群主力沿着莫斯科—列宁格勒公路,直接冲向列宁格勒,很快就突破了列宁格勒方面军薄弱的左翼。一个一个据点落入快速推进的德国人手中。8月25日,德第12装甲师(8月21日有94辆可用坦克)②在第121步兵师协同下攻陷柳班;8月29日,又攻陷了托斯诺。8月底,德国人打到了涅瓦河,并于30日占领姆加车站,切断了列宁格勒通往苏联内地

列宁格勒前线的德军自行高炮

---

①《北方集团军群:德国武装部队在俄国》,第84页。
②《装甲部队1933—1942》,第208页。

的最后一条交通线。此刻,德国坦克已经开到了距离列宁格勒只有20公里的斯卢次克—科尔皮诺筑垒地域。但新组建的苏联第55集团军已在前方布防,挡住了"施密特"集群。

9月8日,"施密特"集群的独立支队——措恩少将指挥的德国第20摩托化师(加强有第126步兵师1个团),又迂回到列宁格勒以东,插向拉多加湖南岸。在第8航空军的"斯图卡"掩护下,德军在波罗什—涅瓦杜布罗夫卡—莫斯科杜布罗夫卡地段强渡涅瓦河,进攻苏联内务边防军第21步兵师(师长顿斯科伊上校)驻守的施吕瑟尔堡地区。此地是拉多加湖入口咽喉和列宁格勒向东最后的地面通道所在,自彼得大帝时代以来就是兵家必争之地。

德军不惜一切代价也要拿下施吕瑟尔堡。由于遭到了顽强抵抗,他们竟然将大量苏联妇女、儿童和老人赶在前面,抵挡红军的子弹和迫击炮弹①。当天7时40分,德军第424步兵团第3连突入施吕瑟尔堡,他们差点挨了德军自己的轰炸。至此,列宁格勒的陆地通道被彻底切断,只能通过拉多加湖面和空中对外保持联系。列宁格勒被围困了!

芬兰人也总算积极了起来。虽然美英不断警告芬兰不要越过1939年边境,却遭到了公开拒绝。9月4日,德国国防军统帅部的约德尔将军为曼纳林带来了德国的骑士铁十字勋章。同一天,芬兰军队发射出他们空前的最猛烈炮火,然后开始了总攻。不过这次攻势的重点不是列宁格勒以北,而是列宁格勒和拉多加湖以东很远的斯维里河地区,目标是摩尔曼斯克铁路。芬兰第6、7军,加上德国第163步兵师,向苏第7集团军展开猛攻。几天后,芬第17师就切断了摩尔曼斯克铁路

曼纳林与迪特尔会谈

①《朱可夫自传》,第105页。

使用缴获的BA3装甲车的芬军　1941年7月

（在斯维里站）。但苏军投入了新锐的第114师，遏制住了芬军的攻势[①]。在更东面，芬兰人进展缓慢，恶战两周才于10月1日夺取了奥涅加湖畔的铁路站点彼得罗扎沃茨克。攻势就此收场。德芬军在斯维里河会合的计划终归没有实现。

1941年9月1日 苏德两军在列宁格勒方向的兵力对比

列宁格勒方面军

第8集团军

　　步兵第11、48、118、125、191、268师

　　第76拉脱维亚步兵师

　　第266机枪火炮营

　　第39、103防空营

　　第73炮兵团

　　第24炮兵团第1营

第23集团军

　　步兵第19军

[①]《巴巴罗萨战役(2)：北方集团军群》，第55—56页。

第一章 ‖ 从叶利尼亚到列宁格勒——朱可夫的崛起

步兵第142、265师

步兵第43、123、291师

步兵第708团（步兵第115师）

第28炮兵团

第577榴弹炮团

第241、第485独立高射炮旅

第198摩托化师（欠炮兵团）

第7、153歼击航空兵团

第235强击航空兵团

第42集团军

第2、3近卫民兵师

第51炮兵团

第690防空团

混成炮兵团

第704炮兵团（第198摩托化师）

第48集团军

第138山地步兵师

第311步兵师

第1山地步兵旅

第170独立骑兵团

第541炮兵团

第21坦克师

第55集团军

步兵第70、90、168、237师

第1、4民兵师

第2步兵团（第3近卫民兵师）

第14高炮旅

第84、86独立坦克营

其他部队

步兵第522团（第191步兵师）

第519榴弹炮团

第2坦克团（第1坦克师）

第41步兵军

步兵第111、177、235师

第1步兵团（第3民兵师）

第260、262、274独立机枪火炮营

第2民兵师

第1、4近卫民兵师

卢加防空地域

第24坦克师

步兵第10、16、115、281师

内务人民委员会步兵第1师

第8步兵旅

第3步兵团（第1民兵师）

第41歼击航空兵师

第1混成航空旅

第22、29筑垒地域

第101榴弹炮团

第108大威力榴弹炮团

第2防空军

第1坦克师（欠2个坦克团）

第48独立坦克营

第7歼击航空兵军

第8、39歼击航空兵师

第2混成航空兵师

第52独立集团军（大本营直属）

    步兵第267、285、288、292、312、314、316师

    第442炮兵团

    第881高炮团

    德军北方集团军群1941年9月1日兵力编组和坦克配备（9月4日）

以及在7月中旬到9月下旬的兵力调动情况：

第16集团军

  摩托化第39军（本隶属于第3装甲集群，9月配属给第16集团军）

    装甲第12师（坦克130辆，其中战备坦克96辆）

    摩托化第20、18师

  第1军（7月27日前隶属第4装甲集群）

    步兵第11、21、122、126师

  第2军

    步兵第12、32、123师

  第10军

    步兵第30、290师

  第28军（8月22日到28日和9月12日到17日，两度加强给了第4装甲集群，9月

22日后再度隶属第16集团军）

  步兵第121、96师

  摩托化第56军（9月前隶属第4装甲集群）

  党卫队"骷髅"师

  摩托化第3师

 第18集团军

  第42军（7月22日为陆军总司令部预备队）

  步兵第61、217、254师

 第4装甲集群

  摩托化第41军

  装甲第1、6师（坦克121、199辆，战备坦克97辆和188辆）

  摩托化第36师

  第26军（由第18集团军加强）

  步兵第93师

  第38军（原属第18集团军，7月19日到8月17日隶属第4装甲集群，其后再度隶属第18集团军）

  步兵第1、291师

  第50军（8月6日前隶属中央集团军群第9集团军，8月14日到9月15日隶属于第4装甲集群，此后隶属第18集团军）

  装甲第8师（坦克188辆，战备坦克155辆）

  党卫队第4"警察"师

  步兵第269师

束手无策的伏罗希洛夫

就在列宁格勒从地面被包围的同一天，巨大的危机和灾难也从天而降。

9月8日夜间18点55分，德国空军第1航空队组织了对列宁格勒的第一次空袭。27架Ju-88投下了6327枚燃烧弹，在市内引起了183处大火[1]。一个居民在日记里写道："涅瓦河对岸烈火熊熊，河水都给映红了[2]"。就是在这次袭击中，储备了大量白糖和谷物（2500吨）的巴达耶夫斯基粮仓被炸弹击中并燃

---

[1]《巴巴罗萨空战1941年7—12月》，第82页。
[2]《围困纪事：列宁格勒大血战》，第400页。

起熊熊巨火,大量食物被毁于一旦。未来,这一损失将给列宁格勒及其居民造成巨大的灾难。晚22时35分,德军又发动了规模更大的第二波空袭。

此时,得到大量加强的德国北方集团军群力量已经非常强大。其坦克摩托化部队到9月4日拥有4个装甲师5个摩托化师。有638辆坦克。其中可以使用的坦克有536辆(以上均不包括第57摩托化军的2个装甲师)。按德军当时的评估,9月初,北方集团军群以31个德国师进攻相当于25个师的苏军①。

空中优势也在德国人手中。第1航空队战斗航空部队可以使用的飞机有481架。其中战斗机166架、水平轰炸机203架、俯冲轰炸机60架、侦察机13架、驱逐机39架。

9月初,列宁格勒以南和东南,兵力对峙态势如下:

苏军防御部队隶属于新组建的第42、55集团军。共有8个步兵师,其中一半是民兵师。

在这两个集团军当面,围城德军展开了12个师(含3个装甲师)。从右向左态势如下②:

第39摩托化军一部(第20摩托化师一部)、第28军(第122、96、121步兵师)、第50军(第269步兵师、"警察"师)、第41摩托化军(第6、1装甲师,第36摩托化师)、第38军(第1、58、291步兵师)。预备队为第8装甲师。

另外,在包围圈以东的拉多加湖南岸,德国第39摩托化军主力(第12装甲

烈火雄雄的列宁格勒

---

① 《博克日记》,第306页。
② 《北方集团军群:德国武装部队在俄国》,第91页;《列宁格勒之战1941—1944》,插图4;《巴巴罗萨:希特勒入侵俄国1941》,第107页。

师、第20摩托化师主力)正阻止苏第48集团军(3个步兵师,1个摩托化旅)救援列宁格勒。

为了进攻列宁格勒,德军以少量兵力牵制住苏军东侧,也就是普希金和斯卢次克向的第55集团军。而直接由第4装甲集群司令赫普纳指挥的2个军,即德国第41摩托化军和第50军,则将从中央主攻突破。由赤卫队城冲向普尔科沃高地和乌里次克一线。连同侧翼掩护部队,德军在这个突破点集中了7个师和320辆坦克。包括第1、6装甲师,第36摩托化师,党卫军"警察"师,第1、269、121步兵师。

而在这7个德军精锐师面前,仓促组建的红军第42集团军仅有近卫第2、3民兵师[①]。而且,其中第3民兵师属于预备队。

赫普纳的攻势,将得到拥有大量俯冲轰炸机的第8航空军的空中支援。德国空军人员被派往莱因哈特的部队,以随时协调空地之间的战斗。

形势如此有利,勒布和赫普纳对列宁格勒志在必得。于是,在德国飞机空袭列宁格勒后的第二天,也是列宁格勒被彻底包围的第二天,即1941年9月9日晨9时30分,力量强大的德军北方集团军群再度发动进攻。

不顾一切猛冲过来的庞大德国坦克群和吼叫着俯冲的"斯图卡"不断把烈焰和死亡成片地扫向红军阵地,那些跟在坦克后面,排成密集散兵线,一面射击,一面把火焰喷射器的烈焰或者手榴弹射入、投入苏军碉堡的德国步兵则配合装甲攻势。装备低劣,兵力薄弱的红军民兵师只能用自己的血肉之躯死死挡在德国钢铁军团行进的通道上,他们后来被德国人称为"列宁格勒狂热的工人保卫者"。但到了日终,德军依然从10公里宽的突破地段冲入苏军纵深3公里。

为了挽救局面,伏罗希洛夫在9月10日命令第42集团军火速出动近卫第3民兵师。这个师迅速投入反击,从侧翼狠狠打击了正在逼近的德军第6装甲师,伤亡惨重的德军在几个小时内就更换了好几个各级指挥官。但莱因哈特很快便派来第1装甲师(9月10日有90辆可用坦克)增援第6装甲师。在他们

[①]《集团军战役》,第223页。

的强大压力下,近卫第3民兵师打到黄昏也被迫后退。但在夜里,该师依然不断向德国人发动反冲击。夜空被熊熊火光和坦克上的灯光映成了白昼。

列宁格勒的陷落似乎只是时间问题。正是在9月10日,希特勒命令勒布开枪射杀试图逃出列宁格勒的妇女和儿童①。战况已经火烧眉毛了。伏罗希洛夫只好把所有能够动用的部队都投入到战斗中。步兵第500团和海军陆战队第1旅也被派往前线增援,新组建的第5民兵师9月12日也被派了上去。停泊在港口里的红军舰艇和列宁格勒的要塞炮台开动重炮发射出强大火力。但在9月11日,缓慢但依然坚决推进着的德军第41摩托化军还是突破了苏军阵地。第1装甲师的先头战斗群(步兵、坦克、炮兵各1个营)的战车通过工兵临时搭在反坦克壕上的厚木板,冲上了杜杰尔戈夫高地(德国人称这个树木稀疏的山头为秃头高地)。在其左翼配合行动的第58步兵师还占领了红村。

现在,赫普纳距离列宁格勒只有24公里了。当天11时半,德军第1装甲师一名坦克连长站在杜杰尔戈夫高地上,向他的营长发出了无线电信号:"我能够看到彼得堡(列宁格勒)和大海"②。

伏罗希洛夫几乎束手无策了。列宁格勒的死亡就在瞬息之间。这个节骨眼上,斯大林的救火队员朱可夫终于出场了。1941年9月9日,还在叶利尼亚战场的战壕里督战的朱可夫,接到了总参谋长沙波什尼科夫的电报:朱可夫必须于当晚20点前赶到莫斯科。斯大林决定任命他为列宁格勒方面军司令员,去接替内战时代的老古董伏罗希洛夫。因为太仓促,还来不及签署书面命令,斯大林只给了朱可夫一个纸条当凭证。

临行前,朱可夫在笔记本里写下心得:那些不亲临现场、不核实情报,只会看地图匆匆忙忙下达书面命令的指挥员,是会吃败仗的③。他朱可夫可不是这样的人。

---

① 《巴巴罗萨战役(2):北方集团军群》,第79页。
② 《第三帝国:巴巴罗萨》,第84页。
③ 《朱可夫自传》,第100页。

四、朱可夫在列宁格勒

列宁格勒方面军的新司令员

9月10日晨①,在一个中队战斗机的掩护下,朱可夫乘坐飞机从莫斯科出发,飞往被重重围困的列宁格勒。中途,他突然遭遇了2架德军的Bf-109战斗机。不知道是出于什么原因,护航的苏联战斗机没有对德国飞机采取什么行动,但朱可夫的座机还是通过低空飞行摆脱了德国人,在列宁格勒机场安全着陆②。

一下飞机,朱可夫马上赶往斯莫尔尼宫(列宁格勒方面军司令部所在地)。此刻那里正在召开紧急会议。与会的伏罗希洛夫、日丹诺夫、库兹涅佐夫正和方面军各兵种司令员、勤务主任,波罗的海舰队的司令官,列宁格勒重要文物单位的负责人一起商量,要在城市失守前破坏德国人可以利用的一切。这批人让朱可夫在外面等了一刻钟才把他放了进来。

"这是我的委任状",新任的列宁格勒方面军司令员朱可夫边说边将斯大林的亲笔纸条交给伏罗希洛夫——在正式文件于9月12日确认朱可夫的任命

---

① 《朱可夫元帅:这个男人如何打败希特勒》,第90页。
② 《回忆与思考》,第546页。

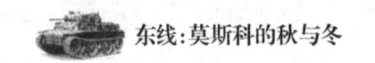

生效前，他就靠这个纸条来行使职权——同时说了一句话无疑会让这位老资格的红军元帅大吃一惊："我禁止炸毁军舰，军舰上有40个弹药基数"。

这话听起来简单，说出来却不容易。还在9月初，伏罗希洛夫、日丹诺夫等人就向斯大林打了报告，要求在红旗波罗的海舰队的军舰上布雷，并在列宁格勒面临失陷之际将其炸毁。斯大林同意了他们的请求。9月8日，伏罗希洛夫、日丹诺夫已经签署了炸毁军舰的命令。现在朱可夫禁止炸舰，不单单是让伏罗希洛夫这位"红军第一元帅"难堪，更是直接违抗最高统帅斯大林本人的决定。

但朱可夫这位在意志坚强上毫不逊色于斯大林的红军大将，对自己的主张却毫不退让：红旗波罗的海舰队军舰上那些大口径重炮不仅弹药充足，而且威力惊人，未经战斗就把它们自行炸毁简直是犯罪！在他的强烈坚持下，斯大林本人认可的炸舰命令被取消。另外，根据纸条的内容，伏罗希洛夫将被召回莫斯科。

从当晚到第二天凌晨，经过彻夜商谈，朱可夫和方面军委员会做出了一系列决定：

让那些原本要被炸毁的军舰，动用全部舰炮支援陆地上的第42集团军；

从列宁格勒抽调防空部队，配置在最危险的地段，准备用高射炮加强对坦克防御；

在重要地段着手建立纵深防御，布设地雷，架设电网；

在6到8天时间内，由波罗的海舰队水兵、列宁格勒军校和内务人员组成5～6个独立步兵旅。从卡累利阿方向的第23集团军抽调兵力，加强列宁格勒前哨据点——乌里次克的防御。

精力充沛的朱可夫大将并不是个只会发布命令的人，从第二天开始，他逐个接见方面军的参谋行政人员。此时列宁格勒方面军的情况已经乱作一团，一些消极悲观的军官整日以酒浇愁，不少士兵一听到枪响就逃跑。为了整顿士气，强硬的新方面军司令员朱可夫采用铁腕手段；他不是威胁说要把这个人送上军事法庭，就是扬言要把那个人枪毙或者绞死。他的话也绝不仅仅是说说而已,包括方面军作战部部长内的许多人就在朱可夫的惩罚名单之列。

在这些针对具体人的严厉措施以外,朱可夫还口授了0064号命令:"列宁格勒方面军军事委员会下令告知防守指定地区的全体指挥员、政工人员和士兵,在没有接到方面军和集团军军事委员会书面命令的情况下放弃指定地区的一切指挥员、政工人员和战士立即处以枪决。指挥员、政工人员看完命令后要签字,对士兵要广泛进行宣讲。"

值得一提的是,在这份措辞严厉的文件上签字的首批指挥员和政工人员,就包括朱可夫本人和斯大林的宠儿日丹诺夫在内的列宁格勒方面军军事委员会。严厉的措施对他们同样有效。

力挽狂澜

当朱可夫部署防御任务的同时,德国人一刻也没有放松对列宁格勒的凶猛冲击。拿下杜杰尔戈夫高地之后,赫普纳的下个目标是芬兰湾南岸的乌里次克。这不仅是为了逼近列宁格勒城区,也是为了冲到芬兰湾,把苏联第42集团军与西侧的第8集团军分割开。9月13日清晨,德军再次发动猛攻。在乌里茨克以南的狭窄突出地段上,从西到东,赫普纳展开了德国第1、58步兵师,第36摩托化师,第1装甲师[①]。总计4个师的德军连同第1坦克团,在第1航空队强大机群的配合下,很快就突破了苏联近卫第3民兵师和海军陆战队第1旅的阵地,占领了康斯坦丁诺夫卡、芬兰科伊洛沃。德军继续冲向乌里次克。

同时,德国第1装甲师的坦克还闯入了预定由第5民兵师防守的普尔科沃高地右翼的戈烈洛沃车站。此地距离列宁格勒只有12公里。第5民兵师是昨天才开始进入前线的。为了夺回戈烈洛沃,该师的两个团发动殊死反击。付出惨痛牺牲后,他们从德国人手里收复了车站。但到了下午,又被德军给抢了

[①]《列宁格勒之战1941—1944》,第76页。

回去。隔了一小时,车站再度回到民兵手中。当晚,为了挽救普尔科沃主高地的危机,苏第42集团军司令员伊万诺夫中将(他在9月初接替谢尔巴科夫担任集团军司令员)从车站抽走了一个团。这样,只剩另一个团和德国人在车站里打拉锯战,而且团长克拉斯诺维多夫还受了伤,由政治委员斯米尔诺夫(原维堡区区委书记)代理指挥。第二天,争夺车站的苦战再度展开,到了晚上,戈烈洛沃车站又被德国人攻占[①]。

为了保住第42集团军距离列宁格勒城越来越近的前沿阵地,朱可夫下令投入最后的预备队——第10步兵师。该师将对强大的德军实施决死的反突击!同时,费久宁斯基将军被派往第42集团军司令部监督执行反击计划。在这个头上已经不时有子弹飞过的前线司令部里,费久宁斯基发现集团军司令员伊万诺夫两手撑头,满面愁容。他对前线战况一问三不知,而且已经失去了和部队的联系。得到报告后,朱可夫命令费久宁斯基立刻接管第42集团军。

9月14日早晨,经过30分钟短暂而猛烈的炮火准备,得到1个步兵团、1个坦克营、1个反坦克歼击营支援的红军第10步兵师向当面的德军第36摩托化师发动猛攻,并一举突破了德国人的阵地,夺回了索斯诺夫卡和芬兰科伊洛沃。那些刚刚从列宁格勒工厂生产线下来的坦克,还没有涂上油漆就被投入了战斗。

德国人当然不会因为红军这次兵力微弱的反击就放弃近在咫尺的列宁格勒。9月15日,德军的4个师再度进攻,并且占领了芬兰湾沿岸的彼得戈夫和斯特列利纳,红军第42集团军与其西面的第8集团军的联系被切断。

9月16日,利用从其他地段抽调部队的方法,朱可夫又为费久宁斯基派来了大量援军,包括:

内务第21步兵师(其中1个团被用来夺取戈烈洛沃车站)、第6民兵师、由波罗的海舰队水兵和列宁格勒防空部队组成的2个步兵旅。

[①]《朱可夫元帅》,第96页。

这些军队组成了列宁格勒防御的第二梯队。城市的前方又多了一道屏障。可是在同一天,经过多次激烈的拉锯争夺后,乌里次克还是失守了。但苏军仍不断向该地反攻。这个小镇几乎浸染在鲜血里。

乌里次克激战的同时,在战线东侧,德国第28、50军(第96、122、169步兵师,"警察"师)也在第6装甲师配合下,从东西两侧挤压苏联第55集团军的阵地[1]。自苏第42集团军被击退后,第55集团军的东侧翼就暴露给了德国人。但反过来,这个突出部也威胁着逼近列宁格勒的德军的西侧翼。尤其在普希金据点,苏军的反击一度突入德军后方。这迫使德国人调回大量兵力,包括宝贵的第6装甲师,对付第55集团军。参与这场战斗的劳斯少将(他现在代理指挥第6装甲师)发现,他又必须和可怕的KV坦克打交道[2]。

对于北方集团军群司令官勒布元帅来说,现有的进度是不能令人满意的。此时,东线南部的基辅战役已接近尾声。希特勒和陆军总部为了尽快发动对莫斯科的进攻,正催促勒布把装甲部队主力和第8航空军交给中央集团军群。在此之前,勒布必须尽早拿下已经近在眼前的列宁格勒。

9月17日,德军北方集团军群出动了6个师总攻列宁格勒,为了支援其行动,第1航空队倾巢而出,起飞了全部飞机对红军防

德军检查一辆被丢弃的KV坦克

---

[1]《列宁格勒之战》,第77页。
[2]《装甲战:劳斯将军东线回忆录》,第82页。

线狂轰滥炸。占据优势的德国坦克再次向前推进，占领了列宁格勒一条电车线路的终点站亚历山大罗夫卡。现在，他们距离列宁格勒市中心的皇宫广场只有14公里。零星的德军坦克还冲进肉类联合加工厂，并与据守在那里的红军发生战斗。在芬兰湾里，红军战舰的炮火正对着逼近的德国人如急风暴雨般迎面狂扫过来，甚至连"阿芙乐尔"号纪念舰也投入了炮战。

在战线东侧，9月18日，德国第1装甲师把一批新坦克投入战斗，返头与"警察"师一道拔除了苏军威胁德军侧翼的坚固据点普希金。德第28军当天也取得进展。由于这两次失利，苏联第55集团军被迫大幅度向北收缩。

但德国人的攻势已经是强弩之末。人员伤亡越来越多。此前的9月14日，德国第6装甲师只剩下9000人[1]。第二天，该师被命令退出战斗，只把炮兵留在前线[2]。9月19日，第1装甲师也被调走。第二天又撤下了第36摩托化师[3]。德国士兵们对于攻占列宁格勒的信心，正随着苏军抵抗的加强而日益低落。德国第8装甲师的一个名叫威利·铁德曼的摩托化步兵在1941年9月1日日记中写道："我们遇到了激烈的反抗"，"我们待在潮湿的壕堑里，而且不断遭到炮击，以及坦克和迫击炮攻击"。

到了9月21日，他开始对面前的形势困惑起来："今天是星期天，但这算是什么星期天？(和平时)没两样。苏联为什么不投降？我们几乎已经完全战胜了他们。9架俄国飞机发动了袭击，我们连死了3个人。难道我们全部都要死

冲出森林的苏军坦克

---

[1]《巴巴罗萨战役(2)：北方集团军群》，第78页。

[2]《装甲战：劳斯将军东线回忆录》，第84页。

[3]《列宁格勒之战》，第84页。

第一章 ‖ 从叶利尼亚到列宁格勒——朱可夫的崛起

在这异国的土地上?"

第二天,他的失望愈加严重了起来:"敌人的火力来自四面八方,他们真的被包围了吗?"

后方的哈尔德,此时对战况的判断也不乐观。9月18日,他在日记里写下了德军的困境:"列宁格勒周围的包围圈还没有收得像希望的那样紧。第1装甲师和第36摩托化师撤退后,能有更大进展也令人怀疑……考虑到我军在列宁格勒的严重损失,而敌人又在那里集结了大量军队和装备,所以只要我们的盟军——饥饿没有出现,那里(列宁格勒)的局势就仍然很紧张。"①

此时,朱可夫似乎更有信心一些。到9月18日前,他在列宁格勒城一共拼凑了5个步兵旅和2个步兵师。他们在顽强抵抗的第42集团军背后构成新的防线。同时,朱可夫对他的对手——德军勒布元帅的弱点也进行了分析:由于列宁格勒的郊区森林密集,德国人只能沿大路进攻。所以红军应该集中炮火轰击、轰炸和封锁这些道路,设置各种工程障碍,或者破坏路面。这些做法取得了不小的效果,上面那位铁德曼在其9月28日的日记中就记载道:"越来越

德军第666强击火炮连突入列宁格勒郊区 1941年9月

---

①《哈尔德战争日记1939—1942》,第537页。

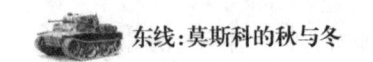

多的空袭,以及重炮轰击,俄国人肯定有很好的观测员。"

同时,朱可夫还认定,德国人在进攻中对于侧翼威胁颇为敏感,只要发起反突击和反攻,就可以迫使他们放慢进攻速度,甚至暂时改变作战方向,这对于红军争取时间强化列宁格勒防御具有重大意义。

那么,用什么部队反击呢?列宁格勒以南的第42、55集团军遭受德军正面进攻,自顾不暇。只有列宁格勒以西的第8集团军可用。但前面已经介绍过,德军在9月15日至16日占领了芬兰湾南岸的乌里次克等地。这样就把第8集团军孤立在列宁格勒以西的奥拉宁包姆桥头堡。但朱可夫的决心不可动摇。1941年9月19日,第8集团军在强大舰炮火力支援下,突然出动4个师,在红村方向攻打德国第18集团军薄弱的侧翼,与德第38军爆发激战。苏第42集团军也乘机反击,一举夺回乌里次克①。第8、42集团军一度又恢复了地面联系。

库利克元帅的失败

朱可夫想摆脱困境,光靠第8集团军从西面的攻击是不够的。因此几乎同时,在包围圈以外的列宁格勒以东,斯大林也竭力在沃尔霍夫河对岸拼凑救兵。

为了这个目的,红军不仅于8月底在沃尔霍夫河对岸组建了前面提到过的独立第52集团军,而且还在原莫斯科军区第44步兵军基础上组建了第54集团军。和列宁格勒当地那些由民兵仓促组建,员额武器都极端不足的部队相比,来自莫斯科的第54集团军在接收了众多中亚部队后,可谓兵强马壮,实力雄厚。其下属部队最初包括5个师,即第285、286、310、314步兵师,第27骑兵师。加强部队有第122坦克旅和独立第119坦克营②。而在开到沃尔霍夫河

---

① 《保卫列宁格勒》,第60页。
② 《苏联军事百科全书·军事历史》上,第181页。

北岸后，其兵力逐渐增加到8个师，并且配备了火箭炮部队。

第54集团军的司令员也与众不同。在苏德战争中，红军多数集团军司令员都是少将或者中将，上将司令员都很少见，而第54集团军却破天荒地由苏联元帅库利克来担任，其级别之高，在苏联军事史上可谓空前绝后，斯大林对此次行动的重视也可见一斑。

斯大林给库利克下达的具体任务，是打垮当面的德国第16集团军北翼部队，尤其是第39摩托化军（第8、12装甲师，第20摩托化师）①。夺回姆加车站和施吕瑟尔堡，突破德军的合围圈，打通和列宁格勒方面军的陆上联系。

库利克元帅

德军提前发现了库利克的集结，并于9月9日获悉了第286步兵师的番号②。第二天9月10日，库利克开始进攻，却迟迟没有进展，反而陷入停顿。库利克似乎对于赋予他的任务有些犹豫不决。困在列宁格勒城里的朱可夫等得不耐烦了。1941年9月14日到9月15日夜间，他和库利克通过"博多"电报机通话③。

心急火燎的朱可夫对这位军衔比自己高，但现在职务却比自己低的库利克很不客气，提要求也是开门见山："我想最好咱们两个老兵赶紧干起来，把敌人从这块土地上清除掉，咱们就可握手庆功了……，我对你有一个请求：不要坐等敌人的进攻，要赶快组织炮火反准备，向姆加总方向转入进攻。如果你明

① 《列宁格勒之战1941—1944》，第77页。
② 《哈尔德战争日记1939—1942》，第527页。
③ 《朱可夫自传》，第108页。

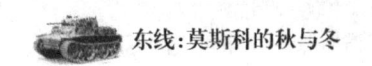

天还不能转入进攻,我们的处境可就更危险了。"①

面对咄咄逼人的朱可夫,库利克颇有些尴尬。他预定在16日至17日行动。朱可夫一听大叫说太晚了。库利克只好解释说这是因为需要准备时间,德国人向他展开了主动进攻等等。可朱可夫却指出德国人并没有对库利克发动什么进攻,最多只是进行了夜间实力侦察而已,并且顺势发了一通牢骚。最后,朱可夫以下列话语结束了这次对双方来说都很不愉快的谈话:"我本指望你们作复杂的机动。这个任务由我自己来干……依我看,如果苏沃洛夫在我们这个位置上,是会有所作为的。请原谅我的直率,但我用不着说外交辞令。祝你走运。"

被朱可夫教训了一顿的库利克第二天又接着挨斯大林的训。这位最高统帅要求他:"不要推迟进攻的准备。更坚决转入进攻,以便打通与朱可夫的联系。昨天,朱可夫在和你通话时就已经说明了他的处境,因此,你不能再拖延不战了。"在施加压力的同时,为了"鼓励积极性",斯大林还许下诺言,只要库利克在第二天攻下或者绕开姆加防线,就可以再给他2个精良的基干师,或者再加上一个坦克旅。在领袖的软硬兼施之下,库利克最后只好表示:"我们要努力完成您的指示,一定要得到您许诺的一切②。"

可是库利克的保证根本没有实现。9月15日前后,他当面的德军,以第8、12装甲师实施了强有力反击(并非是朱可夫所说的"夜间侦察")。在姆加车站的战斗一直进行到20日,可却没有取得什么进展。当天,已经相当烦躁的斯大林指责库利克行动过于缓慢,以至于德国人有充分的时间把每个村庄都变成强大的抵抗枢纽,而库利克则表示,即使在投入了2个火箭炮队和全部预备队的情况下,他的攻击仍然没有奏效。为此,他还需要新的部队。斯大林当然不会给他什么新部队,而是再次催促他:"21和22日两天内必须在敌人的战线上打开一个缺口,向列宁格勒会合,要不然就晚了。你的动作太慢了,应当把失去的时间补救回来。"

---

① 《朱可夫外传》,第146页。
② 《胜利与悲剧》下,第225页。

但库利克依然没有取得成功。他的攻势持续了16天,仅仅推进了6～10公里①。对这位自己战前最宠爱的元帅大失所望的斯大林,只好在9月26日把第54集团军交给朱可夫的列宁格勒方面军,并在9月29日将库利克撤职,由列宁格勒方面军参谋长霍津中将接替。

第54集团军向姆加车站的进攻,长期以来被说得一文不值。曾经对这次行动抱有很大希望,其后又产生很大失望的列宁格勒居民因此流传着一个笑话:"德国鬼子包围了列宁格勒,库利克的西伯利亚部队包围了德国鬼子。最后,库利克把丧魂落魄的德国人逼进了列宁格勒。"

客观说,库利克攻势并不像一般所认为的那样无意义。德军高层如勒布和哈尔德,当时都高度关注库利克攻势给德军造成的巨大压力。由于这一攻势,库利克牵制住了2个实力很强的德国装甲师和1个摩托化师,包括原定进攻列宁格勒的第8装甲师。参战的另一个德国装甲兵团——第12装甲师,在战斗开始的9月11日有66辆坦克可用。9月18日又补充了36辆新坦克。可到9月21日还是只剩下56辆坦克可用②。事实上,库利克牵制并重创的这些装甲师,正是勒布元帅手下一半的装甲部队。这对挫败德军的列宁格勒攻势意义重大。

可是对此前一直步步高升的库利克元帅个人来说,姆加之战却是一个命运的转折点。从此,他将从人生的巅峰跌落,坠向那可怕的深渊。对这位苏联元帅大起大落的悲剧性命运,笔者将在以后详细提及。而现在,还是让我们继续关注1941年9月下旬列宁格勒城下的金戈铁马,风云变幻。

勒布元帅攻势的终结

1941年9月20日以后,勒布元帅的攻势逐渐衰退。从9月17日开始,到9

---

①《巴巴罗萨:希特勒入侵俄国》,第112页。
②《装甲部队1933—1942》,第208页。

月26日,他手头的第1、6装甲师,第3、36摩托化师,连同第4装甲集群和所属第41、56摩托化军司令部,以及第3装甲集群第57摩托化军,第8航空军,都被陆续调往莫斯科方向。第8装甲师原本也要调走①,却因为库利克给勒布的压力而被留了下来。对勒布而言,这也算是因祸得福了。

9月初曾经一度实力强大的北方集团军群,机械化部队只剩下2个装甲师和3个摩托化师。而且留下的2个装甲师和1个摩托化师还都被库利克所牵制。北方集团军群从此风光不再。整个北方集团军群截至10月1日,伤亡损失了6万人。其中,25797名伤病员用船送回德国本土②。这意味着勒布手下的步兵也已所剩不多。

9月25日,勒布无可奈何地向德国陆军总司令部报告,宣称在大量装甲部队被调走后,以现有兵力已经无力进攻列宁格勒③。这迫使陆军总部下令迅速空运2万补充兵给北方集团军群,还许诺给勒布从法国、希腊等地抽调几个步兵师(还有一个西班牙师)。这天,希特勒甚至还命令中央集团军群空运去一个步兵团。大概因为飞机不够,这事没办成。希特勒就干脆下令把整个步兵师都通过铁路运给勒布④。

可是没有大量坦克,勒布就没法维持攻势。第二天,勒布还特别表示,北方集团军群现在唯一的装甲部队——配合第16集团军的第39摩托化军,在苏军反击下处境也相当困难⑤。库利克等从沃尔霍夫发动的侧翼攻势虽然没有取得斯大林和朱可夫所期待的效果,但确实给勒布带来了极其沉重的压力。

在这种情况下,德国第18集团军在9月23日向乌里次克一线只出动20辆坦克发动进攻。力量衰竭的德军,很快就在普尔科沃高地、彼得戈夫和奥拉宁包姆一线被得到猛烈炮火支援的红军所阻止。但另一方面,德国第38军也在9月底用4个步兵师(第1、291、254、217师)把苏第8集团军的4个师(第10、11、

---

①《列宁格勒之战1941—1944》,第84页。
②《北方集团军群》,第97页。
③《第二次世界大战大事记》,第115页。
④《哈尔德战争日记1939—1942》,第540页。
⑤《第二次世界大战史》卷四,第111页。

85、80师)推回到列宁格勒以西①。

在空中,勒布的形势也不乐观。当然,此时与其作战的苏联西北方面军的空军并不强大。自战争开始以来到9月底,西北方面军一共损失了2692架飞机②(只有1283架属于作战损失。其中空战损失为749架被击落、211架受创),得到的补充却只有450架(其中有100架伊尔-2和90架拉格-3)。于是到9月底,方面军只剩下191架飞机。而德国人如前所述,在月初仅仅可以使用的作战飞机就接近500架。

不过苏联人此时采取了比较聪明的战术。他们尽可能避免和德国战斗机发生直接冲突,而是穿过敌方空中防区的间隙,去袭击德军地面部队。其实对苏联人来说,他们自己也面临同样的问题。虽然通常他们的战斗机在空军中的比重要比德国人大,但同时他们由于在本土作战,所要保卫的目标也多得多。总的说来,在地域广阔的苏德战线,两军的战斗机都不足以完全保卫自己的陆军部队,这就给双方的地面攻击机提供了一展身手的空间。

在苏联人的"钻空子"战术面前,本来拥有空中优势的德国人却很吃了一些苦头,不仅地面部队抱怨不已,甚至德国空军自己也颇感麻烦。在1941年9月22日,德国空军第54战斗机联队联队长汉内斯·

苏军的伊尔-2型强击机

列宁格勒城外的防御工事

①《列宁格勒之战1941—1944》,第77页。
②《黑十字与红星:东线空战》第一册,第190页。

特劳特罗夫少校来到地面部队观察情况,结果就碰上了两队Ⅰ-16的俯冲扫射。情急之中,他慌忙躲到工事里。待到苏联飞机飞走,被从已经倒塌的工事中拉出来的这位战斗机部队指挥官狼狈之余,竟然脱口而出:"见鬼!我们的战斗机在哪儿?!"

苏联人当然不会只是在空中加强了抵抗。在勒布面前这座似乎伸手可及的列宁格勒城里,朱可夫已经组建了相当强大的防御部队。直接防御城市的第42集团军在9月底,第一线就部署了第56、13、189步兵师,而第二线的第21步兵师则被配置在环城铁路上。来自列宁格勒的8万多居民,冒着9月阴冷潮湿的天气,以及德国空军频繁的空袭和低空扫射,每天在风雨泥浆中苦干十几个小时,为这些部队构筑了坚固的防御工事。而在城内,他们还挖了17000个射击孔,4000个火力点和25公里长的街垒,并将城市划分成6个防御地域。

列宁格勒市区正在构筑街垒

列宁格勒城内的街垒

综上所述,即便希特勒不调走勒布的坦克部队,这些坦克又能侥幸冲入城内,恐怕也会被巨大城市内残酷激烈的巷战所消耗,而这是希特勒最不愿意看到的。一直到斯大林格勒战役之前,他都尽力避免出现这种局面。

正因为如此,希特勒在9月21日把他很早就开始形成,并在8月18日向戈培尔表达的想法最终确定了下来。战后,人们在德国海军司令部文件中发现了希特勒这份名为"l-a 1601/41

第一章 ‖ 从叶利尼亚到列宁格勒——朱可夫的崛起

号:《关于彼得堡的命运(希特勒和他的将军们习惯这样称呼列宁格勒)》"的秘密指令:"可以让(列宁格勒)守军残部留在城内过冬。春天我们再打进城内",而在此期间,"元首要把彼得堡从地球上消灭掉。在苏俄战败后,让这样一个城市继续存在毫无意义。芬兰也明确表示他们不希望这个城市继续在新国界线附近存在。必须把它牢固包围起来,所有的大炮向它开火,轰炸机不停地轰炸,直到把它夷为平地为止。如果彼得堡提出投降,也不得接受。……即使是保留该城部分居民的生命,我们也不感兴趣"[①]。美国人所发现的国防军统帅部9月21日"002119/41"号文件

列宁格勒前线,一辆正在燃烧的ZiS-5汽车

遭到轰炸的城市

[①]《围困纪事:列宁格勒大血战》,第34页。

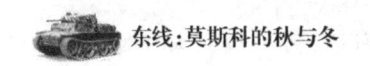

也记载了类似内容①。

事实上,勒布的部队很早就开始这样做了。从9月4日开始,他的280毫米口径的远程火炮就对列宁格勒实施了炮击。9月17日,已经推进到乌里茨克一线的德国人又对列宁格勒展开18个小时又32分钟的长时间猛烈炮击。半个月内,5000发炮弹落入市区。9月19日星期五,第1航空队出动276个架次轰炸机,在15小时内发动了6个波次的狂轰滥炸。在一座医院,442人被炸死炸伤。当天,德军也被击落2架Ju–88、3架Ju–87和1架Bf–110。

到1941年底,德军炮击列宁格勒市区272次,共发射13000发炮弹,投下7万枚航空炸弹②。炮击目标甚至包括"爱尔米达日"美术历史文化博物馆(德国人的第9号目标)、少年宫(第192号目标)和妇婴保健院(第709号目标)③。而随着时间的推移,严酷的冬季和饥饿也将成为哈尔德所说的"德国人的忠实盟军"。

但在1941年9月26日,德国坦克的履带毕竟还是在列宁格勒城下停了下来。从9月底到10月初,朱可夫得到了报告,德国人已经开始在战线的那面构筑冬季阵地,斯大林赋予他在列宁格勒的使命,就此也告一段落了。

在以后的日子里,列宁格勒和他的居民将在更严峻的考验中继续毅然挺立。虽然苏联人当时还不知道希特勒不打算接受列宁格勒的投降,但他们也确实不打算向他投降。

随着勒布第二次进攻列宁格勒的失败,主要由此次战役和南部的基辅战役组成的东线1941年8、9月战局宣告结束。在下个阶段,自占领斯摩棱斯克以来一直固守不前的德军中央集团军群将成为新的主角,他们将指向苏联首都莫斯科,希特勒相信他将在那里取得最后的胜利。

而在列宁格勒城下力挽狂澜的朱可夫大将,也将很快出现在莫斯科,他和全体苏联军民的任务,恰恰是阻止希特勒的胜利。

---

① 《莫斯科到斯大林格勒:在东方的决断》,第35页。
② 《围困列宁格勒1941—1944:九百天的灾难》,第66页。
③ 《保卫列宁格勒》,第58页。

第二章

"台风计划"

一、1941年9月初至10月初的东部战线

希特勒的第35号训令

从斯摩棱斯克战役结束到1941年9月底,战争形势继续向着对德国人有利的方向飞速发展。

自开战以来,东线德军已经深入苏联纵深600到800多公里,其前锋部队推进到北起摩尔曼斯克,从安德烈阿波尔、布良斯克、波尔塔瓦,向南一直延伸到扎波罗热、梅利托波尔的漫长战线上。不仅如此,德国人的战场态势也通过南北分兵得到了很大的改善。在分兵后8、9月份的战役中,庞大的东线德军除了在中部战线转入防御外,在北方和南方战线则继续取得重大进展:

在东线北段,勒布元帅领导下的北方集团军群逼近并包围了列宁格勒,正如上一章所介绍的那样,虽然朱可夫领导的红军以顽强抵抗挫败了勒布拿下列宁格勒的企图,但却暂时无力击退德国人对列宁之城的围困。

在南方,龙德施泰特元帅率领他麾下的南方集团军群,一举歼灭了苏联西南方面军主力,拿下乌克兰首府基辅,推进到了克拉斯诺格勒、扎波罗热、梅利托波尔一线,对苏联工业和资源重镇的哈尔科夫、顿巴斯,以及红色黑海舰队基地所在的克里木半岛构成了严重威胁。

Geheime Kommandosache

Armeeoberkommando 4　　　　　　A.H.Qu., den 23.9.1941.
Ia Nr. 3333/41 g.Kdos.
　　　　　　　　　　　　　　　40 Ausfertigungen.
　　　　　　　　　　　　　　　22.Ausfertigung.

Chefsache
Nur durch Offz.

Armeebefehl "T" Nr. 1

für die Bereitstellung und den ersten Ansatz zum Angriff.
(Karte 1:300 000).

1.) **Feindlage:**
　　Der Feind vor der Armeefront hält seine jetzigen Stellungen mit Infanterie anscheinend noch in bisheriger Stärke und Gliederung besetzt.
　　Das Art.Feuer hat dagegen zur Zeit erheblich nachgelassen, Panzer sind in früherer Stärke nicht mehr aufgetreten.
　　Diese und andere Anzeichen deuten darauf hin, dass der Gegner sich zur Abwehr gliedert und Teile seiner Artillerie und Panzer zu anderer Verwendung herausgezogen hat.
　　Für den Angriff kommt es daher darauf an, mit allen Mitteln unbedingt festzustellen, ob der Feind in bisheriger Stärke und Gliederung hält, oder ob er sich unter Vortäuschung stärkerer Besetzung seiner vordersten Stellungen mit der Masse nach Osten absetzt.
　　Von dieser Feststellung hängen entscheidend die weiteren Angriffsziele der Armee nach erfolgtem ersten Durchbruch ab.
　　Einzelheiten s. Feindnachrichtenblatt Nr. 4.

2.) Die Heeresgruppe Mitte, erheblich durch neue starke Verbände der Panzer- und Luftwaffe, sowie Heerestruppen verstärkt, wird Anfang Oktober (s.Ziff.) zum Angriff antreten, um den vor ihr stehenden Feind zu durchbrechen und dann durch enges Zusammenwirken der durch Pz.Gruppen 4 und 3 verstärkten 4. und 9.Armee zu zerschlagen.

3.) 4.Armee mit unterstellter und durch Inf.Divisionen verstärkter Pz.Gruppe 4 durchbricht die feindl. vordersten und weiter rückwärts gelegenen Stellungen vor dem rechten Flügel und der Mitte der Armeefront mit Schwerpunkt (verst.Pz.Gr.4) südlich der Strasse Roslawl - Moskau, während sie auf dem Nordflügel (IX. A.K.) zunächst einen Angriff vortäuscht.

"台风计划"

勒布和龙德施泰特发动的大规模攻势，击溃并消灭了当面的百万红军，在东线南北两个方向朝东推进了数百公里，不仅夺占了大量苏联领土，而且使得边境交战后一度中部地区过于突出的德军战线平直了很多。这一点对希特勒来说具有特别重大的意义。如果说在此前，担心中央集团军群孤军深入的希特勒还在为这个集团军群的南北侧翼安全而担心的话，现在这种担忧似乎已经烟消云散，至少看起来是如此。

更重要的是，希特勒和他的陆军总司令部将军们此前矛盾重重，为了南北分兵问题而闹得不可开交。如今，在"大好形势"面前，希特勒和将军们已经形成了完全的共识：斯大林的红军在经历了明斯克、斯摩棱斯克、基辅等一系列惨败后，已经不可能再组织起像样的力量来抵抗深入苏联腹地的德国军队。希特勒的副官后来回忆希特勒当时对形势的看法正是如此："他（希特勒）认为，到9月斯大林将不得不把最后的后备力量派往前线作战。等这批军队碰得头破血流时，苏联的顽强抵抗就会停止，到那时我军只需迈腿前进。"[①]

在这一点上，德国将军们和他们的元首之间并没有任何分歧。他们对下一步作战的最重要的目标也完全一致：迅速动用德国中央集团军群的庞大兵力，攻占苏联首都莫斯科，彻底击败苏联。指挥中央集团军群的博克元帅对这个目标无疑也是举双手赞

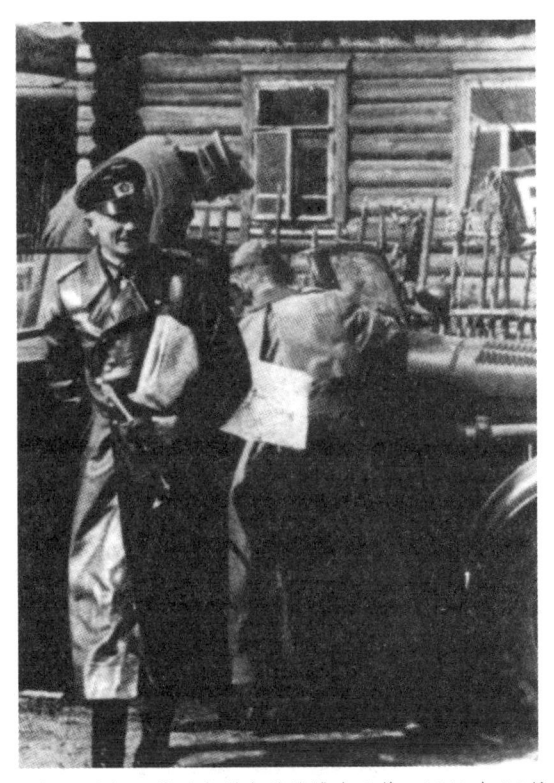

"台风"战役开始时志得意满的博克元帅　1941年10月

[①]《希特勒副官的回忆》，第311页。

成。中央集团军群的德军官兵都知道,这位被部下们称为"老费迪"的老陆军元帅对攻占莫斯科的渴望远远超过希特勒。在博克看来,中央集团军群自身存在的意义,就是夺取苏联首都。

可是,中央集团军群虽然早在7月份就占领了维捷布斯克和斯摩棱斯克,建立起进攻莫斯科的桥头堡,却由于机动部队被希特勒调给了南方和北方集团军群,只能停止在中央方向的攻势,在距离莫斯科只有300至400公里的杜霍夫什纳、亚尔采沃、斯摩棱斯克、罗斯拉弗尔、肖斯特卡、格卢霍夫一线转入了防御。在这条战线上,急着拿下苏联首都的博克和他庞大的集团军群已经在红军的反攻下(自然也包括前面提到的朱可夫对叶利尼亚的进攻)前后苦熬了将近两个月,他们随时等待着希特勒下达对红色帝国的中心发动最后攻势的命令。

1941年9月6日,希特勒终于下达了这样的命令。虽然基辅方向大合围战役的枪炮声还在轰鸣,希特勒就已经制定了《在中央集团军群方向上决战》的

讨论战况的几个德国军官

第35号训令①，这份德国国防军统帅部/国防军指挥参谋部/国防处（作战组）1941年度第441492号文件首先分析了东线北段和南段的形势：列宁格勒已被北方集团军群包围，红军西南方面军已被德国南方集团军群歼灭（当然是在中央集团军群装甲部队的帮助下）。这样"就为同铁木辛哥集团军群（发布命令时，由铁木辛哥指挥西方面军守卫莫斯科方向，但其后不久他却被派往西南方向指挥败局已定的基辅战役，详见《东线》第二卷）进行决战打下了基础"。

有鉴于此，博克和他的中央集团军群将实现最重要的作战目标：使用最强大的装甲部队，在最强大的航空部队有力支援下，从两翼发动进攻，在维亚兹马方向形成"双重包围"，"歼灭斯摩棱斯克以东的敌人"。而在彻底消灭这个红军集团（在希特勒看来，这是红军最后的重兵集团）后，德军中央集团军群将拿下苏联首都莫斯科。

为了达到这个目的，中央集团军群务必在9月底以前完成战役准备，以保证"在冬季气候到来之前的有限时间内，给该集团军群（西方面军）以毁灭性打击"。显然在希特勒和他的将军们看来，气候将是德军通向胜利道路上唯一需要提防的障碍。

为了中央战区的大决战，将投入空前庞大而强力的重兵。希特勒把北方和南方集团军群所有能够抽出的机动兵团和航空部队，统统调给博克。但希特勒所要的并不只是一个莫斯科，而是在东方的全面胜利。于是在命令中央集团军群攻向莫斯科的同时，他也给南北战区下达了新的进攻任务。

北方集团军群准备向列宁格勒东面的季赫文发动进攻，以便在斯维里河与从卡累利阿地峡发动进攻的芬兰军队会合，将列宁格勒更为全面地封锁起来。

南方集团军群则应当在胜利结束基辅战役后，继续推向希特勒所看重的工业资源目标——哈尔科夫工业区、顿巴斯、克里米亚。

下达35号训令时的希特勒和1941年夏秋的那个希特勒判若两人：那时的他对于将军们一鼓作气拿下莫斯科的主张先是犹豫不决，后来则将其彻底否

---

① 《希特勒战争密令全集》，第116页。

定,还将中央集团军群强大的装甲部队调到南北两翼,实施了规模巨大的基辅会战。而现在,面对似乎唾手可得的胜利,希特勒却开始迫不及待地要求占领苏联首都,甚至一度要求在9月中旬就发动进攻。

中央集团军群的参谋班子匆匆制订着具体作战计划。9月19日,他们已经得到了国防军统帅部定下的战役代号——"台风"①。这个代号是如何诞生的,现在已无从考证。但作为一场宏大规模史无前例的大会战,"台风"的确是极其相称的名字。等待太久的博克,当然希望尽早以这场"台风"席卷莫斯科,所以一度也主张在9月中旬开始进攻。但在详细研究后,德国陆军将领们却反而要求晚一点采取行动。因为在此之前,他们必须赶快让东部前线的庞大部队恢复元气。这支当时世界上最强大的军队在经过两三个月伤亡惨重的恶战后,已经疲惫不堪。

莫斯科

---

① 《德意志帝国与第二次世界大战》卷四,第670页。

红色帝国的中心——莫斯科

莫斯科,苏联及俄罗斯联邦的首都,莫斯科州首府,苏联最大的城市,位于俄罗斯平原中部,苏联欧洲部分的中心,地跨莫斯科河及其支流亚乌扎河两岸(莫斯科的城市名就来自莫斯科河)。1939年人口417.7万人。

作为从蒙古人手中获得独立和统一的古老帝国中心,作为历代沙皇和苏联党政军要害部门主宰国家命运的权力中枢,早在1147年就作为居民点见之于编年史的莫斯科并不像列宁格勒那样充满迷人的海洋气息,笼罩在浓厚的文化氛围中,而是以布局严整,气势雄伟凝重,曾经是历代沙皇宫殿,也是最高苏维埃代表大会和原苏联共产党代表大会所在地的克里姆林宫,和安放着列宁圣体的红场为核心的一座权力之城,是红色帝国的大脑和神经中枢所在。

对德国人来说,攻占莫斯科并不仅仅具有摧毁苏联抵抗意志的象征意义。莫斯科不但是苏联政治、经济、文化和交通的中心,而且作为苏联最重要的交通枢纽,该城交通发达,是巨大国家铁路、公路、河运和航空的枢纽,铁路和公路通向红色帝国的四面八方,连接着列宁格勒、基洛夫、基辅、符拉迪沃斯托克、哈尔科夫、顿巴斯、明斯克和乌拉尔、伏尔加河下游、高加索、中亚、克里米亚、西伯利亚、波罗的海等地区。这一点也是德国将军们力图即早攻占莫斯科的一个重要原因。按照他们的逻辑,只要占领莫斯科,不但可以掐断苏联南北的交通,而且也可以使红军来自"西伯利亚"的援兵无法增援苏德战线。

应该说,这种说法有一定道理,但却也未免有些片面。毕竟苏联也是一个有着巨大的铁路交通网,在1940年铁路总长度就达到10.61万公里的国家。莫斯科如果失陷,虽然会对苏联的交通运输带来很大损失,但完全切断则是完全不可能的。事实上,从苏联更深远腹地的基洛夫、喀山和古比雪夫,同时也结合伏尔加运河,一样可以把苏联南北,以及欧洲部分与亚洲部分连接起来。况且苏联人在战时也忙着铺设新线,其中就包括伏尔加滨河铁路和横跨伏尔加河的基兹利亚尔—阿斯特拉罕铁路。

在苏联人的后方交通中,位于伏尔加河上的古比雪夫(今天的萨马拉市)居于特别重要的地位,斯大林将其作为战时第二首都,不仅考虑其处于苏联腹地,也不仅是由于古比雪夫距离《苏军内幕》中曾经大肆渲染的"地下城"日古里很近(事实上,斯大林确实在古比雪夫拥有极其坚固的,最深处位于地底37米的"斯大林护舱"地下指挥部。据说其3.5米厚的混凝土整块石料可承受2吨重炸弹,如果115人待在这里,5昼夜不需要外面的物资供给),也和其交通枢纽地位密不可分。须知古比雪夫也是俄罗斯最重要的交通枢纽之一,在所有从中东欧向西伯利亚、亚洲中部和哈萨克斯坦延伸的道路中,经过古比雪夫的路程是最短的,该城还是俄国内河石油运输的重要中心。

正如其他方面一样,德国人对苏联地理和交通的了解并不深刻。这也不奇怪。据说在1988年9月以前,发表的苏联地图在细节上基本都是虚假的。官方许可出版的莫斯科旅游图甚至只有等高线是真实的。于是,当德国人进入苏联后,往往发现地图上标示的道路并不存在,而地图上的空白处却不时会冒出一个巨大的城镇来。

疲惫之师：
1941年9月的东线德军

到1941年8月底、9月初，德国东线军队虽然取得了巨大的战果，但其自身的损失也已经相当的惊人。按照德国陆军总司令部月度统计，截至8月31日，东线陆军战斗伤亡就达到近41万人（确数409698人。其中被打死87489人）。可是，哈尔德在日记里记载的数字更大：到8月26日，兵员损失就已经超过了44万人，其中死亡了9.4万人[1]。1999年，德国发表的最新研究显示了更为巨大的数字：从苏德战争开始到8月31日，东线德军仅仅死亡者就超过13万（确数134165人），其中还不包括芬兰战区的德军死者[2]。

遭受巨大损失的同时，德国军队的补充工作开展得却并不十分顺利。截至1941年8月底，德国后备军向东部前线提供的补充兵员总数只有21.7万人，还不到损失的一半。

这是件不可思议的事。照说，且不算德国社会的人力储备，单是后备陆军在苏德战争爆发时就拥有124万人。理论上，每个德国野战师在后方平均有4630人的补充兵员和246名卫生人员。可是，后备陆军有57万人被国内的地方军区占有。还有20万人分给已经相当臃肿的海空军。又有15万人因为患病等原因被判定为不适合去前线打仗。又有9

东线战场的德国士兵

---

[1]《苏德战争》，第187页。
[2]《德国在第二次世界大战的军事损失》，第277页。

万人早就编成野战补充营派去前线。这样,剩下的后备兵只有32万人①。夏季送了20多万人补充前线,到9月就所剩无几了。

在这种情况下,东线德军员额缺损严重。9月初,有14个师每个缺额4000人、40个师每个缺额3000人、13个师每个缺额2000人、58个师每个缺额2000人以下。要弥补这么大缺口当然不是很轻松的事。对此,哈尔德在9月9日写道:"我们在东线缺员20万人,除了用复员的伤员来解决这个问题之外,别无他法。"而在8天前的9月1日,这位德国陆军总参谋长还在日记里提出用解散12个师的办法来补充部队缺额②。可是,占用近60万人的国内军区,还是继续在后方悠闲度日。人力资源被这样浪费,包括哈尔德在内的陆军官僚们却无动于衷,直到战争结束都是如此。

当部队兵员出现缺口的同时,德国人的装甲部队面临的情况更为严重。截至1941年9月4日,在东线德军全部17个第一线装甲师中,能够作战的坦克只有1596辆,而被摧毁或者受损正在修理的德国坦克却多达1801辆。在所有部队中,从中央地区南下参加基辅会战的古德里安第2装甲集群损失最为巨大,其可用的坦克总共只剩下190辆。

和人员情况相比,装甲部队损失更为严重,却几乎没有得到像样的弥补。1941年8月下旬至9月上旬,东线全部17个装甲师中,有9个师没有得到任何补充坦克,另外8个师加起来只补充了89辆坦克③。此时,不可恢复的损耗坦克总数已有1000辆。可以修复的坦

东线德军的三号坦克和"捷克"坦克

---

①《德意志帝国与第二次世界大战》卷五,第一册,第984页。
②《苏德战争》,第689页。
③《装甲部队1933—1942》,第206页。

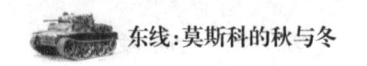

克,很多也缺少零件。

德国空军的情况也不比陆军好多少。截至1941年9月6日,东线航空部队可以升空的飞机总数为1005架(不包括配属给陆军的飞机和近程侦察机,以及在修飞机),还不到开战时航空兵力的一半。

要弥补已经如此巨大而且还不断增加的损失,集中兵力对苏联实施强有力的最后一击,战前无论如何都需要对前线进行一次全面补充,并储备起充足的作战物资。这将取决于德国人的后勤系统。

入不敷出:
东线德军的后勤状况

尽管德军损失惨重,但凭借1941年德国雄厚的人力和物力,单纯补充上东线的缺额,还算不上非常困难(当然像苏联那样快速扩充是办不到的)。德国的军事工业产量虽然与技术兵器的损失之间存在一定的缺口,但基本上还能保证前线部队70%以上的需要。

对东线德国军队来说,真正的问题还是在于其后勤运输能力的薄弱。一般认为,德国军队在进入苏联时只带了2~3个基本携运量,加上20个师用途未定的储备物资。但这点物资和部队迅速的消耗相比,实在是微不足道。一个德国装甲师每天消耗的物资就要300吨,这样的师在东线有将近20个;其他类型的师每天需要物资200吨,这样的师有大约一百二三十个。一天下来,这140到150个师就需要消耗3万多吨各类物资。而除了这些师以外,东线还有大量的德国陆军独立部队和庞大的航空部队。要维持这些部队的战斗力,后勤工作的重要性是显而易见的。

像其他情况一样,人们往往把德军在后勤上的种种失误也归罪于希特勒,但实际上这位热衷于指挥作战的纳粹元首一般情况下,不是很喜欢过问具体的后勤工作。在这方面,德国的军事官僚部门:国防军统帅部、陆军总司令部、总参谋部等,基本上具有完全的权力。但在这些自视甚高的将军及其官僚班

子们的领导下,东线的后勤工作被搞得一团糟:

在后勤组织方面,德国人把他们的运输部门莫名其妙地分成几块。军用和民用的铁路、水路运输,由国防军统帅部运输总监盖尔克将军负责。他同时也是陆军运输部长。但海军和空军的运输却不在他的管辖之下。而且陆军战区的汽车运输指挥权也不归他,却由陆军总司令部军需部长瓦格纳将军负责,提供给陆军的物资也由这位将军来保证。

即使在盖尔克将军负责的陆军铁路运输领域,也在军方必须和民政铁路部门"协作完成"的规定下被弄得非常麻烦,因为管理通向东线铁路的德国驻波兰总督弗兰克,不怎么把前来和他协调的盖尔克放在眼里。虽然前线战火纷飞,军情吃紧,但这位纳粹总督直到1941年11月才允许在其地盘内给予军用列车绝对优先的地位。纳粹德国的山头主义即便在生死攸关的军国大事面前也是毫不退让的。但另一方面,事后成立的德国官方调查委员会也认为,军队对铁路运输的管理实在太糟糕,所以还是把权限都交给民政铁路部门[1]。不过这是后话了。

至于德国的野战部队,虽然从连一直到集团军都设有完善的后勤管理系统和部队,却非常奇怪地没有在集团军群一级的参谋部内设立供应管理部门。而德军各集团军的军需军官只听命于军需部长派到各集团军群的军需工作队队长,集团军群司令部除了配备2名后勤参谋,对各种资料进行汇总统计外,基本上不参与后勤管理。

德国武装部队的野战后勤系统[2]

> 集团军群:
> 德国陆军总司令部军需部派到各集团军群的军需工作队负责一个大战区实际的后勤工作,各集团军军需官(他们隶属于集团军司令部的后勤参谋部,分别负责后勤储备和运输)都听命于他们。

---

[1]《苏德战争》,第695页。
[2]《世界军事后勤史资料选编·现代部分》中一、中二。

军需工作队管理的后勤单位庞杂,以德国北方集团军群为例,就管辖着50个载重汽车运输队、10个摩托化补给连、面包房、屠宰站。还有2个补给基地,储存有27803吨物资、44658吨给养、39899吨油料。若干轻型工兵器材、工程和通讯设备。

这些后勤部队大都编制在集团军一级。一个集团军的后勤部队,包括2个后勤汽车营(每个营运力为360吨),2个负责装载、储存和分发物资的补给营,若干摩托化修配所、面包房、屠宰站、军邮处、兽医站。集团军所属的运输单位在接收了物资后,将这些物资堆放在所属的仓库和堆料场,然后直接运给各师。因此,德国陆军军一级并不直接管理它们下属的师后勤,其直属后勤部队仅有1~2个汽车队(30吨),1个燃料车队(25米^3),1个修配所。

德国陆军师后勤是其整个野战后勤体系中极其重要的一环,其任务也颇为繁重。以德国第6步兵师为例。该师面包连从苏德战争爆发到1942年1月的6个月时间里,烤制了238万个面包。一个一级德国步兵师的后勤人员包括53名军官,46名文职人员,235名军士,1413名士兵。配备有马车36辆,小汽车43辆,载重汽车248辆,摩托车85辆,小型摩托53辆。具体编成为:

一个师后勤管理处,负责后勤物资的物流管理和分发(1944年起更名为师管理连)。

一个面包房(连)。

一个屠宰场。

一个军邮处。

八个小型摩托化车队(每个车队辎重能力30吨),其中一部分在战争后期改为马拉车队。从1942年起每三个摩托化车队合并成一个汽车连,每三个马拉车队合并成一个马拉运输连。

一个燃料运输车队(运量25米^3)。

一个摩托化后勤连,负责运输油料和其他后勤物资。

一个摩托化修配连。

一个兽医连。

团:德军步兵团的后勤部队主要是轻型马拉车队,负责弹药运输。师属炮兵团没有独立的团属后勤车队,但所属的炮兵营编有轻型辎重车队,其中每个105火炮营辖有一个辎重36吨的轻型车队,150火炮营所属的3个连各辖有一个辎重28吨的摩托化辎重车队。炮兵团一共辖有6个车队。

在运输力量方面,德国人同样面临着许多困难和瓶颈。第二次世界大战期间,大陆战争后勤运输主要靠铁路。苏德战争以来,苏军虽然节节败退,但还是尽可能破坏了沿途的铁路网。不仅如此,德国人还碰上了所谓"轨距危机"问题——众所周知,苏联的铁路轨距是1.524米,而德国是1.435米[①]。因此在1941年夏秋两季,将夺占的苏联铁路的宽轨,改成欧洲的窄轨,也就成为德国铁路部门的一项繁重而艰苦的任务。为此耗费了大量时间和人力。另一方面,德国东部铁路运输部门的工作,无论是在调度还是管理上都相当地令人不敢恭维,甚至由于人手不够,导致物资发到后,没有人来卸载,结果往往造成车站堵塞。由于把精力全部放在组建精锐的装甲摩托化部队,而把铁路当成过时破烂,使得德国人在东部战场尝到了苦果。

铁路运输指望不上,德国陆军便把希望寄托在汽车运输上,具体说就是指望配备给各集团军群的重型运输汽车队。即第602、605、616战区汽车运输团(每团16个连)。这些汽车团总共有9000余人,汽车6000辆,载重量19500吨。但在苏联相对糟糕的路况环境下,将物资补给的重任压给运输汽车的做法,导致的最直接后果就是使汽车部队不仅人员不堪重负,车辆损耗也极其严重,以至于到1941年年底,只有25%的车辆还可以使用。同时,德国汽车运输部队的油料和轮胎供应也极为紧张。更糟糕的是,在路况恶劣、发动机负荷严重的情况下,德军汽车的油耗量也大大增加:一般情况下可以跑100公里的油料,在苏联只能跑70公里,负荷严重的发动机滑油与汽油的消耗比由5%上升为7%。

最后需要对德国后勤状况负责的就是东线德军的野战部队,在我们见过的众多德军的照片和新闻影片中,经常出现这样的镜头:成群的运输车辆,庞大的装甲车队,密密麻麻的步兵,一股脑地挤在并不宽敞的道路上。在这种"宏大场面下",装备精良、而且被公认为是勇敢善战之师的德国陆军,看上去宛如一支正在进城赶集的乱哄哄的盲流大军。

在德国军人的回忆中,也不乏诸如此类的描述:步兵把汽车运输队挤下了公路,却又被前面的铁道兵分队挡住了去路;庞大的装甲部队互相争抢道路,却发现通道已经被2000多辆装着电线杆的德国空军车辆堵塞(德军第19装甲师在边境交战中就遇到了这样的尴尬)。

[①]《世界军事后勤史资料选编·现代部分》中二,第429页。

人们往往将这一切全都归罪于苏联道路的稀少,却忽视了德国军队由于缺乏负责道路调度的野战宪兵,以及行军纪律的松懈所造成的本可以避免的混乱。这种场面不能不和苏德战争后期以及朝鲜战争中,东方阵营军队在组织进攻时利用女军人调度行军的场面形成鲜明对比。

那些"勇敢"的"日耳曼武士"不仅走路不爱守规矩,而且还喜欢背着上级随意瓜分战利品。这种行为的结果之一,便是大量对德国后勤车队来说极为宝贵的缴获车辆,却往往被战斗部队盲目地据为己有。结果这些缺乏防护的车辆在第一线往往成为对手射击的好靶子,最终也未必能给战斗部队带来多少好处。

铁路效率低、汽车不堪重负、部队爱抢道,在后勤方面万般无奈的德国人最后发现马车才是最好的运输工具,当然更好是配上当地矮小而且其貌不扬的俄国马。因为那些来自德国、匈牙利和爱尔兰的良种马,往往会因为适应不了恶劣环境而呜呼哀哉。但这或许不是坏事。因为在铁路阻断的情况下,集结在波兰东部火车站的德国军马本身,也只好"徒步"赶往东线,补充给各集团军的后勤部队。和这种麻烦费时的方法相比,就地补充马匹倒还方便一点。

尽管后勤运输力量薄弱,但德国陆军将军们却依然信心十足。回想起来,早在1941年七八月间,中央集团军群就已经陷入深刻的后勤危机。可是在其后关于是先进攻莫斯科,还是先分兵清除两翼的争论中,德国将军却始终以狂热态度坚持他们的看法。他们真的相信,把最庞大的部队拥挤在一个方向(即使是平均分在三个方向也很拥挤了)、大部分铁路还没有修通、公路运输又无法完全指望的情况下,能够派出由50多个师组成、兵员百万、如巨龙般臃肿的部队,从同样庞大,但却有着内线作战优势的红军重兵集团手中夺取苏联首都莫斯科。而事实上,以8月底的后勤状况,中央集团军群实际能够出动的部队最多也只有14到17个师而已! 某种意义上说,他们当时坚持立刻进攻莫斯科的盲目信心和勇气,真令人钦佩。

相形之下,自诩战争经济问题专家的希特勒,还是做出了比他的将军们更理性的决定。正如《从斯摩棱斯克到基辅》中所介绍的那样,他放弃了立刻进攻莫斯科的计划,转而南下进攻基辅。这个行动虽然给南下作战的古德里安第2装甲集群带来严重的损失和机械损耗,但却给因此转入防御的中央集团军群宝贵的喘息之机。正如以色列历史学家马丁·万·克列威尔德评价的那样:基辅会战"至少"在后勤方面是明智的(其他方面笔者在《东线》第二卷以及其他地方有过论述,不再赘述)。

但是随着基辅战役的结束,9月底的临近,德国人再度将他们的进攻矛头转向了莫斯科。可是在此前,中央集团军群虽然在后勤上赢得了时间,却并没有充分利用,其后勤困境也没有得到根本改善。在发动莫斯科战役前15天,第4集团军司令克卢格写下了他的尴尬境况:"集团军几乎完全依靠铁路。目前,补给只够维持当前的消耗。部队生活只够糊口。"由于补给不利,甚至到1941年9月26日前,中央集团军群的油料储备还是在下降。在9月23日,德国的一个军甚至已经十天没有得到面包补给——当然,通过所谓"就地筹措",他们也不会饿肚子。实际上,博克就干脆下令停止运输食品①,集中运力保证油料和弹药的供应。反正食物可以从俄国人那里抢。

但另一方面,利用这段宝贵时间,德军的铁路运输到底还是有了一个看起来不错的进步:在希特勒本人的关注下,德国人修复的25000公里苏联铁路线,已经有15000公里铺设了欧洲的窄轨。尤其是从戈梅尔到罗斯拉夫尔,从明斯克到斯摩棱斯克和经过维捷布斯克到托罗彼茨的这几条直接支援进攻莫斯科的铁路线,换轨工作已经完成。德国人同时还修复了2000座公路桥,400多座铁路桥。

这些成就很快发生了效果,使东线德军在1941年9月得到了2093列军车的物资,平均每日就得到70列之多。而拥有东线德军一半陆军兵力和70%机动部队的德国中央集团军群,每天所需要的物资大约为26~31列。

后勤形势的一度好转(后来证明是昙花一现),加上军需部长瓦格纳将军在这方面也没有少向希特勒灌输乐观情绪,使得纳粹元首最终在战役前对外宣布:"数量大得惊人的给养、燃料和弹药已经准备就绪,只要是人所能做的一

---

① 《第三帝国:巴巴罗萨》,第116页。

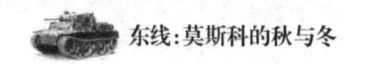

切都已经做了"。

而东线德军,尤其是中央集团军群战斗力的迅速回升,无疑更进一步促使希特勒最终变成像哈尔德、瓦格纳,以及今天美国总统小布什那样的"乐观主义者"(本书初版时美国总统为小布什,此处保存原文——笔者注)。

莫斯科战前
德军整体实力的增强

德军实力的增强并不是由于他们不再遭受损失。恰恰相反,随着残酷战斗的继续,从1941年9月月初到月底,东线德国陆军的损失数字还在不断地增加。到1941年9月30日,仅仅陆军人员伤亡就已经超过了55.1万人。

基辅战役期间,德军的武器损耗也继续扩大。自苏德开战到莫斯科会战前的9月底,东线"完全损失"的重武器包括:1745辆坦克和强击火炮、384辆装甲汽车、3842门火炮(693门105～150毫米口径榴弹炮、46门100毫米口径加农炮、2405门37～50毫米口径反坦克炮、698门75～150毫米口径步兵炮)[1]。迫击炮和高射炮的损失情况不详。

同期(6月22日至9月27日),德国空军在东线全毁飞机1603架(包括536架轰炸机、466架战斗机、146架俯冲轰炸机、62架驱逐机、280架侦察机、113架其他类型),被击伤的另有1028架(337架轰炸机、333架战斗机、49架俯冲轰炸机、29架驱逐机、196架侦察机、84架其他类型)[2]。总计损失了2631架飞机。

可是,东线德军的实力非但没有进一步下降,反而在为攻打莫斯科的紧锣密鼓准备中迅速增强。

为了进行希特勒和他将军们心中东线最后的战役,攻占苏联首都莫斯科,大量补充兵员和装备从德国本土开来。同时,许多新兵团也被派往东线,包括

---

[1]《德意志帝国与第二次世界大战》卷四,第1129页。
[2]《空战史1910—1970》,第335页;《第二次世界大战大事记》,第115页。

来自西线的4个步兵师①、1个伞兵师和1个西班牙师。因为铁路运力有限,很多终点距离前线太远,有些兵员最后必须通过徒步行军到达所属部队。

经过短促紧张的兵力补充和增援后,东线德国陆军的兵力在1941年9月11日达到331.5万人,比"巴巴罗萨"开始时更多。在芬兰战区另有67000人②。德国的盟军投入苏德战场的兵力,按德国方面的统计,此时芬军约有50万人,罗军大约有15万人——这个数字恐怕只计算直接跟随德军行动的罗军（包括配属德第11集团军的罗第3集团军）,而没有计算当时正独立攻打敖德萨的罗第4集团军的34万人③。

加上其他仆从军,目前轴心国在苏德战场集中的陆军部队共有450万人。其中战斗部队（后方部队和勤务部队除外）为252.2万人,装备火炮和迫击炮43130门。

1941年9月30日,德军及其盟友在苏德战场上的兵力编成为207个师。德军各作战兵团的实力也迅速增强。10月初,东线德国陆军每个师的平均员额,达到编制人数的92.5%（7月底只有80%）。每个步兵师有15200人、装甲师14400人、摩托化师12600人。以德国陆军第18装甲师为例。该师经过2个激战,到8月25日只剩11345人。经过补充后,9月30日已经增加到15334人,基本满员。

装甲部队的战车力量也得到恢复。根据10月1日的统计,东线德军装甲部队一共有2494辆坦克和强击火炮,其中包括新投入战线的原预备队第2、5装甲师的450辆坦克。到了

等待起飞的德军轰炸机

---

① 《德意志帝国与第二次世界大战》卷五,第一册,第1066页。《德国武装力量和武装党卫军的兵团与部队》卷八,第111页；卷九,第214页。

② 《当巨人冲撞》,第301页。

③ 《二战罗马尼亚陆军》,第19页。

9月底，东线德军全部19个装甲师和13个摩托化师都已投入第一线。这些部队的可用坦克数量，也从9月初的不足50%，恢复到约70%[1]。

德国装甲部队实力从9月初到9月底的增强情况
（根据月底的部队隶属关系）

第1装甲集群的坦克从编制数的53%增加为70%~80%
第2装甲集群从编制数的25%增加为50%
第3装甲集群从编制数的41%增加为70%~80%
第4装甲集群的坦克从编制数的70%增加为100%
另有北方集团军群所属的装甲部队

东线航空部队的实力也大大增强。到1941年9月底，仅德军东部主战区的三个航空队的作战飞机总数就恢复到了2492架。连同其盟友和其他部队在内，共有飞机3050架。

莫斯科战役前东线德国航空部队实力分布

近程侦察机	331架
远程侦察机	237架
战斗机	677架
双发驱逐机	82架
水平轰炸机	834架
俯冲轰炸机	297架
沿岸活动机	34架
总计	2492架

东线德军兵力的增强并不是平均分配的。承担进攻莫斯科任务的德军中央集团军群得到了特别的优先加强。此前因为基辅战役，中央集团军群的兵力一度被削弱。博克在9月6日的日记里写道，中央集团军群目前只剩下55个师，而当面苏军据判断为86个半师[2]。自苏德战争开始以来，博克的部队蒙

---

[1]《德国陆军1933—1945》卷三，第20页。
[2]《博克战争日记1939—1945》，第306页。

受了很大伤亡。自6月22日到10月1日,中央集团军群共损失近23万人(确数229000人),同期补充了151000人,由此产生的缺额达到78000人①。

不过现在博克的好日子来了。按照希特勒第35号训令的规定,在9月底以前,中央集团军群应当做好一切进攻准备。为此,东线德军的另外两个集团军群,北方集团军群和南方集团军群,应当调出所有能够抽调的兵力来加强这个德国最强大的陆军集团。而这些部队中,相当大一部分其实就是在南北分兵前,从中央集团军群抽调去的:

北方集团军群在完全包围列宁格勒后,应当在9月15日前将其大部分的装甲摩托化部队调给"中央"集团军群使用,其中包括原本就隶属中央集团军群的第3装甲集群,和北方集团军群自己的第4装甲集群。抽调的部队包括4个装甲师和2个摩托化师。其后,北方集团军群自身的装甲部队只剩下第39摩托化军,共有2个装甲师和3个摩托化师。支援北方集团军群的克勒尔空军大将的第1航空队从9月28日起,也将第8航空军归还给第2航空队。

为了填补快速部队被调走后北方集团军群的力量空缺,德国国防军统帅部将从法国等西欧地区调来的第227、212、223步兵师(每个师都拥有3个步兵团和一个炮兵团),从希腊调来的空军第7师所属的第1、3伞兵团(第2伞兵团被派往斯大林诺),从德国本土调来的党卫军步兵第2旅,以及西班牙"蓝色师团",派往北方集团军群(这个西班牙师的调动一度被苏联游击队破坏铁路的活动所阻隔)。因此,该集团军群的总兵力仍然保持在33个师和2个旅。

龙德施泰特元帅的南方集团军群可没有这么好的运气。希特勒不仅要求他必须将古德里安的第2装甲集群以及第2集团军交还给中央集团军群,还必须把第1装甲集群所属的第48摩托化军以及2个装甲师、2个摩托化师交出去。另外,龙德施泰特元帅的步兵也被大量地调走,其所辖的第6集团军必须将第34、35军级司令部和5个步兵师,以及直属的第454警卫师编入中央集团军群。

这样,南方集团军群自身的兵力就减少了总计3个军9～10个师,其管辖的德国陆军师的数量减少为43～44个师(3个装甲师,2个摩托化师),加上所

---

①《莫斯科城下的转折》,第315页。

属的意大利远征军（3个师），罗马尼亚第3集团军，2个斯洛伐克师，匈牙利快速部队，共有49个师又11个旅（不包括被牵制在敖德萨附近的罗马尼亚第4集团军，参见《东线》第二卷关于敖德萨战役的叙述）。

除了一个警卫师，南方集团军群奉献出来的兵团，大部分编入古德里安的第2装甲集群。这样，古德里安手下就有了3个摩托化军和2个军级司令部，总计15个师（含5个装甲师）。但这只是账面上好看。令古德里安不满的是，他的坦克在基辅战役前后损耗过于严重，而分配给他的100辆补充坦克，不知道为什么竟有50辆被错送到别的地方[1]，没有及时抵达。于是到莫斯科战役前，第2装甲集群只有相当于编制数一半的坦克（280辆）可以投入战斗，远远少于另外3个装甲集群。德军后勤管理的混乱也可见一斑。当然也不排除是陆军总部还在找古德里安的麻烦（参阅第二卷）。

南方集团军群的空军支援力量也被削弱。除了归还原属中央集团军群第2航空队的兵力外，勒尔航空兵大将的第4航空队还将所辖的第2高射炮军也调给第2航空队。为了弥补该高炮军调走后的空白，在第4航空队编成内新组建了第10高射炮师。

1941年10月3日

东线德军的编成和实力分布（不包括芬兰战区部队和仆从军）：

北方集团军群（勒布元帅）

第18集团军（屈希勒尔大将）

第26军、第28军、第38军、第42军、第50军（第一线8个师）

第16集团军（布施大将）

摩托化第39军、第1军、第2军、第10军（第一线9个师）

总兵力33个师，2个旅（2个装甲师，3个摩托化师）

中央集团军群（博克元帅）

直属：8个师3个旅

第9集团军（司令为施特劳斯大将）

---

[1]《闪击英雄》，第267页。

第27、5、8、23军（15个师）

第3装甲集群（司令为霍特大将）

第41、56摩托化军，第6军（8个师）

第4集团军（司令克卢格元帅）

第7、9、20军（11个师）

第4装甲集群（司令为赫普纳大将）

第40、46、57摩托化军，第12军（11个师）

第2集团军（司令魏克斯大将）

第13、43、53军（8个师）

第2装甲集群（司令古德里安大将）

第24、47、48摩托化军，第34、35军级司令部（15个师）

总计76个师3个旅（14个装甲师，8个摩托化师，1个骑兵师，2个摩托化旅，1个骑兵旅）

南方集团军群（龙德施泰特元帅）

直属：3个师（另有一个师正调往中央集团军群）

第6集团军（赖歇瑙元帅）

第17、29、51军（12个师）

第17集团军（施蒂普纳戈尔步兵上将，10月8日为原第3装甲集群的霍特）

第4、11、52、55军（14个师）

第1装甲集群（克莱斯特大将）

第3、14摩托化军（6个师）

第11集团军（曼施坦因步兵上将）

第30、54军，山地第49军（8个师）

总兵力43个师（3个装甲师，2个摩托化师），1个摩托化旅

芬兰方向德军

挪威集团军

第33军级司令部

第36军级司令部（11月22日改编为第36山地军）

挪威山地军

1941年10月10日 东线航空部队序列：

第1航空队：第1航空军，波罗的海沿岸指挥部

第2航空队：第8、2航空军

第4航空队：第4、5航空军，驻罗马尼亚航空司令部

在从东线各集团军群调部队的同时,希特勒还从其他地区和预备队为中央集团军群搜刮兵力。8月,从东线预备队调来的第707步兵师(只有2个步兵团和一个炮兵营);9月从丹麦调来的第339步兵师(3个步兵团、1个炮兵团),和从预备队调来的第2、5装甲师,都加强给了中央集团军群。

随着对莫斯科发动进攻时间的日益迫近,急着夺取最后胜利的德国人在拼命加快调动进度。还在9月16日,基辅附近的交战还在紧张进行,第2装甲集群等部队还无法完全脱身的时候,中央集团军群司令部就向所属军队发出关于进攻莫斯科的指令,并且开始了兵力和物资的集结工作。为了保密,军队的调动大都选择在夜间秘密进行(从后来的战役进程来看,这种措施并非多余)。

应当说,从南北两个方向调动部队的过程远非一帆风顺。结束基辅战役后北上的古德里安第2装甲集群,必须首先从红军手中夺占展开地域,而且由于时间紧迫,该装甲集群没有开到斯摩棱斯克方向参加对莫斯科的主攻,而是被留在南面的格卢霍夫,准备从南面迂回莫斯科。配合其行动的第2集团军的部分师也一度受到红军的牵制。

从北方集团军群调来的大量装甲部队,将在莫斯科战役中担负重要任务。但这些部队连同数量众多的机械化装备,必须通过第9、4集团军战区东西方向的交通线进行调动,因此很晚才到达指定集结地域。举例说,从列宁格勒前线抽下来的第41摩托化军(第1、6装甲师,第36摩托化师),就要在3~4天内通过600公里路程[①]。

出于各种各样的原因,德国人对他们的装甲部队隶属关系进行了一次极其复杂的大变更,也给其调动工作多少增加了一些麻烦(当然在另一些局部或许也带来了一定的便利)。这方面的情况,英国历史学家西顿作过一些介绍,但不是特别清楚,而且还有不够准确全面的地方。而按照笔者所获得的各种材料,其变化情况大致如下:

[①]《德国战术在俄国前线1941—1945》,第16页。

第3装甲集群接收了原属于第4装甲集群的第41、56摩托化军

第4装甲集群接收了第3装甲集群的第57摩托化军,来自预备队的第40摩托化军,来自第2装甲集群的第46摩托化军(这个军被第2装甲集群留在罗斯拉夫尔)

第2装甲集群接收了来自第1装甲集群的第48摩托化军

事实上,德国装甲部队的改编还不只限于各装甲集群和摩托化军之间,各摩托化军自身的编制也作了相当的变动,为了让读者朋友们对其间的关系能够有一个更为清楚的了解,笔者专门制作了下面这个表格,不仅介绍了在1941年10月1日左右德军东线各装甲部队的隶属情况,而且在括号中注明了他们在改编前的隶属关系。

1941年10月1日德军东线装甲部队分布情况

北方集团军群
 第16集团军
  摩托化第39军　施密特装甲兵上将(原属第3装甲集群)
   第8装甲师(原属摩托化第56军)
   第12装甲师(原属摩托化第57军)
   第20摩托化师
 第1军
  第18摩托化师(原属摩托化第57军)
 第10军
  党卫军"骷髅"摩托化师

中央集团军群
 第3装甲集群　霍特大将(10月8日为莱因哈特)
  摩托化第41军　莱因哈特装甲兵上将(原属第4装甲集群)
   第1装甲师
   第14摩托化师(原属第39摩托化军)
   第36摩托化师
  摩托化第56军　沙尔中将(原属第4装甲集群)
   第6装甲师
   第7装甲师(原属第39摩托化军)
 第4装甲集群　赫普纳大将

摩托化第40军　施登姆将军（来自预备队）
　　第10装甲师
　　第2装甲师（来自预备队）
摩托化第46军　菲廷霍夫—谢尔装甲兵上将（原属第2装甲集群）
　　第5装甲师（来自预备队）
　　第11装甲师
摩托化第57军　孔岑装甲兵上将（原属第3装甲集群）
　　第20装甲师
　　第3摩托化师
　　党卫军"帝国"摩托化师
第2装甲集群　古德里安大将
　　摩托化第24军　施韦彭堡骑兵上将（一说装甲兵上将）
　　　第3装甲师
　　　第4装甲师
　　　第10摩托化师
　　　"大日耳曼"摩托化团
　　摩托化第47军　莱梅尔森将军
　　　第17装甲师
　　　第18装甲师
　　　第29摩托化师
　　摩托化第48军（原属第1装甲集群）肯普夫装甲兵上将（一说骑兵上将）
　　　第9装甲师
　　　第16摩托化师
　　　第25摩托化师
中央集团军群编成内尚有第19装甲师，充当集团军群预备队
南方集团军群
　第1装甲集群　克莱斯特大将
　　摩托化第3军　马肯森骑兵上将
　　　第60摩托化师
　　　第13装甲师
　　　"维金"摩托化师
　　摩托化第14军　维特尔斯海姆将军
　　　第14装甲师
　　　第16装甲师
　第11集团军

> 第30军
> "希特勒"摩托化师（旅）

空前强大的中央集团军群

希望在冬天到来前完成莫斯科战役的希特勒，不断催促中央集团军群尽早发动进攻。当明白攻势不可能在9月中旬发动以后，希特勒转而要求在9月底完成集结工作，并且在10月初发动进攻。这个在德国陆军看来完全可以接受的日期却很不被德国空军看好，德国空军副参谋长瓦尔道在他9月9日的日记中颇为悲观地写道："冬季战役就要开始了，我们即将迎来真正的考验。虽然我对最后的胜利毫不怀疑。"[1]

从待在东普鲁士的希特勒、措森的总参谋长哈尔德，到东部前线上至集团军群司令、下至普通士兵在内的几乎整个德国陆军，对最后的胜利更是没有任何怀疑。到9月底，经过大幅度加强以后，在基辅战役期间颇为郁闷的中央集团军群不仅再度成为德军最强大的陆军集团，而且其实力增强到了空前雄厚的程度。

根据德国官方统计，截至1941年10月2日，中央集团军群登记在册的兵员总数达到1929406人[2]。这是人类历史上一个战役集群所拥有兵力员额的最高纪录。同一天，中央集团军群序列上有76个师（含一个调动中的师），其中有14个装甲师、8个摩托化师和1个骑兵师。另有"大日耳曼"团、党卫军骑兵旅、第900摩托化旅[3]，以及大量加强部队。

---

[1]《希特勒与战争》，第443页。

[2]《莫斯科城下的转折》，第57页，转引自 Kopfstärke der HGr Mitte am 2. 10. 1941（KTB HGr Mitte，B，Bl. 48）。

[3]《莫斯科城下的转折》，第318页。

1941年9月30日 "台风"行动德国装甲师实力(不完整)[①]

第2装甲集群　　280辆坦克
　　第3装甲师　　？
　　第4装甲师　　？
　　第17装甲师　？
　　第9装甲师　　60
第3装甲集群　　？
　　第1装甲师　　？（9月28日有111辆可用[②]）
　　第6装甲师　　？
　　第7装甲师　　？
第4装甲集群
　　第2装甲师　　192
　　第5装甲师　　200
　　第10装甲师　168
　　第11装甲师　130
　　第19装甲师　？
　　第20装甲师　83
另外
　　第18装甲师　？

为了执行"台风"行动，德军最大限度集中兵力，差不多将使用苏德战场全部坦克部队的七成。9月中旬，陆军总部还批准向中央集团军群运送307辆补充坦克[③]。可是，"台风"行动开始时集中的装甲部队实力，并无完整统计数据。德国官方资料中，仅存三

一个蓬头垢面的德国士兵 属于第7装甲师

[①]《莫斯科城下的转折》，第317页。
[②]《装甲部队1933—1942》，第211页。
[③]《莫斯科1941：希特勒的第一次失败》，第24页。

组相关数字。

一组数据显示,此前的9月10日(也就是基辅战役期间),将参加"台风"战役的14个德国装甲师,共有约1500辆可用坦克(另有数百辆坦克在修)。此后20天既有一些损失,也得到了一些补充。

一组数据是各装甲集群在9月底的战备程度:第2装甲集群拥有编制额50%的坦克;第3装甲集群70%~80%;第4装甲集群近100%。

另一组数据显示,战役开始前夕的9月30日,参战的14个装甲师中的9个,一共拥有1053辆可用坦克。另外5个师中,第1装甲师在9月28日有111辆可用坦克,其他4个师资料缺失。

综合三组数据,资料缺失的4个师,大概有400~500辆坦克。加上10个师的1164辆,则德军为"台风"行动集中的坦克总数约在1500~1700辆之间——苏联著作提出的数字是1700辆,怀疑可能也是根据上述资料折算的。

另外,中央集团军群还有14个强击火炮营总计350辆三号强击火炮。这样就可以给很多没有坦克支援的步兵师提供装甲掩护。

合计为"台风"行动集中的坦克强击火炮总共有2000辆左右,占同期东线总数(2494辆)的80%。而且这些战车的维护程度很高,绝大部分都可以使用。

中央集团军群不仅有强大的装甲部队,更集中了威力惊人的庞大炮队。共拥有4000门中重型火炮,相当于东线德军中重炮总数的2/3。其中有2300门105毫米口径火炮、1000门150毫米口径火炮、184门210毫米口径超重炮、270门火箭炮[1]。德军的迫击炮、反坦克炮、步兵炮没有详细统计资料。加上这部分装备,据说德军为"台风"战役集中的火炮迫击炮总数共有14000门[2]。值得一提的是,德军还开始装备自行反坦克炮。如第8、28步兵师(第9集团军),就各得到10门88毫米口径的半履带自行反坦克炮。这种威力强大的火炮,可以摧毁苏联的任何一种重型坦克。

支援中央集团军群的第2航空队,战前也得到了特别增强。第8航空军从

---

[1]《莫斯科1941:希特勒的第一次失败》,第21—22页。
[2]《第二次世界大战史》卷四,第156页。

列宁格勒前线调到斯摩棱斯克地区;南方的第4航空队抽调出第2航空军和第1、2高炮军①。

现在,第2航空队拥有第2、8航空军和第1、2高射炮军。各飞行大队在战前也得到了优先补充。于是,第2航空队的飞机总数就从9月初的300架,增加到9月30日的1320架②(不含运输机),相当于东线全部航空兵力的一半。其中有470架轰炸机、250架俯冲轰炸机、420架战斗机、40架驱逐机、140架侦察机。

但全部1320架飞机中,只有549架作战飞机可用。包括战斗机172架(9个大队)、轰炸机230架(13个大队)、对地攻击机120架(8个大队)③。

向第2航空队的兵力调动实际上直到"台风"行动开始后的10月10日才完成。当天,第2航空队的实力又增加到32个作战大队(不含运输机),具体构成为:

德军的自行高炮

① 《德意志帝国与第二次世界大战》卷四,第793页。
② 《莫斯科空战》,第43页;《鹰在烈焰中》,第101页。
③ 《巴巴罗萨空战1941年7—12月》,第90页;《莫斯科1941:希特勒的第一次失败》,第22页。

14个轰炸机大队另2个中队、8个俯冲轰炸机大队另1个中队、9个单发战斗机大队另1个中队、1个双发战斗机大队、7个侦察机中队、8个运输机大队另1个中队

综上所述,为了执行"台风"行动,德国武装部队一共集结了192万人的陆军部队、约2000辆战车(大部分可用)、1320架飞机(549架可用)、4000门中重型火炮。在德国军事史上,为一场战役集中这么多兵力是空前的,以后也再也没有过这么大规模的战役集结。

中央集团军群的76个师中,留作集团军群预备队的只有1个装甲师、1个骑兵师。还有1个摩托化旅和1个摩托化团。德国人显然力图把全部打击力量集中到一线,实施对苏联首都,斯大林苏联政治、经济、文化核心的莫斯科最强有力的致命一击。一股致命而可怕的"台风"。

德国人相信,凭借他们庞大而精良的军队,最后全歼已经遭受了连续性毁灭打击的红军,占领莫斯科,最终结束东线战争的日子马上就要来临了。对此确信不疑的德国人把他们的间谍机构也集中在莫斯科方向上,并且在斯摩棱斯克专门建立了保安警察队和"莫斯科"党卫军保安处,他们应随同克卢格的第4集团军的先遣部队一道,与进攻的部队一起冲入苏联首都,占领苏联党政领导机关的办公大楼,逮捕并消灭苏联的政治领袖。对此,党卫军帝国保安总局负责人海德里希早在1941年7月2日,就曾做出过指示:"德国行政措施将首先解决所有的共产国际人员(所有的共产党员、职业化政治家);共产党的高中低级干部、中央委员会、地方委员会以及其他激进分子。"而在苏联首都莫斯科,党卫军为了执行海德里希的指示,所需要完成的任务无疑是极其"繁重"的。

德国国防军的官兵无疑也有他们对于莫斯科的寄托。德国军官们携带的导游手册上写着"莫斯科是个很大的城市。以自己的东方美著称的克里姆林宫就在莫斯科城里。莫斯科城里有许多旅馆、戏院和咖啡馆……"。而士兵们则讨论着莫斯科的甜食,鱼子酱和"胖乎乎的姑娘"。每个德军官兵都有他们自己对莫斯科的不同希望,但有一点却是共同的:莫斯科将是他们取得最后胜

利的地方,并将为他们在战争中久已疲惫的身躯提供得以彻底放松和休息的场所——他们显然并不知道,希特勒没打算留下莫斯科。

而对于胜利的即将到来,德军官兵没有任何怀疑。一个名叫海恩里希·林德勒的士兵在家信里写道:

"俄国人有顽强的战斗精神,他们是勇敢的战士……他们为了拯救自己的祖国而战斗,并且坚信,这是他们的使命。但是我们对胜利同样满怀信心,俄国人的战斗精神挽回不了这场接近尾声的战役的结局。最后的胜利必将属于我们。"①

1941年10月2日　中央集团军群序列②

预备队:第1骑兵师、第19装甲师、"大日耳曼"团、第900摩托化旅

集团军群后方:第707、339步兵师,第221、286、403、454警卫师,党卫军骑兵旅

第3装甲集群

　　第56摩托化军(第6、7装甲师,第14摩托化师)

　　第41摩托化军(第1装甲师,第36摩托化师)

　　第6军(第110、26、6步兵师)

第9集团军

　　第27军(第255、162、86步兵师)

　　第5军(第129、5、35、106步兵师)

　　第8军(第8、28、87步兵师)

　　第23军(第251、102、256、206步兵师)

　　预备队:第161步兵师

第4装甲集群

　　第12军(第34、98步兵师)

　　第40摩托化军(第10、2装甲师,第258步兵师)

　　第46摩托化军(第5、11装甲师,第252步兵师)

　　第57摩托化军(第20装甲师,党卫军"帝国"摩托化师,第3摩托化师)

第4集团军

　　第7军(第267、7、23、197步兵师)

　　第20军(第268、15、78步兵师)

　　第9军(第137、263、183、292步兵师)

---

①宋毅译《德军家书》。

②《莫斯科城下的转折》,第318页。

第2装甲集群
　　第34军级司令部（第45、134步兵师）
　　第35军级司令部（第95、296、262、293步兵师）
　　第48摩托化军（第9装甲师，第25、16摩托化师）
　　第24摩托化军（第3、4装甲师，第10摩托化师）
　　第47摩托化军（第18、17装甲师，第29摩托化师）
第2集团军
　　第53军（第56、31、167步兵师）
　　第43军（第52、131步兵师）
　　第13军（第260、17步兵师）
　　预备队：第112步兵师

中央集团军群管辖下各军指挥部在莫斯科战役期间的调动情况（笔者综合整理）

第8军：10月23日配属给第4装甲集群，10月26日为中央集团军群预备队。11月6日调离东线

第5军：10月12日到23日配属给了第9集团军，10月26日配属给了第4装甲集群，10月31日配属给第4集团军，从11月初到1942年1月2日，配属给第4装甲集团军

第6军：10月8日配属给了第9集团军

第7军：10月23日配属给了第4装甲集群

第9军：10月23日转为中央集团军群预备队，10月26日到1942年1月8日配属给第4装甲集群

第20军：似乎是1942年1月8日左右一度配属给了第4装甲集团军

摩托化第57军：11月配属给了第4集团军

第12军：10月12日配属给了第4集团军

第13军：10月8日配属给了第4集团军

第43军：10月23日配属给了第4集团军，25日或者26日配属给了第2装甲集团军，1942年1月2日配属给了第4集团军

第53军：10月23日配属给了第2装甲集团军

摩托化第48军：11月配属给第2集团军

第34军级司令部：10月25日到12月4日配属给第2集团军，后一度取消

第35军级司令部：10月26日配属给第2集团军，直到1942年2月1日

二、莫斯科战役前的红军

1941年10月的红军状况

用"狂妄"、"盲目"之类的字眼,来形容德国人在莫斯科战役前的心态是非常不恰当的,毕竟,如果说德国武装部队在1941年东线夏秋战局中遭受的损失,可以称得上极其惨重的话,那么红军同期的损失用毁灭性来形容也绝对不能算过分。

自战争开始以来,红军遭受了明斯克、乌曼、基辅等一系列重大打击,人员损失令人震惊。整个1941年第三季度(包括6月份),红军(包括非对德作战部队)损失细目如下:

战死236372人、因伤死于医院40680人、死于其他原因153526人(此项数字较大的重要原因,估计是被处死者众多。整个苏德战争期间,苏联军事法庭共审判100万人,其中15.7万人被处死刑[1],估计其中大部分是在战争初期)。失踪、被俘、记录缺失者(这部分主要根据德方记录)为1699099人;负伤665961人;患病21665人。全部损失总数高达2817303人[2]。

---

[1]《历届克格勃主席的命运》,第473页。
[2]《苏联在二十世纪的伤亡和战斗损失》,第96—97页。

综上所述,红军在苏德战争头3个月就损失了近282万兵员。这个数字相当于德国及其盟军同期损失的四倍以上,也相当于苏联在开战时全部对德作战部队总数。

失去数百万兵员的红军,虽然进行了大量的补充和动员,可是总兵力依然大量减少。截至1941年10月1日,苏联对德作战部队(通常称为"作战军")总数只有324.5万人。其中,第四季度的陆军和航空部队共有2818500人(包括战斗部队201.4万人[①]),比第三季度减少了50多万人。仅相当于敌方同期兵力的67%。对德作战的苏联海军部队则有280600人。

苏军的50毫米迫击炮 1941年10月

同期,苏联"作战军"兵团数增加到213个步兵师、5个坦克师、2个摩托化师、30个骑兵师、18个步兵旅、37个坦克旅、7个空降旅[②]。兵团总数虽然增多了,可各师的实力却严重不足。各步兵师平均人数不到7500人,而骑兵师和坦克师更是下降到平均只有3000人左右。如果按东线德军此时的标准折算,苏军此时的兵力仅相当于110个德国师,所要对付的敌人却有200多个师。不仅如此,由于大量战前训练的精锐部队迅速被德国人包围歼灭,红军几乎被仅仅经过短促训练就送上战场的新兵和军官所充斥。这些缺乏经验和训练的兵员在各方面都不是已经非常老到的德国军队的对手。

由于在包围圈里丢失了大量重炮,红军所崇尚的炮兵实力也大大衰弱。"作战军"现在只剩下21360门火炮和迫击炮。这还是加上3050门45毫米口径小炮、3060门高射炮、6600门50毫米小迫击炮,才凑出来的数字[③]。真正的

①《莫斯科会战》,第7页。
②《第二次世界大战史》卷四,第152页。
③《莫斯科会战》,第7页。

大中口径火炮和迫击炮数量相当有限。德国人也在他们的侦察材料中透露，莫斯科战役前，红军的火炮数量减少得非常厉害。

与之相比，东线德军仍有6000多门大中口径火炮。还有总数不少于2万门的80毫米中型迫击炮、轻重步兵炮、反坦克炮。另有数千门高射炮和大量小迫击炮。显而易见，红军的火炮数量已经大大少于对手。

1941年10月1日，苏德战场的苏联飞机总数为3286架（其中可用飞机占69.5%）。构成为：1716架配属给各方面军；697架属于防空部队；远程轰炸机部队有472架；海军航空兵401架[①]。与德国人及其盟军相比，现在苏军的飞机数量至少是持平，甚至可能还要多一些。但苏联飞机中，雅克、米格、伊尔等新式飞机仅占20%。飞机质量显然远不如德国空军。

红军此时唯一还算过得去的是他们的坦克兵团。"作战军"的坦克数量从7月中旬的1500辆上升到2715辆。其中T-34、KV等重型、中型坦克也增加到

苏军的一个KV重坦克连

[①]《莫斯科空战》，第45页。

728辆①。无论坦克数量还是质量，苏军都不逊色于德国人。但他们的机械化合成战术兵团就差远了。此时，苏军仍在大力推进坦克部队的小型化。经过改编，战争初期的红军坦克师裁减到只剩5个，另外还有2个摩托化师。而坦克部队的主力则被37个坦克旅所取代(参见《东线》第二卷)。

苏联坦克旅本身也越变越小，越变越弱。9月份和12月份新的坦克旅编制取消了坦克团，所辖坦克营由3个减少为2个。12月份，坦克旅的总兵力只有1471人(还有一种更小的编制只有940人②)。这种坦克旅没有重炮。只有1个势单力薄的摩托化步兵营(400~700人和几门迫击炮)，和少得可怜的4门小反坦克炮。与之相比，德国装甲师有数千名摩托化步兵、几十门摩托化重炮、几十门摩托化反坦克炮，还有大量中轻型火炮迫击炮。实战中，德国装甲师还有88毫米高射炮和K18型100毫米加农炮伴随，这类火炮可以击毁苏联的重型坦克。

苏联坦克旅的坦克也少了。9月份的编制，一个坦克旅还有67辆坦克。包括38辆T-60/70坦克、22辆T-34坦克、7辆KV重型坦克。12月新编制规定坦克旅的实力进一步缩减到46辆坦克。包括20辆T-60/70/40坦克、16辆T-34、10辆KV重型坦克③。作为最小战术单位的坦克排，只有2~3辆坦克。而在莫斯科战前，就是编制如此缩小的坦克旅，也只能保证55%的满员率。当然，苏联的T-34坦克增加了。可是，性能低劣却大量装备给部队的T-60轻型坦克也在一定程度上抵消了红军中型重型坦克的质量优势。

1941年12月9日　红军坦克旅编制④

旅部：53人
指挥连：149人
侦察连：81人
修理连：80人

---

①《第二次世界大战史》卷四，第153页。
②《红军手册1941—1945》，第75页。
③《诸兵种合成集团军进攻》，第286页。
④《希特勒的报应：红军1930—1945》，第123页；《二战苏联坦克与战斗车辆》，第147页。

汽车运输连：67人

卫生排：21人

坦克营（2个）：150人

  营部：1辆T-34坦克

  重型坦克连：5辆KV坦克（连部1辆、2个排各2辆）

  中型坦克连：7辆T-34坦克（连部1辆、2个排各3辆）

  轻型坦克连：10辆T-60或T-40（连部1辆、3个排各3辆）

摩托化步兵营：719人

  全旅共有：156辆卡车、1辆司令部汽车、12辆摩托、8辆拖拉机、4门45反坦克炮、6支反坦克枪、8门82迫击炮

红军T-60轻型坦克。该型坦克可以被认为是T-40坦克的后继改进型，设计完成于1941年7月。坦克只有5吨半重，仅有1门20毫米火炮和1挺机枪，正面装甲只有14～20毫米，即使是速度也只有44公里每小时，而且由于只有2个乘员，因此在操纵和使用上也极不方便。这种在各项战术指标上都极为落后，甚至还不比上T-26、BT等旧式坦克的"新式"坦克，唯一的好处就是廉价而且生产起来非常快捷。在1941年下半年苏联生产的4800多辆坦克中就有大约1818辆是T-60。在前线损失惨重、主要坦克生产厂东迁的情况下，苏联人只能大量生产这种廉价坦克来弥补巨大的损失，维持坦克部队的数量。

苏军的BT系列快速坦克

和德国人相比,这一时期红军的后勤状况也并不如一般想象的那样乐观。随着大量战前集中着庞大工业和资源的国土落入德国人之手,随着大量熟练工人被送上前线填补巨大可怕的兵力缺口,随着大半个红色国度的工业和大量仓库物资在纷飞战火中被搭载在火车上运到后方重新组建,苏联的重工业基础物资——钢铁、煤炭、石油、发电量——等等一切的产量都在战争带来的初期混乱中急速下降。尽管在那些大部分设备被拆除、人员被迁走、只留下少量工人和几十台机床,看起来宛如废墟的工厂里,还在奇迹般地生产武器装备,其中战斗兵器的数量看起来还相当不少,但却远远无法弥补巨大的损失。

苏联人的铁路运输情况也极其不利。在39%的高技术铁路连同大量机车落入敌手,铁路运量水平在年底跌落到战前41%的情况下,有限的机车和线路却还要拿出2/3的运力来向后方抢运工厂和物资。有时,还得加上大量撤退出来的部队。这种情况不仅给前线军队运送物资的工作造成相当不利的影响,而且大量的对流运输,也不可避免地造成了巨大的拥堵。1941年七八月份,就出现由于后撤部队堵住了前送的物资,导致在铁路枢纽站和铁路区之间拥堵了8500列油料列车,并遭到德国飞机袭击的灾难性后果。以至于苏联人不得不在7月15日到8月1日整整半个月的时间内,停止对西方面军的油料补给。在后勤状况总体不利的形势下,在莫斯科战役前,为了多少建立些弹药和燃料储备,红军各个方面军和集团军也都不得不实行严格的弹药和燃料消耗限额。

红军野战后勤

红军在野战后勤组织上和德国人最大的区别之一,就是苏联人在方面军(集团军群)一级也设有后勤部队和机构,这一传统早在日俄战争中,俄军为各集团军设立"统一"后勤时就已经奠定。一般来说,从苏联各地的物资首先运到各方面军分配站,然后用供应列车拉到集团军供应站,最后运到各师和旅。苏联的军倒是和德国人差不多,基本上也没有什么后勤供应任务。除了兽医所外,也没有后勤部队。在苏军军区(方面军)和集团军司令部内,设有后勤处,其后勤主管由方面军和集团军的副参谋长级别的军官担当。师司令部设后勤科,团设后勤助理参谋长。

战争开始后,红军力图建立统一的、具有很大权力的后勤指挥体系。正如《东线》2介绍过的那样,红军于1941年7月31日在中央建立了总后勤部,而在方面军、集团军设立后勤部,后勤主管的级别由副参谋长提升为副主官。

另外在苏联野战后勤中,铁路、公路运输都是统一管理的。但道路兵则由国防人民委员部和内务人民委员部共同负责。前者负责组建道路管理团,后者则负责组建道路和桥梁建筑部队。

在战争初期混乱而严酷的日子里,苏军后勤组织上,最麻烦的问题就是方面军和集团军的后勤部队过于庞大,配置位置距离战线也太近了。方面军后勤单位有400个到500个之多,而运送一个苏联集团军的后勤部队居然需要14列货车(运送一个满员步兵师也只需要33列)。在方面军和集团军内,固定仓库过多,一个集团军的仓库就有25座。或许是为了让物资和部队靠得近一些,这些仓库及大量储备被依次布置在从分配站到各步兵军的整个集团军后方内,被称为先头仓库系统。战前,苏联人建立了900多个大型仓库和基地,他们大部分被配置在西部前线。战争突然爆发后,快速推进的德国装甲部队轻而易举就将这些过于庞大的仓库据为己有。

为了给过于庞大的后勤部队"消肿",红军将大量方面军集团军仓库裁撤或者交给上级管理。同时为了提高后勤仓库的机动性,在9月份建立了方面军野战仓库。集团军也撤销了先头仓库系统,并将大量野战仓库合并成由7~10个仓库组成的集团军基地。这些基地及其仓库被配置在分配站所在的铁路沿线地区,具有更高的机动性。

在德军凶猛而且似乎不可阻挡的攻势面前,红军不断失利并承受着巨大伤亡和损失,部队的士气一落千丈。失败主义情绪像传染病一样到处蔓延,并从军队一直传播到了地方。加里宁秘书处曾收到一个妇女的来信,描绘了她在苏联后方所见到的情况:"这里是梅利托波尔—别尔江斯克—奥西片科地区。成千上万应征入伍者从被占领地区和前线地带来到此地,到处游荡、毫无目的、不守秩序、不穿军服","他们中一些人来到我们妇女身边,讲了一些很坏的消息'我们没有武器、没有军装,德军技术装备是无敌的。分粮食吧,反正是要丢掉的,把牲畜也分了吧',群众十分不安。领导走了,他们那些从来不干活的老婆也逃命去了,丢下我们遭殃。当领导时可来劲呢,到该保护人民的时候却一个人也没有了"。

莫斯科前线的红军

在极其严峻,甚至有些绝望的形势面前,斯大林依然在苦撑着危局,维持着列宁留给他的这份事业。为了扭转局面,他继续以重大的损失为代价,以千百万人的生命和无数血汗创造的巨大财富作为"学费",在"战争中学习着战争";继续头疼医头、脚疼医脚地管理他的红军,千方百计寻找摆脱困境,让他的部队停止无穷无止的打败仗命运的"灵丹妙药"——救急的药自然也要。

为了维持士气,阻止溃逃和叛国行为,斯大林在9月12日23时50分向各方面军下达命令:每一个步兵师要建立一个由可靠战士组成的拦截队,人数不超1个营(每个步兵团1个连),任务是阻止惊慌失措的官兵逃跑,为此可以使用武器①。而在1941年8月5日,他意识到德国人总是从部队薄弱的接合部发动进攻,便发出训令,要求在接合部后方组建预备队,以利用这些预备队击退突入红军纵深的敌人。由于发现不少红军军官总是不经过侦察就冒冒失失地进攻,斯大林又在9月29日要求红军指挥员只有在现地周密侦察敌情并且勘查地形后才能发动进攻。遗憾的是,他并没有意识到,在很多时候正是他那些催促进攻的命令,才导致红军前线军官在对敌情和地形都一无所知的情况下把部队投入盲目的战斗。

但不管怎么样,斯大林现在总算对德国人下一步的进攻方向作出了准确估计,当然在如此明显的情况下,这一点并不难估计到:德国人无疑将会冲向莫斯科,冲向他统治整个国家的首都。

尽管损失惨重的红军部队已经有些七零八落,但在德国人已经兵临城下的情况下,斯大林为了保住莫斯科,还是尽最大可能在首都方向集结了庞大的重兵集团。其中包括15个集团军和1个集团军级集群、83个步兵师、9个骑兵师、1个坦克师、2个摩托化步兵师。还有1个摩托化旅、13个坦克旅、1个步兵

---

① 《胜利与悲剧》下,第222页。

团、2个摩托车团、4个独立坦克营。以及71个炮兵团、5个近卫迫击炮（火箭炮）团。

上述这些部队分别隶属于科涅夫上将的西方面军、布琼尼元帅的预备队方面军、安·伊·

运往前线的苏军BT快速坦克

叶廖缅科上将的布良斯克方面军。三个方面军加起来,总兵力共有125万人（其中战斗部队868000人）,坦克990辆,火炮迫击炮7600门[1]。其中,属于西方、布良斯克方面军的720辆坦克中,只有175辆是新式的KV和T-34坦克[2],其他都是轻型坦克。

1941年10月1日 西方面军坦克装备[3]

(单位:辆)

	KV	T-34	BT	T-26	T-37	总计
第107摩托化师	3	23	1	92	6	125
第101摩托化师	3	9	5	52	—	69
第126坦克旅	1	—	19	41	—	61
第127坦克旅	5		14	37	—	56
第128坦克旅	7	1	39	14	—	61
第143坦克旅	—	9	—	44	—	53
第147坦克旅	—	9	23	18	—	50
总计	19	51	101	298	6	475

[1]《第二次世界大战史》卷四,第158页。
[2]《德苏坦克战系列(4):莫斯科保卫战》,第8页。
[3]《德苏坦克战系列(4):莫斯科保卫战》,第8页。

1941年9月27日 布良斯克方面军坦克配备

(单位:辆)

	KV	T-34	BT	T-26	T-40	T-50	总计
第108坦克师	3	17	1	—	20	—	41
第42坦克旅	7	22	—	—	32	—	61
第121坦克旅	6	18	—	46	—	—	70
第141坦克旅	6	10	22	—	—	—	38
第150坦克旅	—	12	—	—	—	8	20
第113独立坦克营	—	4	—	11	—	—	15
总计	22	83	23	57	52	8	245

莫斯科方向的苏联航空部队,一共有1368架飞机[1]。其中,各方面军有568架(可用389架)、第6防空军有432架飞机(可用343架)、远程航空兵有368架飞机。具体构成为:

	各方面军	远程航空兵	第6防空军
轰炸机	210	368	
战斗机	285		423
强击机	36		
侦察机	37		9
合计	568	368	432

各方面军飞机构成:西方面军272架、预备队方面军126架、布良斯克方面军170架

总的来说,苏军的飞机数量和德军相当,且实际可用的飞机还比德国人更多一些。包括:301架轰炸机、201架战斗机(不含莫斯科空防单位)、13架强击机、30架侦察机[2]。但德国

苏军布良斯克方面军的BA10装甲车 1941年10月

①《莫斯科空战》,第45页。
②《巴巴罗萨空战1941年7—12月》,第90页。

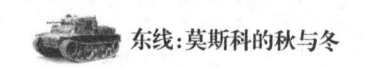

有350架轰炸机和"斯图卡"可用,略多于苏军的314架。德军俯冲轰炸机有绝对优势(120∶13)。

防守莫斯科的部队占到了红军全部作战兵力的40%以上。尽管如此,莫斯科方向的红军无论是在人数还是装备上,都在德国中央集团军群面前处于劣势,其中兵员大约少60多万、坦克少700多辆、火炮仅相当于德国人的一半。而且这些红军部队所要对付的敌人,还不仅仅是中央集团军群。如西方面军所属的第22集团军北翼部分兵力,以及预备队方面军右翼第31集团军部署在谢利格尔湖、奥斯塔科夫地域宽30公里地带的两个师,还必须拿来对付德国北方集团军群第16集团军的部分兵力。

不过苏联人防守莫斯科也有一个有利条件。由于在基辅战役期间,失去了机动部队的德军中央集团军群曾经一度转入防御,使得斯大林得以利用这段时间,在莫斯科以西正面宽达750公里、纵深300余公里的地区构筑阵地。

这项工作从1941年7月就开始了。对莫斯科防御工程极其重视的斯大林则继续按照他惯有的方式大包大揽着一切。甚至以最高统帅的身份亲自插手铁丝网和工程物资的分配。在他的督促下,动用了大量人力参加工程,为此组建了30个劳动营,共计9万人的劳动大军。还使用不少于30万人的妇女参加劳动。

苏联人在整个莫斯科方向构筑的后方防御体系,包括3道防线,即:维亚兹马防线、莫扎依斯克防线和莫斯科防御地幅。其中,第一道维亚兹马防线从

野战机场上的德军的"斯图卡"

勒热夫延伸到维亚兹马,构筑在离西方面军防御前沿50至30公里处,由两条防御地带组成。其第一防御地带是连绵不断的完整防线;第二防御地带则断断续续,而且仅在个别方向的居民地的周围构筑成防御枢纽部。

至于莫扎依斯克防线则主要构筑在沃洛科拉姆斯克、莫扎依斯克与马洛雅罗斯拉维茨方向。但防线的工程在德国人开始进攻时尚未完成。关于这条将发挥巨大作用的防线,以及在"台风"战役开始后才实施主要工程的莫斯科防御地幅的情况,后面将加以详细介绍。

除了这三条防线外,苏联人在最重要战役方向还构筑了9道中间防御地带。

在构筑防线的同时,斯大林和他的将军元帅们也在密切关注德国中央集团军群的动向。1941年9月10日,斯大林便向西方面军发出指示,要求他们"转入防御,挖壕隐蔽,从次要方向和防守坚固的地段上撤出六七个师作预备队"。

就在莫斯科大战在即,斯大林为此焦头烂额、忐忑不安之际,1941年9月19日,他那位很早就被疏散到古比雪夫的女儿阿利卢耶娃却发来了一封信。在信中,她向她"亲爱,最亲爱的老爸爸,我的老书记"提出这样一个问题:"爸爸,为什么德国人总是向前冲?什么时候才能狠狠地揍他们?归根到底,总不能把所有的工业城市都交给德国人呀","亲爱的爸爸,我多么想看到你。我等待着你允许我回到莫斯科"①。

斯大林决心回答女儿

据壕防守的苏联步兵

①《斯大林秘闻》,第557页。

的问题,他也必须向全体苏联军民显示他决不向希特勒屈服的决心和顽强意志。就在接到女儿书信的第二天,斯大林便作出了决定:在报纸上发表公开声明,禁止那些在危难时刻撤离莫斯科的人回到莫斯科!第三天,即1941年9月21日,斯大林又以最极端的语调口授了大本营第39799号命令,回复了日丹诺夫和朱可夫关于德军把苏联妇女、儿童和老人驱赶在前面,使得苏军措手不及的报告。他命令他的将军和书记:"不要心慈手软,而要狠狠地打击敌人及其帮凶,无论是自愿的帮凶还是被迫的帮凶","照着德国人及其代表们,无论是什么人,使劲打吧,扫射敌人,不管是自愿的敌人还是被迫的敌人都一样"①。

在残暴且不讲道德、不顾廉耻的对手面前,这或许是唯一合理有效的办法。

将平民充当人体盾牌的德国国防军

德军除了在苏德战场北段曾经利用苏联平民来抵挡苏军炮火外,在其他地区也多次使用这种并不怎么"骑士"的手段。其中最著名的一次发生在1941年8月28日,白俄罗斯戈梅利州多布鲁什市(位于戈梅利市以东)地区,在这里作战的德国国防军第2集团军(魏克斯将军指挥)第43军部队在渡越伊普季河的渡口时,遭到了苏军的顽强抵抗。为了减少伤亡,瓦解红军士气,德国人采用暴力手段,胁迫多布鲁什市的妇女、老人和儿童走在前面为他们抵挡红军的射击,德军自己则躲在这些老弱妇孺背后展开队形、发起进攻,结果导致大量苏联平民死在火线上。

不过现实主义者斯大林比什么人都清楚,意志和精神不可能代替物质,而在物质上最大的事实就是红军的兵力和素质,此时都大大弱于强悍的对手。要挽救这种局面,就要加紧编组和训练战略预备队。在这一点上斯大林从来没有松懈过,就在莫斯科即将成为前线的时刻,在遥远的乌拉尔、中亚和伏尔加河流域,新的红军部队正在紧张地筹建着,他们将在最危急的时刻拯救莫斯科。

---

① 《胜利与悲剧》第二册,第202页;《斯大林年谱》,第569页。

1941年10月1日 莫斯科方向红军的兵力和编成

(1)西方面军 兵员558000人 司令科涅夫上将

集团军（司令）	步兵骑兵部队	炮兵部队	机械化部队	航空部队	工程部队
16（罗科索夫斯基中将）	第38、108、112、214步兵师	第49、471、587军属炮团 第700反坦克团 第375统帅部榴炮团 第10近卫迫击炮团第1营	第127坦克旅		第42、133摩托化工程营 第243、290独立野战工程营
19（卢金中将）	第50、89、91、166、244步兵师	第596军属炮团 第311统帅部加农炮团 第57、120、399统帅部榴炮团 第509、874反坦克团 第302榴炮团4营 第7、318独立防空营	—	—	第111摩托化工程营 第238、321、498独立野战工程营
20（叶尔沙科夫中将）	第73、129、144、229步兵师	第126军属炮团 第592统帅部加农炮团 第302榴炮团 第872反坦克团 第112、123、185、455独立防空营			第129、226、229摩托化工程营 第127、288独立野战工程营
22（沃斯特鲁霍夫少将）	第126、133、174、179、186、256步兵师	第56、390、545炮团 第301、360统帅部榴炮团 第11独立迫击炮营 第183、397独立防空营	—	—	第113、114、115摩托化工程营 第39、251独立工程营
29（马斯连尼科夫中将）	第173、243、246、252步兵师，独立摩托化旅	第644军属炮团 第432统帅部榴炮团 第213独立反坦克师	—	—	第71、72、267独立工程营 第63舟桥营

续表

集团军（司令）	步兵骑兵部队	炮兵部队	机械化部队	航空部队	工程部队
30（霍缅科少将）	第162、242、250、251步兵师	第392、542军属炮兵团 第871反坦克炮团 第12独立迫击炮营	—	—	第122独立工程营 第51舟桥营 第263、499独立野战工程营
直属部队	第5近卫师 第134、152步兵师 骑兵集群（第45、50、53骑兵师） 第62、68筑垒地域 第3火焰喷射营	第29、467军属炮团 第9、10、11近卫迫击炮团 第7防空旅，5个旅级防空地域 第111、164、221独立防空营	第101、107摩托化步兵师 第126、128、143坦克旅 第8、9摩托车团	第23轰炸航空兵师 第31、43、46、47混成航空兵师	第61、62、64舟桥营
合计6个集团军	步兵师30个，摩托化旅1个，骑兵师3个，筑垒地域2个，火焰喷射营1个	炮团28个，独立反坦克师1个，近卫迫击炮团3个，独立防空营11个，独立迫击炮营2个，防空旅1个，旅级防空地域5个	坦克旅4个，摩托化步兵师2个，摩托车团2个	混成航空兵师4个，轰炸航空兵师1个	独立工程营21个 独立野战工程营9个

(2) 预备队方面军　兵员448000人　司令苏联元帅布琼尼

集团军（司令）	步兵骑兵部队	炮兵部队	机械化部队	航空部队	工程部队
24（拉库京少将）	第19、103、106、139、170、309步兵师	第275军属炮团 第305、573加农炮团 第103、105、544统帅部榴炮团 第879、880反坦克炮团 第42独立炮营 第24独立迫击炮营	第144、146坦克旅	第38混成航空师 第10、163歼击航空师 第66战列航空团	第37、88独立工程营 第103摩托化工程营 第56摩托化舟桥营

续表

集团军（司令）	步兵骑兵部队	炮兵部队	机械化部队	航空部队	工程部队
31（多尔马托夫少将）	第5、110、119、247、249步兵师第296、297独立火炮机枪营	第43、336军属炮团 第766、873反坦克团 第199独立炮兵营 第282海军炮连	—	—	第537摩托化野战工程营
32（维什涅夫斯基少将）	第2、8、29、140步兵师	第685军属炮团 第533、877反坦克团 第200独立炮营（海军） 第36独立防空营	—	—	—
33（奥努普里延科旅长）	第17、18、60、113、173步兵师	第876、878反坦克团	—	—	—
43（索边尼科夫少将）	第53、149、211、222步兵师	第364、646军属炮团 第320统帅部加农炮团 第18、758、875反坦克团 第64、71、230、304防空营	第145、148坦克旅	第10、12混成航空兵师	第9舟桥营 第273、312独立野战工程营 第538摩托化野战工程营
49（扎哈尔金中将）	第194、220、248、30步兵师 第29、31骑兵师	第396军属炮团	—	—	第246独立野战工程营
直属部队	—	第488军属炮团 第104、109榴炮团 第42独立近卫迫击炮营	第147坦克旅	—	第6摩托化工程营 第84独立野战工程营
合计6个集团军	步兵师28个、骑兵师2个	炮团27个、独立炮兵营3个、独立迫击炮营1个、独立近卫迫击炮营1个、独立防空营5个	坦克旅5个	混成航空兵师3个 歼击航空兵团2个	独立工程营6个、独立野战工程营6个

(3)布良斯克方面军　兵员244000人　叶廖缅科上将

集团军（司令）	步兵骑兵部队	炮兵部队	机械化部队	航空部队	工程部队
3（克列伊泽尔少将）	第137、148、269、280、282步兵师 第855步兵团(278步兵师) 第4骑兵师	第420、645军属炮团	—	—	第512独立野战工程营
13（戈罗德尼扬斯基少将）	第6、121、132、143、155、298、307步兵师 第55骑兵师	第207、462军属炮团 第50榴炮团 第387统帅部榴炮团 第12独立防空营	第141坦克旅 第43独立坦克营	—	第275独立工程营 第50舟桥营
50（彼得罗夫少将）	第217、258、260、278、279、290、299步兵师	第151、643军属炮团 第761反坦克团 第86独立防空营	第108坦克师	—	第5独立野战工程营
叶尔马科夫集群	第2近卫师 第160、283步兵师 第21近卫骑兵师 第52骑兵师	第455军属炮团 第753独立反坦克营 第1、6近卫迫击炮团	第121、150坦克旅 第113独立坦克营	—	—
直属部队	第7近卫师 第154、287步兵师	第455军属炮团 第17、472榴弹炮团 第699独立反坦克营 第4、16、46、311、386独立防空营	第42坦克旅 第114、115独立坦克营	第24轰炸航空兵团 第6预备航空集群(轰炸航空兵团1个、战列航空团1个)	第70、78独立工程营 第513独立野战工程营
合计3个集团军1个战役集群	步兵师25个，骑兵师4个	炮团16个，近卫迫击炮团2个，独立防空营7个	坦克师1个，坦克旅4个，独立坦克营4个	航空集群1个，混成航空兵群3个，轰炸航空兵团2个，战列航空团1个	独立工程营4个 独立野战工程营2个

红军3个方面军，总计1250000人，15个集团军，1个战役集群，83个步兵师、9个骑兵师、1个坦克师、2个摩托化步兵师，总计95个师。1个摩托化旅、13个坦克旅、1个步兵团、2个摩托车团、4个独立坦克营。71个炮兵团、5个近卫迫击炮团

三、莫斯科战役前苏德两军的态势和计划

德军态势

1941年的9月即将过去,10月就要来临。随着时间一天天过去,莫斯科方向规模空前,无比残酷的大战正日益迫近。为了实施"台风"行动,在超过500公里宽的战线上,部署着博克元帅麾下中央集团军群所属的三个集团军和三个装甲集群的庞大兵力和数以千计的坦克、数以万计的火炮迫击炮。这些军团由北至南,从安德烈亚波尔以北,一直延伸到科诺托普以东的战线上展开①,依次为:

施特劳斯大将的第9集团军、霍特大将的第3装甲集群。这两支部队构成了德军强大的北

北部战区 正在休息中的德国步兵

---

① 《莫斯科城下转折》附地图《台风行动》;《苏联军事百科全书·军事历史》下,第912—913页间彩图。

部突击集团,共有23个师。其中第一线有20个师(另外,邻接的北方集团军群有3个步兵师也针对苏联西方面军)、第二线和集团军预备队有3个师①。这个集团的机械化部队有3个装甲师和2个摩托化师,全部作为突击兵力集结在韦尔季诺—杜霍夫希纳地区。

德军中路有克卢格元帅的第4集团军、赫普纳大将的第4装甲集群,共有22个师。其中16个师在一线、4个师在二线、2个师为预备队。机动部队包括5个装甲师和2个摩托化师,也全部作为突击兵力集结在罗斯拉夫利地区。

上述德军的北部集团和中部集团,共有45个师(包括8个装甲师和4个摩托化师),占整个中央集团军群兵力的2/3。他们对莫斯科构成直接威胁。

在战线南面,部署着魏克斯大将的第2集团军和古德里安大将的第2装甲集群。这些部队是中央集团军群的南部集团,总兵力有23个师(包括5个装甲师、4个摩托化师和1个骑兵师)。但在9月底,于一线展开的只有15个师、二线2个师。第34、35军级司令部尚在开进中。

其中,第2集团军掩护着连接南部集团和中部集团的漫长战线。而古德里安的装甲集群,则如前面已经介绍过的那样,集结在中央集团军群战线最南部的绍斯特卡—格卢霍夫地区。由于距离主要战线太远,这个装甲集群将不参加德军北部集团和中部集团对莫斯科方向发动的第一次钳形攻势,而将在南部地区发动一个相对独立的辅助攻势。

红军态势

防守莫斯科方向的三个苏联方面军中,与德军北部和中部集团对峙的部队,主要是科涅夫将军的西方面军和苏联元帅布琼尼指挥的预备队方面军。赋予他们的任务,是阻止德国人冲向莫斯科前方的如下要点:勒热夫、维亚兹马—莫扎伊斯克、斯帕斯杰缅斯克和基洛夫。

---

① 《德苏坦克战(4):莫斯科保卫战》,第68页。

接替铁木辛哥担任西方面军司令员的科涅夫,在9月11日由中将晋升为上将。他指挥的方面军是掩护莫斯科的主力重兵集团,共有近56万人(作战兵力32万人),装备475辆坦克、2253门火炮、733门迫击炮。

科涅夫管辖的军团包括:

第22集团军(司令为沃斯特鲁霍夫少将)、第29集团军(司令为马斯连尼科夫中将,12月为什韦佐夫少将)、第30集团军(司令为霍缅科少将,11月为列柳申科少将)、第19集团军(司令卢金中将,10—11月为博尔金中将,11月改编为突击第1集团军)、第16集团军(司令罗科索夫斯基中将)、第20集团军(司令为叶尔沙科夫中将,11月为弗拉索夫中将)。

布琼尼元帅因为建议斯大林放弃基辅,被从西南方向召回。现在,他接受了预备队方面军的指挥权,管辖的部队包括:

第24集团军(司令为拉库京少将)、第43集团军(司令为索边尼科夫少将,10月为阿基莫夫中将,10月稍后为戈卢别夫少将)、第31集团军(司令为多尔马托夫少将,10月为尤什克维奇少将)、第49集团军(司令为扎哈尔金中将)、第32集团军(司令为维什涅夫斯基少将)、第33集团军(司令为奥努普里延科旅长,10月为叶夫列莫夫中将)。

科涅夫和布琼尼指挥的这两个红军重兵集团,被分成了两个战役梯队。其中第一梯队包括西方面军主力和预备队方面的少量部队。前者所属的第22、29、30、19、16、20集团军,由北向南,依次沿着从安德烈亚波尔以东一直延伸到叶利尼亚以西宽340公里的战线担当防御。从这条战线继续向南,部署着预备队方面军第一梯队的第24、43集团军,他们防守着从叶利尼亚一直延伸到斯诺波季附近的弗罗洛夫卡村的阵地,战线宽约80~100公里。

红军的第二梯队位于西方面军后方,距离只有40到50公里。兵力为预备队方面军主力第31、49、32、33集团军。他们的任务是,一旦第一防御地带被突破,立刻予以增援。这些部队自北向南,沿着奥斯塔什科夫、谢利扎罗沃、多罗戈布日以东、斯帕斯杰缅斯克一线展开,在宽300公里的地带占领防御阵地[1]。

从表面来看,俄国人将两个重兵集团分成两个战役梯队,似乎可以增大防御纵深。但事实却并非如此。第二梯队的预备队方面军主力实际上没有自己独立的防御地带[2],也没有进入前面介绍过的维亚兹马防线——虽然这条防线就在他们身后不远——而是被直接部署在西方面军并不太深的防区内。

在40~50公里狭窄的防区,分两个梯队展开两个方面军的部队,指挥和协调都相当困难,而且苏军本来很弱的兵力,放在一线就更少了:从9月30日的战术态势地图看[3],西方面军和预备队方面军第一梯队一线只展开了28个师,当面德军一线却展开了36个师。而此时德国一个师差不多相当于苏联两个师。苏军第二梯队的部署则极为分散,4个集团军的兵力被平均分布在300公里长的漫长战线上,自然也谈不上什么重点和纵深了。

和既没有专属防区、部署也极为分散的第二梯队相比,红军第一梯队倒尽量采取重点设防。但他们的主力并没有被部署在德军北路集团集结重兵的韦尔季诺—杜霍夫希纳地区当面,而是放在维亚兹马以西——恰好处在德国两个装甲突击军团的铁钳之间。

当时在苏军总参谋部供职的华西列夫斯基战后承认,上述愚蠢的部署是总参谋部的责任[4]。他虽然没点具体名字,但当时的总参谋长沙波什尼科夫难辞其咎。自基辅战役以来,沙波什尼科夫除了小心翼翼地给斯大林当传声筒,越来越没什么积极主张了。

在直接掩护莫斯科的西方面军和预备队方面军以南,部署着安·伊·叶廖缅科上将指挥的布良斯克方面军,对峙着德军中央集团军群的南路集团。叶廖缅科所管辖的部队包括:

---

[1]《第二次世界大战史》卷四,第159页;《苏联军事百科全书·军事历史》下,第912—913页间彩图。
[2]《莫斯科会战》,第12页。
[3]《德苏坦克战(4):莫斯科保卫战》,第68页态势地图。
[4]《华西列夫斯基元帅战争回忆录》,第126页。

第50集团军（司令彼得罗夫少将，10—11月为叶尔马科夫上校，11月为博尔金中将）、第3集团军（司令为克列伊泽尔少将，12月为普申尼科夫中将）、第13集团军（戈罗德尼扬斯基少将）、叶尔马科集群。

叶廖缅科的方面军由于在基辅会战中损失惨重，其兵力此时仅有24万余人，大大少于当面的德军第2装甲集群和第2集团军（他们的陆军兵力就不下40余万），却防守着布良斯克以西和向南一直到格卢霍夫以南，长达330公里[1]的漫长战线，掩护着莫斯科南部重镇布良斯克、奥廖尔、图拉等地。而且叶廖缅科也同样未能将主力布置在第2装甲集群集结的绍斯特卡—格卢霍夫方向，而是集中在布良斯克方向。将自己薄弱的南部侧翼暴露给了古德里安的装甲集群。

这个失误是致命的。红军布良斯克方面军的参谋长桑达洛夫将军后来在回忆这段往事时颇为困惑地写道："回顾过去，现在打开地图分析当时的形势，你会迷惑不解：我们当时怎么就没猜透敌人的企图呢？……对敌装甲集群进攻莫斯科来说，格卢霍夫、绍斯特卡地域是再好不过的地域了。这是通往奥廖尔和图拉的最近一条路……但是统帅部和布良斯克方面军司令部却未能译解出这一简单的密码。"[2]

事实就是如此。尽管早在9月10日，斯大林就指示西方面军转入防御以应对德军可能的进攻[3]，还出动大量飞机轰炸德军。但苏联人没有能够预测到德国人的主攻方向，甚至也没有完全及时转入防御，反而继续反攻一些地区。这当然不会给防御带来什么好处。

但对苏联人来说，最麻烦的问题还是在于兵力过分薄弱，以至于红军各集团军在莫斯科方向一般只能编成2个梯队。第一梯队只有四五个步兵师，第二梯队也只有一个步兵师或者再加上一个坦克旅作为反冲击的预备队。至于战役前构筑的后方防线，由于没有派部队防守，也难以发挥作用。

---

[1]《军事学术史》，第332页。
[2]《朱可夫外传》，第152页。
[3]《第二次世界大战史》卷四，第157页。

博克元帅的进攻计划

9月24日,博克元帅在日记里写道:"俄国人在夜里轰炸了我们的住所"[①]。很显然,"台风"行动不可能完全瞒过对手。但手握优势重兵的博克对此并不在乎。此时,在只有薄弱兵力防守、漏洞百出的红军防线面前,德国人进攻的准备工作已经进入了尾声。1941年9月26日,也就是南方战区基辅战役结束之时,德军中央集团军群司令官博克元帅向所属部队下达了向莫斯科方向进攻的预先号令,其内容和意图如下[②]:

德军将再次施展已十分精通的装甲铁钳战术。第3、4、2装甲集群及其所属的将近2000辆坦克,将充当进攻莫斯科的主力。这三个装甲重兵军团正如上面介绍的那样,分别和步兵部队一道,在杜霍夫希纳、罗斯拉夫尔、绍斯特卡三个地域形成了北、中、南三个机动突击集团,他们将向东、东北方向实施3个强大突击,最终歼灭他们面前的红军重兵集团,打开通向莫斯科的道路。

其中,德军北部突击集团,也就是第9集团军和由其指挥的第3装甲集群,将和中部集团,也就是第4集团军主力及其配属的第3装甲集群一道,向维亚兹马方向的红军西方面军、预备队方面军实施一次强大的钳形突击。两个德国突击集团各自的任务如下:

北部集团——也就是铁钳的左半边,"将突破汽车公路与别洛耶地区之间的敌

第3装甲集群司令莱因哈特

[①]《博克日记》,第317页。
[②]《莫斯科城下的转折》,第298—299页;《第二次世界大战的决定性战役》,第133—134页。

军阵地,向维亚兹马—勒热夫铁路线推进,主攻将由机动部队在步兵(当然是来自第9集团军的——作者注)不间断的强有力的支援下,朝霍尔姆方向行进。然后,准备从第聂伯河下游以东转向维亚兹马及其以西的汽车公路,同时保护其东侧。集团军的北面也要保护。要夺取叶特基诺迈往别洛耶的公路,用来运送补给品"。

而中部集团——铁钳的右半边,"将主攻罗斯拉夫尔—莫斯科公路的两侧,突破后,掉转过来以强大部队进攻维亚兹马两侧的斯摩棱斯克—莫斯科汽车公路,同时保护东部两侧"。

两个集团——两只铁钳,最终将在维亚兹马合拢,包围并歼灭当面的红军西方面军主力。同时,德军第4装甲集群还将分兵向南威胁布良斯克。

为了迷惑苏联人,德国人还命令其部署在两个突击集团之间的步兵部队,在叶利尼亚地区与汽车公路之间发动佯攻,"以尽可能牵制敌军"。这些部队将不参加主要攻势,只有在德国装甲部队将苏军完全合围后,才允许他们向前推进,肃清被包围的红军。

德军的南部突击集团,也就是刚刚参加完基辅会战的古德里安第2装甲集群,由于其离德军主攻方向太远,无法参加维亚兹马的钳形攻势。而为了向德军中部集团靠拢,古德里安装甲集群还必须比其他德军部队提前2天发动攻势。

根据博克的命令,第2装甲集群和其南翼的第2集团军将向布良斯克方向发动一次钳形攻势,但德军司令部赋予古德里安的任务还不仅仅是冲到布良斯克地区,去合围并且歼灭那里的红军部队,而是要求他的装甲集群"越过奥廖尔—布良斯克一线向前挺进。其右翼部队将停留在斯科普与奥卡地段",从南面对更靠近莫斯科的奥廖尔和图拉构成威胁。而第2集团军,为了掩护其北面第4集团军的侧翼,也将主力部署在北翼,并将在"突破杰斯纳阵地后,朝苏希尼奇—梅晓夫斯克方向推进"。

换句话说,该集团军的主力将冲向布良斯克更为深远的东北面,而不是布良斯克本身。至于被他们包围在"杰斯纳东南弯曲部的敌人",则将由第2集团军在南面的部队和第2装甲集群的北翼部队消灭。为此,无论是第2集团军还是第2装甲集群,在对方抵抗很弱的情况下,都可以采用突然袭击的方式占领布良斯克以封闭"杰斯纳东南弯曲部的敌人",但如果无法在一次代价轻微的突袭中占领该城,则"将其暂时封锁",然后以第2装甲集群的步兵部队——第35军级司令部,在空军配合下予以占领。

德军的装甲侦察车

配合中央集团军群行动的第2航空队,将在凯瑟林指挥下参加莫斯科会战,主要承担三个任务:第一,"摧毁集团军群当面的俄国空军",第二,"全力以赴地支援各集团军和装甲集群的进攻",第三,"为了阻碍敌补给品与增援部队的运输,要坚持不懈地攻击从布良斯克—维亚兹马—勒热夫一线起通往东部的各条铁路线"。至于对莫斯科地区工业目标的空袭,此时已经退居其次。根据博克的指示,"只有在地面部队的总形势允许的情况下才能进行(对莫斯科的空袭)"。

为了能够赶在冬季到来前结束战斗,博克希望在11月7日包围莫斯科。"老费迪"或许也意识到,德国军队的后勤系统是如此脆弱,不能完全指望它为自己提供足够的冬季装备。

在中央集团军群从三个方向对莫斯科发动猛攻的同时,德军在东线的另外2个集团军群也将采取行动配合博克这次具有决定性意义的进攻。南方集团军群将使用其北翼的第6集团军向东推进,抵达哈尔科夫州以北。北方集团军群将用第16集团军占领舍达尼亚湖以北至伊尔门湖一线。不过后来的事实会证明,德军各集团军群的作战任务将会极其繁重,以至于没有太大的余力帮助友邻部队。

恰恰就在博克发布进攻莫斯科命令的第二天,即1941年9月27日,斯大林也发出指令①,再次要求西方面军和布良斯克方面军转入顽强的防御,建立方面军和集团军的预备队,进行系统的侦察,提高军队的战斗准备。为此必须撤销他们此前还在进行的反攻任务。斯大林明白,他和希特勒在莫斯科城下摊牌的时刻就要到来了。

---

①《第二次世界大战史》卷四,第157页。

第三章

从维亚兹马——布良斯克"大沸锅"到莫扎伊斯克

序幕："台风"袭来

1941年9月30日清晨，古德里安的第2装甲集群，首先从绍斯特卡、格卢霍夫地域对布良斯克方向的红军发动了凶猛进攻。巨大的装甲楔形纵队再次突破了红军薄弱的防线。同一天，战线北部的德国第4、3装甲集群也展开了局部进攻。

苏德战争史上第一次超大规模会战——莫斯科会战的熊熊战火就此燃起，这战火将在近千公里战线上燃烧111天；交战双方前后将投入约400万装备精良的大军。在巨大战役规模背后，双方的统帅和士兵或许已经意识到，莫斯科会战的过程和结局将决定人类历史的进程，但战役戏剧性的巨大转折却未必在人们意料当中。

深信将在莫斯科城下实现夙愿的希特勒，决定在这个历史性时刻好好表现一番。为此，他在1941年10月1日向东线德军发布了他自苏德战争开始以来的第二次讲话——读者朋友们或许还记得，希特勒的第一次东线讲话是在苏德战争开始当日。现在，他选择这个时刻再次发表讲话，正表明希特勒相信东线战争即将结束在莫斯科城下。他发起的"台风"战役行动将像真正的巨大台风一样，扫平斯大林的红色国度。

当天晚上，在辽阔的东部战线的战壕里、机场上、司令部内，400多万侵苏德军正在倾听希特勒的讲话。希特勒将这些士兵称为"我的伙伴们"。他宣布。莫斯科之战将是东线战争的最后阶段。在这个阶段，在莫斯科城下，德国

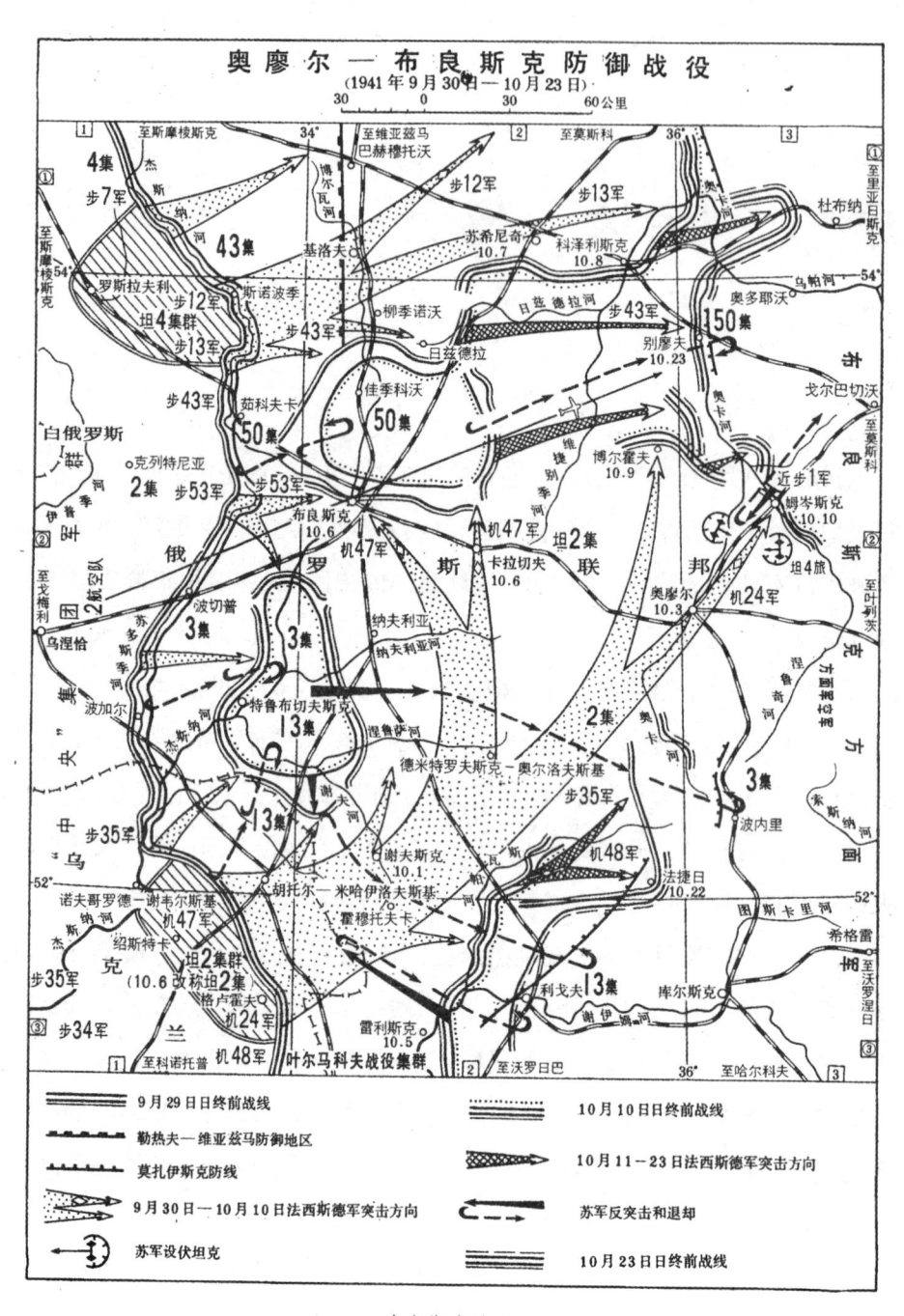

奥廖尔—布良斯克防御战役
(1941年9月30日—10月23日)

布良斯克地图

士兵们将对苏联实施"最后一击","这一猛击要在冬季到来前粉碎敌人"。

想"青史留名"的还不仅仅是希特勒。此前的9月29日,中央集团军群司令博克——"老费迪",一整天都忙着视察部队。先是第7军指挥部,然后是第267、23步兵师,第4装甲集群,路上还遇到了第5装甲师师长①。晚上。博克在设于鲍里索夫的司令部向部下发表声明:"中央集团军群的士兵们,经过几个星期的等待,集团军群恢复进攻了。我们的目标不是别的,而是彻底消灭我们东面的残敌并且占领布尔什维克的堡垒——莫斯科"。

而在第一线,德军的下级军官们也对部下做出了要求:禁止士兵们在即将到来的严酷战斗中照顾伤员并掩埋战友的尸体,并且警告他们,逃兵将被处死。士兵们还得到了烈酒,用来壮胆②。

1941年10月2日5时45分,德军中央集团军群百万大军对红军西方面军的阵地发动了全线总攻。从安德烈阿波尔至谢夫斯克的数百公里战线上,展开了激烈战斗。在距离莫斯科还有350公里的地方,德国军队开始了他们所认为的最后进攻。胜利似乎已经唾手可得。德国陆军总参谋长哈尔德在他日

德军的四号坦克

---

①《博克日记》,第320页。
②《第三帝国:巴巴罗萨》,第113页。

一辆德国坦克拖着一个装甲车模型

记中描绘了他那种摆脱了千斤重担后无比轻松的心情:"今天,我的士兵们向莫斯科方向发动了大规模进攻,我为这次战役付出了艰辛的努力。我就像喜欢一个让我吃了苦的孩子那样喜欢这次战役"。

一、古德里安的南部进攻战役：
从布良斯克到姆岑斯克

古德里安的进攻部署

在首先展开战斗的战线南部，德国人的南方突击集团——也就是古德里安所指挥的德军第2装甲集群（10月5日起改称第2装甲集团军[①]），以及魏克斯大将的第2集团军，对叶廖缅科的布良斯克方面军两翼实施凶猛的打击。值得一提的是，参加"台风"战役的三个装甲集群，第3、4装甲集群都接受普通集团军的指导，只有古德里安的第2装甲集群有独立指挥权。

古德里安首先在9月30日6时35分发动进攻，其部署为[②]：

北面，古德里安用

德军炮手

[①]《德国武装部队的兵团与部队》卷二，第89页。
[②]《莫斯科1941：希特勒的第一次失败》，第14页地图；《苏联军事百科全书·军事历史》下，地图。

第1骑兵师(集团军群预备队)掩护漫长战线,而把坦克部队主力集结在中段的绍斯特卡两侧的狭窄地段,态势如下:

北侧,第47摩托化军(军长莱梅尔森将军)集结在诺夫哥罗德—谢韦尔斯基。该军所管辖的第17、18装甲师,将齐头并进冲向谢夫斯克,第29摩托化师紧随其后。

南侧,第24摩托化军(施韦彭堡骑兵上将)集中在格卢霍夫,以第3、4装甲师为先头部队,第10摩托化师跟进,沿着公路东南侧进攻谢夫斯克和奥廖尔;

再向南,展开了第48摩托化军(肯普夫装甲兵上将)。这个军原属于南方集团军群。赋予的任务是以所属的第9装甲师在第16、25摩托化师配合下,进攻谢夫斯克以南的霍穆托夫卡等地。

古德里安手下的两个步兵军,第35军级司令部(第95、296、262、293步兵师)放在北翼;第34军级司令部(第45、134步兵师)放在南翼配合第48摩托化军。但这两个军当时尚在行军中。

连同集团军群预备队派出的第1骑兵师在内,古德里安手下共有16个师

德军摩托化牵引的野战重炮

（包括5个装甲师、4个摩托化师），拥有大约450辆坦克（其中280辆可用）。

布良斯克合围

在古德里安主力突击集团7个师（第17、18装甲师，第10摩托化师，第4、3、9装甲师，第25摩托化师）当面，戈罗德尼扬斯基少将指挥的红军第13集团军和叶尔马科夫集群，展开了6个师（第298、121、283、228、160步兵师，第52骑兵师），预备队为第150、121坦克旅，第55骑兵师[①]。两军虽然兵团数量相当，但德军的兵额几乎是苏军的一倍多，坦克是其四倍。

在这个极其狭窄的地段，古德里安投入了全部280辆坦克。密密麻麻的装甲爬虫在包括2个210毫米口径超重榴弹炮营的凶猛炮火掩护下，穿过弥漫着硝烟的战场，排山倒海般地向东北方涌去。尽管德国空军第2航空队由于天气关系，最初没有出动俯冲轰炸机，但也派出了大量其他飞机掩护古德里安的行动。

"台风"战役开始后不久的德国坦克部队　1941年10月

[①]《德苏坦克战系列（4）：莫斯科保卫战》，第68页。

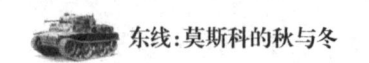

苏军在强大的古德里安装甲部队面前显得弱小不堪,而且似乎对德国人的装甲攻势事先并没有充分准备,结果被得到第2航空队空中配合的德国装甲部队打了一个措手不及,其薄弱的防线很快就被古德里安的坦克碾碎突破。接着,第2装甲集群的坦克和摩托化车辆如同潮水般向突破口大量涌入,并迅速向前挺进,很快深入到了红军第13集团军的后方。

但苏联人在经历了最初的震惊后,倒是很快就反应了过来,立刻动用位于第13集团军南翼的叶尔马科夫集群,对冲入防线的德军装甲侧翼发动了猛烈进攻。这个集群除了拥有几个步兵师以外,还编有第121、150坦克旅和第113独立坦克营,共有105辆坦克。其中包括6辆KV重型坦克和22辆T-34坦克,算得上是一支强有力的生力军。但他们的坦克数量还不到古德里安的一半。

叶尔马科夫的迅速反击完全出乎古德里安的意料以外,甚至一度打乱了他的进攻节奏:遭到红军反击的肯普夫的第48摩托化军不仅进攻受阻,其所属的第25摩托化师第119摩步团的两个营,甚至还在霍穆托夫卡给包围了起来。刚才还在胜利进军的德国摩托化兵们被打得落荒而逃,把全部的装甲车

德军的半履带装甲车

第三章 ‖ 从维亚兹马——布良斯克"大沸锅"到莫扎伊斯克

辆都丢给了叶尔马科夫的红军集群①。

为了稳定局面,肯普夫连忙调动第9装甲师对抗叶尔马科夫,但这么一来,肯普夫北面的第24摩托化军侧翼却又失去了保障,也被叶尔马科夫集群突入。两军爆发激战:第3装甲师和第10摩托化师,与苏军第121坦克旅展开坦克战;拥有上百辆坦克的第4装甲师,撞上了只有20辆坦克的苏联第150坦克旅②。

阵脚有点乱的德国摩托

展开进攻的德国坦克

化军军长们只好向古德里安请求援兵。偏偏配属给古德里安的第34军级司令部所属部队,要到10月1日下午才能赶到。为了稳定战线,古德里安只好请求保留"大日耳曼"摩托化步兵团(实际是一个精锐的机械化旅),但这个号称国防军精英聚集的团,当时还远在南面(基辅以东),一时半会也无法赶到③。

经过一番激烈的坦克战,德军还是用3个装甲师压倒了苏军的2个坦克旅。红军的反攻被遏制住了。叶尔马科夫的作战集群被德国装甲摩托化部队一分为二。但肯普夫的摩托化军却由于油料供给不畅,暂时停止了攻势。

克服了这次小危机以后,古德里安的其他部队坦克履带再次快速地转动起来,碾过红军的阵地向纵深挺进。施韦彭堡的第24摩托化军进展尤其迅速,在一天时间内就挺进了136公里,并在10月1日13时占领了谢夫斯克,将

---
① 《闪击英雄》,第270页。
② 《莫斯科1941:希特勒的第一次失败》,第32页。
③ 《大日耳曼装甲步兵师》,第26页。

苏联第13集团军和叶尔马科夫集群分隔开。进攻第三天,进展神速的古德里安又攻占了德米特罗夫斯克—奥尔洛夫斯基。

紧接着,古德里安将他的第2装甲集团军分成两路,左翼的莱梅尔森将军第47摩托

两辆被丢弃的KV坦克,远处一辆德国坦克驶过

化军,包括第17、18装甲师,向北方一个大拐弯,直接插向卡拉切夫、布良斯克,以截住布良斯克方面军的退路。而在右翼,施韦彭堡骑兵上将的第24摩托化军及其编成内的第3、4装甲师,第10摩托化师和"大日耳曼"摩托化团,则继续向东南面追击,目标是莫斯科南部重镇的奥廖尔。古德里安将从那里发动对莫斯科的进攻。当然,他现在首要的任务还是消灭布良斯克方面军。

完成这个任务对德国人来说并不困难。由于红军方面军主力被错误地部署在布良斯克方向,他们在德国装甲部队突击的方向上力量薄弱,临时调来部队实施的零散反突击也根本挡不住德国人的进攻。而古德里安自从在斯摩棱斯克战役中由于坦克推进过快,失去步兵掩护而吃了亏以后,对此也颇为重视。因此在此次战役中,其步兵部队

被丢弃的苏军重型装备

跟进在坦克后面密切配合,得以迅速肃清了通道上的苏军。北上的第47摩托化军进展顺利。

战局惊动了莫斯科。斯大林采取了紧急措施。由于他现在手头没有什么可用的部队,只能通过红军总参谋部下令动用远程轰炸航空兵主力。在1941年10月1日夜间,苏军空军司令员接到了命令。从10月2日起,他开始紧急调动远程轰炸航空第40、42、51、52师(师长分别为巴图林上校、鲍里先科上校、洛基诺夫中校、杜鲍申上校),以及执行特种任务的第81航空师(师长A. E. 戈洛瓦诺夫上校),对古德里安装甲集群展开空中打击。为了指挥这次行动,苏联空军副参谋长鲁赫列上校也在10月2日赶往布良斯克方面军司令部,统一指挥空袭行动。布良斯克方面军空军司令员波雷宁将军,则派出战斗机掩护这些轰炸机。方面军航空兵所属的第6预备航空兵集群(杰米多夫将军指挥)也参加了这次战斗。

此时,制空权完全落入德军手中。10月2日这天,苏联西方面军和布良斯克方面军的指挥部遭到空袭。由于通信联络中断,红军地面部队的指挥乱成一团[1]。第二天,德国空军第2航空队共出动984个架次,宣称击毁了679辆俄国军车,给予红军重大杀伤[2]。

为了挽救布良斯克方面军,红军航空兵大量出动,在短短11天时间里进行了一千七百架次战斗出击,其中百分之六十五是对古德里安的坦克摩托化纵队实施突击。由3~6架Pe-2、Pe-3或者伊尔-2飞机组成的红军航空兵小编队,频繁地低空轰炸道路上的

斯大林

---

[1]《德苏坦克战系列(4):莫斯科保卫战》,第9页。
[2]《黑十字与红星:东线空战》第一册,第194页。

德军车队。尤其是伊尔-2强击机,更是凭借厚重的装甲对德国人构成了严重威胁。德国空军第52战斗机联队的一名飞行员后来回忆道:"所有苏军飞机中,伊尔-2最难被击落,我们的炮弹总是被它的机身弹开,俄国飞行员几乎是坐在装甲里!"

1941年10月4日,古德里安本人也领教了苏联人的空袭,虽然这已经不是第一次了,但还是给他印象深刻。当天,他乘坐飞机来到被德国人占领的谢夫斯克机场,刚下飞机,苏联飞机就一批一批飞来"欢迎"。炸弹落下,房屋上被震碎的玻璃四散而飞,当地德国军司令部也遭到轰炸。其后,古德里安在前往第3装甲师的路上又一次碰上了轰炸。这位德国陆军大将后来不无讽刺地回忆那天机场上20架无所事事的德国战斗机,他写道:"关于俄国空军活动的积极性,我得到了令人信服的印象。"

尽管如此,活动频繁的苏联航空兵此时在地空协同方面依然很不在行,为此,红军统帅部在1941年10月6日,要求空军各部队在以后的空袭行动中务必让航空兵师师长或副师长亲自带着作战组前往地面部队指挥所,务必配发有统一的注有军队番号的坐标地图、通话表和规定的信号;而地面部队则必须组织设有空中联络哨的通行检查站,以随时向空中的飞机下达指令,告诉他们什么目标应该攻击,什么目标不能攻击。

尽管苏联人在拼命改善他们的空军战术,但仅仅依靠空中打击是不可能阻止德国人行动的。此刻,古德里安的部队仍然在前进。就在这天,第47摩托化军占领了卡拉切夫。同时,所辖的第17装甲师猛扑向布良斯克。

与此同时,在古德里安北面行动的德军第2集团军,也逼近了布良斯克。从1941年10月3日开始,该集团军在魏

袭击德军的苏军伊尔-2强击机

第三章 ‖ 从维亚兹马——布良斯克"大沸锅"到莫扎伊斯克

克斯大将指挥下,动用所辖8个步兵师中的5个①,从罗斯拉夫尔以南地域展开进攻,以配合古德里安的攻势。

9月底,在魏克斯的攻击地段当面,红军第50集团军展开了6个师(第279、278、299、258、260、290步兵师)②。但这些师的兵力很弱,无力抵挡优势德军的进攻。魏克斯取得了突破。虽然进展缓慢,但他手下担负主攻的第53军开始沿着罗斯拉夫尔—布良斯克公路从正面压向布良斯克。10月4日,红军第50集团军动用预备队第108坦克师(41辆坦克),对突入的德国第53军发动了反突击。可是,他们遭到德军第2航空队152架Ju-87俯冲轰炸机和259架水平轰炸机的猛烈空袭。其后,德国人又出动了202架Ju-87和188架水平轰炸机轰炸红军的补给线。其间,他们宣称取得了重大战果,炸毁了22辆苏联坦克、450辆各种车辆和3个燃料仓库③。同一天早上,德国空军出动48架Ju-87和32架水平轰炸机,以猛烈轰炸切断了布良斯克方面军和西南方面军之间的铁路交通。

尽管得到了强有力的空中支援,德国第2集团军的进展依然很有限。至10月5日已被苏军所迟滞。可是在10月6日早上,古德里安手下的第17装

一队德国四号坦克通过一片残骸狼藉的战场

① 《莫斯科1941:希特勒的第一次失败》,第37页。
② 《德苏坦克战系列(4):莫斯科保卫战》,第68页。
③ 《巴巴罗萨空战1941年7—12月》,第91页。

甲师出人意料地从南面闯入布良斯克并夺取此地的桥梁。这意味着连接红军整个防线的后方通道从中央被切断了,德军却因此获得了向奥廖尔挺进的完整补给线。这一成果令博克大喜过望,在日记里欢呼"布良斯克的困境缓解了"①。

当天,德国第17装甲师继续向南和西南推进。下午就闯入了布良斯克附近斯文车站的西方面军指挥所。司令员叶廖缅科当时正在看地图,突然接到报告:德国坦克距离只有200米了②。叶廖缅科调来3辆坦克和几百步兵勉强抵挡一阵,最后还是丢下指挥所逃跑。一片混乱中,莫斯科一度还以为叶廖缅科被打死了。

利用古德里安的成果,魏克斯的德国第2集团军也很勉强地恢复了攻势。日终,德国第53军打到了布良斯克,并在这里和古德里安的第47摩托化军会合。

在布良斯克失守后,布良斯克方面军已经在德国人的打击下乱作一团,并被从北中南三个方向冲过来的德军分割成了三个部分:在被第53军和摩托化第47军占领的布良斯克以北,红军第50集团军在德军第4装甲集群步兵部队的侧翼威胁下,正向东面撤退;在布良斯克以南,第3、13集团军已经被古德里安和魏克斯的部队包围在特鲁布切夫斯基地区。而在这个包围圈更

阵亡的第50集团军司令彼得罗夫少将

①《博克日记》,第324页。
②《叶廖缅科元帅战争回忆录》,第164页。

南面,遭到德军摩托化第24军和摩托化第48军分割的叶尔马科夫的作战集群,正在向利戈夫方向败退。

不仅如此,由于叶廖缅科在逃出布良斯克后一度和大本营失去联系,迫使斯大林不得不在完全不了解前线态势的情况下,亲自负责指挥该方面军的部队。红军前线部队一片混乱。直到10月7日中午,叶廖缅科才向所属部队下达了调转方向,朝东撤退的命令。包围圈内的红军各部队不断发动反突击。由于德国人的合围圈并不非常严密,不少苏军部队利用暗夜突出了重围。叶廖缅科本人跟随第3集团军残部,冲向德军第29、25摩托化师接合部。德军先是以一个机枪营阻截,又增调了第3装甲师和第10摩托化师一部,并派出飞机轰炸。可还是有大量苏军官兵突围成功。其余的部队无法逃出包围,于10月17—26日被歼灭,牺牲者中包括第50集团军司令彼得罗夫少将,他在10月10日由于负伤过重而死亡[①]。

总的来说,德国人虽然取得了胜利,但在布良斯克方向取得的战果却算不上十分辉煌。由于古德里安手下缺少步兵,第2集团军又陷入恶战,虽然击溃

一群苏联士兵向逼近的德国坦克投降 1941年10月

①《阵亡的苏联将军》,第30页。

向莫斯科前进的德军机械化纵队　1941年10月

了布良斯克方面军的第3、13、50集团军,但抓获的战俘即使按他们自己的计算,也只有5万人而已[1]。

10月9日,魏克斯还向博克发出一份令人扫兴的报告:刚刚夺取的布良斯克公路因为损毁严重,在10月10日前仍无法使用[2]。古德里安正指望靠这条道路运送油料。战斗开始还没几天,他就开始闹油荒了,不得不请求德国空军用飞机给他送10万加仑汽油。

对布良斯克包围战的有限成果,古德里安倒不是太介意。毕竟对古德里安来说,这只是他任务的一部分。早日突向莫斯科才是他最终的目标。为实现这个目标,就在他的左翼部队围歼布良斯克方面军的同时,右翼的第24摩托化军在施韦彭堡指挥下,正向莫斯科以南腹地快速推进。

奥廖尔失陷

由于遭到沉重打击的红军地面部队陷入了巨大混乱,施韦彭堡的攻势在

---

[1]《苏德战争》,第198页。
[2]《博克日记》,第328页。

第三章 ‖ 从维亚兹马——布良斯克"大沸锅"到莫扎伊斯克

10月1日后进展得非常顺利,一路势不可挡地冲向奥廖尔。无法从前线获得准确战况报告的红军指挥官们最初竟然不了解这一情况。直到10月2日,1架苏联侦察机才发现了惊人的景象:一支长达16～25公里的德国装甲摩托化纵队,正在布良斯克方面军防线以东的纵深地带快速开进。这浩浩荡荡的大军正是施韦彭堡的第24摩托化军。

接获报告的斯大林急忙采取措施。苏联空军的反应最为迅速。就在10月2日当天中午,红军第95歼击航空兵团的40架Pe-3和第120、27歼击航空兵团的60架其他战斗机,就飞到了施韦彭堡的头上。红军的Pe-3首先俯冲轰炸,紧接着Ⅰ-153战斗机对着德国人的车队发射火箭弹。整个空袭行动持续了30分钟,给施韦彭堡造成了不小的损失。按照苏联人的说法,共有43辆德国坦克和30辆汽车被摧毁。这个数字是否准确不得而知,但由于德国战斗机未能及时赶到战场,参加此次行动的苏联飞机得以全部安全返航,因此无论如何也是一次上算的战斗。第二天,红军第74强击航空兵团3架伊尔-2型飞机在中队长莫希涅茨中尉指挥下,以超低空飞行再次突袭了德国人的摩托化纵队,并称他们一共消灭了15辆装甲汽车和3辆油罐汽车。

和苏联空军的迅速行动相比,苏联地面部队则要迟缓得多。尽管为了对付古德里安的挺进,斯大林早在10月1日就任命列柳申科少将担任苏军近卫第1步兵军军长,命令他在姆岑斯克地域展开,并且守住奥廖尔地区。但这位军长从莫斯科出发时,手头带去的全部完整战斗部队只有一个摩托车团,而且无论如何也不可能抢在德国人前面赶到奥廖尔。

军情紧急!为了争取时间,斯大林采取了断然措施,在10月3日5时10分命令第5空降军军长格尔杰夫少将,指挥第10、201空降旅共5500人,搭乘80架

开进中的德国坦克纵队

帕埃斯-84型和TB-3型飞机，从500公里外飞往奥廖尔。赋予他们的任务，是在近卫第1步兵军到达前，将德国人的坦克部队阻止在奥廖尔和姆岑斯克之间。为了配合空降兵的行动，斯大林还下令调动战略预备队中的坦克旅，命令他们以最快的速度开向奥廖尔。

可即使是空降此刻也已经来不及了。就在10月3日这天，德国第24摩托化军管辖的第4装甲师在第3装甲师反坦克炮营配合下[1]，突入奥廖尔市，而且几乎没有遭受任何抵抗。下午4时，第35坦克团第6连占领了市中心[2]。这一胜利使第4装甲师在德军中的评价高涨。同时，在基辅合围战中发挥重大作用的第3装甲师也再次立下大功。师长莫德尔得到了希特勒的赏识，在10月21日正式升任第41摩托化军军长（此前已经就任）。

奥廖尔的失陷意味着莫斯科南部门户已经被德国人打开。古德里安日后在回忆录中颇为得意地宣称，他的部队如何如何出其不意地闯入奥廖尔。当德国坦克冲入市区时，在这座苏联工业城市，完全没有察觉德军到来的苏联人还在大街上继续开着电车，城内堆积着大量拆卸下来准备东运的机械设备和

德国装甲师的反坦克炮队经过一架被击毁的苏联飞机

[1]《中央集团军群：德国武装部队在俄国》，第81页。
[2]《莫斯科1941：希特勒的第一次失败》，第33页。

第三章 从维亚兹马——布良斯克"大沸锅"到莫扎伊斯克

物资①。

但古德里安的说法并不完全准确,因为一支苏军部队正在奥廖尔上空从天而降,他们就是斯大林紧急调来的空降兵第5军。这支部队在当天6时30分乘飞机赶赴战场②。2个小时后,在已经遭到德军炮击的奥廖尔机场强行着陆。首先着陆的是第201空降旅的第3营,虽然他们没有保住奥廖尔,但却破坏了从奥廖尔东北8公里的奥图哈机场通向奥廖尔和姆岑斯克的公路,为主力部队的降落创造了条件。此后,空降兵第5军在奥廖尔西北部和德国人展开了激烈战斗。在苏联民航莫斯科特别航空联队和远程轰炸航空兵部队努力下,该军全部人员和13吨弹药在三天内被全部送到战场。

10月3、4日前后,红军其他增援部队也陆续赶到了战场,他们都被纳入了近卫第1步兵军军长列柳申科的指挥之下。为了挡住正沿着奥廖尔—图拉铁路继续推进、企图一举夺占图拉的德国坦克部队,列柳申科把部队都陆续投入到了与奥廖尔相距40余公里的姆岑斯克,其中除了他从莫斯科带来的那个摩托车团以及不到6000名伞兵外(他们一直防守到10月17日),还有他在图拉市搜刮来的一切,包括在10月3日夜间赶往姆岑斯克设防的图拉军事技术学校学员,和用公共汽车从图拉炮兵学校拉出来的大炮。

支援他们的预备队航空兵第6集群的5个航空兵团在杰米多夫将军指挥下,也已经展开到了姆岑斯克机场,并在白天对公路上的德军部队不断袭击,还不断光顾德军后方的谢夫斯克—奥廖尔铁路线;在夜里,红军远程轰炸航空兵,以及组建于10月1日的红军夜间轰炸团也把他们那些老掉牙的Po-2、R-5和R-Z飞机投入战斗。这种因为有大量苏联妇女参战而极为著名的战法,虽然取得的实际战果并不显著,但却闹得德国人疲惫不堪,在心理上造成了一定的损害,以至于他们在1943年也组建了类似的部队。

当然,仅仅依靠学员、伞兵和夜航团,列柳申科是无法阻止德国坦克前进的,他迫切需要坦克。为此斯大林给列柳申科调来了独立第4、11坦克旅,其

---

① 《闪击英雄》,第272页。
② 《苏联空降兵·军事简史·1928—1980》,第96页。

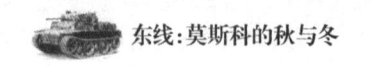

中第11坦克旅由于坦克数量太少，未能发挥作用，而真正给列柳申科带来希望的，则是10月4日白天赶到战场的红军独立第4坦克旅。

红军独立第4坦克旅在姆岑斯克

独立第4坦克旅在1941年10月初刚刚组建完毕，装备坦克约40辆，包括19辆来自斯大林格勒拖拉机厂的T-34型坦克。和其他仓促上阵的红军部队所不同的是，独立第4坦克旅的坦克手此前受到过3周严格的集训，素质较高。其旅长米哈伊尔·叶菲莫维奇·卡图科夫，一位参加过彼得格勒十月武装起义的老兵，未来的近卫第1坦克集团军司令员和战后的陆军副部长，此刻将率领部下在姆岑斯克创立他在这次战争中的第一次战功。

10月3日凌晨，独立坦克第4旅从库宾卡出发，通过铁路开往战场。第二天，其第一梯队接近了奥廖尔。按照斯大林的命令，独立坦克第4旅将防守这座城市。但当卡图科夫下车时，却发现大量消防车、载重车、轻型汽车、马车正从奥廖尔方向疾驶而来，经过询问，卡图科夫才知道奥廖尔已经失陷。

对突如其来的变化，卡图科夫面临两种选择，要么对奥廖尔立刻发动反击，要么后撤设防。当时，在斯大林的严厉命令面前，不少红军部队在同样情况下往往选择前者，而且经常是在根本不进行侦察的情况下，就盲目地向强大的德国军队冲击，结果不但损失惨重，有时还会全军覆没。

但卡图科夫并不想重蹈覆辙。首先，他打算搞清楚他的处境。为此派出了两个载有步兵的坦克群对奥廖尔进行战斗侦察，他们

苏联的T-34坦克

在姆岑斯克至奥廖尔的公路伏击了德军的一个团,并且搞到了"舌头"和文件。其间,卡图科夫还派出了不少官兵,或者骑着马和自行车,或者徒步进行侦察。

通过周密的调查,卡图科夫对其当面几十公里纵深内的敌情已经了然在胸。此刻他当面的德军兵力强大,包括第24摩托化军的第3、4装甲师及一个摩托化师。面对如此强大的德军,卡图科夫决定放弃反攻奥廖尔的企图,撤往姆岑斯克。

10月4日夜间,卡图科夫在距离奥廖尔5公里的伊凡诺夫斯克耶村设下了埋伏。此时他的坦克旅已经全部到齐,并且得到一个85毫米的高炮营和空降营的支援。为了迷惑德国飞机,卡图科夫还下令挖了很多假工事。

此时,精锐的德军第4装甲师的坦克开动发动机,在摩托化步兵掩护下,冲着红军的阵地咆哮而来。这个组建于1938年的装甲师编有第35坦克团(2个坦克营)和第12、33摩托化步兵团。师直属部队包括第103摩托化炮兵团、第7侦察营、第49反坦克炮营、第34摩托车营、第79摩托化工程营、第79摩托化通信营。伴随其行动的还有一些K18型100毫米加农炮和88毫米高射炮(属于第11高射炮营)。

第4装甲师总兵员1万多人(卡图科夫手上至多2000人)。自布良斯克战斗开始以来,该师一直进展顺利,4天内推进240公里仅死伤161人(阵亡41人)[①],以较小代价取得了很大胜利,杀伤俘虏2200名苏军,缴获了大量武器物

1941年秋季泥泞的东部战线,马往往比汽车更有用些

① 《莫斯科1941:希特勒的第一次失败》,第33页。

一个主动投降的俄国士兵

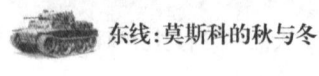

资，其中包括一批美国吉普。但这个师在10月4日凌晨可以使用的坦克只有59辆，仅相当于战役开始时实力的60%——不过其余的40%多数都可以修复，只有6辆坦克全毁[1]。

现在，他们的好运快要到头了。10月5日凌晨，战斗打响了。前进中的德军坦克突然遭到了红军坦克的猛烈射击，当场就有11辆坦克被击中起火。遭到突然袭击的德国人对当面苏军的实力摸不清楚，停止了进攻。

而占了便宜的卡图科夫也不在原地恋战，当晚就撤到了第一军人村，扼守着奥廖尔—姆岑斯克公路。这次他把摩托化步兵营放在预计德军将发动主攻的217.8高地斜坡上，而把坦克藏在道路旁的小树林里，并进行了周密伪装。在这些坦克中，有6辆埋伏在摩托化步兵营的阵地内。

第二天早上8时，德国第4装甲师再次发动进攻，并直接撞向卡图科夫的

德军经过一辆伪装起来的苏联T-34坦克

[1]《第4装甲师在东线(1)1941—1943》，第4页。

摩步营。数量众多的德国坦克很快压制了配合摩步营的反坦克火炮,并把它们一门一门地击毁碾碎,最后剩下的一门反坦克炮的炮手也身负重伤。解决了炮兵,德国坦克又开始碾压苏军步兵的战壕。但就在这时,此前一直沉默不语的苏联坦克突然吼叫着开火射击,被击中的德国坦克在战场上熊熊燃烧。遭受突然袭击的德国坦克慌忙停止了对苏军步兵的碾压,开始慌乱地寻找俄国坦克。但苏联坦克却很快变换了阵地,使得德国人不仅损失惨重,而且对当面红军实力更加无法做出准确判断。

到了傍晚,德军第4装甲师后撤了大约1公里,并将攻击部队集中在一块洼地。德国人判断当面有苏军坦克大部队,便把坦克排成了密集的战斗队形,准备再次进攻。偏偏这个时候,一个火箭炮营来到了卡图科夫的阵地。这些卡图科夫此前听都没有听说的"喀秋莎",是他的顶头上司——近卫第1步兵军军长列柳申科亲自向红军总参谋长沙波什尼科夫央告来的。为此斯大林还警告他,如果丢了这些火箭炮,就要他的脑袋。正因为如此,担着巨大责任的列柳申科只允许这些"喀秋莎"对着当面的德国人进行一次齐射,然后就得撤离。

事实证明,这次齐射没有白放。火箭弹尖叫着拖着尾焰向洼地里队形密集的德国坦克飞去。战后卡图科夫回忆了此后的情景:"大地随着爆炸的轰鸣而震动。巨大的火焰从起火燃烧的车辆和引起自爆的弹药处向空中升起。老远老远就听到了希特勒匪徒绝望的惨叫声。"卡图科夫宣称,事后他的侦察兵在洼地里没有找到一个活人[①]。

10月6日20时,持续12小时的激烈战斗终于结束。苏联方面宣布,大约有43辆德国坦克被击中、摧毁反坦克炮16门、杀伤德军官兵

战地抢修中的德国坦克

①《莫斯科会战》,第109页。

500人。苏军则有6辆坦克被击中,其中2辆全毁,其余4辆被修复[1]。但充满诱饵的红军摩托化步兵却损失惨重。卡图科夫和他的坦克旅成为了战斗的胜利者。

对这场战斗,古德里安虽然在回忆录中语焉不详,但承认第4装甲师损失很大,而且苏军的T-34坦克展示出了优势。视察过战场后,古德里安甚至发现苏军的损失比德军要小[2]。德国第4装甲师的记录显示,此战共损失10辆坦克,其中6辆彻底丧失。另外,德军还损失了2门88毫米口径高炮、1门100毫米口径加农炮、1门105毫米口径榴弹炮。兵员死伤43人(其中10人阵亡)[3]。第4装甲师宣称战果为:击毁17辆苏联坦克(包括8辆KV)、11门反坦克炮,杀伤俘虏苏军220人——看来古德里安并不相信这些报告。

显然,两军都夸大了自身的战果。但苏军全毁坦克少于德军(2:6)则是事实。德国人一般将此次失败解释为红军把新锐的T-34、KV-1坦克藏在步兵后面,并且总以坚固的正面装甲对着德军。在战斗中,遭遇T-34坦克的第4装甲师甚至一度陷入整体混乱,德国人的Ⅲ号坦克和50毫米反坦克炮完全不顶

苏军炮火下的德军步兵　1941年秋

[1]《军事学术史》,第342页。
[2]《闪击英雄》,第275、278页。
[3]《第4装甲师在东线(1)1941—1943》,第4页。

用。最后靠配属的88毫米高射炮和100毫米加农炮才算稳住了阵脚——如果德国人的记录可靠的话,苏军全毁的2辆坦克,就是这些火炮的战果。

在其后的战斗中,红军第4坦克旅又得到了一个

一辆被击毁的德军三号坦克

边防团和独立步兵营的加强,继续不断变化阵地,短促出击,边打边撤。后来他们宣称,在8天内一共击毁了133辆德军坦克(恐怕也是夸大的)。

在红军近卫步兵第1军的顽强抵抗下,古德里安右翼的第24摩托化军虽然还在继续推进,但其进攻速度却大大下降。另外,由于他的部队补给非常不畅,也影响了部队的进展。原本古德里安指望能够依靠缴获的布良斯克通往奥廖尔的公路进行补给,但由于被包围的苏军炸毁了大量桥梁,并严重破坏了路面,使古德里安的希望难以实现。同时由于在10月6日战线上降了一场初

1941年秋季一片泥泞的东线战场

雪,雪化后路面也颇为泥泞,给后勤工作增添了一些麻烦。德国人在莫斯科战役中的后勤危机初见端倪。

由于种种不利,只用3天时间就推进了一二百公里的古德里安装甲部队,直到10月9日才恢复攻势。担负主攻的还是第4装甲师,掩护其行动的有德国空军的"斯图卡"俯冲轰炸机。为了压制苏联步兵,德国人还组织了一个炮兵群(41门榴弹炮和13门火箭炮)[①]。这是一场坦

在泥泞中艰难前进的德国车队

泥泞中的德军摩托

在泥泞中挣扎的德军车队

[①]《莫斯科1941:希特勒的第一次失败》,第45页。

克和步兵之间的混战。"斯图卡"把很多炸弹丢到俄国人的假阵地上。直到10日,德军才夺占了与奥廖尔只有40公里距离的姆岑斯克,此前一天,德军还推进到了该城西北面的博尔霍夫。而红军近卫步兵第1军(包括第4坦克旅在内)则退过姆岑斯克北面的祖沙河,并依托该河设防。此后,莫斯科方向战场南段的苏德两军隔河相望。经过此次战斗,德国第4装甲师到10月16日只剩下38辆坦克可用。同一天,苏联第4坦克旅还剩33辆坦克。

二、维亚兹马之战

博克元帅的钢钳攻势

和布良斯克以及奥廖尔—图拉方向的战斗相比,维亚兹马方向在苏德两军的战略中都来得更为重要。其原因是显而易见的:这个方向直接掩护着莫斯科,也是两军主力集结的地方。

德国人在这个方向策划了一次典型的钳形攻势。从10月2日开始,德军第3和第4装甲集群将在步兵掩护下,分别从杜霍夫希纳和罗斯拉夫尔两个方向发动强大攻势。

在战线以北的杜霍夫希纳方向,德军第9集团军主力(第6、8、27军)和霍特大将的第3装甲集群(第41、56摩托化军)在主要突击方向展开了12个师。其中包括3个装甲师。从北向南依次为[1]:

第26、6步兵师,第1、7装甲师,第129步兵师,第6装甲师,第35、5、106、28、8、87步兵师。

---

[1]《德苏坦克战(4):莫斯科保卫战》,第68页。

另外,德军在第二线还展开了3个师:第36、14摩托化师,第161步兵师。外加第900摩托化旅。

霍特在主攻方向总计集中了15个师和500辆坦克(其中可用坦克约360辆)。他的攻击分配是:莱因哈特的第41摩托化军(111辆可用坦克)指向东北方向伏尔加河上游的交通枢纽勒热夫;沙尔将军的第56摩托化军(250辆可用坦克①)担负主攻,目标是维亚兹马。战斗前夜,德军士气高昂。第41摩托化军参谋长勒蒂格尔描绘道:"军官和士兵们对新战役将会取胜充满了信心,此刻几乎所有人都相信这一行动将开启最终的决定性战役。"②

在前述德军15个师当面,正好是霍缅科将军的红军第30集团军和卢金将军的第19集团军接合部。苏军在一线只有7个在战斗中被严重削弱的师,即第250、242、162、244、89、166、112步兵师。另外在二线,苏军展开了第251、50、152、91步兵师,第45骑兵师,第126、128坦克旅(合计122辆坦克),第101摩托化师(69辆坦克)。

向莫斯科推进的德国第36摩托化步兵师指挥部车队

① 《莫斯科1941:希特勒的第一次失败》,第35页。
② 《德国战术在俄国前线1941—1945》,第21页。

两军兵力对比为:德军15个师和500辆坦克VS苏军13个师和191辆坦克。此时,德军一个师差不多相当于两个苏联师。显而易见,优势牢牢掌握在霍特手中。

10月2日凌晨5时30分,霍特的装甲部队在猛烈炮火和德国空军第2航空队支援下,向红军发动猛攻。德国铁甲纵队很快就捅破了俄国人的防线。进攻头一天,他们就已经揳入苏军纵深15至30公里①。与此同时,德国第9集团军也向别雷城方向实施次要突击,并取得了突破。10月3日,苏联第30集团军投入预备队最强的装甲兵团——第107摩托化师(125辆坦克),在第242步兵师配合下,由别雷出动反击霍特的右翼②。霍特命令第41摩托化军(实际只有第1装甲师和第36摩托化师部分兵力)迎战并夺取别雷③。

红军西方面军司令员科涅夫是炮兵出身。为了阻止霍特,他拿出看家本领,命令卢金集中3个统帅部炮团总计100门152毫米口径重榴炮,猛轰德军的前锋。可由于苏军丧失了大部分间接射击引导,对运动中的德军目标根本打不准。科涅夫又投入了他的预备队,将其组成为博尔金将军指挥的集群。下辖第101摩托化师,第126、128坦克旅和第126、152步兵师④。共有191辆坦克,其中有11辆KV重型坦克、10辆T-34中型坦克。

从10月4日开始,博尔金集群和德国第56摩托化军展开了3天激烈战斗。至10月7日,博尔金集群损失了80辆坦克,败下阵去。霍特取得胜利,督促他的部队冲向维亚兹马。

当科涅夫的北部防线被突破的同时,其战线以南的红军预备队方面军形势也迅速恶化。他们遭到了来自罗斯拉夫尔方向的赫普纳大将的德军第4装甲集群和第4集团军的凶猛打击。这个德军重兵集团一共有22个师,包括5个装甲师和2个摩托化师。9月底光是可用的坦克就有773辆,10月初约有800辆,是博克手下最强大的作战集团。

①《第二次世界大战史》卷四,第161页。
②《巴巴罗萨:希特勒入侵俄国1941》,第148页。
③《德国战术在俄国前线1941—1945》,第22页。
④《苏军坦克兵》,第35页;《巴巴罗萨:希特勒入侵俄国1941》,第148页。

赫普纳所辖兵力包括菲廷霍夫—谢尔装甲兵上将的第46摩托化军、孔岑装甲兵上将的第57摩托化军。其中,第46摩托化军受命突向维亚兹马,准备在那里和霍特的部队一道将红军包抄合围;第57摩托化军则直接向莫斯科挺进。但赫普纳最重要的主攻部队,却是第46、47摩托化军之间的第40摩托化军。这个军来自预备队,目前由施登姆将军指挥。

在赫普纳的三个摩托化军的北翼,德国第4集团军展开第20、7军承担掩护任务;在南翼,第4、2集团军派出了第12、13军。

主攻地段上,德军在第一线展开了14个师[①]:

第15、78、267、231、197步兵师,第11、2装甲师,第252步兵师,第10装甲师,第258、98、34、17、260步兵师。

第二线展开了4个师:

第268、7步兵师,第5装甲师,党卫军"帝国"摩托化师。

在如此强大的德军面前,红军在第一线只有4个步兵师:

预备队方面军第43集团军的第222、211、53步兵师;第50集团军的第217步兵师。

第二线部队另有3个步兵师:

第113、149、173步兵师。

苏军第43集团军(司令索边尼科夫少将)的直属部队也很弱,只有2个坦克旅(第145、148坦克旅,后者根本没有坦克),独立步兵第320团,3个炮兵团和2个高射炮连。整个集团军凑上小口径反坦克炮,也只有350门火炮和迫击

---

① 《德苏坦克战(4):莫斯科保卫战》,第68页。

炮①。还不如两个德国步兵师的装备量。这个集团军掩护着通向莫斯科的华沙公路。由于公路以北都是装甲部队难以通行的森林地带,因此,第43集团军的主力被部署在了公路以南。

苏军迫击炮阵地

在这个地段,德军的优势大得可怕,以18个师(不含作为预备队的第20装甲师和第3摩托化师)对抗7个很弱的苏军师。德军光是可用坦克就有800辆,苏军只有1个坦克旅。

赫普纳的攻势与霍特同时开始。在苏联第53步兵师和第217步兵师接合部25公里宽地段,德军第11、2、10装甲师的560辆坦克②外加4个步兵师,很快取得了突破。德军强渡捷斯纳河,迅即调头北上,试图绕到第53步兵师后方

正在渡河的德军车队

---

① 《军事学术史》,第334页。
② 《莫斯科1941:希特勒的第一次失败》,第35页。

夺取华沙公路。可在这场力量极度不对称的战斗中,俄国人并没有立刻崩溃,反而是顽强抵抗。红军第53步兵师立刻派出兵力赶到华沙公路以南,一次又一次击退了德国人的疯狂进攻,继续控制着华沙公路。

直到10月4日,德军第4装甲集群才取得了决定性胜利。击退苏军第145坦克旅的微弱反击后,德军于当天夺取了斯帕斯杰缅斯克和基洛夫,前出到华沙公路。10月5日,赫普纳大将夺取了预备队方面军司令部所在的尤赫诺夫,从南面逼近了维亚兹马。此时,该方面军司令布琼尼并不在司令部,而是在尤赫诺夫到维亚兹马的路上。他甚至还撞上了德国人的坦克部队,差点丢了命。其后,这位元帅连自己的司令部都找不到了,自然更谈不上指挥他的部队阻止德国人前进了。

陷入混乱的红军

就在霍特和赫普纳的坦克分别从南北两面逼近维亚兹马的危急时刻,莫斯科城的斯大林却对此一无所知。西方面军司令员科涅夫和预备队方面军司令员布琼尼没有及时向他通报战况,他们自己对已经极为混乱的情况也不甚了然。

但在10月5日,一架红军的Pe-2飞机却意外发现一个长达16公里的装甲摩托化纵队,正在维亚兹马南部向东快速挺进。深恐自己看花了眼的苏联飞行员操纵飞机低空接近这个车队,结果遭到了对方的猛烈射击。与此同时,这个飞行员也看清了下面坦克上的十字标志:他们是德国人!

事实上,这浩浩荡荡的车队正是赫普纳的第4装甲集群。但是斯大林并没有很快接受这位飞行员的报告。尽管后来派出的两架战斗机进行的补充侦察证实了那位飞行员的情报,可斯大林依然心存疑惑,甚至一度要求内务人民委员会调查送报告的飞行员是否忠诚。但在晚上,情况得到了核实。布琼尼送来了报告,宣称德国人已经穿插到了他的侧翼,形势极为危险。

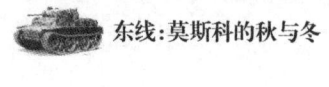

罗科索夫斯基(右二)

大吃一惊的斯大林终于醒悟过来。他发出命令,准许科涅夫和布琼尼于10月5日夜间,组织各集团军后撤,进入勒热夫—维亚兹马防线[1]。西方面军的博尔金将军集群和预备队方面军的第31、32集团军将担任掩护。同时,西方面军将接受预备队方面军的第31集团军和第49集团军。

但是在极其严峻的形势面前,科涅夫和布琼尼却显得有些忙乱和不知所措。事实上,他们两人事先都没有制定计划,规定战线被德国人突破时,如何把军队撤到勒热夫—维亚兹马防线,而当出现被合围威胁时又如何再向东撤离。在这种情况下,科涅夫竟然在10月5日晚上,在火烧眉毛的紧急时刻,对所属部队的隶属和配置关系进行了一系列复杂的变更:

红军第49集团军将原防地交给第32集团军,然后开向卡卢加,以支援布良斯克方面军夺回奥廖尔,但最终并未能发动反攻。第16集团军将部队全部交给第19、20集团军。第30集团军的防地则交给第31集团军。而交出部队的集团军司令部,则开回后方去接受所谓的新部队。

科涅夫的命令导致遭受合围威胁的红军陷入了巨大的混乱。自战斗开始以来,一直表现出色的罗科索夫斯基所指挥的第16集团军就成为了这道命令的牺牲品。罗科索夫斯基提前查知了德军的意图,于是在10月5日前,动用第16集团军各步兵师的炮兵,加上5个加强炮兵团和友邻第20集团军一个步兵师的炮兵[2],猛轰了当面准备进攻的德军(第9集团军第8军一部,第27军;第4集团军第9军一部),提前阻止了德国人的行动。可在10月5日晚上,突然传来了科涅夫的指示,要罗科索夫斯基把所管辖的部队全部交给左侧的第20集

---

[1]《第二次世界大战史》卷四,第161页。
[2]《军事学术史》,第335页。

团军,他本人则带领集团军司令部前往维亚兹马,准备在那里接收最高统帅部派来的新部队。据说这支部队一共有5个师的兵力[①]。

对这道命令感到无法理解的罗科索夫斯基,自然想和他这位顶头上司理论一番,但却怎么也无法联系上。无奈之下,他只能交出部队,率领自己的司令部赶往维亚兹马。一路上,但见阵地上空无一人,道路上却满是被德国人的穿插伞兵打散的苏军后勤人员。

10月6日,对所见所闻大为奇怪的罗科索夫斯基和他的司令部终于来到维亚兹马,可在这里更严重的打击正等着他。当地城防司令尼基京将军告诉罗科索夫斯基,在维亚兹马地区,无论是城市还是郊区,不但根本没有什么从后方开来的"5个师",而且除了民警以外,就完全没有任何部队。

顷刻之间,在战场上并没有丢失多少部队的罗科索夫斯基变成了一个空头司令,为了搞清楚事情的真相,他来到市委,打算用高频电话通过莫斯科与方面军司令部取得联系。可还没有等他联系上,撤离到维亚兹马的斯摩棱斯克市苏维埃主席瓦赫杰罗夫就冲进来大叫:"市里有德国坦克。"罗科索夫斯基跑到钟楼上一看,德国坦克真已经开到了市委附近的广场。倒霉透了的罗科索夫斯基只得慌忙钻进他的吉斯101汽车落荒而逃,结果在路上还碰上了一队德国坦克。他的司机倒是反应迅速,赶在德国人瞄准射击前把汽车拐进了旁边一条小路。稀里糊涂丢掉了全部部队的罗科索夫斯基总算是捡回了一条性命。

此时冲进维亚兹马的德国坦克来自第4装甲集群摩托化第40军所属的第10装甲师。当苏军由于莫名其妙的变更部署和隶属关系而混乱不堪的时候,第4装甲集群和从北翼杀过来的第3装甲集群却开足了马力,向维亚兹马这个他们共同的目的地猛冲。

10月7日,第10装甲师不费吹灰之力就占领了没有任何兵力防守的空城维亚兹马。同一天,从北面冲来的德军第3装甲集群所属的第57摩托化军也已经杀到了这里。德军的两个装甲集群所属的3个摩托化军:第4装甲集群的

[①]《罗科索夫斯基元帅战争回忆录》,第40页。

第46、40摩托化军,第3装甲集群所属的第56摩托化军,总计6个装甲师和1个摩托化师,很快就在这座城市附近会合,并迅速封闭了该城东面的公路干线,切断了红军西方面军的退路。

10月4、5日,克卢格的德国第4集团军也转入全面进攻,用8个步兵师压制当面的苏联第20、24集团军。可俄国人还是打得很顽强。短短两天战斗中,德国第4集团军就失去了198个军官。其中包括2个将军负伤:第9军军长盖耶步兵上将,第183步兵师师长迪波德少将[1]。在这次战斗的侧翼发生了惊人的一幕:苏军第145坦克旅的T-34坦克横穿德国第7步兵师的战斗队形,闯入炮兵阵地,直接从德国大炮上碾压过去。虽然德国装甲部队对T-34早就不陌生了,可第4集团军的多数步兵还是第一次见识这种"恐怖战车"。更可怕的是,除了一些重型高炮和加农炮,德军制式的37~50毫米口径反坦克炮依然拿T-34没什么办法。这大大挫伤了德国步兵的士气。第4集团军参谋长布卢门特里特评价说,这次战斗开启了所谓"坦克恐慌"[2]——在以后的战斗中,德国人遇到的T-34坦克将会越来越多。

可不管怎么说,现在还是德国人占上风。10月7日,除了切断苏军退路的7个德国机动师,德国第5、7、8、9、27军总计16个步兵师也从西面包抄上来。在23个德国师的严密包围下,维亚兹马以西和西北地区已经变成了一个名副其实的"大沸锅"。红军西方面军第19、20集团军和预备队方面军第24、32集团军所属部队(当然也包括奇怪消失了的第16集团军部队,以及西方面军预备队),约40万官兵遭到包围。

战场上的德军重型高炮

---

[1]《莫斯科1941:希特勒的第一次失败》,第38页。
[2]《纳粹将领的自述——命运攸关的决定》,第62页。

德国人宣称这是一场"教课书"式的战斗。

加上布良斯克方面军丢掉的部队,红军总计有64个师、11个坦克旅、50个炮兵团[①],不下几十万大军,都已经陷入了德军中央集团军群的钢铁包围之中。西方面军右翼的第22、29、31集团军,也被强大的德国第9集团军和第41摩托化军驱逐到奥斯塔什科夫—瑟乔夫卡一线。

科涅夫和布琼尼这两位方面军司令员此时不但已经完全失去了对部队的指挥,甚至连红军以及德军战线的具体位置都无法确定。而斯大林在一段时间里则连他们两位的下落也搞不清楚。

为了拯救被围部队,手头已经没有什么部队的斯大林只能再次祭出"空中打击"的法宝。1941年10月7日5时40分,红军总参谋长代表最高统帅部大本营给西方面军司令员、苏军空军参谋长和军事委员会委员下达了命令,规定由军级政委斯捷潘诺夫指挥西方面军的全部航空部队。另外,方面军还得到了大本营预备队增拨的4个航空兵团,包括1个强击机团、2个使用火箭弹的"米格"-3歼击机团和1个Pe-2轰炸机团以及莫斯科军区空军和远程航空兵的部分兵力,加上西北方面军空军的两个航空师。

在9天时间里,为了支援西方面军,方面军航空部队出动了2850架次,加上其他部队,一共出动了4000多架次。而预备队方面军则出动了1340架次。相比之下,德国第2航空队仅仅在10月6日和7日两天就出动了1400架次,据称在7日一天就干掉了20辆苏联坦克、34门大炮和650辆各种车辆。

尽管苏联空军增强了兵力,但由于飞机损失惨重,故障率高,加上德国军队快速逼近,苏联航空部队被迫逃离原有机场,转场到那些并不适合秋季作战的野战机场。结果,红军有时每天只能出动一二百个架次。空战优势也被德军掌握。

---

① 《德苏坦克战系列(4):莫斯科保卫战》,第10页。

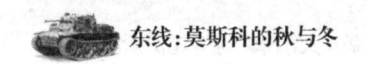

西方面军再度覆灭

空中打击拯救不了被包围的几十万红军。在一片混乱中,他们只能依靠自己。前面提到的罗科索夫斯基在危急中倒是临危不乱。这位已经是光杆司令的集团军指挥官在从德国坦克炮口下逃出维亚兹马后,跑到市郊的森林里。他冷静地分析了当前的形势,认定现在德国人只是以部分先头部队占领维亚兹马,其包围圈肯定还不是很严密,必然有不少空隙。同时他也否定了部下们向维亚兹马东北方向的格扎茨克突围的建议。但他的集团军政委相信西方面军司令部肯定已经撤退到了格扎茨克,为此还曾经开着一辆装甲车前去试探了一下,结果在路上遭到德军反坦克炮的射击,挨了3发穿甲弹,这位政委本人倒是捡了一条命。头脑冷静的罗科索夫斯基下了决定,把司令部调离开公路20~30公里,从北面绕过格扎茨克。

罗科索夫斯基将他的司令部和通信团组织了起来,组成三路纵队。中路由他率领,军事委员会委员洛巴切夫和参谋长马利宁随行,在2~3辆BT-7和10多辆装甲汽车掩护下开始突围。一路上,他还收容了大量被打散的部队,包括一个内务人民委员部的骑兵连和一个完整的第18步兵师。这个师实际上隶属于第33集团军,组成人员主要是些莫斯科的工人和民兵。最后,历经千辛万苦的罗科索夫斯基终于带着这些部队在10月9日冲出了德国人的包围。

但并不是所有红军部队都有罗科索夫斯基这样的运气和能力。维亚兹马包围圈最初外围宽度为35~75公里。经过三天激战,就被挤压到了极窄的区域内。10月10日,德军加紧清除包围圈。为了阻止苏军突围,德国第2航空队这天出动537个架次,宣称击毁了450辆军车和150门大炮[1]。第二天,1941年10月11日,德国第4集团军战术地图显示[2],共有22个德国师(含第6、7、10、2、

---

[1]《黑十字与红星:东线空战》第一册,第196页。
[2]《巴巴罗萨:希特勒入侵俄国1941》,第150页。

11、5装甲师)对维亚兹马包围圈进行分割歼灭。这天的21时15分,莫斯科奇迹般收到了被包围的博尔金和第19集团军司令员卢金的电报:"包围圈收紧了,我们同叶尔沙科夫和拉库京取得联系的一切尝试落空了,我们不知道他们在哪儿,正在干什么。弹药已用尽,油料也没了。"[1]

但莫斯科除了发出严厉的电文外,却几乎不能提供给他们任何帮助。8天后的1941年10月19日,卢金中将在和德国人的战斗中失去了知觉,成为俘虏,而且还失去了一条腿和一只手,他的第19集团军司令部残部则在博尔金中将指挥下得以突围成功。

其他被围困的许多红军将领结局也颇为悲惨。第20集团军司令叶尔沙科夫中将和第32集团军司令维什涅夫斯基少将被俘;夺占叶利尼亚的英雄、

10月11日,苏联飞机从空中拍摄到的德军车队

[1]《朱可夫外传》,第155页。

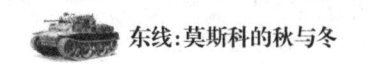

第24集团军司令拉库京少将战死（由于情况不明，直到50年后，他才获得了苏联英雄称号）；而第24集团军第139步兵师师长波布沃少将则在10月7日被德国冲锋枪手打死。

卢金将军的命运

成为战俘后，卢金将军没有向德国人屈服。因而在1945年5月获救后，他在苏联得到了英雄般的欢迎，并继续以中将身份在红军中供职。1946年11月，卢金退役。1970年5月25日，病逝于莫斯科。

从这位将领的经历我们可以看出，虽然斯大林曾经对红军战俘采取过一些不公正的过火政策，并且使许多无罪的人遭受惩罚，但他也并非对全体战俘不分青红皂白地一概惩罚。事实上，战后苏联在德国占领区接收的4199488名苏联公民中（包括2660013名平民，1539475名军人），只有46740名平民和226127名军人被捕（仅占总数的6%），其中148079人被判流放，到1952年为止，这些被流放的人中有93446人因服刑期满被释放。

在红军全部77名被俘将军中（包括6名中将、71名少将。74人来自陆军、2人来自空军、1人来自海军），除了26人死于德军战俘营、3人失踪外，其余48人有28个，包括卢金、波塔波夫、穆济琴科等人，恢复了军职，其余20人（包括弗拉索夫）则被指控犯有叛国罪而被处决，但其中有几个人后来因所控不实而恢复了名誉，包括《东线》第二卷中提到的波涅杰林少将。由于错误的报告，他被错当成叛徒处死。

从上述材料可知，对于绝大多数落入德军手中的无辜苏联平民和战俘，斯大林并没有进行追究，而在那些被捕甚至被处死的人当中，固然也有不少是由于审查人员的错误而蒙受了不白之冤，但更多的却是无论在任何一个国家都会受到处罚的败类和叛徒（战后法国等"民主国家"也处死了很多叛国者）。不仅如此，对于那些被俘期间英勇不屈的红军军人，斯大林还保留了他们的军职（当然他们是无法指望进一步的升迁了），甚至给予奖励。

历史是一面多棱镜，仅仅看到他的一面，而无视甚至否认其他面的存在，就永远也无法了解他所蕴含的真实。从斯大林的战俘政策的评判上，可以发现，他确实在这个问题上犯下了极其严重的错误，有时甚至是罪行。但我们不能由于这些错误和罪行的存在，就回避、隐瞒，甚至歪曲斯大林政策中正确而积极的方面，有时甚至是主要方面。反过来，也不能以他的"正确"和"积极"为借口，去隐瞒那些见不得阳光的东西。历史的功与罪就是如此，两者既是不可抹杀的真实，也是不能拿来互相抵消的真实。

截至1941年10月13日，被包围在维亚兹马以西的红军部队基本上停止

了抵抗。10月19日,德国国防军统帅部发表特别战报,宣称他们在该地区和布良斯克包围圈一共俘虏了657948名红军官兵,缴获1241辆坦克和装甲车、5396门炮①。

德国人固然取得了巨大胜利,但其战果数字估计水分不小:红军在整个莫斯科方向只有不到一千辆坦克,德国人居然能够缴获1241辆?!而且在红军西方面军、预备队方面军的12个集团军的65个师总计100多万人中,实际被围的有5个集团军以及一个集团军级集群的兵力,加上其他集团军的一些部队,总员额大概有80万人。必须说明,这个数字还是算上全部后方勤务部队和航空部队的情况下得出的,这部分一般占总兵员的30%左右,其中有很多并未被围,所以说80万几乎是最高的估计。

而在这估计的最多80万人当中,由于德国步兵部队直到10月8日才赶上来形成严密包围圈,因此还有不少得以从德国人"指缝"中漏了出去(包括一些完整的师级部队)。从维亚兹马突围的约有8.5万人;从布良斯克突围的有2.3万人;第29、33集团军逃出了9.8万人;叶尔马科夫集群和第22集团军也冲了出来。

另外有大量人员留在德占区打游击,因此实际被俘人员至多40万人,再加上德军宣称在布良斯克方向俘虏的"5万",总数至多也不会超过50万人,而比较靠谱的估计大约是30万到40万。红军丢失的装备包括830辆坦克和6000门火炮迫击炮②。

博克为这次胜利所付出的代价相对较小。根据德国官方统计,从10月1日到10月7日,中央集团军群损失了25000人;10月8日到16日,又失去了23000人。合计为48000人③。比如德国第5军,在10月2日至14日之间战损3551人(阵亡743人、2720人负伤、88人失踪)④。短短十六天战斗,德军人员损耗的绝对数字并不算小。却仅相当于苏军的4/10。这是因为苏军损失的大部

---

① 《中央集团军群:德国武装部队在俄国》,第86页。
② 《巴巴罗萨:希特勒入侵俄国1941》,第153页。
③ 《莫斯科城下的转折》,第315页。
④ 《莫斯科1941:希特勒的第一次失败》,第49页。

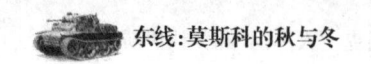

分人员都是包围圈里的俘虏,战斗死伤相对较少。

1941年10月中旬,维亚兹马"沸锅"不再沸腾,但在这里被围并被消灭的苏军在此前的战斗中却先后牵制了德军第3装甲集群一半部队,第4装甲集群2/3兵力,以及第9、4集团军6个步兵军18到20个师的兵力,最多时达到28个师(包括4个装甲师和2个摩托化师),其中14个师在10月中旬前无法出动。这一点对于其后莫斯科方向的战斗起着至关重要的作用。

消失在维亚兹马"沸锅"中的红军集团军

第19集团军,10月中旬,司令部在博尔金中将率领下突围,同时突围的还有部分兵团和部队,建制未撤销。11月改编为突击第1集团军。

第20集团军,10月20日被撤销编制。11月重建。

第24集团军,10月20日被撤销编制。12月重建。

第32集团军,10月13日被撤销编制,少量逃出部队被编入第16、19集团军。1942年3月重建。

第16集团军,所属部队被编入第19、20集团军而遭到歼灭。10月12日,司令部连同部分收容兵力撤退到莫扎伊斯克防线,建制未撤销。

三、莫扎伊斯克防线

红军的应急措施

随着西方面军和预备队方面军大量部队在维亚兹马地域遭到合围,并最终崩溃,原本有几十万大军掩护的莫斯科正面地区几乎成为真空。从沃洛克拉姆斯克一直延伸到卡卢加的230公里战线,总共只有4个集团军的残兵败将防御,通向苏联首都的道路看起来似乎变成了通途。

此时,德军实力相当强大。尤其是他们的快速军团。10月16日,中央集团军群各装甲师合计共有1217辆可用坦克(不含强击火炮),比月初(总数约1700辆,可用数略少)有所下降。如第1装甲师,9月28日还有111辆可用坦克,现在只剩下79辆。但德军仍可维持很强的攻击势头。冲过莫斯科前最后这段路程,似乎对他们不成问题。

战场上的德军强击火炮

1941年10月16日"台风"行动德国装甲师实力[1]

第2装甲集团军	248辆坦克
第3装甲师	82
第4装甲师	38
第17装甲师	63
第9装甲师	23
第3装甲集群	259
第1装甲师	79
第6装甲师	60
第7装甲师	120
第4装甲集群	710
第2装甲师	160
第5装甲师	164
第10装甲师	101
第11装甲师	120
第19装甲师	125
第20装甲师	40

危急的形势使得坐镇在莫斯科的斯大林坐卧不安，急急忙忙地采取措施

德军第11装甲师的分队通过一个燃烧的居民点　1941年10月

---

[1]《莫斯科城下的转折》，第317页。

挽救局面。还在得到飞行员报告,证实维亚兹马方向红军侧翼遭到严重威胁的10月5日,斯大林紧急召开了国防委员会会议。首先,他必须搞清楚前线到底发生了些什么,科涅夫和布琼尼这两位方面军司令员到底在干什么,而且还得搞清楚后者身处何方。为此,他当日就派遣莫洛托夫、伏罗希洛夫和华西列夫斯基赶往格扎茨克以东的西方面军司令部,去见逃到那里的科涅夫,看看还有没有可能把他那些受到合围威胁的部队拯救出来。当然这些人的另一个任务,则是向打了败仗的科涅夫追究责任。

同时为了补上巨大的兵力窟窿,国防委员会会议还决定在维捷格拉、雷宾斯克、高尔基、萨拉托夫、斯大林格勒,直到阿斯特拉罕一线组建新的红军战略梯队,总计9个预备队集团军的兵力。在此后的日子里,红军总参谋部的负责人每天都必须向斯大林详细汇报这些集团军的组建进程以及各种相关问题。在莫斯科城内,也迅速组建了25个独立的共产主义连、营和工人连、营,而在10月上半月,从苏联首都一共为前线输送了50000名兵员。严酷的战争形势再次把几十万人送上了战场。

在这两项措施之外,对斯大林来说,最重要的决定还是关于在西方面军全军覆没,而且战略预备队也远水不解近渴的情况下,如何才能保住莫斯科。在维亚兹马防线崩溃后,在德国人和莫斯科之间,红军唯一能指靠的只剩下此前提到过那个尚未完工的莫扎伊斯克防线。在当天作出的国防委员会关于保卫莫斯科的专门决议中,这条从沃洛科拉姆斯克一直通到卡卢加的莫扎依斯克防线成为红军的主要抵抗地区。迅速把一切可用的兵力兵器,包括可能逃出德国人合围的部队,急速调到那里,成为迫在眉睫的当务之急。

现在,莫扎伊斯克防线成为了红军唯一的屏障,因此对该防线进行一番详细介绍并非多余。

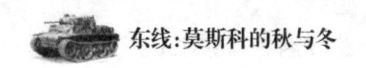

莫斯科战役前的莫扎伊斯克防线

所谓莫扎伊斯克防线,得名于莫斯科差不多正西面的一个城镇——也是莫斯科正西面最后一个较大城镇。早在边境交战后不久的1941年7月16日,苏联国防委员会决定,以这个城镇为中心修筑一条防线,用来保护通向莫斯科的四个重要通道:沃洛科拉姆斯克、莫扎伊斯克、小雅罗斯拉韦茨、卡卢加。两天后,又决定建立"莫扎伊斯克防线方面军"来防守这条防线。这个方面军实际上由莫斯科军区司令员阿尔捷米耶夫中将指挥,所管辖的部队包括几个民兵师和由莫斯科城外的内卫部队组成的两个师。7月30日,这个方面军就被撤销了[1]。8月上旬,由于战况吃紧,为了弥补红军在斯摩棱斯克遭受的巨大损失,红军大本营颁发训令,把驻守莫扎伊斯克防线的部队配属给了预备队方面军和西方面军。

此后,莫扎伊斯克防线几乎无人防守。到9月初,只在一些最重要的筑垒地域内保留了少数机枪营和喷火连,而大部分防区甚至连保养维修防御工事的部队都没有。筑垒地域成立的机炮营和炮兵没有武器,苏军总军械部只好从仓库翻出不少外国火炮,连同每门炮的200~500发炮弹,配备给这些部队[2]。这些火炮被放在坚固工事里。

到了9月下旬,随着莫斯科会战的临近,苏联人在防线上最重要的沃洛科拉姆斯克、莫扎伊斯克、小雅罗斯拉夫韦茨地段加快了工程进度,同时此前尚未开工的卡卢加筑垒地域也开始施工。为了加快进度,斯大林还专门在10月组建了工兵集团军,编有3个工兵旅,每个旅19个营。到1942年,斯大林一共组建了10个这种全世界独一无二的工兵集团军。

到德国人发动"台风"战役前夕,莫扎伊斯克防线的工程进度情况如下:

---

[1]《苏联军事百科全书·军事历史》上,第452页。
[2]《莫斯科会战》,第70页。

永备火力点完成55%；土木火力点完成100%；防坦克壕完成85%；设置了长度超过500公里的铁丝网。至10月10日，共构筑296个永备火力点、535个土木火力点、170公里长的反坦克壕，还有95公里崖壁①。

同时(9月底)，驻守防线的守备部队只有40个营②，相当于4个师的兵力。而按照苏联军方计算，为了扼守这条防线，总共需要17个加强步兵师。也就是说，现有的守军仅相当于需求兵力的1/5。为了解决这个问题，战前苏联人曾打算动用大本营预备队的兵团，或者把从前线撤退下来的军队留下来防御。

但在实际战争中，事态并不总是完全按照计划来发展。

莫扎伊斯克防线兵力的增强

现在，随着红军前线重兵集团在维亚兹马地区被德国人包围，苏联人把一切能够调动的兵力都派向了莫扎伊斯克防线。被派往前线的苏联国防委员会代表们，包括老布尔什维克莫洛托夫，老元帅伏罗希洛夫和副总参谋长华西列夫斯基等人，为此成天忙着在前线收罗那些从德国人的包围里逃出来的部队和人员，然后用国防人民委员部调拨的两个汽车纵队把他们送到防线上。炮兵少将戈沃罗夫则负责防线的具体守卫工作。

自10月5日开始，在大约一周时间内，苏联人从各个地区东拼西凑，向这条防线一共投入了14个步兵师、16个坦克旅、40多个炮兵团③。

其中包括由西方面军右翼的勒热夫、谢切夫卡，以及从维亚兹马包围圈中逃出来的西方面军和预备队方面军的部队，总计5个步兵师④。

还有从西北方面军调来的第316步兵师，从西南方面军调来的莫斯科近

---

① 《苏联军事百科全书·军事地理》，第662页。
② 《莫斯科会战》，第70页。
③ 《第二次世界大战史》卷四，第164页。
④ 《华西列夫斯基元帅战争回忆录》，第129页。

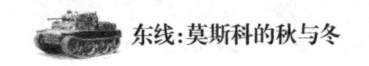

卫第1摩托化步兵师。

此外，根据苏联官方资料，早在9月14日，斯大林已经从驻日本的苏联间谍佐尔格那里获得"日本政府决定不与苏联交战"的情报[1]。斯大林这次决定信任佐尔格，于是从远东调来了第30、32步兵师。后来又将从远东调来的兵力增加为3个步兵师和2个坦克师。

莫斯科城区仅有的2个步兵师，即第110和第113师也被火速派往前线。从战略预备队中调来了坦克旅和炮兵。

虽然苏联人调来大量部队，但远水不解近渴。这些部队抵达战场还需要一段时间。在10月10日前，莫扎伊斯克的守军仅仅增加到45个步兵营而已[2]。为了尽快把防线填满，除了动用建制部队，斯大林尽一切可能搜刮人员，尤其是在10月6日莫扎伊斯克防线发生交火前后。当天凌晨4时左右，斯大林召见了莫斯科军区司令员阿尔捷米耶夫，命令他"不要瞻前顾后"，马上把一切可以调动的部队都派往莫扎伊斯克。同一天，红军统帅命令莫扎伊斯克防线部队进入战备状态。接到命令的阿尔捷米耶夫立刻着手，被他送去的都是些军校学员以及司令部人员。

莫扎伊斯克防线：
1941年10月6日至10月10日

在兵力空虚的莫扎伊斯克防线当面，德国人拥有第4装甲集群和第4集团军所属的11个步兵师和5个装甲师、2个摩托化师。但在维亚兹马围住了几十万红军的中央集团军群虽然取得了重大胜利，但大量兵力也被包围圈内苏军牵制，其中就包括莫扎伊斯克防线当面第4装甲集群70%的部队和第4集团军几乎全部兵力。加上还需要等待后勤以及航空部队跟上来，因此在10月6、7日，德军没有向兵力空虚的莫扎伊斯克防线发动大规模进攻。但也派出了一

---

[1]《莫斯科会战》，第13页。
[2]《军事学术史》，第338页。

第三章 ‖ 从维亚兹马——布良斯克"大沸锅"到莫扎伊斯克

些部队试探性挺进。10月6日,距离莫斯科最近,并负责直接夺占该城的德军第57摩托化军,就向莫扎伊斯克防线南面的小雅罗斯拉韦茨筑垒派出了由1个摩托化团、3个炮兵营、1个工兵营、1个轻型坦克连组成的小型战斗群。他们的任务是夺占乌格拉河上的渡口,以便建立直接进攻莫斯科城的桥头堡。

但就在这一天,来自莫斯科的波尔斯克炮兵学校的学员和由斯塔尔恰克少校指挥的一支红军伞兵队的战士,已经通过急行军赶到了这里,并且迅速投入了战斗。这些奋不顾身而且训练有素的学员和伞兵在付出了一百多人的伤亡后,阻止并且击退了德国人的进攻。失败了的德军摩托化第57军先头战斗群在此次战斗中据说丢下了300多具尸体和5辆被击毁的坦克。

此后德国人在10日以前没有发动大的行动。事实上,就算他们这时再凑出一支至多2到3个装甲师或摩托化师、没有步兵和空军掩护的快速集群,穿过稀松的莫扎伊斯克防线(毕竟防线上还有40个营),无疑也会遭到那些正向防线开进中的苏军兵团(如上所述,有14个师之多)、密集的航空兵(此时仅仅在莫斯科城附近就有344架性能优良的作战飞机),以及在莫斯科城内临时组建的工人和内卫部队的沉重打击。毕竟莫斯科是个铁路交通便利的巨大城

一辆德国货车跟在坦克的车辙后面前进

市,无论是从城内还是城外,要拼凑一些应急的部队对付一支孤军深入的德军小型集群,倒还不算困难。此前在列宁格勒,德国装甲部队即使在全面推进,并且有充分空中和步兵掩护的情况下,其精锐的装甲部队还是被苏联人临时组建的民兵给死死挡住了。从这一点来说,那支摩托化第57军先头集群还算幸运:好歹他们在防线上就被挡住了,而不至于钻进去以后全军覆没。

况且此时莫扎伊斯克防线上的部队也在不断增强之中。就在波尔斯克炮兵学校的学员赶到防线南部的同时,阿尔捷米耶夫带来的其他部队也在10月6、7日进入了防线,其部署如下:

"俄罗斯联邦最高苏维埃"军事学校和第1莫斯科炮兵学校的学员,在防线北面重要据点沃洛科拉姆斯克以北地区,沿着拉马河东岸进行防御。

莫斯科军政学校和军事工程学校的学员,驻守防线中部的莫扎伊斯克筑垒地域。

莫斯科军区司令部也挤出了人员。其政治部派出了110名共产党员。他们作为反坦克炮的炮手被派进了防线上的永备工事里,准备和德国人决一死战。

到了10月7日日终,莫扎伊斯克防线已经完成了战斗准备。而在10月10日前后,调来增援的各个兵团也终于陆续开到了防线:

在沃洛科拉姆斯克地域,开来了潘菲洛夫将军的第316步兵师等部队。10月12日,突围成功的罗科索夫斯基率领第16集团军和1个步兵师也到达了这里,并统一指挥这里的部队,负责沃洛科拉姆斯克、伏尔加河大坝到鲁扎的防线。

在莫扎伊斯克地域,波洛苏欣上校指挥的第32步兵师从远东长途跋涉而来。同时在这个地区新组建了第5集团军,由列柳申科将军指挥,统一管辖莫扎伊斯克筑垒地域的部队,包括先后开到的第32、133步兵师,第18、19、20坦克旅。

在小雅罗斯拉韦茨地域,开来了第17坦克旅。第312师等部队稍后抵达。红军第43集团军司令部也赶到该地域,统一指挥这里的部队。

在卡卢加方向,近卫第5步兵师进入阵地。这个筑垒地域的部队归扎哈尔金中将的第49集团军统一指挥。

为了从空中掩护莫扎伊斯克方向,苏联人还在莫斯科军区空军的基础上组建了由斯贝托夫上校指挥的航空兵群,包括第49快速轰炸机团(装备Pe-2),第65、243强击机团(装备"伊尔"-2)和一个Pe-2大队。该航空兵群负责掩护莫扎伊斯克筑垒地域的第5集团军。

为了统一指挥上述部队,10月9日,苏联大本营下令再次成立莫扎伊斯克防线方面军,其兵力在10月中旬约有9万人[①]。这些来自四面八方的部队,即将在莫斯科城下面临严峻的考验。

---

① 《朱可夫自传》,第126页。

第四章

鏖战：图拉、加里宁、莫扎伊斯克

一、交战双方下一步的计划

新的红军西方面军和新的司令员

到了1941年10月7日,斯大林已经向莫斯科前方的莫扎伊斯克防线投入了一些部队,组织起了初步防御。现在,他必须考虑下一步的措施,尤其是需要选择一位得力干将来收拾残破不堪的局面。不久前成功解除了德国人对列宁格勒威胁的"救火队员"朱可夫,无疑将是最佳人选。

早在1941年10月5日晚上,正在布置应急措施的斯大林在忙乱间就已经通过"博多"电报机和担任列宁格勒方面军司令员的朱可夫通了话。他准备让这位大将再次帮助自己拯救目前更为严重的危机。斯大林问道:"朱可夫同志,你能马上飞来莫斯科吗?"

于是在第二天晚上,朱可夫再度坐上飞机赶赴下一个战场——莫斯科。他的列宁格勒方面军被交给了曾经指挥第42集团军挡住德国人突向列宁格勒最后通道的费久宁斯基少将,不久又由第54集团军司令霍津担任这个职务。

10月6日晚上,朱可夫赶到莫斯科,并马上晋见了斯大林。在领袖的寓所内,朱可夫发现斯大林状态不佳。他不仅感冒了,而且由于战况的不利而脸色难看，表情淡漠。他告诉朱可夫，统帅部现在根本无法搞清楚前线的真实态势。为此，他希望朱可夫能够上一趟前线搞清楚局面，最好也能挽救局面。

于是，朱可夫便在根本无法确定位置的前线，坐着汽车东颠西跑起来。一路上还得防着德国坦克突然冒出来给他一下子。朱可夫首先来到位于格扎茨克以东、克拉斯诺维多夫的西方面军司令部，科涅夫已经逃到那里去了。在光线昏暗、点着硬脂蜡烛的司令部里，朱可夫听取了倒霉的科涅夫的战况报告，也了解到这位上将此刻已经失去了和部队的联系。然后，他又去寻找预备队方面军司令员布琼尼和他的司令部。司令部倒是很快就找到了，可那里却没有布琼尼，倒是有那位曾经在斯大林的办公室里和自己发生过冲突的最高统帅部代表梅赫利斯。朱可夫自然没有兴趣在这里久留，便马上重新踏上寻找布琼尼的道路。最终，他总算在几乎无人防守的小雅罗斯拉韦茨市找到了布琼尼。这位曾经统率过朱可夫的骑兵老元帅对前线的态势了解得也非常有限，甚至连自己的司令部在哪里都不知道。

此后朱可夫又到其他地段了解情况，只见到处都是兵力空虚、混乱不堪，少量军校学员则在最重要的地段和德国人的先头装甲侦察部队打得不可开交。红军现在迫切需要重新组织起统一的指挥，再组战线挡住敌人通向莫斯科的道路。

在莫斯科的斯大林此刻也正在考虑这个问题。1941

战斗开始前的苏联坦克车组

年10月9日晚上,在苏军总参谋长作例行汇报时,斯大林作出了一项决定:把已经被打垮的西方面军和预备队方面军残余的部队,合并成一个新的西方面军,并指派朱可夫大将接管这支部队。而原西方面军司令员科涅夫则被降为副司令员——鉴于他对维亚兹马大惨败所负的责任,这次贬职算是最轻微的处分了,而这据说还是朱可夫求情的结果。不过科涅夫不怎么领这个情。按照莫洛托夫的回忆,科涅夫对由朱可夫来接替他的职务似乎很不乐意,害莫洛托夫不得不费功夫向他解释其中的原因①。

10月10日,正在克拉斯诺维多夫西方面军司令部的朱可夫接受了这项任命。西方面军和预备队方面军所有剩下的部队都纳入了他的指挥。在10月12日,前面提到的莫扎伊斯克方面军及其所辖的4个集团军,约9万人的部队也编入西方面军。

朱可夫同时还接受了两个方面军的航空部队,此外,斯大林还为他从外高加索调来了2个远程轰炸航空兵师,另外还有西北方面军的一些航空部队和负责莫斯科空防的防空歼击航空兵第6军的部分兵力。在1941年10月10日,这个军编有1个轰炸航空团和17个歼击航空团,共有344架完好的作战飞机(飞机总数410架,包括210架战斗机、200架轰炸机和强击机),416名优秀的飞行员,其中118名能在夜间和复杂气象条件下战斗。

大本营预备队的红军坦克部队也被投入了前线。到10月16日,苏军在整个莫斯科方向又有了582辆坦克。其中524辆给了朱可夫,而这里面又有370辆加强给了莫扎伊斯克防线。当然,这些坦克很多此时还在调动中,有些要到19日才能从"纸面"上变成实际兵力。而且如前所述,同一天德军仅可以使用的坦克就有1217辆,在数量上占据绝对优势。但另一方面,苏军现在有了257辆KV和T-34坦克,质量上处于优势。

①《同莫洛托夫的140次谈话》,第64页。

10月16日莫斯科方向红军坦克配备[①]

(单位：辆)

集团军番号	坦克部队番号	KV	T-34	T-26,BT,T-40	总数
29	独立摩托化旅	—	12	20	32
30	第8坦克旅	—	29	32	61
	第21坦克旅	—	29	32	61
	第22坦克旅	—	29	32	61
16	第4坦克旅	3	7	23	33
	第18坦克旅	3	11	15	29
	第19坦克旅	—	12	12	24
	第20坦克旅	—	29	32	61
5	第17坦克旅	—	20	16	36
	第151摩托化旅	—	12	20	32
33	第9坦克旅	—	18	33	51
	第152摩托化旅	—	12	20	32
43	第108坦克旅	3	7	23	33
50	第11坦克旅	4	12	10	25
	总计	13	244	330	582

莫斯科战役中，苏军投入了越来越多的T-34坦克

到10月13日，朱可夫的西方面军的部署如下：

在战线北段的加里宁方向，他有4个集团军兵力。其中沃斯特鲁霍夫少将的第22集团军部署在安德烈阿波利。马斯连尼科夫中将的第29集团军据守在伏尔加河

[①]《德苏坦克战系列(4)：莫斯科保卫战》，第43页。

左岸的勒热夫和斯塔利察。多尔马托夫少将的第31集团军和霍缅科少将的第30集团军也在勒热夫地区,其中多尔马托夫少将的部队不久后就交给第29集团军统一指挥。在这4个红军集团军当面,部署着德军第9集团军和第3装甲集群,以及北方集团军群第16集团军的部分兵力。

而在最为关键,兵力也最为空虚的战线中部的莫扎伊斯克防线,则依然是由罗科索夫斯基中将指挥的第16集团军、列柳申科少将的第5集团军(列柳申科少将受伤后,由戈沃罗夫炮兵少将指挥)、戈卢别夫少将的第43集团军、扎哈尔金中将的第49集团军这四个拼凑起来的军团,分别防守着沃洛科拉姆斯克、莫扎伊斯克、小雅罗斯拉韦茨、卡卢加四个筑垒地域。

由于兵力只有45个步兵营,9万余人,苏军上述四个筑垒地域之间都有很大的空隙。其中在沃洛科拉姆斯克和莫扎伊斯克之间有13公里,而在小雅罗斯拉韦茨筑垒的右面有将近20公里空隙。为了堵住这些缺口,斯大林又在10月13日,把原来部署在斯帕斯杰缅斯克的叶夫列莫夫中将的第33集团军开到莫扎伊斯克和小雅罗斯拉韦茨之间的纳罗福明斯克地区。

从莫斯科开往前线的红军坦克

莫斯科前线的苏军T-60坦克　1941年11月

面向莫扎伊斯克防线的德国军队包括第4装甲集群和第4集团军，共有17个师，其战斗部队不少于20万人，超过红军一倍以上。

莫斯科战线南部的军团，此时还不属于朱可夫指挥。在该地区的东北面的图拉方向，突围成功的布良斯克方面军第50集团军，正在撤向博尔霍夫以北的奥卡河地区。该集团军在司令员彼得罗夫战死后，由叶尔马科夫集群指挥官叶尔马科夫上校指挥。

在第50集团军东面，此前那支被紧急调到姆岑斯克方向，并且对古德里安第2装甲集团军给予重大打击的近卫第1步兵军，现在已经被扩充为大本营直属的新编第26集团军，由索科洛夫中将指挥。所属部队包括近卫第6步兵师、骑兵第41师，以及被紧急空降来的第5空降兵军。在这两个红军集团军当面，是德国第2集团军和第2装甲集团军的部队。

布良斯克方面军的其他部队此时则撤向了东南面，并在10月下旬退到了别廖夫和波内里，和德军南方集团军群展开了战斗。11月10日，苏军最高统帅部撤销布良斯克方面军编制。布良斯克方面军的第3、13集团军被交给西南方面军，第50集团军（也包括在10月25日并入该集团军的第26集团军）则转隶朱可夫的西方面军。

至于布良斯克司令员叶廖缅科上将，早在10月12日就被德国飞机炸成重伤，用飞机送往莫斯科救治[①]。途中飞机掉了下来。叶廖缅科却再次大难不死，得到居民的救助，最终用汽车送到莫斯科。由于再次让对他宠爱有加的斯大林大失所望，叶廖缅科下次出现时将被降职为集团军司令员。但斯大林对他仍有好感，还亲自到医院探视。

[①]《叶廖缅科元帅战争回忆录》，第168页。

第四章 鏖战：图拉、加里宁、莫扎伊斯克

莫斯科前线的苏军装甲列车　1941年11月

虽然朱可夫的新西方面军在莫斯科前方重新组织了起来，但鉴于其兵力过于薄弱，斯大林必须得考虑更进一步的应变措施。正好在10月10日当天，那些被派到西方面军和预备队方面军的国防委员会和大本营的代表们回到了莫斯科，斯大林便召集他们在一起召开了国防委员会会议，再次研究莫斯科的防御问题。10月12日，他们决定在莫扎伊斯克防线的后方，再组建一道直接掩护莫斯科城的防线——莫斯科防御地幅，由莫斯科军区负责构建并防御。为了修筑工事，还从莫斯科市、州动员了25万（大部分是妇女）平民。一旦莫扎伊斯克防线被德国人突破，红军就将在这个莫斯科城下的防御地幅内继续抵抗博克的进攻。

德国人的下一步计划

就在斯大林手忙脚乱地拼凑兵力，堵塞缺口的时候，德国人却在为他们的胜利而欢欣鼓舞，并对元首的"英明"大吹大擂。德国陆军军需部长瓦格纳将

两个德国步兵经过一辆坦克

军10月5日晚在私人信件中写道:"现在我们的大军如潮水般滚滚向前,直奔莫斯科。给我们的印象是俄国最后垮台就在眼前,今晚克里姆林宫就要卷起行李走路了。"① 这位后勤长官还没有忘记恭维他的元首,而且还想起了希特勒对基辅会战的"伟大决策",虽然战后德国将军们会把这项决策描绘为他们失败的根源。但在此刻,瓦格纳却这样写道:"我总是对元首的军事判断力惊叹不已。这次又是他进行了干预——而且人人都承认,他的干预在军事行动中,起了决定性作用。迄今为止每次都是他对了。南方的重大胜利应归功于他一人。"

有此种情绪的当然不会只有管后勤的瓦格纳。德军最高指挥官们的看法也是如此。10月8日,约德尔信心十足地宣称:"毫不夸张地说,我们已经最终赢得了战争!"同一天,坚持写工作日记的哈尔德继续记录着德国陆军在东线战争中的损失:数字已经超过了56万(确数564727人),相当于340万参战兵力的16.61%。当然,这个数字并没有影响哈尔德的乐观情绪。他写道:"敌人还要调来更多部队保卫莫斯科——特别是从北面。但是,从各地匆忙聚集起来的部队并不足以排除德军攻势带来的严重威胁。因此,只要指挥与天气没有问题,我们能成功地包围莫斯科。"②

希特勒本人也觉得胜利在望,而且比他的将军和新闻发布官更早宣布了这一点。"台风"攻势开始后第二天的10月3日,他从东普鲁士的大本营回到柏林,去主持冬季福利基金会的开幕仪式。在例行讲话中,希特勒先是照例对他又恨又爱的英国嬉笑怒骂一番,然后言归正传,对德国人民宣称他的"历

---

① 《希特勒与战争》,第400页。
② 《第二次世界大战的决定性战役》,第138—139页。

史性胜利":"今天我宣布,我毫无保留地宣布,东方的敌人已被打败,他们再也不能站起来了……在我们部队的后方,已经有了相当于我在1933年执政时德意志国家幅员两倍的土地。"

乘这个机会,为了使这场即将全面胜利的战争作为"圣战"而载入史册,希特勒还为他发动对苏战争编造了借口。他宣称:"整个欧洲差点灭亡","俄国曾集结了全部力量反对欧洲(不幸的是大多数人过去对这股力量毫无所知,

德军四号坦克

今天仍然有许多人毫无所知),否则已经形成新成吉思汗率领下的蒙古人的第二次冲击了"①。考虑到斯大林赋予苏联的世界革命使命和他为此组建的庞大军队,希特勒的话倒也并非全然胡诌。

不过在讲完这番话后,希特勒却没有在柏林多停留一刻,而是马上飞回了东普鲁士的大本营。他要在那里指挥对苏联的最后一击。

此时的希特勒又把他那套应用于列宁格勒的原则搬到了莫斯科。他在10月7日命令中央集团军群司令博克元帅,不准接受莫斯科投降,而且也不要进入这座城市,而是要像对待列宁格勒那样,先包围起来,然后用大炮和轰炸将它们毁灭,同时在莫斯科包围圈还要留几个小缺口,以便于市民逃到苏联东部并造成巨大的混乱。

---

① 《希特勒副官的回忆》,第312页。

同一天上午[1]，德国陆军总司令冯·布劳希奇陆军元帅来到中央集团军群司令部，研究下一步的作战计划。对德国人来说，现在形势一片大好。博克在维亚兹马和布良斯克取得了巨大成功；友邻的南方集团军群已经冲向哈尔科夫；北方集团军群不仅围困着列宁格勒，还占领了苏军空袭德国本土的基地萨烈马岛。

通过和布劳希奇的讨论，博克决定让南面的第2装甲集团军继续向图拉挺进；中部的第4集团军进攻卡卢加。同时德军还要尽快歼灭两个大包围圈：第2集团军负责清除布良斯克包围圈；第4集团军消灭维亚兹马包围圈。第4装甲集群也将协助封锁包围圈，同时尽量抽出一些兵力去攻打莫扎伊斯克防线。

可是对北面第9集团军的任务，冯·博克和布劳希奇观点却不尽一致。布劳希奇非常关注中央、北方集团军群接合部所面临的威胁，为此主张利用第9集团军在第3装甲集群支援下，向战线北面的瑟乔夫卡、加里宁和勒热夫方向进攻，以歼灭该方向的三个红军集团军。冯·博克对此不以为然，主张以全部兵力直接攻取莫斯科，并相信这是消除北翼威胁的最好方法。

但根据希特勒不要直接占领莫斯科的命令（他在10月12日再次重申了这一点），布劳希奇的意见还是占了上风。于是在10月14日，德国陆军总司令部发布作战计划如下：

古德里安的第2装甲集团军将迂回到莫斯科的东南面，第3、4装甲集群则迂回到北面和东北面。这样就可以用两支装甲铁钳将莫斯科紧紧包围[2]。第4集团军牵制莫斯科以西苏军。此外，博克手下相当一部分兵力将被分到南北两翼：第9集团军北上加里宁，巩固与北方集团军群的联系；第2集团军则被调往南面的库尔斯克，堵住因为南方集团军群南下别尔哥罗德而出现的80公里宽大缺口[3]。

---

[1]《博克日记》，第325页。
[2]《第二次世界大战的决定性战役》，第139页。
[3]《苏德战争》，第203页。

这次调整总的来说对战局的影响只有局部意义,谈不上好也谈不上坏。博克主张集中力量于苏军防御薄弱的莫扎伊斯克防线,实施中央突破;布劳希奇则要求稳固北面的战线(因为北方集团军群的进展过于迟缓,当面苏军阵地极为坚固),同时包围而不是直接攻占莫斯科。

考虑到战线态势和德军的后勤状况以及铁路调运能力,博克的计划未必能在中部集中太多部队。莫扎伊斯克防线的虚弱固然是个诱人因素,但在苏联人超强的增援能力和侧翼威胁面前(博克自己对南翼缺口也不放心),似乎还是稳妥一些比较好。

当然,布劳希奇和博克此时倒未必对这些问题考虑得那么仔细。毕竟在他们看来,苏联已经垮台在即,红军早已崩溃,他们之间的争论因此也就无关宏旨了。而尽快发动这最后的攻势,获得彻底胜利,才是当务之急。

但按德国官方的对外表态,胜利已经到手了。10月9日这天,希特勒的新闻发布官、帝国新闻处处长奥托·狄特里希在柏林向全世界宣布,守卫莫斯科的苏联最后一支完整部队已经在德军的两个钢铁包围圈中覆灭,南方红军也已经崩溃。"苏俄已经被打垮了。英国的两线作战的迷梦已经破灭。"[1]

可在前线,战争仍在继续。清除了维亚兹马包围圈后,博克的情绪极为高涨,正迫不及待要一举拿下莫斯科。他的百万大军也都相信胜利在即,莫斯科前方的最后一道阵地根本不在话下。德军官兵们想不出还有什么能阻止他们进入莫斯科。

---

[1]《第三帝国的兴亡》,第1176页。

二、两翼的鏖战：
德国人在图拉和加里宁的进攻

尽管维亚兹马和布良斯克包围圈的战斗尚未完全结束，但从1941年10月10日开始，博克已经开始驱使中央集团军群所有能够动用的兵力发动进攻。在南面，古德里安的第2装甲集团军动用第24摩托化军，冲向莫斯科东南的图拉。在中部，第4集团军和第4装甲集群发动对莫扎伊斯克的攻势，从格扎茨克、米亚特列沃、卡卢加一线，展开对莫斯科的正面进攻。而在战线北面，第9集团军主力继续追击正向勒热夫和加里宁地区撤退的苏军西方面军右翼部队。

下面就让我们先来了解一下莫斯科南北两翼的战斗。

图拉之战

在相对次要的战线南部，德国人采取行动比较晚。德国陆军总司令部似乎对这里的进展不大在乎，甚至在10月23日还一度命令第2装甲集团军南下，支援第2集团军进攻顿河和沃罗涅日，协同南方集团军群消灭那里的红军部队。但博克担心因此削弱从南部进攻莫斯科的兵力，极力加以反对。这道命令最终于10月29日被取消了[①]。

[①]《第二次世界大战的决定性战役》，第142页。

第四章 鏖战：图拉、加里宁、莫扎伊斯克

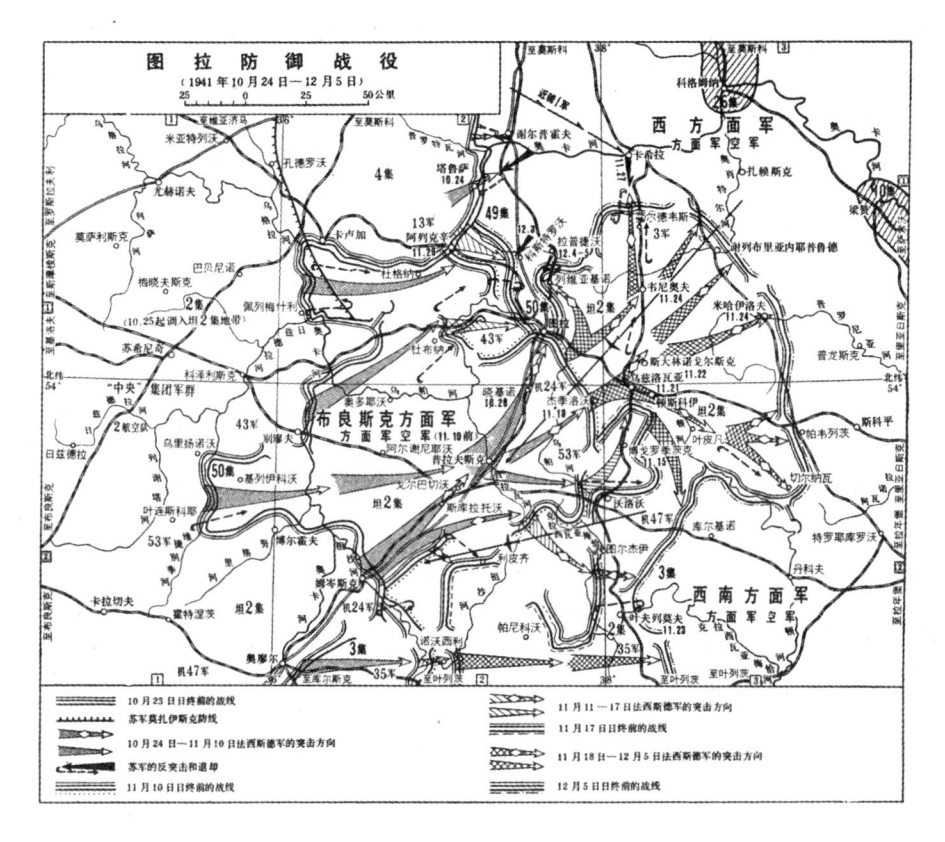

图拉防御战役地图

当然，古德里安的第2装甲集团军不是因此才拖拖拉拉。和乐观的希特勒、哈尔德、布劳希奇，甚至博克以及中央集团军群主力部队官兵所不同的是，亲临战场的古德里安和手下一样，在布良斯克合围战后变得有些情绪低落。由于在姆岑斯克遭到了红军第4坦克旅的沉重打击，古德里安的装甲兵们此前一贯的优势心理受到了很大损害。第4装甲师那位一贯以骁勇善战而著称的艾贝尔巴赫上校(此人后来历任第4装甲师师长，第48装甲军军长，西线装甲集群司令)，也在姆岑斯克的惨败后，频繁地向他的司令报告苏军坦克部队素质的提高和T-34坦克的优秀性能。

同时由于恶劣的道路和后勤状况的糟糕，古德里安的油料供应非但没多大改善，反而日益紧张起来。古德里安不得不在10月下旬命令各部队把现有

的燃料全部上交集团军,并把它们全部供应给了第24摩托化军这一个军团。另外2个摩托化军就只好停了下来。

10月22日,德国第24摩托化军(第3、4装甲师)在第43军3个步兵师配合下,由姆岑斯克桥头堡出击。此时,曾让德国人吃足苦头的苏联第4坦克旅已被调走,只留下第11坦克旅(25辆坦克)配合第5空降军。可德军这次还是出师不利,第4装甲师一下就被红军击退。不过第二天,第3装甲师却在北面的博尔霍夫取得突破①。在此期间,博克向古德里安传达了此前的计划,命令第2装甲集团军向图拉发动进攻,从东南面迂回莫斯科,切断其通往南方的铁路线。为了支援这次行动,10月25日,德军的攻击部署做了一些调整。博克从第2集团军给古德里安调来第43军(第31、131步兵师)和第53军(第112、167步兵师),这两个军将从西面和东面发动进攻配合古德里安的摩托化挺进。相应的,古德里安也要把第48摩托化军和第34、35军级指挥部交给第2集团军。德国第1骑兵师则返回本土改编为装甲师②。

如前所述,根据新计划,古德里安的第2装甲集团军将向北,而第2集团军将向南。彼此的距离将越拉越远。互相都指望不上。

经过这番调整后,古德里安手下还有12个师(稍后又增加了第296步兵师),包括第3、4、17、18装甲师③。约有250辆可用坦克。但他仍苦于油料不足,道路也被破坏得很厉害。无奈之下,古德里安只好将大部分资源集中组成一个先头装甲旅,由第4装甲师的艾贝尔巴赫上校指挥。这个旅将和"大日耳曼"摩托化团一道充当开路先锋。另外,古德里安还得花些时间把通向图拉的那条几乎被苏联人炸毁了全部桥梁,并布下无数地雷的道路修复清理一番,然后才能发动进攻。

尽管如此,强大而精干的艾贝尔巴赫装甲旅,却也绝不是本就在合围中损失惨重的红军第50集团军几个脆弱的师所能够抵挡的。实力微弱的苏联第

---

① 《莫斯科1941:希特勒的第一次失败》,第59页。
② 《闪击英雄》,第287页。
③ 《德国武装部队和武装党卫军的兵团与部队》卷二,第90页。

11坦克旅也无力阻止德军前进。10月25日,俄国人又调来第108坦克师(40辆坦克①)。10月26日,得到该师增强的苏军一度击退德军。但第二天就被德国人迂回。10月29日,第2装甲集团军的装甲先头部队已经通过姆岑斯克—图拉公路,推进到了距离图拉城约3公里的地方。此时,在既是莫斯科南部重镇,又是重要军火生产基地的图拉,红军兵力极度空虚,只有一个没有任何成建制兵团的叶尔马科夫第50集团军司令部而已。艾贝尔巴赫的胜利似乎唾手可得。

但图拉州党委第一书记扎沃龙科夫迅速在当地调集了包括军事技术学校、预备役部队和内卫人民委员部第156团、图拉工人团(1500人)、国土防空第732高射炮团在内的部队。公路上,只剩200人的第260步兵师残部正退下来。苏联人还紧急修建了三道防御工事。

10月30日11时,艾贝尔巴赫集群和"大日耳曼"团开始强攻图拉。依托临时构筑的阵地,红军和当地部队拼死抗击德军一次又一次凶猛的钢铁冲击。

遭到严重战火破坏的图拉城　1941年秋

①《德苏坦克战(4):莫斯科保卫战》,第53页。

决死一战的苏联民兵不惜重大牺牲,用燃烧瓶把古德里安宝贵的坦克一辆一辆地点着;红军第732高射炮团的85毫米高炮被拿来平射,用威力巨大的高速炮弹前后打掉了20多辆德国坦克。这种火炮是苏联的"88"炮。

一次突袭中,"大日耳曼"团有60人侥幸闯入了图拉,却很快被赶出去[1]。据说这是唯一一批突入图拉的德军。到10月30日日终,装备低劣的图拉守军已经打退了艾贝尔巴赫装甲旅的五次进攻,但他们自己本来就极为稀少的部队也损失惨重,阵地上遍地死伤。在德国坦克不断地凶猛冲击下,他们早晚会支撑不住。就在这个节骨眼上,红军第32坦克旅开到了图拉,同时还带来了5辆KV坦克、7辆T-34坦克、22辆T-60坦克和1个共有960人的超额步兵营。得到了这支生力军后,力量陡然增强的苏军在第二天早上打退了艾贝尔巴赫装甲旅的第六次进攻。

10月31日,图拉又得到了2个刚刚撤下战场,已经遭受了严重损失的步兵师(第154、217步兵师)。连同此前撤下的1个师,每个师只有500~1500名士兵,炮兵团加起来也只有4门火炮[2]。但对于遭到德国人沉重压力的图拉,这2个师的到来也意味着防御力量的极大增强。

现在,防御日益严密的图拉不仅成为古德里安前进道路上的一大障碍,而且还变成了他的坦克坟场。仅仅经过一个星期的恶战,集中了古德里安大部分坦克的艾贝尔巴赫装甲旅已经被打得支离破碎,能用的坦克只有50辆了。其中,先是在姆岑斯克,现在又在图拉遭到巨大损失的德军第4装甲师第35坦克团不久后还不得不撤离战场以补充新的坦克。而在燃烧着的德国坦克面前,图拉却依然牢牢掌握在红军手中。

而在古德里安的东面,第2集团军派来的增援部队进展也非常不顺利。10月25日开来的德军第43军在阿列克辛附近受到顽强抵抗,一时无法前进。与此同时,古德里安还发现红军的大量运兵列车也从东面开来。为了防止遭到苏军的侧翼反击,他命令第53军开到装甲突击部队的后方,保护其不受冲

---

[1]《中央集团军群:德国武装部队在俄国》,第91页。
[2]《回忆与思考》,第581页。

击。不过其后由于正冲向库尔斯克的德军第2集团军进展顺利,使得古德里安在图拉止步不前的同时,倒还不至于担心红军会对其发动反击。

加里宁桥头堡之战

德国人在战线北段的攻势要比南段早半个月。10月9日作战命令已经下发,目标是加里宁[1]。为此,施特劳斯大将的德国第9集团军(第3装甲集群在其指导下)在主攻方向集中了第41摩托化军。具体部署是:第1装甲师将取捷径,从中央直接插向加里宁。右侧,第900摩托化旅、第36摩托化师、第6装甲师将展开迂回攻势。左侧,第6军的3个步兵师(第110、26、6师)提供掩护;更北面是第23军的4个师(连接北方集团军群)。第9集团军的其他部队此时还

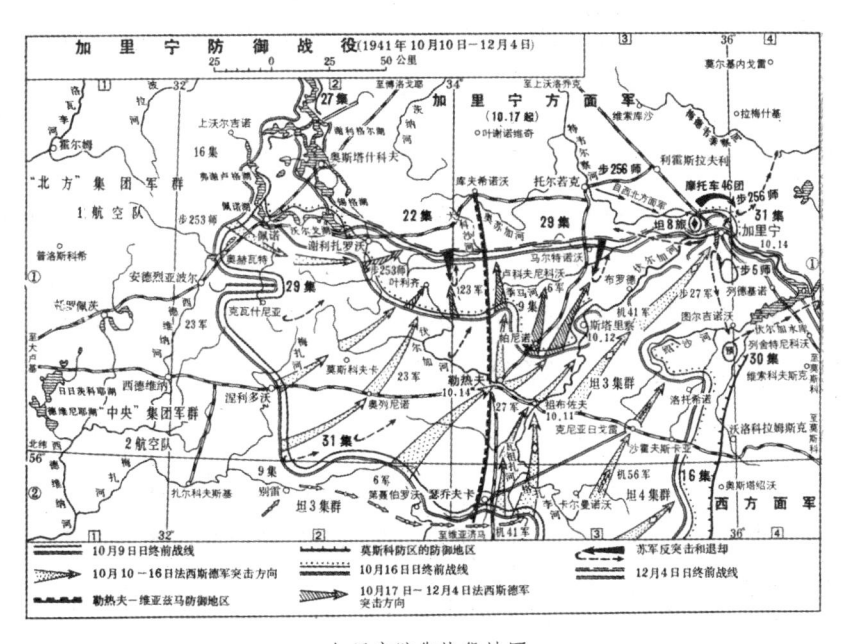

加里宁防御战役地图

----
[1]《德国战术在俄国前线》,第24页。

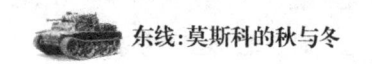

在清理包围圈,暂时派不出来。

10月10日进攻开始,发展得非常顺利,德国人很快突破了红军第31集团军的防线。10月14日,交通枢纽勒热夫陷入德国第6军手中,从莫斯科连接苏德战线北段的重要铁路线自此被切断。在伏尔加河上,德军还夺取了一座完好无缺的大桥。德军机动部队为了加快进攻速度,第1装甲师派出先头战斗群,包括第1坦克团第3坦克连、第113摩化团第1营(半履带装甲车)、1个摩托化炮兵连、2个高炮排,由埃克因戈尔少校指挥①。

对德军的快速推进,苏联方面一片慌乱。10月13日早上,从莫斯科开出了1000辆卡车②。就在他们抵达加里宁时,德国人也杀了过来。10月14日16时45分,德军突入加里宁市。但在市内,红军第256步兵师却在大街上和德国坦克以及半履带装甲车进行了3到4天的激烈巷战。由于他们的抵抗,德国人直到10月17日才完全拿下这座城市。而在该城西面和北面,红军很快发动了反击:在西北方面军参谋长瓦图京将军指挥下,第256步兵师以及紧急调来的第8坦克旅(有29辆精良的T-34坦克和32辆轻型坦克)、第46摩托车团,不仅挡住了德国人继续前进的道路,还不断发起反击。

第一次反击开始于10月15日16时30分,投入了第8坦克旅和第934步兵团③。随后,新赶到的第21坦克旅(61辆坦克)和第5步兵师又从南面夹击德军。10月17日的一次坦克战中,德第1装甲师先头集群指挥官埃克因戈尔和他的装甲车一起被摧毁。瓦图京这位曾几度出任苏联副总参谋长的将军,也是苏德战争中一颗正在升起的将星。

德军后续部队也陆续赶到加里宁的狭长阵地。包括:第1装甲师主力、第36摩托化师、第6装甲师先遣集群、第129步兵师、第900摩托化旅④。约有近140辆可用坦克。第41摩托化军的新军长莫德尔也把指挥所搬到了桥头堡。夺取勒热夫后的德国第6军向北继续发展,竭力与第41摩托化军建立联系。

---

①《德国战术在俄国前线》,第54页。
②《莫斯科会战》,第198页。
③《苏军坦克兵》,第37页。
④《德国战术在俄国前线》,第31页。

第四章 鏖战：图拉、加里宁、莫扎伊斯克

克林前线的德军车队，属于第36摩托化师

加里宁战斗持续了很长时间。俄国人多次逼近城郊。一辆T-34（第21坦克旅）曾闯入市内，撤出时车体上血迹斑斑，挂着德军制服的碎片。德国第41摩托化军参谋长勒蒂格尔战后回忆，当时德军损失严重，各部队员额迅速减少，如果不是第129步兵师及时赶到，德军差点守不住加里宁东南的伏尔加河西岸。桥头堡内弹药物资补给困难，只好依靠第8航空军的运输机。采用的模式是：运输机带来弹药和油料，同时带走伤员。

加里宁方向的严峻局面，虽然给红军在莫斯科的防御带来巨大压力，但也给被贬为西方面军副司令员的科涅夫带来了翻身的大好机会。为了防止德国人从西北面突向莫斯科，斯大林在10月17日下令成立了加里宁方面军，科涅夫被任命为司令员。原属朱可夫的西方面军右翼的第22、29、30、31集团军被纳入了他的指挥之下[①]。为了给地面部队提供空中支援，还组成了由特里福诺夫将军领导的加里宁方面军航空部队，编有5个航空兵团。同时斯大林还派给科涅夫大量援兵，其中包括第183、185、246步兵师（从西方面军调来），第46、54骑兵师，第46摩托化师和前面提到的第8坦克旅（主要从西北方面军调来）。

到任后的"常败将军"科涅夫立刻运用他几次被包围后总结的"宝贵"经

---

① 《第二次世界大战史》卷四，第166页。

验,着手在谢利扎罗沃、加里宁、图尔吉诺沃一线建立起稳固防御。到了10月20日,除了北面的第22集团军,他的部队已经有第29集团军(第174、252、243、246步兵师,第46骑兵师)、第31集团军(第119、133步兵师,第8坦克旅,1个摩托化旅)、第30集团军(第256、5、185步兵师,第21坦克旅,特种团),总计10个师,2个坦克旅(坦克百余辆)和1个摩托化旅。有了这么些部队,科涅夫不但可以防守,而且还不断发动反冲击。

由于苏军攻击势头过于猛烈,德国陆军只好向空军求援。10月22日,靠着第8航空军第52战斗航空联队第1、2大队,第2攻击机联队第1大队和本部中队,第2教导联队第2大队的狂轰滥炸,德国人才算遏制了科涅夫。可没等德国人得意多久,一周后的10月29日,红军再度猛冲过来,甚至迫近加里宁的德军机场,并架起大炮轰击。当天,仅德军第52战斗联队第1大队就有17架飞机被雨点般的炮弹炸毁在地面[①]。第二天,其第2大队又有8架战斗机被摧毁。德国空军被炮轰得狼狈不堪,只好放弃加里宁机场,搭乘Ju-52落荒而

在莫斯科地区被击落的德国Hs123飞机

[①]《巴巴罗萨空战1941年7—12月》,第107页。

逃。可在撤退过程中,又有一架Ju-52连同上面塞满的人员,一道被直接命中的红军炮弹炸了个粉碎,还有几架被击伤。

在地面,激战也在继续。10月18日,德军从加里宁桥头堡出击,试图夺取西面的交通枢纽托尔若克。却在公路两侧遭到苏联第8坦克旅的伏击[1]。科涅夫又先后向此处投入第183、185步兵师。到10月22日,德军向托尔若克的攻势,在得到加强的红军面前,暂时被遏制住了。24日战斗逐渐趋于平息。德国第1装甲师损失惨重,月底只剩下36辆坦克可用。在城郊,苏军仍控制着一些怎么也拔除不掉的顽固支撑点。因为随时会遭到狙击和炮击,他们不能随便离开地下室出去大小便[2]。

德国第9集团军的攻势就这样被遏制住了。北侧的北方集团军群第16集团军也帮不上什么忙。德国人不得不承认"第16集团军中央和左翼当面的敌军仍然坚如磐石"。这对博克的中央集团军群可不是好兆头,因为科涅夫随时都威胁着他的左翼安全。

---

[1]《苏军坦克兵》,第38页。
[2]《粉碎台风计划——随军采访四年(一)》,第3页。

三、莫扎伊斯克防线激战

最残酷激烈的战斗还是发生在莫斯科正面的莫扎伊斯克防线,这里是博

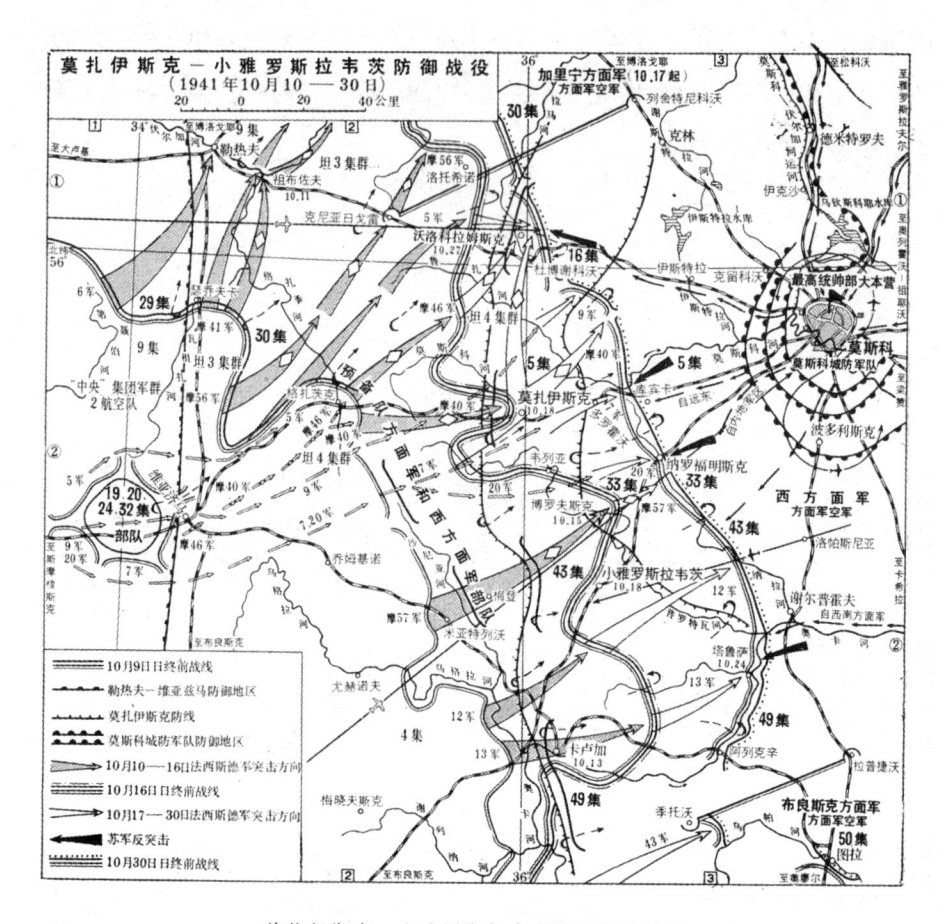

莫扎伊斯克—小雅罗斯拉韦茨防御战役地图

克的进攻重点。从10月10日开始,德国人分别对该防线的小雅罗斯拉韦茨、卡卢加、沃洛科拉姆斯克、莫扎伊斯克四个筑垒地域发动进攻。由于包围圈还没有最后肃清,他们最初投入的部队只有2个摩托化军和2个野战军,但其攻击力量随后却迅速加强。

因为此前已经包围了苏联西方面军主力,这一线的德军官兵从上到下,都以为大局已定,下面就可以轻轻松松开进莫斯科。可他们没有料到,真正的恶战才刚刚开始。

莫扎伊斯克南段：小雅罗斯拉韦茨和卡卢加之战

1941年10月10日中午,孔岑的德国第57摩托化军再次派出先头突击集群,对小雅罗斯拉韦茨发动多次试探性进攻,但又一次遭到了戈卢别夫少将的第43集团军,尤其是在此据守的波多尔斯克炮兵学校学员的顽强抗击。

孔岑无法从正面攻下小雅罗斯拉韦茨,便从其北面的博罗夫斯克发动进攻,企图迂回小雅罗斯拉韦茨。在博罗夫斯克方向,他们却又遭遇到了捷尔任斯基莫斯科内卫师加强营的顽强抗击。但孔岑很快把攻击力量增强为3个摩托化师,穿过了虽然布设了大量地雷,并构筑了迷宫般的碉堡群,但却兵力稀少的红军防线。

为了扩大胜利,博克又把由他直接掌握的第19装甲师投入了战斗。

逼近莫斯科的德军坦克

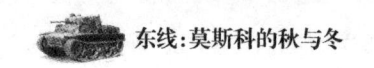

该师在北侧4个步兵师(第292、258、183、263师①)掩护下,趁着短暂寒流导致地面封冻的有利条件迅速推进,在10月15日攻占博罗夫斯克,其先头部队冲到了距离莫斯科60多公里的纳拉河。

在卡卢加地区,克卢格的第4集团军也采取行动从南面配合孔岑,为此派出了第12军(第34、98步兵师)和第13军(第17、52、260步兵师),作为先头部队发动进攻。德军优势兵力突破了苏军大本营预备队近卫第6师和筑垒地域机枪分队的抵抗,在10月12日占领卡卢加。其后,德国人迅速冲向塔鲁萨,并在10月18日占领了小雅罗斯拉韦茨。

孔岑和克卢格的进攻给苏联人造成了巨大危机,不仅逼近了莫斯科,而且威胁到了连接莫斯科和南部图拉地区的铁路线。斯大林似乎无穷无尽的预备队再次挽救了局面。在孔岑的摩托化第57军装甲锋芒所指向的纳罗福明斯克地区,得到从远东和苏联内地军区4个师加强的叶夫列莫夫中将的第33集团军,在第17坦克旅和第151摩托化旅的69辆坦克支援下,挡住了德国人的去路。扎哈尔金中将第49集团军也开始在第43集团军配合下,顽强阻击克卢格的步兵。德国人很快就发现,在他们当面出现了大量来自苏联腹地的部队,他们中很多人长着亚洲人的面孔,有些干脆就不会说俄语。

正如德军第4集团军参谋长布卢门特里特后来承认的那样,红军在莫扎伊斯克南段防线的抵抗越来越顽强,以至于"每天的战斗都变得极其残酷"。前线的德军兵团对此更是有着切身体会。在对莫斯科构成直接威胁的纳拉河方向,红军的反击尤其凶猛,还从负责扼守这个桥头堡的德军第12军手中夺占了敌人的前沿阵地。战后,该军所辖的第98步兵师向上级报告说,过去德军占领的阵地,苏联人根本无法抢回去。而现在,虽然得到强击火炮的支援,第98步兵师第289团防守的阵地却被大批不顾死活、高喊着冲锋的苏军用一次冲击就给夺了回去。在基辅城下损失了2300名士兵和78名军官的德军第98步兵师在莫斯科战役前得到的补充兵员,现在又损失殆尽,其所属的步兵连

---

① 《德苏坦克战(4):莫斯科保卫战》,第69页。

第四章 鏖战：图拉、加里宁、莫扎伊斯克

在秋季泥沼里挣扎的德军运输车队

只有20个人了①。损失惨重的德国军队暂时停止了进攻。

另外，短暂封冻的道路也随着天气在夜间的变暖而再度变得非常泥泞，给德国人找了麻烦。厚厚的泥浆甚至把德国步兵脚上的靴子都给粘了去。很多德国部队的重炮也因此无法拉上火线。物资补给更是困难。10月23—24日，红军第33、43、49集团军已经在莫扎伊斯克防线南段的纳拉河、谢尔普霍夫接近地、塔鲁萨、阿列克辛一线挡住了德军的进攻。

莫扎伊斯克防线的中段和北段：莫扎伊斯克和沃洛科拉姆斯克之战

在莫扎伊斯克防线中部，赫普纳的第4装甲集群主力，包括第40、46摩托化军，力图从红军第5集团军防守的莫扎伊斯克筑垒地域实施突破，然后由这个距离莫斯科最近的地段冲向苏联首都。在莫斯科以西124公里，曾经是拿破仑和库图佐夫的20万大军厮杀的古战场博罗季诺，得到坦克旅和火炮加强

①《苏德战争》，第204—205页。

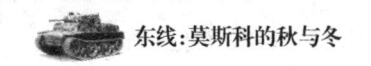

的红军第32步兵师由波洛苏欣上校指挥,和施登姆将军的第40摩托化军的坦克集群展开恶战。

在这一地段,两军投入的都是精锐部队:

德军展开了两个顶尖王牌师——第10装甲师和党卫军"帝国"师。10月11日有124辆可用坦克(另外,"帝国"师还有2个强击火炮连)、12个摩托化步兵营、89门中等以上口径火炮和33门火箭炮[①]。

红军第32步兵师来自远东,曾在张鼓峰与日军交战。虽然那一仗俄国人的伤亡是日军的几倍,却不影响第32步兵师被评价为"红旗"劲旅。现在,这个师还得到第18、19、20坦克旅配合[②],共有114辆坦克,但其中可用的据说只有50辆,拥有约50门中等口径以上火炮,兵员约15000人,是现在红军少有的战前编制满员师。

10月9日序战开始。此时苏军防线还很空虚,党卫军"帝国"师先头试图直接冲向莫斯科,却遭到苏军第18坦克旅的强力阻击。"帝国"师遭到出乎预

继续向莫斯科挺进的德国坦克群

[①]《莫斯科1941:希特勒的第一次失败》,第56页。
[②]《德苏坦克战(4):莫斯科保卫战》,第49页。

料的抵抗,被迫停顿下来,师长豪塞尔请求第40摩托化军提供支援。刚刚赶到的苏第32步兵师趁机进入阵地。13日,德国第10装甲师也加入进攻。战斗打得极为激烈。苏军将一部分坦克留在步兵师阵地上

莫斯科城下,攻击势头越来越弱的德国装甲部队

充当固定火力点,另一部分坦克则不断反击德军装甲部队。朱可夫也亲自赶到这里督战。经过6天昼夜不停的厮杀,德军终于从两翼迂回苏军,最终夺取了博罗季诺,但也付出相当惨重的代价:第40摩托化军在10月9日至19日损失了2044人(含446人阵亡)。其中"帝国"师伤亡1242人(含270人阵亡);第10装甲师死伤776人(167人阵亡)[1]。10月21日,第10装甲师还剩75辆坦克可用[2]。德国人终于明白,在通向莫斯科的最后道路上,俄国人将寸步不让。

略值一提的是,10月下旬,由法国纳粹分子组成的所谓"志愿军"2个营(2452人[3])被送到中央集团军群,归德国第4集团军的第7步兵师指挥。克卢格还把这伙人带到博罗季诺训话,号召他们继承拿破仑的遗志和俄国人拼命。不过德国人很快发现,这些法国人不大能吃苦[4]。在残酷的东部战场,这不是什么优点。

攻下博罗季诺后,德军乘胜追击,于10月18日攻占了莫扎伊斯克。其后,德军以"帝国"师摩托车营为前导,沿着明斯克公路迅速向前开进。现在,德国人距离莫斯科只有90公里。当面的苏军第5集团军只有5个很弱的步兵师和20辆坦克。在这关键时刻,斯大林火速调来援兵,其中包括10月22日抵达的第82摩托化步兵师——又一个来自远东的满员精锐师。德国人察觉苏军防

---

[1]《莫斯科1941:希特勒的第一次失败》,第57页。
[2]《装甲部队1933—1942》,第210页。
[3]《德国武装部队的外国志愿者》,第6页。
[4]《纳粹将领的自述——命运攸关的决定》,第67页。

在重机枪和反坦克枪掩护下前进的苏军步兵散兵线

御增强,于是把装甲部队转向北面,只留下4个步兵师(第78、267、197、7师)对付第5集团军。经过一番战斗,到10月26—27日,苏军得以在库宾卡以西和西南遏制住德国人的攻势[1]。

在防线北部,沃洛科拉姆斯克地区的战斗也已经如火如荼。10月10日,德军第3装甲集群向这里派出了一支先遣侦察支队,却在格托希诺村遭到"俄罗斯联邦最高苏维埃"学校的学员分队的毁灭性打击,损失了4辆坦克和数辆装甲车,丢下一百多名士兵的尸体。

10月14日,德军主力部队向罗科索夫斯基第16集团军防守着的阵地开来。北侧为德国第56摩托化军先头,南侧是得到第2装甲师(160辆可用坦克)加强的第5军(属于第9集团军,构成该军的最南翼)。当天,德军首先攻击了北路。他们相信不会遭到多么激烈的抵抗,行进起来宛如在阅兵。在装甲摩托化行军纵队前,开道的摩托车一路风驰电掣,奔向拉马河桥。但就在他们接近到苏军前沿50~90米时,坦克面前突然飞来了手榴弹和燃烧瓶,摩托车则被狂扫过来的机枪打得满地乱转。在这里的苏军学员团("俄罗斯联邦最高苏维埃"军校和第一莫斯科炮兵学校)成功地实施了伏击,打得德国人一时摸不着头脑,丢下9辆燃烧着的坦克,1辆装甲车和10多辆汽车,退了回去[2]。

但这只是初战。15日被抓获的一个德国俘虏说,他们现在的口号是"到沃

---

[1]《苏联军事百科全书·军事历史》下,第749页。
[2]《莫斯科会战》,第90页。

洛科拉姆斯克吃早饭,到莫斯科吃晚饭",真正的主攻将于16日开始。

此时罗科索夫斯基的部队从北到南展开如下:前述的学员团;从包围圈里逃出来的多瓦托尔将军的第3骑兵军(包括损失严重的第50、53骑兵师);潘菲洛夫将军的第316步兵师。预备队包括第126步兵师的一个团,另外还有从包围圈里带出来的第18民兵师[①]。

总的来说,罗科索夫斯基手下真正的野战兵团,只有第316步兵师。这个师于1941年7、8月间在中亚的阿拉木图市组建,下辖第1073、1075、1077步兵团(每团3个步兵营),第857炮兵团(2个营)以及其他部队。第316步兵师在8月末调给了西北方面军的第52集团军,参加了列宁格勒会战,10月10日又被紧急调动到沃洛科拉姆斯克地域(12日全部到达)。师长潘菲洛夫少将是个蓄着仁丹胡子的萨拉托夫州人,但却一直在中亚地区担任职务,战前是吉尔吉斯的军事委员。

和红军其他损失惨重、残缺不全的部队相比,潘菲洛夫的师虽然没有实战经验,员额却比较充足,而且接受过比较充分的训练。成为罗科索夫斯基手上最强有力的一个兵团,因而被部署在预料中德军将发动重点进攻的沃洛科拉姆斯克西南一段41公里宽的阵地上,掩护集团军左翼。但这个师的炮兵不

苏军的反坦克炮小组

[①]《罗科索夫斯基元帅战争回忆录》,第51—55页。

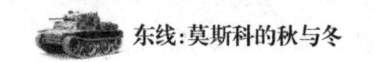

强,所辖炮团只有24门炮(8门122毫米、16门76毫米)①。

好在罗科索夫斯基掌握了大量炮兵,其中包括一半人员都有实战经验的叶夫列缅科少校的第289反坦克炮团(集团军预备队)和阿列什金大尉的第296反坦克炮团(这个团是潘菲洛夫的预备队)。另外还有2个榴弹炮营、2个"喀秋莎"火箭炮团和3个营、几个加农炮团。

加强给潘菲洛夫的炮兵单位包括4个加农炮团(24门122毫米、30门152毫米)、第302机枪营、第126步兵师一个炮营。还有16门85毫米高炮。该师第1075团还得到了第525反坦克炮团加强,该团自身则在阵地前埋下了4000多颗地雷。配合潘菲洛夫的装甲单位只有一个坦克连(属于第21坦克旅)。

由于第16集团军左面阵地只有一道反坦克壕,加上兵力薄弱,所以只能依靠火炮来对付德国坦克了。为了保护这些宝贵的武器不至于被渗透进来的德国冲锋枪手袭击,罗科索夫斯基还下令给每一门炮都加强了步兵。另外,他还建立了携带炸药和地雷的工兵分队,并给他们配备了马车或者汽车。赋予他们的任务,是在德国坦克进攻的方向,迅速布设地雷。现在,在列宁格勒曾经被拿来对付曼施坦因的快速障碍设置队,在莫斯科城下再度出现了。同时,朱可夫把方面军航空兵主力的210架歼击机、200架轰炸机和强击机也加强在了罗科索夫斯基的防区②。

10月16日,德军的进攻如期开始。在红军第316步兵师阵地前,战斗最为激烈。德军为了割裂第16集团军与南面第5集团军的联系,将这里作为主要突破点,投入了第5军主力和第2装甲师。当天下午14时30分,德第2装甲师用60辆坦克和1个摩步营组成突击集群,猛烈撞击潘菲洛夫的左翼。首当其冲的是苏军第1075团第6连(加强有1个连5门反坦克炮)。为了保住阵地,第16集团军军事委员洛巴切夫(就是那位在包围圈里开着装甲车探路,还差点送命的政委)亲自带着集团军炮兵主任和一个参谋组来到该连阵地③,指挥反坦

---

① 《苏联伟大卫国战争步兵师战例汇编》,第449页。
② 《第二次世界大战史》卷四,第167页。
③ 《莫斯科会战》,第91页。

克炮抗击德国人的坦克冲击。

德国坦克搭载着步兵,分两路隆隆向前。可是不久,一路被反坦克壕挡住,另一路遇上了障碍物。利用这个时机,苏军的反坦克

通过交通壕的苏联反坦克枪手

炮和一个营野炮开火轰击坦克,同时用步枪机枪射杀跳下坦克的德国步兵。瞬间,6辆德国坦克被炮火击伤,2辆引爆了地雷,还有1辆过桥时被炸毁①。

下午,德军又以50辆坦克和一个步兵团发起新攻势。俄国人看到,这次德

在强击火炮掩护下战斗的德国步兵

国步兵没有搭在坦克上,而是在坦克后面排成行军队形。经过一番恶战,30辆坦克绕到苏军第6连后方将其包围。可俄国人立刻组成环形阵地继续抵抗。打到晚上,德军只得无功而返。

17日下午,德国人又出动40辆坦克和2个摩步营继续进攻。这次他们成功绕开了障碍物,占领了红佐尔卡和费多西诺礼。25辆坦克和装甲车插到苏军反坦克炮连后方,击毁了4门炮中的3门,杀伤19人。幸存的苏联炮手拖着最后1门炮向东撤退,却被自己的反坦克壕所阻挡。德国坦克继续前进,却遭到85毫米高炮射击,被迫停止。这天德军有所进展,但苏联第6连仍死守着主阵地。虽然直接掩护他们的反坦克炮全完了,可集团军炮群仍给予强有力支援。直到弹药耗尽,这个连才撤退。

同一天,在北面防守伏尔加河水库的多尔托瓦第3骑兵军也遭到了德军第5军部分兵力的进攻,但德国人没有取得什么进展。

---

①《苏联伟大卫国战争步兵师战例汇编》,第460页。

10月18日，德国人对进展的迟缓有些不耐烦了起来。这天，第2装甲师倾巢出动，在伊格纳特科沃、日利诺、奥斯塔舍沃方向集中了150辆坦克和1个摩托化步兵团，猛攻苏军第1075步兵团，企图一举突破潘菲洛夫的阵地。面对强敌，潘菲洛夫将他的预备队——第296反坦克歼击团和师属第857炮团两个连投入了战斗。但在德国人的强大压力下，红军的步兵被消灭或者打退，失去掩护的炮兵只能一面用大炮直接瞄准射击德国人的坦克，一面与从四面八方冲过来的德国步兵殊死搏斗。仅仅一天之内，苏军在这里就损失了9门火炮和9台拖拉机，炮手们也伤亡惨重。罗科索夫斯基只能把加农炮兵第38团和火箭炮第13团也投入战斗，对着成群冲来的德国坦克猛烈开火。但德国人依然取得很大进展，占领了布拉什尼科沃、伊万科沃等地。

为了给拥有绝对优势兵力的德国人造成红军有很多火炮的错误印象，潘菲洛夫的部下们把全部火炮推出工事，拉到外面边打边跑。田野上，被击毁的德国坦克随处可见。当天晚上，德军渡过鲁扎河，并在第二天早上用35辆坦克发动进攻，后面还有不少于100辆坦克跟进。而在他们当面，红军几乎无一人防守，只能火速投入反坦克炮兵第289团和两个火箭炮营。

此时，潘菲洛夫的南侧爆发了更大危机。如前所述，德国第40摩托化军

德国坦克驶过一个被烧光的苏联村庄

在10月18日夺占了莫扎伊斯克。这样，赫普纳第4装甲集群的第46、40摩托化军，总计4个装甲师和1个摩托化师（第2、11、5、10装甲师，"帝国"师①）都涌向潘菲洛夫的南翼。同时，德国第35、110步兵师也从正面攻击潘菲洛夫。

战斗进入白热化阶段。在德军7个师和400多辆坦克的包夹攻击下，潘菲洛夫仍在拼死抵抗。赫普纳的坦克缓慢但坚决地向前推进，把苏联火炮和掩护他们的步兵一支支地击毁杀光，把拿着燃烧瓶抵抗的红军步兵连同单兵壕一个个地用履带碾平，压迫着甚至把通信兵都投入战斗的罗科索夫斯基步步后撤。

其间，德军也付出很大代价。德国第5军第35步兵师遭到苏联人重大杀伤后，到10月19日，很多步兵连就只剩下三十来个人。这个师还陷入了讨厌的泥沼，只好把重炮和机动车丢在后方，只带轻型火炮前进，而即使这样的火炮每门也需要24匹马才能拉动②。第35步兵师攻击的是潘菲洛夫手下的第1073步兵团。这个团火炮不多，加强火力只有1个野炮连、4门45反坦克炮和机炮营（可德国人还是嫌俄国人弹药多），德军得以将其击退并渡过鲁扎河。

尽管处于令人绝望的劣势，潘菲洛夫却奇迹般地和强大的德国第4装甲集群主力恶斗了2个星期。直到10月27日，德国坦克才冲进沃洛科拉姆斯克。此时，潘菲洛夫的第316师只剩下3500人③，反坦克炮兵和师属炮兵几乎损失殆尽。支援潘菲洛夫的第296反坦克炮团伤亡108人，损失12门火炮和4台拖拉机；第289反坦克炮团则被击毁12门火炮，撤退中还自行炸毁13台拖拉机；第525反坦克炮团自己炸毁了7门火炮④。

10月25日，罗科索夫斯基接到了报告：明天阵地上将没有火炮抵抗德国坦克了。手头已经空空如也的罗科索夫斯基只好向方面军司令员朱可夫求援。朱可夫也没有别的部队可调，只能在当夜从莫斯科防空部队中给第16集团军调来2个装备37毫米火炮的高射炮团。这2个团被派给了承受德国人巨大压力的潘菲洛夫。同时，罗科索夫斯基把集团军预备队的第18民兵师和北

---

① 《德苏坦克战序列(4)：莫斯科保卫战》，第69页。
② 《苏德战争》，第206页。
③ 《莫斯科1941：希特勒的第一次失败》，第57页。
④ 《莫斯科会战》，第95页。

苏联女民兵

面的第3骑兵军也派到了潘菲洛夫的阵地上,该军自己的阵地则由另一支集团军预备队——第126步兵师部队接替。

现在第16集团军左翼阵地上已经有了2支部队:潘菲洛夫的第316师和多瓦托尔的骑兵军。而在两支部队的接合部,罗科索夫斯基则投入了另一支红军精锐,即在姆岑斯克重创德军第4装甲师的第4坦克旅。早在10月16日,斯大林就直接和该旅旅长卡图科夫通话,命令他赶快把他的坦克旅装上列车,从莫斯科战线南部转移到明斯克公路方向保卫莫斯科。而这位坦率的旅长却向领袖提出了不同意见:装在平板车上的坦克晚上可能会从车上翻下来,而且由于德国飞机的威胁,苏军的装载点又不能照明,黑灯瞎火地容易出错。因此,他请求斯大林同意他以自身的摩托行军,从360公里外开往新战

雪地作战中的苏联步兵

线。斯大林同意了他的请求。

三天后的10月19日傍晚，第4坦克旅到达指定地域库宾卡车站。10月初，他们就是从这里出发，赶往姆岑斯克阻止古德里安的前进。值得人们玩味的是，据说曾经妨碍了德国人前进的秋季泥泞，似乎并没有妨碍苏联人调动。

在调动过程中，卡图科夫的部队还顺带捞了德国人一把。他属下的拉夫利年科上尉的坦克在小雅罗斯拉韦茨附近出了点车内故障，坦克手们决定趁机刮刮胡子。就在他们进到理发店的时候，突然得到消息：公路上开来了一个德国营（德国第12军的部队），拉夫利年科的坦克马上在附近的小树林设伏，他本人亲自上了炮位。几分钟后，由摩托车兵、司令部汽车、反坦克炮和车载步兵组成的德军行军纵队浩浩荡荡地出现了。过于骄横的德国人事先居然没有派出行军侦察，自然也就没有发现拉夫利年科的坦克。

曾经对古德里安的坦克准确射击过的拉夫利年科，现在又用杀伤榴弹对着德军纵队的火炮开火射击，当场就打掉了2门。遭到突然打击的德国人慌忙下车，准备使用第3门炮还击，可没等他们架设好火炮，红军坦克就已经冲了过来，一面碾压载有德国人的汽车，一面用火炮和机枪猛烈射击。几分钟后，红军步兵赶到，把这个冒进的德国营给吃掉了。不过，拉夫利年科的坦克也因此耽误了行军，直到10月20日才赶到库宾卡。当然，得到他帮助的红军

一群苏联士兵和平民正从泥潭里拖拽一辆汽车，恶劣的地形并非只对德军产生影响

步兵部队指挥官为他开具了证明。

此后,第4坦克旅从库宾卡出发,在赶往第16集团军阵地的途中又费了几天时间。最终卡图科夫的部队一共用了8天才算编入了西方面军。在得到了强有力援军后,罗科索斯基第16集团军的阵地再度巩固了起来。而赫普纳则由于坦克在苏联反坦克炮射击下损失惨重,暂缓了进攻。

在莫扎伊斯克防线全线激战的同时,两军空中的较量也极为激烈。按斯大林的命令,苏军航空兵动用了远程轰炸航空兵和西北、西方、布良斯克、南方和西南几个方面军的大量飞机,从10月11日开始,对德军在维捷布斯克、斯摩棱斯克、奥廖尔、奥尔沙、西威尔斯基、下杜基纳的机场实施了猛烈袭击。

尽管10月11日气候恶劣,红军依然在当天和其后2天出动了300个架次。对这些他们此前曾经驻扎过的机场,红军飞行员极为熟悉,攻击起来自然得心应

匍匐在雪原上等待进攻的苏联步兵

"台风"战役开始后,遭到苏军袭击的奥廖尔地区德军机场 1941年10月11日

莫斯科郊外雪林里的战斗

第四章 鏖战：图拉、加里宁、莫扎伊斯克

手。在奥廖尔上空，红军第74强击机团的12架伊尔-2取得了巨大战果，掩护他们的战斗机还顺带击落了几架德国飞机；德国第52战斗机联队的燃料库也在10月12日被苏军炸毁；而来到东线视察的德国战斗机总监莫德士，则在机场上差点被苏军空袭炸死。苏联人后来宣称，仅仅在10月11、12日就消灭了166架德国飞机。整个空袭行动持续到了18日。由于这次行动，加上损失惨重的第53战斗机联队第2、3大队被撤出战场补充飞机，第3战斗机联队第2大队被调往克里木支援现在由曼施坦因指挥的第11集团军，德国人在莫斯科方向的空中优势被削弱了。

经过激战，到1941年10月底，莫斯科前方的战线在伏尔加河水库、沃洛科拉姆斯克东面、纳拉河和奥卡河至阿列克辛一线展开。德国人的先头部队已经推进到了距离莫斯科约50公里的地方。苏联首都形势越发紧张起来。

莫斯科郊区，泥泞中，苏军车队和疏散的群众相对而行

特别章节：斯大林在莫斯科

危城莫斯科

在日益迫近的德军面前，莫斯科城里的气氛也变得越来越紧张，到处人心惶惶。知识分子圈也不例外。一个学者突然兴高采烈地向朋友们宣布：德国人就要被打败了，因为古德里安就要带着很多坦克来拯救莫斯科了——这个学者以为古德里安是个亚美尼亚人[①]。

甚至斯大林也打算放弃莫斯科了。在德军猛攻莫扎伊斯克防线的10月15日，斯大林签署命令，决定将苏联政府、最高苏维埃主席团、各国外交使团撤出莫斯科。由莫洛托夫通知各国外交团。军事机构也要离开：国防人民委员部和海军人民委员部撤向古比雪夫；总参谋部撤往阿尔扎马斯。至于斯大林本人，

苏联警察和特务头子贝利亚

[①]《人·岁月·生活：爱伦堡回忆录》下，第10页。

也将于"明天或晚些时候撤离"①。

当天深夜,贝利亚也奉斯大林的命令召开了会议,传达下列指示:"所有无力保卫莫斯科的人,都要撤退。商店中的食品分发给市民,什么都不要给德国人留下。"②在此后一个半月的时间里,苏联人从莫斯科向东迁移了近500个大型轻、重工业工厂,100多万熟练工人、工程技术和科研人员,以及大量机关、剧院、博物院。偌大的莫斯科快要成为空城了,可火车站和道路上却人山人海,造成了空前的交通拥堵。

同时,贝利亚还接到指示,一旦德国人临近莫斯科城,必须炸毁城内所有不能撤退的工厂、仓库、机关和电力设备。从苏联党政机关的窗户口,飘落下了"黑雪",那是被焚毁文件的灰烬。而在著名的卢比扬卡监狱内,苏联内务人民委员部正忙着处死犯人,另一些重要犯人则被带到古比雪夫处决:10月28日,包括原总参谋长助理、空军中将斯穆什克维奇,副国防人民委员空军中将雷恰科夫在内的20人就在那里被枪决了。他们以及苏联副国防人民委员梅

逃离莫斯科的居民

①《斯大林年谱》,第573页。
②《斯大林秘闻》,第556页。

列茨科夫都是在苏德战争开始后被捕的(梅列茨科夫被打断了肋骨①。他虽然后来被放了出来,却吓破了胆)。

10月17日或18日晨,斯大林把国防委员会委员、政治局委员和高级指挥官召集到办公室。这次会议主要是传达15日签署的命令:主要的社会活动家和国务活动家当天就要撤退;政府迁往古比雪夫;总参谋部迁往阿尔扎马斯;各大企业都要布雷,一旦莫斯科失守就要炸毁;城外各条路口摆上反坦克和反步兵障碍。可是停了一会儿,斯大林又补充说,他依然希望会有好结果,西伯利亚和远东的援军已经登车,很快就会开到②。此刻,斯大林仍在犹豫。

在这大厦将倾的情景面前,莫斯科城里的西方人都确信这座首都失陷在即,苏联马上就要崩溃。美联社的一位记者发出了"列宁墓关闭"的报道(其实列宁遗体早在7月4日就转移了,见《东线》第二卷),并以此作为他认为即将终结的苏联的讣告。在高尔基大街和库兹涅佐夫桥大街的交叉路口,这个即将离开莫斯科的记者看见一个苏联骑兵正和民警说着些什么,似乎是问前线现在何方。这个记者差点大喊一声:"顺着莫扎伊斯克公路往前走,离这儿不远啦。"③

政府和斯大林将要离开莫斯科、抛弃首都的迹象越来越明显,这在城内引发了极大的恐慌。很多人觉得斯大林已经跑了或者下台了。社会秩序开始瓦解。到处都谣传说德军坦克随时可能进城,商店、运载罐头食品的卡车,甚至英国大使馆都遭到抢劫④。意志动摇者烧毁了党证⑤,摘掉了斯大林的像。在一些居民离开的住宅楼里,小偷在管理员的引导下公开偷窃。

但无政府状态很快就结束了。到了晚上,贝利亚的内务人民委员部工作人员就让那些想趁机发洋财的人明白了红色政权的威力。莫斯科每10个居民楼管理员中就有1个被他们逮捕并枪决。

---

①《刽子手的一生——贝利亚罪恶生涯》,第106页。
②《胜利与悲剧》下,第248页。
③《朱可夫元帅》,第125页。
④《苏德战争》,第201页。
⑤《斯大林政治传记》,第539页。

强有力的铁腕恢复了城内的秩序。10月17日,苏联中央委员会书记发表全国广播:斯大林仍留在莫斯科①。人民明白了,"当家"的斯大林还在克里姆林宫。此前的10月16日,已经有失宠迹象的沙波什尼科夫和他领导的总参谋部也撤离了,但仍有一个总参谋部作战组(华西列夫斯基领导,成员约10人②)留在莫斯科,协助斯大林指挥着前线的战斗。在此期间,华西列夫斯基彻夜工作,几乎片刻都不能离开大本营。大概就是这几天,斯大林突然回到已经布上地雷、黑暗一片的近郊别墅,向卫队宣布:挖出地雷、生起炉火。他斯大林不会离开莫斯科,不会把首都交给德国人。

10月19日阴雨潮湿的傍晚,斯大林再次召开了国防委员会会议。与会的莫斯科苏维埃主席普罗宁回忆,会议一开始,斯大林就向众人发问:"前线的形势大家都已很清楚,我们还要不要守卫莫斯科?"③会场一片沉寂。于是斯大林

苏联宣传漫画上的斯大林

①《斯大林——历史人物》,第417页。
②《华西列夫斯基元帅战争回忆录》,第130页。
③《莫斯科会战》,第201页。

逐个逼问在场的人,得到的自然都是肯定的回答。大概就是这一刻,斯大林下定了留守莫斯科的决心。

于是在这次会议上,斯大林决定莫斯科在第二天实行戒严。叛徒、逃兵、特务、制造混乱者和各种不法之徒都将遭到严惩。斯大林同时也宣布了死守莫斯科的军事举措:莫斯科以西100~120公里地区以内的野战阵地,由朱可夫大将的西方面军防守。而一旦前线被突破,莫斯科守备区(司令阿尔捷米叶夫将军)将在莫斯科城和德国人进行最后战斗[①]。

要塞城市莫斯科

为了准备这最后的战斗,直接保护莫斯科城的莫斯科防御地幅正加紧施工。从各处征集来的25万工人、集体农庄庄员、职员、家庭主妇、老人,正在风雨、泥泞、严寒下修筑着工事。

城内也开始加紧动员。此前,莫斯科的部队几乎都调往莫扎伊斯克前线。为了弥补空虚的城防,10月初,由莫斯科志愿人员组成25个歼击营。为了把他们扩充成3个师,5天内又在城内召集了约1.2万名工人和职员。新组建的3个师被称为莫斯科共产主义师。可现在没有多余的武器给这些师和机炮营。于是,莫斯科的工厂从后送武器中修复了263门火炮、1600挺重机枪和100挺轻机枪。国防航空化学建设支援协会(这个组织在苏联储备后备兵源方面的作用,此前已经作了介绍)搞来了1.5万支步枪。又过了几天,在莫斯科又建立了第4个师。这样,莫斯科城防兵力达到4万人以上。

现在,莫斯科成为一座要塞城市。一个苏联作家描述道:在首都漆黑、空荡荡的街道上,到处是沙袋、木板、石头构筑的路障和一排排铁丝网,商店的橱窗堵上了沙包,十字路口修筑了装甲圆顶的坚固工事[②]。

[①]《莫斯科会战》,第76页。
[②]《粉碎台风计划——随军采访四年(一)》,第23页。

第四章 鏖战：图拉、加里宁、莫扎伊斯克

此刻斯大林的心情无疑是复杂的。尽管他决心留在莫斯科，却仍笼罩在失败的阴影中。从战争开始以来，他始终承受着不断失败的巨大痛苦：几百万军队在不到半年的时间里灰飞烟灭；几乎不可阻挡的德国人现在已经挺进千里，兵临莫斯科城下，直接威胁到苏联甚至他本人的生存。苏联和他的命运难道真的就此终结了吗？

从长年待着的办公室里，他找不到答案。或许正因为如此，10月底，斯大林居然破天荒地沿着沃洛科拉姆斯基公路驶出莫斯科，视察了他此前从没去过的前线。听取了西方面军一位指挥官的汇报后，他又匆匆踏上了归途，但重型装甲汽车却在路上陷入泥中①。此前，为了斯大林本人的撤离，在莫斯科近郊准备的专列和机场上的4架飞机正随时待命。

但斯大林还留在莫斯科，读者或许还记得斯大林女儿在莫斯科战前给他

斯大林和他的女儿

① 《胜利与悲剧》下，第249页。

写的那封信,信中询问她的父亲什么时候才能挡住德国人的进攻,什么时候才能允许她回到莫斯科。现在,在德军重兵兵临城下的1941年10月28日,斯大林突然决定允许女儿回到莫斯科这座危城——虽然只同意她待上2天。这位苏联领袖或许想通过这个举动向自己证明:德国人即将被挡住,不在别的地方,而是在莫斯科,在他的面前。

第五章

莫斯科城下的转折

一、德军进攻莫斯科的最后尝试

德军的形势

还在博克于10月中旬展开对莫斯科的全面进攻之际,希特勒正在后方做着好梦。10月13日,他告诉外交部长里宾特洛甫,打算把丹麦、挪威、荷兰、比

对"台风"战役前景产生怀疑的希特勒

利时、瑞典和芬兰的经济专家召集起来,请他们和德国人一道把俄国作为安置"纯亚利安人"多余人口的殖民地[①]。10月17日,希特勒兴致勃勃地向一同进餐的托特描述宏伟蓝图:他要像美国人对待印度安人那样处理即将落入他手的苏联,迁入大量移民,毁灭大部分苏联城市(尤其是莫斯科和列宁格勒),让残存的当地居民过愚昧的生活,只要认识路标,一个月洗一次澡就够了[②]。按照他的命令,还建立了一个特别工程指挥部,准备炸毁克里姆林宫。10月12日,纳粹宣传部长戈培尔也向德国各大报纸下达指示,准备给攻占莫斯科留出版面。

但与此同时,希特勒似乎也感觉到前线的战况有些不对头。因为从10月中旬开始,前线德军中悲观情绪逐渐蔓延的情况就开始传到他的耳朵里。到了10月底,希特勒已经获悉,中央集团军群在莫斯科前线曾经一度凌厉凶狠的攻势,此刻却在迅速衰退。

经过一个月的激战,德国人虽然向莫斯科推进了230至250公里,却在加里宁、莫扎伊斯克、图拉一线遭到预想外的顽强抵抗。其间,中央集团军群遭

正在休整的德国坦克部队

[①]《希特勒与战争》,第409页。
[②]《大独裁者希特勒:暴政研究》,第680页。

受的伤亡也不轻微。自10月1日"台风"行动开始到11月15日,中央集团军群的兵员损失为88000人,同期几乎没有得到补充[①]。中央集团军群参战的步兵师平均减员2500人。德军装甲师的步兵更是损失了一半以上。德军各坦克团的坦克实力现在也从战役前的70%迅速下降为35%。在莫斯科方向可供使用的坦克数量从1700多辆下降到900多辆。

蒙受损失的并不仅仅是中央集团军群。按照德国陆军总司令部那份极不完全的战时统计,在整个10月份,东线陆军损失了114865人,其中死亡了24056人,失踪3585人。而最新数字则显示,同期东线德军仅仅死亡一项就达到了41099人,估计其中超过一半约2万人以上是在莫斯科进攻战役中死亡的。

由于持续不断的伤亡,德军实力严重下降。按德国官方统计,10月1日,东线的德国陆军有331.5万人(不含芬兰战区以及仆从军),到11月1日就下降到310万人[②],减少了20多万人。

被击毁的德军三号强击火炮　布良斯克方面军　1941年秋

[①]《莫斯科城下的转折》,第315页。
[②]《德意志帝国与第二次世界大战》卷五,第二册,第1020页。

东线装甲部队在10月份"完全损失"了337辆坦克和强击火炮,大部分都在"台风"行动中丧失。同期补充了323辆。基本持平。因此到11月1日,东线的坦克强击火炮总数仍有2480辆[1]。但可用数量急剧减少。同期,东线德军"完全损失"的其他重武器有:

72辆装甲汽车、155门105~150毫米口径榴弹炮、19门100毫米口径加农炮、348门反坦克炮、137门步兵炮。

按照11月6日的评估,德国在东线的101个步兵师现在战斗力仅相当于65个满员师;17个装甲师只相当于6个满员师。可用坦克数量仅相当于初始兵力的35%。而东线全部136个师总的战斗力,仅相当于83个满员师[2]。

当然,上述数字并不包括芬兰战区和此时在第二线的师。实际上,在1941年11月,东线德军共有151个师(包括19个装甲师和13个摩托化师,不包括芬

莫斯科前线的德国三号坦克

---

[1]《德意志帝国与第二次世界大战》卷四,第1129页。
[2]《莫斯科到斯大林格勒:在东方的决断》,第45页。

兰战区部队)。但在当月,这些师中总计有7个由于损失太大而撤离了东线。此后,东线德军实际有大约144个师。撤离的部队中有5个德国步兵师(第5、8、28、71、113步兵师),第99轻装师,第1骑兵师。由于兵员匮乏,第5、8、28步兵师还被裁掉了一个步兵团,改编为歼击师。到了12月,德国人不得不将东线各师的实力由9个步兵营缩编为7个营。

当然在经过紧急补充后,德军一些师的兵员人数倒是恢复到了一定的水平。如第18装甲师,在1941年11月1日就拥有战斗兵力9308人(不包括师后勤人员)。第12步兵师在1941年12月10日的总兵员为15106人。但由于有经验的军官和士官在战斗中被大量消耗,不得不由缺乏训练的人员来取代他们的位置。11月15日,德国武装党卫队的一份报告称:"(在东部战线)到现在为止的战斗中,领袖和副领袖、组长一类的指挥骨干人员已经消耗了将近(达到)60%,副领袖现在尤其缺乏,这一点造成的影响是毁灭性的","一支训练有素、有经验的副领袖和组长都已经丧失殆尽的连队,是不可能展开进攻的,甚至在防御中都靠不住,因为它缺少核心。现在师团的一些连长在阵地里甚至无法判断情况"。

德国空军也损失严重。自"巴巴罗萨"开战以来截至11月1日,在战区内损失的德国飞机总数达到3838架。再到11月30日增加到4219架。这些飞机超过80%损失在苏联战场。从开始进攻苏联至11月1日,德国空军在东线平均每个月维持2462架作战飞机(不含联络机以及运输机)和2963个机组,同时平均每个月要损失741架飞机和318个机组[1]。

为了应付北非的英国人,希特勒还下令把支援中央集团军群的凯瑟琳的第2航空队司令部,连同5个轰炸机大队、1个"斯图卡"大队和2个战斗机大队调离苏德前线[2]。其后,第22轰炸航空联队也被调往西线。而第51战斗航空联队第1大队被调往北方集团军群。另外,德国空军第3战斗航空联队第1和第3大队则由于损失太大而被撤出前线补充飞机。上述单位在11月下旬前分

---

[1]《德国空军1933—1945:失败的战略》,第89页。
[2]《黑十字与红星:东线空战》第一册,第231—232页。

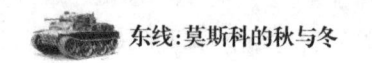

批撤退。

现在,原来支援中央集团军群的32个航空大队只剩下18个。其中,原有的10个战斗机大队,只剩下第51战斗机联队第2、3、4大队和第52战斗机联队第1、2大队,总计5个大队而已。留下的大队也损耗严重,算上军队航空兵,中央集团军群也只能得到670架飞机的支援,比战斗打响时的1320架减少了将近一半。其中战斗机160架、中型轰炸机220架、俯冲轰炸机70架、驱逐机30架。

面对精锐的莫斯科防空歼击机部队和他们装备的新式MIG-3战斗机,以及皮厚肉粗的伊尔-2强击机,德国飞行员的素质优势和Bf-109战斗机的性能优势开始衰减。在短短10天战斗中,德军第51战斗航空联队第7中队就损失了3位王牌飞行员,而在整个11月和12月间,他们的战果却只有4架苏联飞机而已。

不过德国人更喜欢把他们最突出的困难归咎于日益糟糕的后勤和道路状况:铁路运输已经极为糟糕;维亚兹马通向莫斯科的公路被苏联人埋下的地雷炸得布满了10米深、30米宽的大坑,德国人只有在上面铺设木板才能让车辆通行。但更讨厌的是自10月初中旬以来一直令人绝望的泥泞地面,这让德军的很多重型武器和辎重都寸步难行。10月初天气还好,但10月中旬气温突然降到零摄氏度以下。10月16日,德国空军副参谋长记载前线气温为零下8摄氏度[1]。虽然还没冷到致命的程度,可德国士兵们没领到冬装,不得不把训练服裹在秋装外套上御寒,缺乏防冻剂的坦克和车辆每隔一个小时就要启动一次。不过此时德国人倒巴不得温度下降,因为这样才能把讨厌的泥泞路面冻硬。

上述因素无疑都给德国人造成了不小的麻烦,但是否对战局具有决定性影响却另当别论。对此,笔者将在后面以专文加以分析。

---

[1]《帝国元帅——戈林传》,第193页。

奥尔沙会议：
继续进攻莫斯科的决定

现在，德国人在莫斯科城下的部队已经损失惨重，困难重重；疲惫不堪的士兵胡子拉碴而且身上长满了虱子，在被打死的苏联军官洁白的衬衣前失去了优越感。后勤列车的数量不能满足要求，而且有时送来的不是炮弹也不是冬装，而是整车的红酒——瓶子还被冻裂了。

德国第4集团军参谋长布卢门特里特后来回忆道：在10月下旬和11月初，德军官兵的情绪开始变化。他们原以为俄国人将陷入绝望，却没料到斯大林会决心留在莫斯科，也没想到抵抗越来越顽强。到处是巧妙伪装的火力点、铁丝网和宽阔的雷场。战局不可思议的逆转和艰苦的条件，使曾相信胜利在望的德军官兵产生了巨大的心理落差，对此前宣传机构夸大其词的吹嘘感到反感，对军队高层也不满起来[1]。

德军将领中也开始出现对最后胜利的怀疑。布卢门特里特的上司克卢格现在总把描述拿破仑大军在莫斯科覆灭的著作放在案头，宛如"圣经"。陆军后备军司令弗罗姆将军甚至偷偷向总司令布劳希奇提出与莫斯科和谈的建议[2]。尽管如此，德国陆军核心领导层的将领依然醉心于已经取得的胜利，坚信只要再加一把劲，全面的胜利就会降临。在10月29日，陆军军需部长瓦格纳在日记中写道："各种机械又都开动起来，我们确定不久就会拿下莫斯科。"[3]

而陆军总参谋长哈尔德对此尤其积极。他在11月7日给前线部队下达了继续进攻的命令。5天后的11月12日，他又向希特勒汇报，宣称苏联崩溃在即。

---

[1]《纳粹将领的自述——命运攸关的决定》，第60页。
[2]《苏德战争》，第220页。
[3]《希特勒与战争》，第416页。

为了督促东线德军继续进攻,11月12日晚上,哈尔德坐着特别列车,亲自赶到第聂伯河畔的奥尔沙。第二天早上10时①开始,哈尔德召集各集团军群和各集团军的参谋长开会(第1装甲集团军和第2集团军参谋长没有出席②)。在这次会议上,德国南方和北方集团军群的参谋长都表现得颇为悲观。他们反对继续进攻,还主张不如把部队早点撤退到冬季阵地,甚至有些人建议干脆撤退到苏德国境线。这个建议当然不对哈尔德的胃口。他固然也承认陆军现在的困境,但又认为:"俄国人的情况比我们更糟糕"——这话倒也不无道理,俄国人此刻也遭受着德国人所遭受的一切的折磨。在列宁格勒,上百万人甚至在德国人的围困和严寒中由于没有食物和燃料而悲惨死去。和他们的情况相比,德国人的困难真算不上什么——因此,只要最后一击,苏联就会崩溃。哈尔德就是这么想的。

哈尔德还认为,从现在到真正的冬季严寒前,德军还有6周时间可用。为此,他早在11月7日就制订好计划作为奥尔沙会议的基础。计划规定了所谓"最远的"和"最近的"推进线:最远,德国人还应该从现有的阵地向前挺进近千公里,推进到迈科普、斯大林格勒、高尔基城和沃格格达一线。而最近,也必须到达:斯维里河中段、拉多加湖以东50公里、莫斯科以东275公里、罗斯托夫(顿河出口)③。哈尔德还鼓吹,值得冒险在冬季到来前完成上述任务④。

对于哈尔德如此"雄伟"的战略宏图,东线德军将领们都不敢苟同。但中央集团军群司令博克和他的参谋长至少对哈尔德继续进攻莫斯科的主张是极力赞成的。他们和哈尔德一样相信,只要把"最后一个营"投入战斗,就可以将莫斯科收入囊中。而且随着11月初霜冻期的开始,原来泥泞难行的道路也已经可以使用了。这被作为进攻莫斯科的有利条件而纳入了考虑之中。

奥尔沙会议开了一整天。吃过晚饭后,哈尔德宣布结论:德军在12月中旬前仍可取得很大进展。就算没法立刻打下莫斯科,至少也要将其置于德军

---

① 《莫斯科到斯大林格勒:在东方的决断》,第44页。
② 《苏德战争》,第692页。
③ 《中央集团军群:德国武装部队在俄国》,第162页。
④ 《莫斯科到斯大林格勒:在东方的决断》,第44页。

第五章 ‖ 莫斯科城下的转折

的强大压力下[①]。

希特勒批准了博克的进攻计划。但前线不利的态势,或者还有对俄国严冬的恐惧(在10月31日,希特勒自己的东普鲁士大本营也开始下雪了),却使他此刻没有了一度高昂的劲头,甚至动摇了彻底消灭苏联的念头。按照哈尔德的记载,希特勒做出了如下估计:"当参战双方认识到不能互相消灭对方时,就会进行和平会谈。由于斯大林打得好,打得无所畏惧,所以他应该摆脱彻底覆灭的命运。"

尽管如此,希特勒还是同意继续进攻莫斯科。促使他和将军们做出这决定的因素中,还有一个极为现实的考虑:由于各部队损失严重,德军在冬季很难形成稠密的防线。而凭借莫斯科附近的密集铁路网,苏联却可以调动来大量部队,以不断的凶猛进攻摧垮德国人的防御。在这种危险面前,博克选择了先发制人的手段,力图夺取莫斯科及其铁路网,同时尽可能消灭苏联的有生力量。这支力量按照德国情报部门此前的估计,早就应该全军覆没了。可在经受了维亚兹马的沉重打击后,红军凭借大量的补充兵员和从苏联内地调动来的部队,又重新在莫斯科前线聚集起了庞大的兵团。

1941年11月7日,德军发动对莫斯科新一轮攻势的前夜,希特勒去往慕尼黑,准备按惯例对1923年啤酒馆政变的"老战友"们讲话。这天恰逢英国飞机大肆轰炸德国。

德军正在铲雪,即使是坦克也可能陷入雪地

[①]《莫斯科到斯大林格勒:在东方的决断》,第46页。

夜里，慕尼黑城里已经人迹罕至。这不能不影响到本来极为擅长演说的希特勒的情绪。

同一天，被希特勒用百万大军围困着的莫斯科城内，不怎么精于演说的斯大林，却发表了一场必定将永载史册的讲话。

十月阅兵

诚如德国第4集团军参谋长布卢门特里特所言，斯大林仍然留在莫斯科的事实甚至动摇了德军的心理。当然，在德国人强大压力下，斯大林也并不是没有动摇过。但他毕竟是留下来了。

和希特勒一样，斯大林也时刻关注着前线战况的发展，同时苦苦思索着为他的红军和人民注入士气的方法。尤其是如何让全世界都确信他留在莫斯科。这就需要一个引人注目的公开仪式。1941年10月下旬，听取了关于在莫斯科防区修筑工事的例行报告之后，斯大林突然问莫斯科军区司令员，还要不要举行每年一度的莫斯科守备部队检阅（庆祝十月革命24周年）。司令对此表示怀疑：一则现在战况紧急，德国飞机也经常蹿到莫斯科上空；二则军区部队没有坦克，大炮也都被推进了阵地。所以就算检阅，也只能拉来步兵而已，场面未免太寒酸了。尽管如此，斯大林仍下令开始阅兵准备工作，而且要绝对保密[①]。

从后来发表的众多文献来看，斯大林此后还向很多人征询过关于阅兵的问题。其中就包括在1941年11月1日被召回莫斯科汇报战况的朱可夫。斯大林问他，目前的战况是否允许举行阅兵。如果朱可夫的说法可靠的话，那他对斯大林作出了如下肯定地回答："敌人在最近几天内不会发动大规模进攻。在前一阶段的作战中，敌人遭到了严重损失，不得不重新补充兵力和调整部署。为了防备敌人可能进行的空袭，需要加强对空防御，把歼击航空兵从友邻

[①]《莫斯科会战》，第78页。

方面军调到莫斯科来。"①

朱可夫的保证加强了斯大林的决心。他确定在莫斯科举行十月革命庆祝阅兵。此前一天,即11月6日,他首先在莫斯科地下铁道的马雅可夫斯基车站举行了纪念十月社会主义革命24周年的庆祝大会,并且发表了讲话。在这次讲话上,似乎是为了在人民面前表现出自己的真诚和坦率,斯大林出人意料地承认红军在苏德战争开始以来遭受了巨大的损失:阵亡35万人、失踪37.8万人、负伤102万人②——总损失超过170万人——这个数字除了失踪人员被隐瞒了将近200万外,死亡和受伤人员的数字倒是准确的。虽然后来很多人指责斯大林公布的这个数字不够真实,但和战争后期德国人在内部统计中都要隐瞒80%死亡人员和50%失踪人员的做法相比(这些数字在战时还没有发表过,只是在战后被西方历史学家们拿来证明德国军队损失的轻微),斯大林公开发布的数据还不算过分——在讲话的后半部分,斯大林则向他的人民证明,德国人的闪击战已经破产,而他的国家却比任何时候都更巩固。

同时他宣称,德军是"一群丧尽天良、毫无人格、充满兽性的人",他们打进苏联来,不仅仅为了消灭斯大林和他的政权,更是为了"对苏联各族人民进行歼灭战"。这个实用主义的高加索人同时还极力在讲话中塞进了大量的俄罗斯民族主义。为此,他不惜口舌地列出了一大串俄罗斯姓氏——从普列汉诺夫和列宁到别林斯基和车尔尼雪夫斯基、普希金和托尔斯泰、格林卡和柴可夫斯基、高尔基和契科夫、谢切诺夫和巴甫洛夫、列宾、苏沃洛夫和库图佐夫——来号召他的红军,对德国人实施毁灭性打击。

但真正的重头戏还是被安排在第二天的红场阅兵式上。莫斯科军区为此到处拼凑坦克和大炮。最终接受检阅的部队包括"俄罗斯联邦最高苏维埃"军校的学员营、莫斯科军区军政学校、以莫斯科市与莫斯科州征集的新兵为主组建的一个步兵师、"捷尔任斯基"内卫师的步兵团和骑兵团、参加过十月革命的老红军近卫军、大本营预备队的两个坦克营及一些其他部队。这些部队事先

---

① 《回忆与思考》上,第587页。
② 《斯大林文选》上,第271页。

在莫斯科匆匆忙忙地进行了队列训练。在维亚兹马把部队丧失掉的布琼尼被指定检阅这些部队。为了保密,莫斯科军区事先没有告诉受阅人员真相,只是解释说他们将在通过莫斯科开往前线的途中,向莫斯科市民展示军容。

而联共(布)中央政治局委员、莫斯科州莫斯科市委书记事先也不知道具体阅兵时间。与此同时,莫斯科防空部队进入了高度战备。他们接到了命令,决不能把一架德国飞机放进莫斯科。

1941年11月6日晚上23时,各个受阅部队终于知道了他们此行的真实目的:第二天早上,他们将在红场,在德军陈兵百万于前的莫斯科,接受苏联领袖斯大林的检阅[1]。

1941年11月7日8时,一个寒风凛冽的清晨,一个历史性的时刻。从莫斯科河大桥到历史博物馆大楼的整个红场上,站满了纹丝不动的红军方队。在他们头顶那寒冷的天空,只有灰尘在随风飘舞。就在这时,苏联副国防人民委员、苏联元帅、老骑兵、败军之将——布琼尼驱使坐骑步出教堂塔楼大门。在接受莫斯科军区司令员的报告后,他开始沿着长长的队列检阅。

接着,出现在列宁墓上的斯大林,开始了他一生中最为危急的时刻所发表的一生中最为重要的公开讲话,并将作为后来德国人所说的"斯大林一生中最伟大的时刻"而永载史册。在红场上那些受阅后马上就要开赴前线,去抵挡德

1941年十月革命节,在列宁墓演讲的斯大林

[1]《莫斯科会战》,第79页。

军坦克,经受俯冲轰炸机轰炸的红军士兵和军官们面前;在即将通过广播和宣传纪录片了解到这次阅兵和讲话的亿万人民和数百万红军面前;在全世界投来的关注目光面前,斯大林作出了保证,发出了号召:既然布尔什维克能够在内战时代丧失大部分国土的绝境下转败为胜,那么今天,在伟大列宁的红色旗帜指引下,布尔什维克依然能够领导千千万万不屈的人民和红军,挡住希特勒和他的纳粹德国战争机器。

等待检阅的苏军摩托车队

接受检阅的苏联骑兵

　　分列式开始了。在斯大林面前,面临战火洗礼的苏军学员、摩托化步兵、步兵分队、水兵大队、莫斯科武装工人支队,迈着虽然非常不整齐,但却坚定有力的步伐通过了已经没有了列宁遗体,但却依然铭刻着"列宁"字样的"圣墓"。他们中很多人直接由这里奔赴战场,从此一去不复还。

　　但令这一壮举美中不足的是,为了保密,受命拍摄纪录片的电影摄制组并没有接到检阅将比传统的10点钟提前2小时举行的通知。待到他们醒悟过来并狂奔向红场时,斯大林的讲话已经结束。只有列队走过的阅兵部队和最后通过的坦克被摄入了镜头,保存在胶片上。对此,斯大林无疑大为恼火,苏共政治局只好专门通过一项决议:"为了拍摄一部完整的纪录片,请斯大林同志在麦克风前再讲一次话"[1]。

---

[1]《斯大林秘闻》,第559页。

讲话地点就选在斯大林自己的办公室。为了让他在讲话时能够呵出冷气来,以增加"真实"感,所有的窗户都打开了。不过,这一点并没有收到预期效果。于是我们后来在纪录片中见到"演讲中"的斯大林,并没有能够"真实"地呵出冷气来。

或许有人想以此来指责斯大林弄虚作假。但这种补拍镜头的办法其实在各国纪录片中都曾经广泛使用。纳粹德国仅仅为了取得"最佳影像效果",也会让他们的头面人物再度走到摄像机前。一位德国导演后来曾经回忆过滑稽的一幕:参加镜头补拍的赫斯一本正经地对着空椅子——根据"情节"要求,那里"坐着"希特勒——致敬效忠。当然,这个精细雕凿的镜头的历史意义,在有点单调的斯大林演讲场面前,实在是不值一提。

列宁墓上的斯大林

1941年十月革命节阅兵的苏军轻型坦克

博克的进攻计划

就在斯大林红场阅兵的同时,博克元帅于11月份再度进攻莫斯科的计划也在加紧制订中。到11月15日,他的中央集团军群指挥下的部队,依然还是战斗开始时的第2、4、9集团军,第2装甲集团军,第3、4装甲集群。集团军群总兵力为73个师(包括14个装甲师、8个摩托化师、3个警卫师)又4个旅,但实力已经大不如前。其可用的坦克和飞机数量,如前所述共有900辆(总数仍在1700辆左右)和670架。

此时,博克已经不能使用全部兵力执行"台风"行动。在加里宁、莫斯科、图拉一线,博克能用的只有第4、9集团军,第2装甲集团军,第3、4装甲集群。这5个集团军一共拥有13个装甲师、7个摩托化师、38个步兵师,总计58个师。他们将承担主要攻击任务。由北至南,博克从三个方向对莫斯科发动进

德国在后方抓捕游击队嫌疑者

攻:施特劳斯的第9集团军将在第3装甲集群配合下,往东进攻伏尔加运河,然后转向莫斯科;中路的克卢格第4集团军由第4装甲集群支援,直接从正面突向莫斯科;南面,古德里安的第2装甲集团军受命占领久攻不下的图拉,然后立即向东北方向的卡希拉、科洛姆纳和莫斯科以东挺进。

而在古德里安的南面,德军第2集团军则在执行哈尔德的"雄伟"战略。偏离了进攻莫斯科的主要战线,而冲向南面更为深远的顿河,并受命在别尔哥罗德附近和南方集团军群取得联系。为此,这个集团军接受了第2装甲集团军的右翼部队,包括肯普夫将军的第48摩托化军(第9装甲师,第16摩托化师),和第34、35军级司令部,总计8个师。然后向库尔斯克发动进攻,并在11月3日夺占该地。其后,第2集团军继续前进,一路杀向顿河附近的沃罗涅日。

和会战开始时一样,博克只留了2个师作为预备队,真的是把"最后一个营"投入了战斗。而在中央集团军群后方地域,还有3个警卫师和2个步兵师负责对付苏联游击队。1941年10月底,博克的"陆军后方地域"面积达14.5万平方公里,1个警卫师就要负责几万平方公里。俄国人的游击破坏活动虽然规模还不大,但却越来越频繁。德国第2集团军报告于1941年8月至10月就在后方抓捕了1836人,并枪杀了1179人[①]。在莫斯科前线,俄国破坏小组(包括大量共青团员)渗透到德军后方更为方便。

11月中央集团军群实力分布(不完全)[②]

	装甲师	摩托化师	步兵师	总计
第3装甲集群(莱因哈特)	3	2	3	8
第9集团军(施特劳斯)			10	10
第4装甲集群(赫普纳)	4	1	7	12
第4集团军(克卢格)	2	1	12	15
第2装甲集团军(古德里安)	4	3	6	13
第2集团军	1	1	6	8

---

①《德意志帝国与第二次世界大战》卷四,第1218页。
②《苏德战争》,第692页;《德国武装部队的兵团与部队》卷二,第84页。

续表

	装甲师	摩托化师	步兵师	总计
后方警卫和预备队			7	7
总　计	14	8	51	73

红军态势

在德国人的巨大威胁面前,斯大林一直都在毫不懈怠地从各处调兵遣将。在整个11月,从战略预备队和其他方面军抽调了11个步兵师、9个骑兵师、1个坦克师、16个步兵旅、8个坦克旅、4个独立坦克营的部队来增强莫斯科方向的红军。仅仅在11月上半月,他就给朱可夫的西方面军补充了10万人,300辆坦克和2000门火炮,另外还有大量反坦克炮兵和火箭炮部队。他利用所有手段为莫斯科防线部队提供武器,甚至在1941年11月底,动用莫斯科特种航空大队,从被围困的列宁格勒向西方面军运来866门中重型迫击炮、144

在莫斯科周边修筑工事的苏联妇女

门反坦克炮。

11月中旬,在得到从西北方面军空军调来的2个空军师,从预备队中调来的1个装备Pe-2的轰炸航空团和2个伊尔-2强击机团,以及由航校学员组成的Po-2夜航轰炸团,从中亚地区调来的装备SB和TB-3轰炸机的部队后,苏联人在莫斯科地域的飞机达到1138架①,比德国人多出了40%。包括:158架轰炸机、265架夜间轰炸机、46架驱逐机、658架战斗机、11架侦察机。不过全部1138架飞机中,只有396架属于各方面军,其他属于远程航空兵和防空军。

苏联已经获得了空中优势。他们的伊尔-2不断沿着道路对德国人的坦克摩托化纵队实施空中打击,而疲于奔命的德国战斗机已经很难遏制红军飞机对地面部队的袭击了。但苏联的中型轰炸机直到现在还是比德国少,攻击威力依然有限。

掌握了优势兵力的苏联空军并不满足于攻击德国陆军,还再次发动对德军机场的大规模袭击。11月5日,苏联人集结了300架作战飞机,包括加里宁方面军的32架、西方面军的46架、撤销前的布良斯克方面军的56架、莫斯科防区航空兵的32架、远程轰炸航空兵的80架、最高统帅部的第81独立轰炸航

苏军第24坦克旅的T-40坦克

①《莫斯科空战》,第116页。

空兵师的54架。他们的目标是德国空军盘踞的19个机场。行动持续到了15日,苏联人宣称在地面毁伤敌机100余架,在空战中击落61架。

不过和空军相比,红军地面部队此时在前线的兵力还谈不上多么强大。到11月中旬,红军在莫斯科方向的一线部队,连同已经编入西南方面军的第3、13集团军在内,共有60个步兵师、14个骑兵师、17个坦克旅。

其中在最重要的北段和中段,也就是博克元帅的主力58个德国师面前,红军展开了朱可夫大将的西方面军和科涅夫的加里宁方面军,共有46个步兵师、14个坦克旅、10个骑兵师。苏军损失也颇为严重,各单位大都有缺额,因此在兵力上依然处于劣势。

其中在德军第9集团军的10个师面前,红军加里宁方面军有19个师和2个坦克旅。红军占据很大优势。

但在德军第4集团军、第3装甲集群、第4装甲集群、第2装甲集团军的48个师当面(包括13个装甲师,7个摩托化师),红军西方面军连同11月17日配属的原加里宁方面军的第30集团军,只有37个师、13个坦克旅。德国最重的打击都被集中在了朱可夫部队的身上。

而在德军第2集团军8个师进攻的深远南段战线,则部署了西南方面军的第3、13集团军,兵力达到14个步兵师、3个坦克旅、4个骑兵师。红军占有一定优势,但却和主要战线关系不大。

11月中旬莫斯科方向的红军部队(一线)

	步兵师	坦克旅	骑兵师	总计
西方面军	29	13	8	50
第30集团军列柳申科	2	1		
第16集团军罗科索夫斯基	4	4	6	
第5集团军戈沃罗夫	5	5		
第33集团军叶夫列莫夫	4	1		
第49集团军扎哈尔金	7			
第50集团军博尔金	7	2	2	

续表

	步兵师	坦克旅	骑兵师	总计
加里宁方面军	17	1	2	20
第22集团军沃斯特鲁霍夫	6		1	
第29集团军马斯连尼科夫	5		1	
第31集团军尤什克维奇	5			
预备队	1	1		
西南方面军	14	3	4	21
第3集团军克列伊泽尔	5	3	2	
第13集团军戈罗德尼扬斯基	9		2	
总计	60	17	14	91

为了增强防御能力，在兵力上处于劣势的朱可夫拼命向斯大林请求援兵——这位大将在有点沮丧而且非常疲惫的领袖面前，越来越显得精力充沛，有时甚至盛气凌人——而斯大林虽然给了他大量部队和装备，却不愿意把更多在深远战略后方组建的强大后备军交给他。朱可夫只能竭力通过炮兵部队来加强他的各个集团军。但不管怎么说，他的防线早已经不像10月中旬那样兵

苏军摩托车队 1941年11月

力空虚了。最危险的时刻已经熬过去了。而且加上正在开来的援兵,朱可夫能够使用的部队总数共有53个师14个旅,包括35个步兵师、3个摩托化步兵师、3个坦克师、12个骑兵师、14个坦克旅。

在装甲兵力方面,10月28日,西方面军只有441辆坦克(包括33辆KV和175辆T-34坦克)[1],其中92辆正在修理(包括3辆KV和29辆T-34坦克)。但是到11月中旬,朱可夫就有约1000辆坦克。苏军的坦克总数依然比德国人少,可用坦克数量却不相上下。

参加莫斯科会战的一队苏联装甲汽车

11月初红军西方面军各集团军实力及加强兵力

第30集团军,4个步兵师,3个坦克旅,3个炮兵团
第16集团军,4个步兵师,1个坦克师,5个坦克旅,3个炮兵团,8个反坦克炮团
第5集团军,4个步兵师,3个坦克旅,5个炮兵团,3个反坦克炮团
第50集团军,8个步兵师,1个坦克师,1个坦克旅,4个炮兵团,1个反坦克炮团

在前线防御强化的同时,莫斯科城本身的阵地也基本构筑完成。11月份,无数苏联平民在糟糕的天气和德国飞机的不断袭击下,在莫斯科城下挖掘了676公里长的防坦克壕、445公里长的防坦克崖壁,设置了1300余公里的铁丝障碍物,并在380公里的正面埋设了防坦克桩。防线上的3700个火力点也随时准备对德国人猛烈开火。为了防守这些阵地,到了11月底,苏联人已经在莫斯科城外围展开了12个步兵师、19个步兵旅、20个炮兵团、8个独立火箭炮

---

[1]《德苏坦克战(4):莫斯科保卫战》,第54页。

营。这些部队隶属于莫斯科防区,总兵力20多万人(不含机炮营),装备着850门各种口径火炮、870门迫击炮、1.1万挺轻重机枪[①]。他们在朱可夫的后方构成了新的防线:也就是说,就算朱可夫的西方面军顶不住德国人,莫斯科城自己的兵力也足可与博克恶战一场。

为了向前线提供武器,在莫斯科城内剩下的670个工厂中,已有654个开始生产弹药和武器。昔日的糖果厂、汽车厂,现在却在加紧生产着前线急需的冲锋枪和弹药地雷。而为了对付即将到来的严冬,无数平民还在加紧缝制冬装。

---

① 《莫斯科会战》,第82页。

二、中央集团军群
在莫斯科城下的失败

　　1941年11月中旬,博克的中央集团军群再度全线进攻。莫斯科前线从南到北又一次烈火熊熊。随着严寒的降临,每天的日照时间越来越短。有时早上11点才开始放亮,下午4时以后,大地就陷入一片黑暗。但在每天有限的可视时间内,两军士兵仍在开阔无际的平原上厮杀。让德国人一时感到高兴的是,无比讨厌的泥泞地面,终于被冻硬了。于是,越打越少的德国坦克继续在雪野上碾留下一道道长长的辙痕,开向越来越近的莫斯科。

风雪里艰难前行的德军马车

冬季降临到德国装甲部队头上

南线铁路争夺战

在博克的11月进攻计划中,在战线南部行动的古德里安虽然没有担负进攻莫斯科的主要任务,但其重要性也不可忽视。按照博克的命令,古德里安将向东北方向推进,攻占奥卡河上的卡希拉,然后继续北上,在克卢格第4集团军配合下,切断科洛姆纳到梁赞之间的铁路,阻隔来自苏联后方的援军和物资通向莫斯科的铁路交通。一旦做到这一点,则必将大大恶化红军的防御态势,这样,博克夺取莫斯科就会变得容易得多。

古德里安的第2装甲集团军现在的纸面兵力并不算少。11月4日,他指挥下的部队有12个师,包括4个装甲师和3个摩托化师。具体构成为[①]:

[①]《德国武装部队的兵团与部队》卷二,第90页。

第43军：第131、31步兵师
第53军：第112、167步兵师
第24摩托化军：第3、4、17装甲师，"大日耳曼"摩托化团
第47摩托化军：第29、10、25摩托化师，第18装甲师
预备队：第56步兵师

因为在图拉城下损失惨重，古德里安手头实际能用的坦克，从10月中旬的248辆一度减少到50辆。不过发动进攻前，第2装甲集团军补充了100辆坦克。这样到11月17日，古德里安就有150辆坦克[1]可以使用。

古德里安部下的每个步兵师团都在此前的战斗中减员了500人以上。而且由于图拉久攻不克，古德里安的后勤通道也被阻隔，配合其行动的航空部队也无法紧随地面部队进攻的步伐。

尽管困难重重，古德里安还是在11月18日发动了新的攻势。这次，他没有直接进攻防御严密的图拉，而是将主力指向苏军防御薄弱的图拉东南方阵地（仅有红军第413、299步兵师防守）。在两个苏联师当面，德军集中了第24摩托化军主力（第3、4、17装甲师），德国第53军和第47摩托化军一部（第112、

继续进攻的德国装甲部队

---

[1]《莫斯科城下的转折》，第317页。

167步兵师,第29、10摩托化师)则攻击苏第299师南翼①。同时,德国第43军在图拉以北实施一次辅助攻势,以确保第2装甲集团军和第4集团军之间的联系②。古德里安总的意图是,绕到图拉后方包围该城,同时北上冲向奥卡河口。

第24摩托化军取得了成功,一举攻破了红军的阵地。苏联第50集团军(指挥官已经改为博尔金中将)慌忙调来第239步兵师和第41骑兵师,但遭到了德第24摩托化军和第53军、第47摩托化军

雪地战壕里的德国步兵

的夹击。苏第239步兵师被包围。11月22日,德军占领了斯大林诺戈尔斯克

苏联步兵攻击德军占据的一个村庄

①《莫斯科保卫战》,第115页地图;《莫斯科1941》,第60页地图。
②《闪击英雄》,第298页。

（位于图拉东南）。随后，德军第4、17装甲师沿着交通线继续北上，试图夺取韦尼奥夫—卡希拉地区。

一旦古德里安占领了卡希拉，就可以在奥卡河上和德军第4集团军建立联系，切断莫斯科和南部红军的铁路联系。而如果古德里安继续向前推进，将莫斯科与大后方联系起来的梁赞铁路也将被德国人阻隔。

苏联人当然不会坐等这种局面发生。而要保住卡希拉，首先必须保住卡希拉以南的门户韦尼奥夫。红军第50集团军火速向韦尼奥夫派出一个战斗群，包括第173步兵师的1个团，第11、32坦克旅（一共有30辆轻型坦克）和由当地居民组建的1个坦克歼击营[①]。他们以顽强抵抗一度阻挡住了德国第17装甲师。但第17装甲师绕过了韦尼奥夫，直接冲向卡希拉。攻占韦尼奥夫的任务留给第4装甲师。

此时，古德里安已不是那么有信心了。据他自己的说法，早在21日他就感到难以完成任务。11月23日下午，他晋见了中央集团军群司令官博克。古

德国士兵用马拉一辆摩托车

[①]《第二次世界大战史》卷四，第185页。

德里安回忆,他向博克告知了部队损失严重、后勤补给困难的实情,建议暂缓进攻。可博克把这个皮球踢给了陆军总司令冯·布劳希奇。布劳希奇完全拒绝了古德里安的请求。古德里安又向哈尔德提出申请,也被回绝。

对这次会面,博克的说法不大一样。他当天日记记载古德里安虽然抱怨部队损耗严重,却仍表态可以完成任务。博克现在已经不指望古德里安能有多大成果,但至少期待可以改善一下德军在图拉附近的态势。

无可奈何的古德里安只好驱使他的疲惫之师继续进攻。11月24日,第4装甲师占领了韦尼奥夫。东面,第10摩托化师也在当天攻克了米哈伊洛夫。第二天,第17装甲师逼近到距离卡希拉只有10到15公里的地方。固守图拉的苏军第50集团军从东面遭到了被包围的威胁。

但此时古德里安的力量已相当衰弱,甚至无力巩固已有的战果。11月25日晚上,此前被围在斯大林诺戈尔斯克附近的苏第239步兵师发起猛攻,一举冲破德国第29摩托化师的封锁,逃回东面苏军阵地。这次突围使德军蒙受很大损失,令古德里安大为吃惊。

带着燃料、备用履带和备用轮的德国坦克

与此同时,斯大林和朱可夫为保住卡希拉调来了大量预备队。从谢尔普霍夫开来别洛夫将军指挥的第2骑兵军(11月26日改为近卫第1骑兵军)和第112坦克师半数兵力,从第50集团军预备队调来了第173步兵师一部。上述部队连同第9坦克旅和第35、127独立坦克营,统一由别洛夫指挥,共有100辆坦克[①],还配备了火箭炮(第15近卫迫击炮团)。别洛夫的任务是不惜一切代价保住卡希拉。同时,为了对古德里

苏军检查一辆德军丢弃的半履带牵引车 1941年12月

莫斯科之战后期的德国坦克纵队

①《苏军坦克兵》,第46页。

安的坦克实施空中打击,红军在这一地区组建了由谢尔巴科夫上校指挥的航空部队(包括第50集团军航空兵、一个远程轰炸航空兵师和歼击航空兵第6军部分兵力)。

11月27日,别洛夫集群对德军第17装甲师发起猛攻。古德里安最初还以为只是少数苏军的局部行动,过后不久才发现红军来势不小。但现在古德里安手上的兵力也实在过于薄弱,以至于整个第24摩托化军只有11门重炮可用,根本不足以阻止红军的进攻。博克当天日记写道:"第2装甲集团军迎来黑色的日子"[1]。第17装甲师在红军打击下丢下大量武器和车辆,一口气向南撤退了15公里,到11月30日退到莫尔德韦斯地域。当晚,德军第29摩托化师和第167步兵师试图反击别洛夫集群,但也被俄国人打退。

在东面,从米哈伊洛夫地区冲向梁赞的德国第10摩托化师,在11月28日遭到红军第65强击机航空团伊尔-2的俯冲轰炸,也完全停顿了下来。由于缺乏可靠的前线机场,古德里安的进攻遭到了苏联空军的极大威胁。

古德里安没有拿下卡希拉,只好重新考虑进攻计划。他竭力请求克卢格的第4集团军立即渡过奥卡河,和自己在卡希拉会合。但在莫斯科战线中部遭到红军猛烈反击的克卢格自顾不暇,根本没有力量帮助古德里安。无奈之下,古德里安只好把伸得太长的手从北面缩了回来,暂时放弃卡希拉这个目标,打算先把他侧后的图拉这个顽固钉子拔掉。一方面,红军在该城的兵力对他一直是个严重威胁。另一方面,占领图拉也有助于古德里安建立起比较可靠的后勤基地,还能获得前线机场。11月28日,博克也认为古德里安已"不可能"推进到奥卡河[2],同意其回过头来夺取图拉。为此,博克还把预备队第296步兵师调给古德里安。

12月初,古德里安根据上述考虑和博克的命令,重新调整了兵力部署:第24摩托化军(第3、4装甲师,"大日耳曼"团)从东面和北面进攻图拉,第43军(第31、296步兵师)则从西侧攻打该城。两支德军预定在图拉以北会合,以包

---

[1]《博克日记》,第370页。
[2]《博克日记》,第372页。

围苏联第50集团军。另外,德国第53军负责阻挡北面来自莫斯科的苏联援军。而继续向东北方向挺进的任务,则由仅有一个第18装甲师和几个摩托化师的第47摩托化军负责。

12月3日,古德里安的新攻势取得了一定进展。第4装甲师当天切断了图拉和莫斯科之间的铁路和公路交通。但德军对图拉的进攻依然未能奏效,反而还把自己置身于红军第49集团军和第50集团军的夹缝之中。由东面突进的德国第4装甲师遭到苏军第112坦克师、第340步兵师、第31骑兵师向北的攻击,一度被包围。从西面攻击的德国第43军也被苏联第194、258步兵师所阻挡。

古德里安的部队趋于衰竭。截至11月22日,第2装甲集团军的累积损失已有55380人,补充只有29589人[1]。第4装甲师在10月份战斗死伤了868人,11月份在图拉之战中又被打死打伤480人,同一时期病患人员也大幅增加,且已经失去40%的汽车和34%的卡车[2]。古德里安手下另一个装甲师——第18师,从10月11日到31日战斗损失达758人(被打死166人,受伤592人)。11月1日到12月5日,又战损了515人(被打死107人、受伤383人、失踪25人)[3]。

到了1941年12月4日,古德里安的攻势几乎一无所得。图拉还牢牢掌握在苏联手中,梁赞铁路也依然可望而不可即——其实古德里安冲不过去也不是什么坏事,因为苏联人已经在梁赞集结了拥兵10万的第10集团军。

住在托尔斯泰故居里的古德里安沮丧已极。他已不再指望第24摩托化军。古德里安当然很清楚,11月中旬,他手下合计还有150辆战备坦克的各个装甲师。可现在只剩下25辆坦克可用[4]。不过他还是希望第43军的步兵能有所进展。于是当天他来到了管辖下第31步兵师一个营的阵地,他本人曾在20世纪20年代在该营担任过连长。古德里安问部下们:"你们还有能力再发动一次进攻吗?"德国士兵们做出了肯定的回答。但古德里安知道这不过是在逞

---

[1] 《莫斯科1941:希特勒的第一次失败》,第24页。
[2] 《第4装甲师在东线(1)1941—1943》,第5页。
[3] 《东线1941—1945:德国军队与野蛮化的战争》,第19页。
[4] 《中央集团军群:武装部队在俄国1941—1945》,第103页。

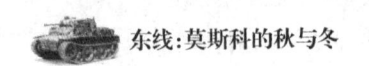

强罢了。此时,古德里安已发现大批苏军预备队正向他逼近。不过因为苏联战斗机极为活跃,德国侦察机无法向他提供详细情报。

第二天,苏联人从他手中夺回了图拉通向莫斯科的铁路。博克切断莫斯科后方交通的企图也因此烟消云散,而在这位一心想成为"莫斯科"征服者的德国陆军元帅发动主攻的战线北段,情况也并不乐观。

北面的进攻

在莫斯科战线北段,博克动用手下最强大的军团发动了所谓"伏尔加河水库之战"。由阿·施特劳斯大将的德国第9集团军掩护的莱因哈特的第3装甲集群,将从加里宁地区向南进攻,与赫普纳的第4装甲集群靠拢。两个装甲集群现在共有大约700辆坦克,占博克所有可以使用的900辆坦克的将近80%。赋予莱因哈特和赫普纳的任务是在伏尔加河水库附近歼灭红军第30、16集团军,然后由北面对莫斯科实施居高临下的进攻。对此次进攻极为重视的博克,乘坐特别指挥列车开到北部战线。他将亲自指导第3装甲集群,打垮当面朱可夫的主力部队。

前面已经提到,在德军即将开始的进攻面前,防守着600公里正面的朱可夫的西方面军虽然兵力上处于劣势,但只要运用得当,要挡住德国人的进攻还算不上困难。可是斯大林却总是不能满足于防御。他在11月初向朱可夫提出,应当在德国人发动进攻前,抢先一步发动反突击,以粉碎德国人正在准备的攻势。为此,他要求动用罗科索夫斯基的第16集团军右翼部队、一个坦克师和多瓦托尔指挥的骑兵第3军,猛攻盘踞在沃洛科拉姆斯克地区的德国军队。而别洛夫指挥的一个骑兵军、格特曼的第112坦克师和第49集团军的部分兵力,则从谢尔普霍夫地区向克卢格的德军第4集团军南部侧翼的第13军实施反突击。对上述计划,朱可夫颇不以为然,但却在斯大林的巨大压力下不得不照此办理。

第49集团军的反击除了一度牵制了克卢格的少量兵力外,几乎一无所得,而在罗科索夫斯基第16集团军的防线上,反击却取得了较大战果。罗科索夫斯基的打击目标,是在11月6日夺取了斯基尔马诺沃村、马贝诺村和科兹洛沃村的德军第10装甲师。这个师编有第7坦克团,第69、86摩托化步兵团,第90摩托化炮兵团等部队,此时隶属于施登姆将军的摩托化第40军。该装甲师此次行动的目的,是切断沃洛科拉姆斯克通向莫斯科的公路,威胁红军第16集团军的安全。11月11日,第10装甲师可以使用的坦克有87辆,保持着很强的战斗力。

为了夺回斯基尔马诺沃和科兹洛沃,罗科索夫斯基在11月11日下令投入了第4坦克旅(当日被授予近卫第1坦克旅称号),以及第27、28坦克旅,骑兵第50师,第18步兵师的强大力量。他们在火箭炮和大炮的配合下发动了凶猛的反击。经过4天战斗,占据兵力绝对优势的红军取得了胜利。11月14日晚8时,已经涂成白色的苏联坦克夺回了科兹洛沃,并击毁击伤了第10装甲师的34辆坦克、25门反坦克炮、8台牵引车、26门迫击炮、6门150毫米师属重炮。到11月21日,第10装甲师只有55辆坦克可用。但斯大林并不懂得见好就收,而是继续命令朱可夫发动反突击,这些行动不可能不对红军的防御产生消极影响。

就在这个当口,德国人已经做好了进攻准备。第3装甲集群在莱因哈特将军指挥下,展开了第1、6、7装甲师,第14、36摩托化师,3个步兵师,300多辆坦克和910门火炮迫击炮。

在莱因哈特的主攻方向上,苏联加里宁方面军的第30集团军(司令霍缅科)

冬季战斗中,一辆被丢弃的KV坦克

只有2个步兵师、2个骑兵旅和第21、8坦克旅。全集团军只有56辆坦克(7辆KV和T-34[1])和210门火炮迫击炮。如此稀松脆弱的兵力,全然不是占据绝对优势兵力的莱因哈特装甲重兵集团的对手。

11月15日早晨,在加里宁桥头堡以南,德国第27军(第129、86步兵师)在第1装甲师战斗群支援下,夹击了苏联第30集团军的第5步兵师和第21坦克旅[2]。一番短促激战后,德军清除了红军在"莫斯科海"——伏尔加水库附近的据点。11月17日,南侧的第56摩托化军也转入进攻,一线展开第6、7装甲师,第14摩托化师,第二梯队展开第36摩托化师。经过激战,他们击溃了苏军第107摩步师,强渡拉马河。苏军紧急增援了第58坦克师(198辆坦克)。但这个师全部都是轻型坦克,根本不是德军对手。苏军第30集团军的阵地很快被德国人的装甲楔子突破。斯大林急忙在17日把第30集团军交给朱可夫指挥。霍缅科被免职,取代他的列柳申科只好指挥残部,从伏尔加河东北边打边撤退。莱因哈特紧跟其后,坦克开足马力,从东北和西南迂回冲向克林—莫斯科西北的交通枢纽。11月20日,苏军第58坦克师彻底崩溃,师长开枪自杀。

冬季夜战中的T-34坦克

[1]《德苏坦克战(4):莫斯科保卫战》,第73页。
[2]《莫斯科1941:希特勒的第一次失败》,第75—76页。

第五章 ‖ 莫斯科城下的转折

11月16日,在第30集团军左侧,罗科索夫斯基的第16集团军伊斯特拉水库地区阵地前,赫普纳大将的德国第4装甲集群展开了第46、40摩托化军所辖的第2、11、5、10装甲师。另外,还从第57摩托化军加强给第40摩托化军一个党卫军"帝国"摩托化师,由第9集团军加强给第4装甲集群一个第5军(第106、35步兵师)。赫普纳大将手头的坦克总数为400多辆,并且准备了足够前行320多公里的油料。总之,这次德国人志在必得,一定要打进莫斯科。

而此时罗科索夫斯基只有第18、126、316步兵师和从西伯利亚调来的第78步兵师,第4、27、28、25坦克旅,第22独立装甲列车营,由第50、53骑兵师组成的多瓦托尔骑兵集群,和从中亚调来的第17、20、24、44骑兵师(每个师只有3000人)。全集团军不过140辆坦克,包括46辆KV和T-34坦克。坦克数量还不到德军的一半。这意味着罗科索夫斯基不得不打一次恶战。

11月18日,德国第4装甲集群发动第一个攻势,以第2装甲师和第5军(第106、35步兵师)插入苏联第30、16集团军的接合部。19日,赫普纳手下其他部队也陆续转入进攻。对俄国人来说,更糟糕的是,朱可夫按照斯大林指示下达的反击命令,本来在兵力上就处于劣势的罗科索夫斯基非但没有全力防守阵

一队被击毁的苏联坦克

地,还被迫在仅仅进行了一个晚上准备后,就冒冒失失动用多瓦托尔的骑兵集群向着德军阵地冲去。他们和同时发动进攻的德国装甲部队(第5、10装甲师)撞个正着,很快就遭到了包围。损失了大量兵力后,多瓦托尔才侥幸带着残兵败将逃了出来。

与此同时,罗科索夫斯基的指挥所遭到了德国飞机的猛烈轰炸,他只好赶快逃到沃洛科拉姆斯克和莫斯科公路之间的新彼得罗夫斯基耶。这里是第16集团军的左翼阵地,依然由潘菲诺夫将军的第316步兵师防守。

在这里,赫普纳的第2、11装甲师的上百辆坦克正汹汹开进。罗科索夫斯基亲眼看见一个个由15到30辆为一组的坦克群,在手持冲锋枪的德军摩托化步兵组成的散兵线配合下,向着他一面开着炮,一面履带飞转着轰鸣而来。第316步兵师陷入了决死恶战,身着白色伪装衣的士兵们奋力抵挡赫普纳的坦克冲击。在杜博谢科沃会让站附近,步兵第1075团第4连防坦克歼击组以见习政治指导员克洛奇科夫·季耶夫为首的28名士兵,手持燃烧瓶和手榴弹当面迎击了德国人的坦克群,最后全部战死在阵地上。第1073步兵团在德国人进攻当日就遭到了包围。罗科索夫斯基赶紧投入第18步兵师救援潘菲诺夫,但

德军第2装甲师的半履带装甲车队,车上的德国步兵已经换上了雪地伪装服 1941年11月

第五章 ‖ 莫斯科城下的转折

德国人却也投入了第5装甲师的兵力。紧接着,在11月17、18日,第316步兵师第1077步兵团也遭到德军1个摩托化步兵团和17辆坦克的毁灭性打击。就在18日这一天,顽强抵抗德国坦克进攻达一个多月的第316步兵师师长潘菲诺夫将军,在莫斯科州沃洛科拉姆斯克区的古谢涅沃村被德国人的迫击炮弹击中身亡。就在潘菲诺夫战死几个小时后,他的部下和上级从莫斯科的广播得知,第316步兵师已经被授予了近卫第8步兵

潘菲诺夫将军

克林—索尔涅奇诺戈尔斯克防御战役地图

师的称号①。潘菲诺夫将军本人的遗体后来被送往莫斯科葬于新圣母公墓。1942年4月12日,苏联政府追授潘菲诺夫苏联英雄称号。

在赫普纳的沉重打击下,罗科索夫斯基损失严重,他本人和其他指挥员也已经在连日苦战中疲劳得站立不稳了。分析过形势后,罗科索夫斯基认定必须从伊斯特拉水库以西十几公里的阵地后撤,退到水库本身和伊斯特拉河周围地区,依托当地天然的有利地形,他不仅能以已经为数不多的部队阻挡赫普纳的坦克,而且还能派出部分部队去加强友邻第30集团军在克林的防御。罗科索夫斯基把他的想法报告给了朱可夫。可是朱可夫的回答却是"死守现有阵地,决不许后撤一步"。

对于曾经和朱可夫一起在列宁格勒骑兵指挥员深造班学习,20世纪30年代还一度以骑兵第7师师长身份成为朱可夫(时任该师旅长)上级的罗科索夫斯基来说, 朱可夫这种做法简直是把他往死里逼。大为恼火的罗科索夫斯基决心越过他这位不讲道理的上司,直接向红军总参谋长沙波什尼科夫汇报了自己的建议。显然是在斯大林本人的许可下,这些建议得到了批准——值得一提的是,斯大林对于罗科索夫斯基在战前蒙冤被捕期间,即使遭到毒打也决不诬陷他人的做法,据说一直心存好感。

可就在罗科索夫斯基准备依自己的计划行事之际,却接到了朱可夫的一封电报。这位被部下越级行为大大激怒的方面军司令,把电文拟得非常简单:"方面军的部队是由我指挥的。我撤销关于部队后撤到伊斯特拉水库对岸的命令。我命令在已占领的防线上进行防御,不得后撤,一步也不得后撤。朱可夫大将。"深知朱可夫脾气的罗科索夫斯基这回也无话可说,只能老实服从了。

不过罗科索夫斯基的阵地也已经守不住多久了。11月19—20日,在他的北面,列柳申科的第30集团军正在莱因哈特第3装甲集群的冲击下退向克林。德军第56摩托化军所属的第6、7装甲师,在由第4装甲集群摩托化第46军加强来的第2装甲师,第5军的第106、35步兵师和摩托化第14师配合下,向索尔涅奇诺戈尔斯克发动强大进攻,企图从北面合围伊斯特拉水库,并且冲向

---

① 《罗科索夫斯基元帅战争回忆录》,第67页。

克林。

在这6个精锐德国师面前,只有红军第30集团军所属的一个兵员只剩下300人的第107摩托化步兵师,以及罗科索夫斯基第16集团军的第126步兵师、第17骑兵师。机动兵团只有没有坦克的坦克第58师,和只有12辆坦克(内有4辆T-34坦克)的坦克第25旅。顶不住德国人强大压力的罗科索夫斯基只好后撤。德国人的装甲师趁机撕开他和列柳申科的接合部,向着克林城猛冲了进去。失去侧翼掩护的列柳申科只好向朱可夫求援,请他派来"哪怕一个师也好"。但朱可夫的回答却是:"方面军现在没有预备队,请自己解决吧。"①

接着,朱可夫又命令列柳申科赶快把第30集团军司令部移到克林东北面的德米特罗夫城。列柳申科不太明白朱可夫的意思,可回头一看地图,却差点吓出一身冷汗:他现有的司令部,正处在德国坦克冲击的方向上。列柳申科赶紧搭上一辆KV坦克,坐着它逃跑。可在路上,却碰上了德国人,把列柳申科的坦克给击毁了。他只好从急救舱爬出来,躲到坦克的底部。就在这千钧一发之际,从莫斯科赶来的援兵来到了战场。

早在11月17日,苏军总参谋长沙波什尼科夫就要求莫斯科军区立刻从城防部队中抽调出一些兵力来拯救克林。第二天,苏联人用莫斯科苏维埃的汽车把一个1500人的机炮支队紧急运往前线。11月20日,他们在克林附近下车,和蜂拥而来的德国坦克展开了战斗。两天后,从莫斯科防区开来的第53号装甲列车也加入了他们的战斗。克林的全部守军都由罗科索夫斯基的副手扎哈罗夫将军指挥,他在该城一直死死抵抗莱因哈特的凌厉攻势。红军第17骑兵师的中亚骑兵骑着没有冬季马掌的战马,挥舞着马刀从森林里杀出来,向公路上的德国坦克发动英勇而绝望的冲锋。在德国人凶猛的机枪扫射下,前赴后继的红军骑兵人仰马翻,最后在战场上丢下2000多具尸体,而德国人却毫无伤亡。红军第25坦克旅的4辆T-34坦克和德军第7装甲师的第25坦克团发生激烈的遭遇战。苏联新式坦克虽然数量不多,可德国人的LT-38坦克

---

① 《朱可夫自传》,第163页。

完全不是它们的对手。但在11月23日,德军第25坦克团营长舒尔茨还是率领他的坦克冲进了克林,此人将是未来的第7装甲师师长。

德国坦克停在被击毁的T-34旁

两天后,红军第16集团军也撤出了索尔涅奇诺戈尔斯克。急于冲入莫斯科的莱因哈特立刻派出第7装甲师的第25坦克团和第6摩托化步兵团,由一个名叫曼托菲尔的上校指挥(此人将成为未来的第3装甲集团军司令),在11月27日晚上抢占了莫斯科—伏尔加运河上的一座桥梁。紧接着,德军越过已经冰冻的运河,在东岸夺占了一座为莫斯科供电的大型电站。现在,莱因哈特的坦克已经突进到了距离莫斯科仅30公里的亚赫罗马。在这个方向,除了打头阵的第7装甲师外,第6装甲师,第23、106步兵师也在逼近。12月1日,莱因哈特把第1装甲师投入了战斗。到了12月初,第6装甲师距离莫斯科只有14公里,而距离克里姆林宫为24公里。可是此时,第6

莫斯科前线的德国第6装甲师坦克队

装甲师也差不多到极限了。经过漫长而艰苦的战斗,这个失血过多的装甲师,现在只剩下803个步兵,平均每个步兵连只有31人①。

与此同时,赫普纳的第4装甲集群也冲向莫斯科。朝着位于莫斯科正面的交通站伊斯特拉,德军第10、5装甲师和党卫军"帝国"摩托化师继续推进。可是红军第78步兵师已经提前展开。在他们的顽强阻击下,德军死伤惨重。仅"帝国"师就在伊斯特拉战斗中被打死255人、打伤671人②。经过三天生死较量,11月27日,德军第10装甲师才攻占伊斯特拉。接着,他们又沿着公路马不停蹄杀向杰多夫斯克。可顽强的苏联第78师(改名为近卫第9师)已提前退守至此。11月30日,斯大林得到报告,说杰多夫斯克丢了。这意味着莫斯科城大门敞开!情急之下,斯大林逼朱可夫亲自率部反击。可经过调查才知道,杰多夫斯克并未丢失,德国人只是占领了前面小村里的几座房子。但斯大林还是要求朱可夫出动2辆坦克和1个步兵连抢回这几座房子。在苏军的殊死抵抗下,德军的坦克正越变越少。到12月1日,第10装甲师只剩下40辆

轻型坦克配合下行动的苏联步兵

①《坦克战:劳斯将军东线回忆录》,第89页。
②《莫斯科1941:希特勒的第一次失败》,第78页。

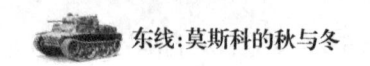

坦克可用。他们当面的红军防线依然完整而坚固。

在北面,同为赫普纳手下的第2、11装甲师也拼命要杀开通向莫斯科的道路。11月29日,红波利亚纳也被德国第2装甲师占领。一个当地居民冒死向设在克留科沃的罗科索夫斯基第16集团军司令部打去电话,报告说他看见德国人正在这里架设大炮,准备轰击莫斯科。莫斯科以西40多公里的一个长途汽车站也沦陷了。德国士兵们开玩笑说,他们可以坐着电车完成驶向红场的最后路程。为了炮击莫斯科,11月30日,哈尔德决定再向中央集团军群派遣13个150~200毫米口径重型加农炮连(带着47400发炮弹),这些炮连将于12月6日抵达前线①。

到了12月2日,距莫斯科仅40公里的克留科沃也在反复易手后,终于被赫普纳占领。他的先头部队下一个目标,是莫斯科河上的希姆基。那里距离苏联首都仅有10公里。此前的11月30日,德军第62装甲工兵营的一队摩托车曾冲到希姆基前方。这是希特勒大军到达的距离莫斯科最近的地点。在这里,他们已经可以看见克里姆林宫的尖顶了。可是,俄国人在希姆基展开了第334步兵师。他们的防线是少数德军先遣队所无法逾越的。很快,苏军又把希姆基以北的战线重新连接起来。

虽然是有惊无险,城内的斯大林无疑还是紧张到了极点。在稍微早一些的时候,他给朱可夫打了一个电话,提出了这样的问题:"你坚信我们能够守住莫斯科吗?我怀着内心的痛苦在问你这个问题,希望你作为共产党员诚实地回答。"

在领袖痛苦的问题面前,西方面军司令员朱可夫却显得胸有成竹。他回答道:"我们能够守住莫斯科,这是毫无疑问的。但是至少还需增加2个集团军和200辆坦克。"②对这个回答极为满意的斯大林同意了朱可夫的要求。

朱可夫的回答绝不是信口开河。作为保卫莫斯科的前线指挥官,他深知,德国人虽然已经冲到了莫斯科郊区,但他们已经耗尽了力量。而在苏联方面,

---

① 《哈尔德战争日记1939—1942》,第572页。
② 《回忆与思考》,第594页。

无论是朱可夫手下不断得到增强的西方面军,还是直接据守着首都的守备部队,都还有着巨大的后备力量。

在莫斯科市内,200门高射炮进入了野战阵地,随时准备射击出现在他们面前的德国坦克;20多万守备部队也进入了战备。在莫斯科城市北部,扼守着莫斯科—伏尔加运河东岸登陆场,企图从这里冲进城去的德军第7装甲师曼托菲尔战斗群,遭到了红军第29、50步兵旅(总计4个步兵营、2个滑雪营,得到一队T-26坦克配合)的猛烈反击。苏联空军也出动由空军副司令员彼得罗夫亲自领导的3个航空师,共有160架作战飞机掩护这次反击。

在苏联坦克的冲击和I-16战斗机的低空扫射,以及红军第73号装甲列车的炮击、"喀秋莎"营的轰击下,曼托菲尔指挥下的第25坦克团和第6摩步团伤亡惨重。仅第6摩步团就损失了160人[①]。曼托菲尔战斗群面临全军覆灭的危险,被迫在11月29日丢下东岸桥头堡,在对岸德军炮火的掩护下撤回到运河西岸。莱因哈特失去了进入莫斯科的可能。

而为了夺回红波利亚纳,红军动用了更为强大的力量。朱可夫从方面军

雪原上的苏军T-26坦克

[①]《莫斯科1941:希特勒的第一次失败》,第68页。

预备队调来了1个坦克旅、1个炮兵团、4个火箭炮团。罗科索夫斯基的第16集团军动用了2个步兵营和1个炮兵团、2个统帅部直属的加农炮团。在这威力惊人的火力面前,赫普纳大将的先头部队也支撑不住,一口气后撤了6公里。

与此同时,斯大林许诺给朱可夫的2个集团军的增援部队也在11月底到达了战场。他们包括:

库兹涅佐夫中将的第1突击集团军(在原第19集团军司令部基础上组建),在11月29日编有第29、44、47、50、55、56、71旅,以及滑雪部队。

戈利科夫中将指挥的第10集团军,编有第322、323、324、325、326、328、330师,第57、75骑兵师。

这些增援部队,单纯在人员编制上看,都是员额充足。以11月在伏尔加河沿岸军区组建、最初集结在梁赞地区的第10集团军为例。该集团军的步兵师每个师1.1万人,骑兵师也有3000人。可是,75%的士兵年龄都在40岁以上,根本不适合打仗。在装备方面,戈利科夫将军的部队状态也非常糟糕:他的3个骑兵师和3个步兵师根本就没有电台;2个骑兵师没有马鞍;甚至有一个步兵师缺少7500条枪,以至于绝大部分官兵都是徒手的。有的师拥有编制额59%的汽车,有的只有12%。所有的师都是火炮机枪无一不缺。而且戈利科夫中将是在10月21日才开始着手组建这支部队。戈利科夫原本以为能有3个月的时间供他解决上述装备问题,并把他属下那些年龄老大的中年人训练成好歹能用的士兵。但在仅仅过了一个月后的11月24日,他就接到命令,要求他带着武器奇缺、训练低劣的部队去支援朱可夫。

在战争第一年,苏联用来填补巨大兵力缺口的新组建部队大致就是如此。他们非但无法和德国那些老辣的前线部队相比,也远远逊色于在整个战争期间训练时间一直维持在12周到16周(装甲兵16周到21周),并且直到最后阶段前,都是由年轻力壮的人员来补充的德国后备陆军。直到1943年底,德国野战陆军依然有90%的兵员年龄在40岁以下,18岁以上。不过对朱可夫来说,如此低劣的部队对他依然是如雪中送炭般珍贵。他将这2个集团军,统统配置在了博克亲自指挥的德国装甲部队发动主攻的亚赫罗马地区。

曾经雄心勃勃、一心想在莫斯科漫步的博克,在绝望局面和严重胃痉挛的折磨下,终于也撑不下去了。他于12月1日发出长长的电文,诉说自己是如何如何山穷水尽,军官伤亡惨重,部队战力衰减,如果后勤得不到改善,不要说进攻,连防御都守不住。晚上,他又直接打电话给哈尔德,报告说中央集团军群已经不能再进攻了。

可是哈尔德却不愿意轻易认输。他故作镇定地表示,博克的报告电文并没有什么新内容,一切尽在掌握中。通话时,他还逼已经心力交瘁的博克做最后的努力,"使出最后一把劲打倒敌人"。虽然博克本人指挥的坦克摩托化部队已经不能够从西北面冲进他梦寐以求的莫斯科,但趁着红军把增援部队调到北部之际,他又打起此前比较平静的中部战场的主意。于是,最后突击的任务,就落到了克卢格的第4集团军头上。

克卢格的正面进攻

自从在10月份遭到红军反击以来,克卢格的第4集团军一直没有采取大的行动,而是在红军不断的冲击下扼守着面对莫斯科正面的阵地。按照博克最初的11月进攻计划,也没有给克卢格规定什么任务,而是让他等待时机:如果出现了红军主力被德军装甲部队牵制到南北两翼的局面,克卢格就可以从兵力被削弱的红军正面阵地乘虚而入。

到了11月29日,这样的形势似乎出现了。被红军增援部队死死挡在莫斯科西北无法动弹的博克,开始催促克卢格采取行动。其战略意图是:沿着纳拉河向莫斯科推进。如果顺利的话,克卢格的行动至少可以减轻赫普纳所面临的压力。为了增强克卢格的进攻威力,博克还把第4装甲集群右翼的第57摩托化军加强给了第4集团军。这样一来,克卢格手下的部队增加到4个军,从

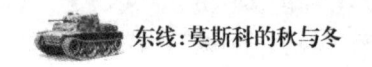

右向左展开为[1]：

第13军（第260、52、17步兵师）、第12军（第137、267、98步兵师）、第57摩托化军（第19装甲师，第258、15步兵师）、第20军（第292、183步兵师，第3摩托化师）。接受克卢格指挥的还有第20装甲师，第34、263步兵师。总计15个师（包括2个装甲师，1个摩托化师）。

12月1日凌晨5点，克卢格发动了德国军队在莫斯科城下最后的大规模攻势。他的主攻方向放在库宾卡和纳罗福明斯克地区，投入了6个师又1个团：第267、258、292步兵师，第3摩托化师，第183步兵师，第20装甲师，第15步兵师1个团。

在北翼，红军第5集团军阵地上，德军第267步兵师没能取得战果，反而被打退回出发阵地。可是在南翼，红军第33集团军第222步兵师阵地上，德军第292步兵师却得手了。再向南，德军第3摩托化师和第258步兵师，在第20装甲师的70辆坦克配合下，迂回包抄了苏军第1近卫摩托化步兵师。德军取得了一次小突破。顺着不大的突破口，德国人迅速冲向库宾卡。但苏联人却用燃烧着的干草和防守阿库洛夫的红军第32步兵师挡住了德军坦克的去路。遭到打击的德国人改变了进攻方向，向戈利齐诺方向前进了25公里。

虽然克卢格只取得了有限进展，博克却再次兴奋起来，于12月2日作出苏军崩溃在即的判断。同一天，克卢格却感到无力完成任务[2]。他的突破部队已陷入苏军的反击。红军为此投入了第18步兵旅，第5、20坦克旅，第23、24滑雪营。德军几乎被反包围。但在当天晚上，德军一支小部队——第258步兵师第258侦察营（伴随有第258反坦克营和第611高炮营各1个连[3]），在红军阵地上找到一个空隙，然后趁着黑夜一路渗透到了莫斯科南郊。

表面上看，莫斯科似乎已经陷落在即。对于这一点，至少后方的德国人已经深信不疑。在柏林，各报社当天得到了戈培尔的命令：在报纸上给攻下莫斯

---

[1]《德国武装部队的兵团与部队》卷二，第221页；《中央集团军群》，第98页。
[2]《纳粹将领的自述——命运攸关的决定》，第66页。
[3]《中央集团军群》，第98页。

科的消息留下版面。失去了现实感的哈尔德在当天日记中写道:"敌军的抵抗已达到极点。"

但德军为这次强弩之末的进攻所凑集起来的微弱部队,很快就在实力强大的对手面前崩溃了。清晨时分,莫斯科城里的大批工人部队正搭载着征用来的五花八门的汽车、出租汽车甚至高级干部使用的黑色轿车,飞速开赴已经近在咫尺的前线。德军第258侦察营见势不妙,赶紧溜之大吉——整个德国第258步兵师也随之后撤,因为克卢格害怕这个损失惨重的师会被苏军围歼。

对克卢格的后撤行动,博克颇不以为然。他本想观望一下再作决定。但战况的发展迫使他也不得不接受这一现实。此时,依然兵力雄厚的红军野战部队对克卢格的部队采取了行动。第43集团军第113步兵师在当日16点对孤军深入的德军发动了反击,而第110步兵师则掐断了德国人的后路,德军第3摩托化师只好丢下35辆坦克和50门火炮,撤回了防线。当晚,博克向哈尔德报告了战况:"第4集团军的先头部队已经撤下来了,他们的侧翼无法跟上去。"克卢格自己的前进指挥部也后撤了。这一退就撤到了纳拉河。

可是哈尔德依然不愿意放弃莫斯科,他拒绝了博克转入防御的要求,并且提醒他:"最好的防御就是进攻。"

林中激战

苏联西方面军缴获的德军二号坦克 1941年11月

但无论是博克还是克卢格,此刻都已经没有力量了。12月3、4日,红军西方面军动用了2个坦克旅、1个步兵旅、2个滑雪旅、1个坦克营、1个反坦克炮营的部队,在火箭炮支援下彻底击退了克卢格的第4集团军,迫使他回到了原来的阵地,在库宾卡以北、戈利齐诺和纳罗福明斯克以南转入防御。克卢格对这样的结果倒不是太不满意。因为俄国人这轮反击还算相当克制谨慎,克卢格得以全身而退——但克卢格也没料到,俄国人真正的大反攻就要开始了。

博克指望不了克卢格,装甲部队也指望不上了。就在克卢格开始后撤的12月3日,第4装甲集群报告说已经到极限了。12月4日,第3装甲集群也耗尽了预备队。博克只得投入第900摩托化旅,却是杯水车薪。

横行一时的德军坦克军团在11月蒙受了较大打击,"完全损失"了382辆坦克和强击火炮,得到的补充只有79辆。于是到12月1日,德军在东线只剩下2177辆坦克和强击火炮。11月东线部队还"完全损失"了如下重武器:79辆装甲汽车、159门105～150毫米口径榴弹炮、10门100毫米口径加农炮、163门反坦克炮、94门步兵炮。

东线现有的2177辆坦克和强击火炮,仍有约2/3掌握在博克手中,但其中很多都遭到损害需要修理。所以博克实际能用的坦克并不多。11月23日,古德里安手下的第3、4装甲师加在一起只有32辆坦克,第17装甲师5辆坦克,第9装甲师只有1辆坦克。再到12月1日,第9装甲师一辆能用的坦克都没有了。同一天,第3装甲集群的3个装甲师加在一起有77辆坦克[1]。

就这样,博克的装甲部队完全失去了冲力,瘫痪在了莫斯科城下。12月5

[1]《莫斯科城下的转折》,第317页。

日,精疲力竭的冯·博克命令第3、4装甲集群与苏军脱离接触,并撤退到伊斯特拉至克林以东的防线。德国坦克的履带终于在白雪皑皑莫斯科城下停止了转动。

1941年12月5日,从北起加里宁,中经克留科沃,南至图拉的上千公里战线上,博克的中央集团军群全线受阻,事实上已无法前进。博克手下疲惫不堪的士兵们现在不指望能立刻打进莫斯科。他们只祈求能找到一个可以安稳睡觉的地方。然而,这个愿望还是过于奢侈:在莫斯科城外辽阔的平原上,苏德两军为了夺取可以御寒的村庄爆发了一次又一次战斗,结果把这些村庄都给烧毁了。

博克这天显然没什么好心情。他在日记里写下

抛弃在雪地里的德国坦克

向莫斯科发起最后攻击的德国坦克部队

当天的战况:在距离莫斯科很远的南翼,第2集团军拿下叶列茨,但对大局没啥影响;第4集团军战线相对平静;第9集团军右翼第162步兵师遭到苏军猛攻,战况不详。而博克的两个装甲铁钳——第2、3装甲集群,都遭到苏军的猛

烈反击。傍晚,古德里安告诉博克,他的第24摩托化军暴露的阵地遭到苏军的全面威胁,情况如此糟糕,以至于古德里安非但无法前进,还必须把先头部队撤退到顿河和夏特河后方①。这是古德里安第一次决定撤退,他同时痛苦地意识到,进攻莫斯科的一切努力都白费了。

听取这番报告的博克,在日记里表露了对古德里安丧魂落魄态度的不满。但他这个"老费迪"也已经没有了当初那番雄心壮志。当晚,博克用一句话向哈尔德总结了他的军队状况:"我已经山穷水尽了。"

---

① 《博克日记》,第381页;《闪击英雄》,第308页。

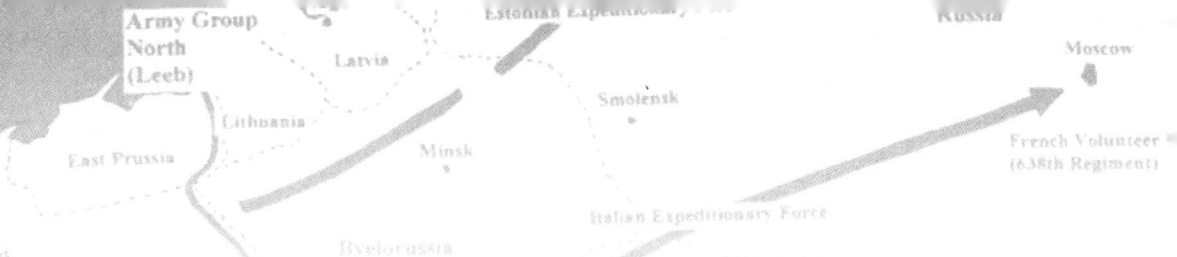

三、莫斯科保卫战的总结

"台风"的代价：德军损失

博克元帅所说的"山穷水尽"并没有什么夸张成分。11月16日到11月底攻打莫斯科的最后战斗中，他的中央集团军群又损失了41000人。在11月期间，德军在整个苏德战场死亡了36000人，其中不少于2万人是博克的部下。

连同10月份的战损，截至11月底，博克的"台风"战役估计已经葬送了手下5万名德国士兵的生命。加上负伤失踪等等，中央集团军群的人员损耗总数为12.9万人。

因为在此期间没有得到什么人员补充，中央集团军群的兵力缺额扩大到20.7万人。虽然相对于"台风"开始时192万人的总兵力，伤亡和缺额数字都不算太高，却意味着博克已失去了手下三分之一到一半左右的步兵。而据哈尔德11月30日的日记，东线德军只剩下50%的步兵，步兵连的战斗人员平均只有50~60人[1]。

并非只有博克的中央集团军群损失惨重。整个东线德军的陆军员额（不包括仆从军和芬兰战区德军），也从11月1日的310万人，减少到12月1日的

---

[1]《哈尔德战争日记1939—1942》，第571页。

300万人，缺额达34万人。而此时，德国后备陆军的9万人的野战补充营和32万名后备兵，几乎全部送上了东线，剩下的只有33000人。也就是说，以后除了从西线抽调部队，已经没有其他办法来增援东线了。

技术装备方面。进攻莫斯科的10、11月两个月期间，东线德军"完全损失"了719辆坦克和强击火炮。估计其中约500辆丧失于"台风"行动。另外还有大量坦克受损待修。同期东线德军"完全损失"的火炮有1085门（不含迫击炮和高射炮等。11月损失

苏军缴获的德军三号坦克

用马拉雪橇拖着前进的德军小汽车

了446门迫击炮），约半数是进攻莫斯科的战损。

德国空军也为莫斯科之战付出代价。9月28日至12月6日之间，东线航空部队损失了822架飞机（其中489架彻底丧失）。根据部队构成比率来分析，约有400架以上是因为"台风"战役所造成的损失。

红军损失

与德军相比，在莫斯科防御战役期间，红军更是伤亡惨重。2个月交战损

被丢弃的苏军KV坦克

失将近66万兵员,其中约40万人在维亚兹马和布良斯克的合围圈,以及此后的一系列战斗中沦为俘虏。除此以外,红军的战斗伤亡以及病员约有20万人(其中伤病员近14.4万人)。如前所述,同期德国中央集团军群损失了12.9万人。

在莫斯科保卫战中,红军的武器消耗也非常巨大。损失了2785辆坦克,大大超过德国人的约500辆。俄国人还失去了3832门火炮和迫击炮。但苏联空军的损失比较小,只有293架。相对比较,同期德国空军损失约400架飞机——不过两军的飞机损失统计标准不大一样。

1941年9月30日至12月5日莫斯科保卫战红军人员损失(人)

方面军	战役开始时的兵员数字	纯损失(死亡、失踪、被俘)	伤病	总计
西方	558000	254726	55514	310240
预备队	448000	127566	61195	188761

续表

方面军	战役开始时的兵员数字	纯损失（死亡、失踪、被俘）	伤病	总计
布良斯克	244000	103378	6537	109915
加里宁		28668人	20695	49363
总计	125000	514338人	143941	658279

大体来说，苏德两军在莫斯科保卫战中的损失比较如下：

	被俘（人）	战斗死伤和病患（人）	坦克（辆）	飞机（架）	火炮和迫击炮（门）
苏军	约40万	约20万	2785	293	3832
德军		12.9万	500	400	800~1000

客观而言，德军进攻莫斯科所付出的人员伤亡和武器损耗并不特别巨大。但在两个月恶战中，中央集团军群得到的补充几乎可以忽略不计，导致其战斗力迅速衰弱。特别是坦克部队近乎瘫痪。而苏军虽然在前线维持的兵力和装备都少于德军，损失也大得多。但他们得到的补充却源源不断。而且一个显而易见的事实是，俄国人变得比夏天更善于打仗，损失也相对大幅度减少。1941年第三季度，红军整个前线部队损失了2744765人（其中，死亡失踪被俘2067801人）。第四季度就只损失了1563329人（死亡失踪被俘

被击落在雪原上的德军Bf-109战斗机

926002人)[①]。

尤其是在莫斯科保卫战的第二阶段,苏军战斗力显著提高,没有像第一阶段那样有几十万大军被包围。而一旦不能合围苏军的重兵集团,德国人就只能和俄国人硬碰硬地展开阵地厮杀。在这样的战斗中,

冬季装备良好的苏联步兵

德军战术优势并不是太显著,一旦碰上训练有素的苏军新锐部队,还往往吃亏。

但围绕德国人失败的原因,仍有一些不同的说法。下面,我们所要详细讨论的,就是据说决定了莫斯科之战成败的几个神话:后勤、气温和"西伯利亚师团"。

冬季战役中一座被炮火摧毁的城镇

[①]《苏联在二十世纪的伤亡和战斗损失》,第101页。

第六章

神话与现实:德军莫斯科进攻战役中的后勤、气温和"西伯利亚师团"

一、后勤与气温

德军在莫斯科进攻期间的后勤状况

在第二章曾经提到,德国军队在1941年9月的后勤补给状况曾一度好转,当月运到了将近2100列物资,基本满足了需求。但在莫斯科战役开始后,由于德国铁路运输部门没有足够的机车,管理又极度混乱,还同时使用宽轨和窄

用火车运输的德国强击火炮

轨,再加上占东线德军兵力一半的中央集团军群被集中使用在一个战略方向。众多不利因素,导致德军后勤运输量一路下滑。运到前线的物资非但没有能够增加,反而越来越少。德国官方战史还列举了一个技术原因:德国火车头不像苏联,冷却管通到外侧,所以锅炉里的水容易结冰[1]。据说这导致车头只能拉一半的车皮。这也许是事实,但也证明德国铁路部门是何其的不用心。

铁路运输的困境,对前线德军的不利影响显而易见。早在10月份,

东线德军后勤部队正在搬运面包

拍摄于1941年11月的一群东线德军官兵,他们的冬装很完备,但据说只有20%的部队得到类似装备

[1]《德意志帝国与第二次世界大战》卷四,第1136页。

第六章 ‖ 神话与现实：德军莫斯科进攻战役中的后勤、气温和"西伯利亚师团"

德军第9集团军就陷入了物资供应中断、第一线的炮弹消耗殆尽、口粮断绝也只能"就地取食"的窘迫境地。10月下旬，古德里安的第2装甲集团军由于油料短缺，其摩托化第24军无法动用全部军队向图拉推进。11月19日，哈尔德向希特勒的报告中，也提到前线一些部队"补给品供应中断"。

除了众所周知的事实外，在西方资料中，还有很多关于德军当时后勤困境的绘声绘色的描写。英国历史学家欧文宣称，德国北方集团军群11月每个集团军每天应该得到17列供应，而仅仅得到了1列；古德里安第2装甲集团军应得18列，实际只有3列[①]。还有些资料认定，中央集团军群当时每天需要26列物资，但实际只运到了8列或者10列[②]。似乎德国人在进攻莫斯科时，只能保证1/3，甚至1/6的物资补充。

但德国人的后勤状况虽然恶劣，却也没有糟糕到这样的程度。事实上，在德国人发动对莫斯科第一次进攻的1941年10月份，东线德军一共得到了1860列物资，平均每天60列物资，相当于需求量的81%。在欧文提到的11月份，后

在风雪交加的前线，通过铁路调动的德国装甲部队

[①]《希特勒与战争》，第433页。
[②]《第二次世界大战的决定性战役》，第153页。

勤列车数量又下降到了1701列,仅满足了需求量的77%。其中,德国北方集团军群每天得到了19列,满足要求的95%,而并非欧文所说的仅仅满足了5%。

而中央集团军群的状况要差得多。11月份平均每天只得到16车物资,仅仅满足了需求的一半。11月24日开到的供应列车最多,也只有24车[①]。不过,也没有糟糕到只有1/3,甚至1/6的程度。

到了12月份和1942年1月份,德国人的后勤状况继续恶化,分别只有1643和1420列供应物资抵达,比11月份的1701列又有所下降。不过这一时期德国人已经停止了对莫斯科的进攻。

在铁路运输极端困难的情况下,德国人对汽车运输的依赖到了空前的程度。从"巴巴罗萨"到年底,仅德军第616重型汽车团就为中央集团军群送来29.1万吨物资[②]。可是,汽车运输也在1941年10月秋季的泥泞中陷入了绝望境地。德国国防军统帅部派往前线的一名官员后来这样描绘道:"俄国的道路

东线糟糕的道路对德军运输是个很大考验,这辆德国货车就只好由第7装甲师的坦克来牵引

[①]《中央集团军群:德国武装部队在俄国》,第93页。
[②]《德意志帝国与第二次世界大战》卷四,第1137页。

真是难以描写,路面一般有一百码宽,任走路的人自选车辙。表面是厚厚一层令人讨厌的泥浆,有深有浅;如果慢慢驾车前进,会把卡车陷下去,如果把车开得很快,车轮又要打滑空转,尽管路面很宽,错车却极为困难,因为两边车辆都想走那条轧出来的路;因为很难从老车辙中开出去,所以常常发生撞车事故。"

到11月中旬,东线德军的50万辆卡车,30%已无法修理,40%需要大修或全面检修,只有30%还能用①。汽车运输很大程度已陷入瘫痪。这对德军的后勤而言,无异于雪上加霜。

1941年11月东线各集团军群军列补给情况(列)(数字与下表略有出入)

	需求	运抵
北方集团军群	20	19
中央集团军群	32	16
南方集团军群	22	15
合计	74	50(据下表为57列)

1941年9月至1942年1月东线的后勤列车数量(列)

	每月	平均每日
1941年9月	2093	70
1941年10月	1860	60
1941年11月	1701	57
1941年12月	1643	53
1942年1月	1420	46

不过和德国人比起来,在漫无边际的可怕泥泞中,苏联人的后勤状况也好不到哪里去。和德国人一样,他们现在也只好利用畜力,用小马车把弹药物资

---

①《苏德战争》,第221页。

一辆深陷泥潭的苏联汽车

拉上前线。在加里宁战线,苏联就因为供应问题吃了大亏。

后来德国历史学家霍夫曼也承认:"在某种程度上,敌军也受到同样困难(泥泞)的阻碍"。但霍夫曼又认为,苏联人的"轻型车辆和卡车离地距离较高,并装有泥链,能适应这种气候条件"①。但霍夫曼所不知道的是,由于苏联人在战前没有准备足够的马,直到12月24日,才把第一批组建的76个畜力运输营(每营250辆两匹马拉的马车)全部分配给各方面军。此时,莫斯科防御战早已结束,泥泞的道路也早被漫天风雪冻得硬邦邦的,或者为厚厚的积雪所覆盖。

但德国人认为苏军还有一个在后勤方面比他们有利的因素:和已经被德国人自己搞得一塌糊涂的东线铁路相比,苏联人好歹在莫斯科东边还有一个完好的铁路网,红军可以用这些铁路运来大量部队和物资。这种说法倒还确实。只不过苏联援兵通过铁路运到终点下车后,还是得和德国人一样,在泥泞中艰难地开向前线。

至于在物资运输方面,苏联则还面临着一个颇为麻烦的问题:正如本卷第二章已经提到的那样,在1941年,由于大片西部国土沦陷,大量工厂、人员、物资被运往东部,因此占用了很大一部分铁路运力。在莫斯科战役初期,由于大量后送,甚至导致往莫斯科的油料运输中断,只能动用国防人民委员部油库中的储备救急②。

而且在这些工厂被运走后,大量物资就必须从苏联亚洲部分的乌拉尔、西

---

① 《第二次世界大战的决定性战役》,第140页。
② 《世界军事后勤史资料选编·现代部分(中二)》,第235页。

第六章 ‖ 神话与现实：德军莫斯科进攻战役中的后勤、气温和"西伯利亚师团"

苏联将大量妇女投入军工生产

伯利亚等地区运来，路途极为遥远。从那些地区，以及更为遥远的远东运来的部队，也需要很长时间才能赶到。以红军太平洋舰队援兵为例，其海军陆战队在火车上颠簸了12天才赶到莫斯科前线。

而莫斯科附近过于集中的铁路，此刻还遭到了强大的德国第2航空队的严重威胁。前面已经提到过，在博克元帅赋予第2航空队的任务中，第二号就是破坏苏联人的后方交通运输。维亚兹马和布良斯克战役期间，由于德国空军的成功行动，切断了苏军赖以进行战术机动和后撤的铁路线。活动频繁的德国飞机还在11月16日夜间，炸毁了莫斯科列宁铁路上的一座天桥和桥下的一列货车。铁路损毁相当严重。按照苏联工程人员的估计，至少需要一个星期才能修复通车，而这将导致极为严重的后果。为了挽回局面，俄国人拼死抢修，最终只用了两个昼夜，就奇迹般地恢复了铁路和公路交通。从战争开始到1941年12月，尽管德国人对前线附近的苏联铁路进行了5939次轰炸，但苏联交通中断的时间平均也没有超过5小时48分。苏联铁路工作人员的超人努力,挫败了德国人破坏红军后方运输的企图。

在德国人的重重包围下,莫斯科防线的苏军还面临着很多意想不到的后勤难题,下面的两个事例可以帮助我们了解俄国人在莫斯科战役中的困境:

由于大量仓库物资在10月初被德国人夺占(这一点西方材料很少提及),红军在莫斯科的部队到11月5日甚至连粮食供应都极为紧张。整个西方面军储备的面包只够吃10天、肉还不够吃4天、食用油只能维持8天。第5集团军的面粉甚至只够4天之用。苏联人只好动用莫斯科市的粮食储备。但在德国空军的一次空袭中,两枚炸弹炸坏了莫斯科唯一的一个面粉厂[①]。此时,担负着西方面军食品保障任务的莫斯科,还有两个月的粮食储备,但面粉却只够食用两天。为了挽救危机,苏联人用两个昼夜时间修复了面粉厂,并在一个被烧毁的粮库上建造了一个新面粉厂。而为了防止面包厂再次遭到破坏,他们还临时组建了几百个简易面包房。

到了11月底,莫斯科城的盐又消耗完了,而又无法从别的地方运来。幸

苏联妇女在生产炮弹

[①]《莫斯科会战》,第203页。

好有人记得战前在肉类联合加工厂附近钻探石油时,曾发现井下深处有个含盐量达27%的咸泉。苏联人赶紧在两周内建起了几座蒸馏锅炉,而且还达到了一昼夜生产近15吨盐的能力,这才保证苏联军民不至于在战役期间无盐可吃。

综上所述,在莫斯科战役期间,相对于德国人,苏联人在后勤方面的有利条件也实在是有限。但毋庸置疑,他们在同样极端不利的情况下,却取得了比德国人巨大得多的后勤成就。在战役期间,苏联人一共修复了总长5000米的桥梁,仅仅在秋末就维修了1190公里方面军道路、990公里集团军道路。在运力极端紧张,并遭受频繁空袭的情况下,红军依然能够每天在莫斯科—里亚日斯区段得到60列物资,而德国人不到20列。在整个战役期间,开向莫斯科的军列共有333500节车皮,其中265800节用于调动部队。为了将这些物资和部队送到前线,苏联机车司机甚至在被俯冲扫射的德国飞机打伤双腿的情况下,依然坚持把列车开到目的地。正是这些非战斗人员的非凡努力,确保了前线部队的最后胜利。

德军进攻莫斯科期间的气温状况

在莫斯科战役期间,和后勤状况紧密相连的另一个因素,就是气温和泥泞。这两者在很多情况下,甚至被解释为阻止德国人冲向莫斯科的决定性因素。

咱们首先来看看泥泞的情况。这方面的细节,我们在上一节已经谈到了一些。不过苏联人以及大多数西方史料也都承认,自从11月初霜冻期开始以来(具体时间有11月6日,11月3日和4日等多种说法),道路就开始封冻。正如前面已经介绍过的那样,一定程度上,正是这次封冻促成了德国人在11月对莫斯科的继续进攻。

真正的焦点还是在气温上。按照苏联和西方公认的看法,1941年的降温比往年早半个月。还在10月初中旬,莫斯科地区就开始下雪。而西方历史学家们还普遍认为,在1941年11月下旬,即德国人在封冻的道路上重新展开进攻后不久,突然出现了大幅度降温。据说正是这次降温,导致德军的攻势在漫天风雪和极度严寒中功亏一篑。降温持续了很长时间,在12月出现了最寒冷的天气。

不过即便在西方史料中,对这次降温的具体温度也都存在着众多相差极大的说法。归纳起来,我们不妨可以按照他们所描绘的温度下降幅度的不同,分为"大降温派"和"小降温派"。

"大降温派"中比较有代表性的说法,是英国人亨利·莫尔在《第二次世界大战中的重大战役》中的描绘:"11月27日,气温在两小时内骤然下降了20摄氏度,一下子跌到了零下40摄氏度。大部分德军身无御寒之衣,数以千计的人员被冻伤,数以百计的人员被冻死。可怕的严寒不仅摧残士兵的身体,而且还使机器停转、武器失灵。"

作为亲历者,古德里安的说法稍微逊色一些。他宣称在11月13日温度就下降到了华氏零下8度(零下22摄氏度)。12月4日,为华氏零下31度(零下35摄氏度)。12月5日为华氏零下36度(零下38摄氏度)。其他德国军人的说

在泥泞的秋季道路上开进的德军运输车辆

第六章 ‖ 神话与现实：德军莫斯科进攻战役中的后勤、气温和"西伯利亚师团"

莫斯科前线的德军火炮，只能用半履带车牵引

法，多数情况下和古德里安的差不多。

综合这些说法，"大降温派"的观点大致是：在11月27日前，温度已经达到零下20摄氏度左右，11月27日，急剧下降为零下40摄氏度左右。或者说是在12月5日下降到了零下38摄氏度！有些西方史料还宣称出现了零下40摄氏度以下甚至零下50摄氏度的罕见低温。

但"小降温派"的说法却与之相差甚大。德国将军蒂佩尔斯基希回忆，至少在德国人刚刚发动进攻的11月15日或者17日，天气还属于可以忍受的"微寒"。他还特别强调，这种情况连同封冻的道路，使再度进攻的德国士兵"精神振奋"。但"到(11)月底，突然出现了零下30多摄氏度的寒流"。显然，他所说的"月底"剧变，大约也就是前面提到的11月27日。

《第二次世界大战的决定性战役：德国观点》一书中，西德历史学家鲁道夫·霍夫曼在《莫斯科战役》提出的说法，比蒂佩尔斯基希更谨慎。他认为在11月17日德军发动进攻后，"不久温度下降到了零下20摄氏度"。他这个所谓"不久"应该指的也是11月27日左右。而且按照他的说法，只是在12月5日以后，"气温降到零下32摄氏度"。

英国历史学家戴维·欧文虽然也提到了古德里安的说法,但他自己的看法却比较保守,认为11月下旬以后的温度大概维持在华氏14度(零下11摄氏度)。到了12月4日,气温才下降到华氏零下6度(零下21摄氏度)。

综合"小降温"的说法,大约在11月中旬,温度还是令人"精神振奋"的"微寒",或者说是零下10摄氏度左右。11月27日左右,温度骤降为零下20摄氏度或者零下30摄氏度,12月4、5日进一步下降到了零下32摄氏度,或者说零下21摄氏度。

可见,即使在西方史料中,对于气温的描绘,竟然也相差有20摄氏度之大!

苏联人也提出了他们的观点。根据苏联气象局的资料,在11月下旬,气温一般维持在零下6摄氏度到零下11摄氏度,这种说法和霍夫曼等西方"小降温派"的说法非常接近。但在西方所描绘的大降温的11月27日,苏联人的记录,则只有零下8摄氏度。莫非是俄国人做了假?

在这里我们必须注意一个极为重要的细节:苏联人公布的并非每天的最低温度,而是早上7时30分测量的气温。西方史料也认为,当天是突然急剧降温。因此,完全可能是在这天的晚些时候,气温突然大幅度下降。事实上按照西方资料的记载,降温也确实是在当天中午。那么1941年11月27日,气温到底下降到了多少呢?

在这里,我们不妨引用一个中国人的回忆。此人名叫杨醒夫,当时以苏联

莫斯科前线用半履带车运送的德军榴弹炮

第六章 ‖ 神话与现实：德军莫斯科进攻战役中的后勤、气温和"西伯利亚师团"

海军陆战队第64旅少尉排长的身份参加了莫斯科保卫战，为此还在1996年12月13日获得了俄罗斯叶利钦总统颁发的"俄罗斯卫国战争胜利50周年"和朱可夫元帅奖章各一枚。根据他的说法，在11月27日，的确下起了鹅毛大雪，积雪有半尺之厚，温度"下降"到了零下16摄氏度！这种说法和霍夫曼的观点（零下20摄氏度）非常接近！而且他还提供了一个非常有意思的细节：由于缺乏冬季装备，苏联人当天也出现了大量冻伤，杨醒夫本人两脚就被冻得肿起来。在大雪严寒中，苏联士兵只能依靠伏特加酒取暖。

如此看来，在11月27日确实出现了大降温，但也没有下降到零下40摄氏度，而是降到了零下16摄氏度到零下20摄氏度左右。

而且根据苏联人的记录，到了第二天早晨7时30分，温度又恢复到了零下6摄氏度。

综合上述材料，笔者得出了如下基本结论：在11月下旬，大多数时间里，气温维持在零下3摄氏度到零下11摄氏度，而在11月27日，则一度下降到了零下16摄氏度到零下20摄氏度左右。但此后不久，又回升到了零下6摄氏度到零下1摄氏度。德国人在进攻莫斯科战役中所遭遇的"严寒"，也不过如此而已。正如德国将军蒂佩尔斯基希所言：当时的"微寒"，甚至让"士兵精神振奋"①。

另外根据苏联人的记录，其后再度出现大幅度降温是在12月5日到9日，温度持续4天维持在零下25摄氏度到零下29摄氏度。这一说法得到了西方"小降温"派，甚至也包括"大降温"派材料的核实。只不过这个时候德国人已经停止了攻势。冒着凛冽严寒展开进攻的，已经是红军部队了。

苏联人发布的莫斯科11月15日到12月15日温度

11月15日	−7℃
11月16日	−6℃
11月17日	−8℃
11月18日	−11℃

---

① 《第二次世界大战史》（蒂佩尔斯基希版），第246页。

11月19日	−9℃
11月20日	−7℃
11月21日	−3℃
11月22日	−4℃
11月23日	−4℃
11月24日	−9℃
11月25日	−11℃
11月26日	−9℃
11月27日	−8℃
11月28日	−6℃
11月29日	−1℃
11月30日	−1℃
12月01日	−8℃
12月02日	−11℃
12月03日	−7℃
12月04日	−18℃
12月05日	−25℃
12月06日	−26℃
12月07日	−29℃
12月08日	−15℃
12月09日	−4℃
12月10日	0℃
12月11日	−6℃
12月12日	−2℃
12月13日	−22℃
12月14日	−19℃
12月15日	−27℃

资料依据：伦敦版《斯大林和他的将军们》，转引自朱可夫1966年的一篇论文。

冬 装

当然，虽然气温并不像德国人描绘的那样寒冷，但他们的冬季装备也确实不怎么样。对此，德国军人的回忆中有众多的描写：很多士兵没有冬装，只有

第六章 ‖ 神话与现实：德军莫斯科进攻战役中的后勤、气温和"西伯利亚师团"

大衣御寒。坦克的汽油被冻成了糊糊，甚至连机枪有时也冻得无法使用。不过在这一点上，德国人似乎不能指责其实已经非常惠顾他们的老天爷故意使坏，而更应该去质问他们的后勤部门。毕竟德国也不是什么热带雨林或者赤道国家，他们的军队就算留在本土，要是没有冬装，也一样得冻得够呛。

其实，希特勒本人对于冬装问题倒是很关注。虽然他不怎么插手具体后勤指挥，但对此倒也经常提个醒。还在夏季，希特勒就曾屡次指示陆军军需部长瓦格纳，要他赶紧准备冬季军需。但是瓦格纳似乎没有工夫去理会这个问题。7、8月，陆军总部的哈尔德等人也有几次关注过这个问题，但因为运力有限，似乎被搁置了[1]。8月2日，哈尔德在日记里写道：冬装的准备工作令人失望。东线充足的储备将在10月前建立起来。将给每个人发两件羊毛背心、护耳、手套、围巾、绒帽等[2]。

可直到10月19日，莫斯科前线已经下了雪，瓦格纳才着手这个工作[3]。而按照苏联情报部门的看法，在战前，为了迷惑斯大林，德国人并没有储备足够的羊毛和羊皮，所以冬装只能临时准备。

但在莫斯科战役中，由于德国人开到前线的列车数量有限，瓦格纳便把大部分军列用来集中保障弹药和油料的供应，而把运送冬装的任务滞于其后。尽管如此，他还是在希特勒面前夸下海口，宣称德军北方和南方集团军群到10月30日就会得到一半冬季装备，而中央集团军群同时也能得到1/3。

为了让希特勒放心，瓦格纳还于11月1日在陆军总司令部搞了一个冬装展览会，向希特勒展示了12名冬季装备齐全的士兵。军需部长瓦格纳将军同时保证，东线所有的部队马上就能和这12个士兵一样，穿上厚厚的冬装（这番保证，在场很多人都听到了[4]）。希特勒大为满意。瓦格纳本人对此作了记载："他（希特勒）注视着一切（自然是那12个士兵和他们的冬装），倾听着一切（自然是瓦格纳的汇报和保证），他容光焕发，兴致勃勃，情绪很好。"

---

[1]《苏德战争》，第695页。
[2]《哈尔德战争日记》，第492页。
[3]《希特勒与战争》，第416页。
[4]《希特勒副官的回忆》，第314页；《希特勒与战争》，第433页。

正因为如此,当来自前线的古德里安告诉希特勒,他还没有得到冬装时,纳粹元首会惊呼:"那不可能!军需部长告诉我,冬装早就发了"。但冬装确实没有发出。在莫斯科战役如火如荼的时候,这些本来早就应该送到的冬季装备却还积压在华沙的火车站里。后勤部门对古德里安的催促也满不在乎[①]。

实际上,东战场德军一线部队在11月下旬才得到首批冬装,但只能满足需求的20%[②]。德国陆军后勤部门的懒惰和官僚主义是造成延误的主因。

苏联人准备冬季装备的时间比德国人早得多,早在1941年10月4日就开始下发冬装。但由于物资短缺,需要从遥远的乌拉尔、西西伯利亚和东西伯利亚临时征集(据说还动用了大量从中国用军火换来的羊毛),开始很早的换装工作迟迟不能完成,而且其他冬季装备也没有及时发到。甚至到11月17日,部队的炊事车还没有配发保温桶。正因为如此,才导致前面提到的11月27日降温中红军中的冻伤现象。为了赶进度,苏联人在莫斯科市和莫斯科州的工厂里也紧急组织了生产,动员了大量居民缝制冬衣。尽管如此,直到1941年12月5日,德国人已经停止进攻之时,红军的冬装供应才基本解决。但对于那些即将在真正的严寒中转入反攻的红军士兵来说,冬装来得还是非常及时的。

---

① 《闪击英雄》,第319页。
② 《莫斯科1941:希特勒的第一次失败》,第58页。

二、1941年的远东局势

关于1941年莫斯科战役另一个非常著名的说法，就是所谓"远东师团"。据说由于苏联驻日间谍佐尔格向斯大林提供了日本将不会进攻苏联远东的情报，促使苏联领袖把原来用以对付日本关东军的苏联远东部队，总计25个师、9个坦克旅调到莫斯科，以此阻止了德国人的攻势。

对这种流传甚广，已经和"后勤"、"气候"一样约定俗成的说法，人们很少加以怀疑。当然，这种说法有真实的成分。按照当时的苏联副总参谋长华西列夫斯基的回忆，佐尔格在1941年9月14日曾向莫斯科提供情报，认定日本不会在远东采取行动。10月初，佐尔格在对日本政局的分析报告中，再次判断日本人对南方的兴趣超过了远东。由于得到了这些情报，斯大林也确实从远东向莫斯科调来了不少部队。

但如果我们能够认真对1941年下半年苏联远东和中国东北的形势进行一番分析的话，却会发现此说中还存在很多不怎么准确的成分。

为了弄清楚这个情况，我们有必要来了解一下苏联在远东最大的敌人——号称"帝国精锐"的日本关东军，在苏德战争初期的动向。以往研究苏德战争的史家对此一般兴趣不大。但如果他们稍微关注一下日本人自己编写的相关战史资料的话，或许会对苏德战争有一个新的认识。

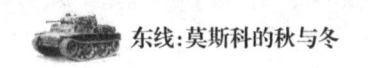

关东军

前面几卷已经介绍过,日本陆军中央早在1941年8月就作出年内无法对苏联开战的判断。一方面是因为日本人看到苏军在斯摩棱斯克会战中表现出的战斗力,一方面也是因为面对关东军的苏军并没有减少到日本人所期待的程度。而更重要的是,此时美日关系已经因为石油禁运而破裂,日本正处在与美国是战是和的十字路口。虽然当时美日谈判还在进行,日本也没有决定和美开战。但他们必须估计到这样的前景:万一美日战争爆发,日本必须投入全力,根本不可能分出力量去攻打苏联。

尽管如此,对俄国这个自德川幕府末期以来日本最警惕的威胁,也是日本陆军自建军以来一贯最大最重要的假想敌,如果出现可以一举解决的机会,日本陆军也是绝对不会放弃的。正因为如此,苏德战争爆发后,作为"预备措施",关东军的兵力迅速膨胀。在经过两次动员后,关东军的部队,由原来的14个平时编制师团(每师团约15000人),增加为16个战时编制师团(包括驻朝鲜军的2个师团),每师团为24000~28000人,总兵力达到85万人(包括陆军航空兵和船舶部队),军马约15万匹。这些部队主要被编成了6个军。

此时的关东军,无论在技术装备,还是在兵员素质方面,都堪称日本陆军当时最优秀的部队。根据其作战任务和苏联远东地形特点,关东军的师团被分为三种类型。第一种,是在山地、林区、沼泽和复杂地形地区作战的驮马编制师团,此类师团共有6个,即第9、11、19(驻朝鲜)、25、28、29师团。每师团总人数为28200名,辖3个步兵联队和1个山炮联队。步兵联队有3个步兵大队,每个大队有4个步兵中队,1个有12挺重机枪的机枪中队。全联队人数为5010人。山炮联队为3个大队,共9个中队,人员3700名。此类师团还编有骑兵、工兵、辎重联队。

第二种,是在交通比较发达地区作战的车辆编制师团。共有9个,即第3、

关东军的牵引拖拉机　　　　　　　　日本陆军的装甲观测车

8、10、12、14、20(驻朝鲜)、24、51、57师团。这类师团的编制总人数为24440名,辖3个步兵联队,1个野炮兵联队。步兵联队也是3个大队,人员为4490名;野炮兵联队辖1个野炮兵大队,2个105毫米口径榴弹炮大队,1个150毫米口径的榴炮大队,人员为3250名;辎重兵联队人员为1810名。

第三种,是机械化编制师团。此类师团只有一个,就是在诺门坎之战几乎遭到红军全歼的第23师团,其人数为25970名。辖3个步兵联队,每联队为5550名。一个野炮兵联队有4个大队,共2900名;辎重兵联队为970人。

关东军在兵力大大增加的同时,技术装备也得到加强。其装甲部队当时编有3个坦克团(日军的团和中国的团不是一级编制,而是介于师团和旅团之间的单位,军事科学院将其翻译为"群"),每团3个坦克联队。连同3个独立坦克联队在内,关东军一共拥有9个坦克联队,坦克414辆(日本全军此时有15个坦克联队,坦克690辆)。虽然按照欧洲标准,这支装甲部队无论数量还是质量都谈不上有多强大,但却已经是日本陆军中最强大的装甲部队。

增强后的关东军航空部队,现在拥有日本陆军航空兵2/3左右的第一线航空单位,各种作战飞机达1025架,其中包括侦察机193架;"九七式"战斗机409架;"九七式"、"九八式"轻轰炸机264架;"九七式"重轰炸机159架。

另外,关东军还有联络机44架("九五式"双座教练机);运输机33架;司令部专用机10架以及关东军空中摄影队。飞机总数1112架。

在急剧扩充兵力的同时,关东军司令长官梅律美治郎陆军大将的参谋幕僚们,也在设于长春的关东军司令部内,紧张地制订着进攻苏联的作战计

日本坦克部队

日本坦克手

划。他们总的设想是:"歼灭沿海州地区之苏军,与海军协同攻占海参崴,扫除苏联在东部对日本之威胁,然后进军外蒙,使其与内蒙形成一体"。

在具体方案中,日本人对后勤地形等因素极为重视。为了能够在补给困难的苏联密林发起进攻,他们还打算给部队配备大量的牛,既可以驮运粮食,必要的时候还可以杀了充当军粮。同时,为了在攻入苏联远东后迅速建立伪政权,关东军司令部第2、5课,以及以精通俄语而闻名的秋草俊少将领导下的哈尔滨特务机关,正在大量地招募和利用中国东北地区的白俄。

有了庞大而精锐的关东军,有了以日本特有的狂热和精细性制订出来的作战计划,对日本陆军上层来说,阻碍其侵入苏联最大的障碍,除了日本海军的南进政策外,就是远东苏联庞大军队的存在。

日本人对这个已经对峙多年的对手的兵力估计得很准确,因此也深知其力量的强大。有鉴于此,日军参谋本部对于进攻苏联的时机内定了一个标准:必须等到苏军驻远东的30个步兵师减少一半,也就是只有15个师;坦克由2700辆减至900辆;飞机由2800架减到近1000架。

换句话说,日本进攻苏联最低限度的先决条件是:关东军至少在兵力上能够占据少量优势,而在技术兵器上,至少能把劣势减少到最低。只有具备这两

休整中的日本坦克部队

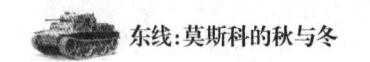

个基本条件,他们方能行动——当然这也只是技术层面的条件。从战略层面说,日本几乎从苏德战争一开始就不认为条件会成熟起来。

而且关东军很快就发现,远东红军的兵力并没有由于苏德战场局势的恶化而急剧减少。相反,其兵力变得越来越庞大。

远东红军

对于崇拜实力政策的苏联来说,面对日本的威胁,增强远东红军是唯一的选择。德日夹攻苏联的局面当然不是斯大林想看到的。而且俄国人还必须考虑人种因素问题:在远东地区,俄国白种人的数量太少,一旦让日本有可乘之机打进来,日本控制下中国东北地区的3000万到4000万黄种人,也将蜂拥而至。那样俄国将永远失去远东。正因为此,早在1937年,斯大林就在远东地区对黄种人进行了大规模清洗。

总之,尽管斯大林早就获悉日本放弃了对苏作战计划并将南下和美国开战,但为了保险起见,他还是要在远东维持庞大兵力。正因为如此,尽管苏联统帅部在1941年夏秋战局中,从远东和后贝加尔方面军前后向苏德战场调动了不少部队,但也并非像德国人所渲染的那样,仅仅在莫斯科战役期间就向该城调来了25个师、9个坦克旅。

事实上,苏联从远东的第一次调兵是在苏德战争爆发前。从1941年4月开始,一直到6月22日结束。调动的部队包括第16集团军司令部,2个步兵军和1个机械化军。总计2个步兵师、2个坦克师、1个摩托化师、2个独立团,以及2个空降兵旅。运走的武器物资有670多门火炮和迫击炮、1070辆轻型坦克。兵员57000人。

而在此后的战局中,苏联从6月29日开始到12月5日,又从远东调来12个步兵师、5个坦克师和1个摩托化师。总兵力12.2万多人、火炮和迫击炮2000多门、轻型坦克2209辆、汽车1.2万多辆、拖拉机和牵引车1500台。

第六章 ‖ 神话与现实：德军莫斯科进攻战役中的后勤、气温和"西伯利亚师团"

由此可知，从苏德战争爆发前2个月的1941年4月，一直到莫斯科反攻前的大半年时间里，从远东调往苏德战场的全部兵力，有23个师、2个旅、2个团。这些部队被使用在各个战区。其中，有3个步兵师和2个坦克师，是在维亚兹马战役后被调去加强莫斯科防御。而且，从远东也没有调出过一个坦克旅。另外，红海军太平洋舰队和阿穆尔河区舰队，还向莫斯科派去了4个海军陆战队旅（第64、62、71、84旅）。

而当德军进攻莫斯科失败后，苏军在反攻阶段（1941年12月5日至1942年4月30日），只从远东调来了2个步兵师和1个骑兵团而已。

远东苏军在苏德战争期间向苏德战场调动兵力情况

	师（个）	旅（个）	团（个）	兵力（人）
1941年4月至6月22日	5	2	2	57000
1941年6月29日到12月5日前	18			122000
总反攻阶段	2		1	?
1942年5月1日至11月9日	10	4		150000
1942年冬和1943年春	4	6	3	35000
1943年		8		9000
1944年夏秋		1	4	?
总计	39	21	10	402000

而更重要的事实在于，为了应对日本人的威胁，在远东地区，红军组建的新部队大大超过了其调到西部的兵力。日本情报部门颇为懊丧地发现，到年底，他们当面的苏军兵力比苏德战争开始时还大为增加了。

根据苏联自己的资料，到1941年12月，远东苏军除了坦克师减少4个外，却增加了1个步兵师、1个骑兵师、10个航空兵师、8个步兵旅、6个坦克旅、2个筑垒地域。远东红军总的兵力比苏德战争开始时增加了60多万人，坦克飞机火炮数量虽然有所减少，但却远远高于日本人所希望其降低到的标准，也就是说，依然对日本关东军占据绝对优势。虽然苏联在远东的装备比较老式，但除

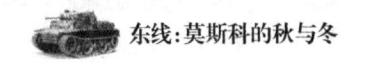

了飞机和军舰，坦克和火炮并不比日本的同类武器逊色。

1941年12月远东红军实力[①]

编成：步兵师24个、骑兵师2个、坦克师4个、航空兵师23个、步兵旅11个、坦克旅7个、航空兵旅4个、筑垒地域15个

兵力：1343307人、火炮迫击炮8777门、坦克2124辆、作战飞机3193架

1941年12月苏日在远东兵力对比

兵员：苏联134万人，日本77万人

飞机：苏联3193架，日本552架

坦克：苏联2121辆，日本约300辆

需要特别指出的是，红军远东部队相当于苏联同期全部对德作战部队兵力和火炮迫击炮的1/3。远东苏军的坦克甚至一度比苏德战场上还多。在苏德战场兵力极度紧缺、战况极其吃紧的情况下，在遥远的远东维持如此庞大的重兵集团，苏联所需承受的压力之大，可想而知。

在拼命扩充远东部队的同时，为了防止日本人的突然袭击，已经在"巴巴罗萨"中吃了一次大亏的苏联人还竭力加强其战备。一位当时在苏联远东的中国人后来回忆道：远东红军当时长期保持高度战备，有时还进入一级战备。许多苏军人员甚至经常全副武装睡在办公室。为了防止日军突然袭击后占领部分地区，滨海边疆区军事委员会和太平洋舰队还作出专门决议："建立游击战的作战组织，在游击区储备武器、弹药和粮食，并准备在可能被占领地区组织党的地下活动，配合正规军打击侵略者"。

苏联远东军的高度战备，甚至给边境那边的日本人也留下深刻印象。曾经长期负责日本陆军参谋本部对俄研究的林三郎，就曾经对远东红军的飞行员们在严冬的凛冽寒风中站在飞机旁进行战备值班的情景大为感慨：今天的红军和过去懒洋洋的沙俄军队真是不可同日而语了。

而在莫斯科的斯大林本人，也一刻都没有忽略远东形势。甚至在1941

[①]《第二次世界大战史》卷十一，第313页。

第六章 ‖ 神话与现实：德军莫斯科进攻战役中的后勤、气温和"西伯利亚师团"

年9月底，他还命令给在日本的佐尔格打去电报，询问日军的坦克生产和部队情况。

在枕戈待旦的庞大远东红军面前，兵力谈不上任何优势的关东军只好放弃他们的进攻计划。而日本高层对这样的计划更没有兴趣。东线的激烈战局似乎也印证了他们的担忧。1941年9月4日，德国驻日大使在发往柏林的电报中写道："日本参谋本部鉴于俄军对于像德军这样的军队所作的抵抗，不相信在冬季到来以前能在反俄战争中获得决定性的胜利。这也和诺门坎事件的回忆有关。直到现在，关东军对这个事件仍然记忆犹新。"

此后，日本的精力进一步被美日谈判所吸引。越来越明显的事实是，谈判没有成功的可能。这个关口，陆军大臣东条英机取代近卫成为新首相。东条至少和他的前任一样反对攻打苏联。他还任命亲苏的东乡茂德出任外务大臣。东条的考虑是：在美日战争可能性越来越大的情况下，日本更需要避免与苏联冲突，最好是促使苏德媾和①。这样日本就可以拖着德国全力对付美国——据近年日本史料透露，1941年夏季，日本高层曾进行过一次战略模拟演习，显示一旦日本在对美战争中处于劣势，苏联就可能乘虚而入攻打日本（这一判断相当正确）。为了避免出现日本被孤立的绝境，日本不希望德国被苏联击败，也不希望德国以对苏战争为借口避免与美国开战。苏德言和对日本最为有利。

但是，日本人非常尴尬地发现，为了和远东红军保持最起码的力量平衡，关东军就必须把他们庞大的兵力保持下去，而不能够大量用于中国关内战场或者即将开战的太平洋战场。正因为如此，在日本大本营最终决定对美国开战前后，关东军虽然减少了1个师团，航空部队和装甲部队受到一定削弱，却依然保持着日本陆军中最庞大而且最精锐的兵力——77万人员、6个坦克联队、552架陆军飞机。而同期在中国关内与几百万国民革命军交战的日本中国派遣军，却只有61万人、2个坦克联队、114架飞机，兵员素质普遍低劣。至于准备配合海军进攻南洋的日本南方军，虽然坦克和飞机数量比关东军略多一

---

① 《第二次世界大战史大全（3）：轴心国的初期胜利》，第1080页。

点,但兵力却只有39万人而已[1]。

就这样,占日本陆军总兵力1/3,坦克航空兵一半左右,拥有最精锐兵团的关东军,在太平洋战争最初的2年内,既不能入关支援中国派遣军,也不能南下配合南方军。相反,关东军为了防备苏联在美国支援下发动进攻(日本人认为这种可能性完全存在),还随时需要由中国派遣军调动6个师团予以增援。正因为如此,太平洋战争爆发后,从1941年底到1942年夏季,关东军的兵力非但没有减少,反而还在不断增强。

对于同样要在非主要战区保持百万大军的苏联来说,无疑也存在着同样的尴尬。从这个意义上说,将苏日双方共有200万大军对峙的远东地区,作为苏联的第二战线,日本的第三战线(当然双方都没有宣战),并不算过分。这条战线虽然在战后的冷战和论战岁月里被人为地遗忘,但其对第二次世界大战进程的深远影响却是不可抹杀的。

不过,现在还是让我们暂时放下这个稍微有点远的话题,回到1941年秋冬的苏德战争本身。就在莫斯科会战进行得如火如荼的同时,在东线南部战场,战争也同样激烈。

1941年12月8日日本陆军兵力分布
(飞行中队和飞机数仅包括第一线战斗部队)

	兵力(人)	师团(个)	旅团(个)	坦克联队(个)	飞行中队(个)	飞机(架)	军马(匹)
关东军、朝鲜军	769000	15	25	6	56	552	161000
中国关内	612000	22*	22	2	16	114	143000
南方军	394000	10	3	7	70	691	39000
日本本土及中国台湾	512000	4	12	1	9	71	51000

*1个为日本大本营直属预备队(驻扎在上海),21个隶属于中国派遣军,其中1个师团被指定进攻香港。

---

[1]《图说陆军史》,第173页。

第六章 ‖ 神话与现实：德军莫斯科进攻战役中的后勤、气温和"西伯利亚师团"

本章节资料依据：

日本资料：《公刊战史之关东军》、《公刊战史之中国事变陆军作战》、《大东亚战争全史》、《帝国陆海军部队总览》、《图说日本陆军史》、《简明日本战史》、《日本关东军与苏联远东军》，部分日本网站资料。

苏联资料：《第二次世界大战史》第11卷、《莫斯科保卫战》、《苏联军事大百科全书》、《太平洋舰队》。

西方资料：《第二次世界大战苏联军队序列》、《希特勒的报应》、《佐尔格案件》、《博克日记》。

中国资料：《第二次世界大战史》第2卷、《侵华日军序列沿革》（基本依据为日本资料）、《纵横》杂志文章《我参加了莫斯科保卫战》、《动荡中的同盟——抗战中的中苏关系》。

第七章

1941年秋冬之交的东线南段

——顿巴斯、哈尔科夫、克里木、罗斯托夫

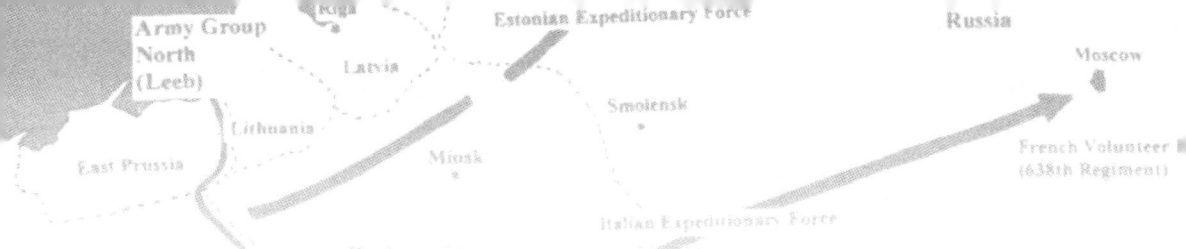

一、东线南段战局：
顿巴斯、克里木

战前态势

在莫斯科大会战前夕,东部战场南段的形势对于在此作战的德国南方集团军群来说,似乎是极为有利的,至少在德国武装部队的高层们看来是如此：在此前进行的基辅会战中,南方集团军群不仅成功地夺取了基辅以东的乌克兰地区,还把苏联西南方面军主力数十万人一举围歼。这个实力强大的苏联方面军此前一直是南线德军的重大障碍,也是中部德军侧翼的巨大隐患。现在,这个障碍和威胁已经不复存在了,那么不仅中央集团军群可以放心大胆地冲向莫斯科,南方集团军群通向克里木、顿巴斯、哈尔科夫,甚至高加索等苏联工业资源宝库的道路似乎也已经是畅通无阻了。

众所周知,这些地区在希特勒心目中居于特别重要的地位。这位强调经济因素的纳粹元首,一心要夺取乌克兰和顿涅茨地区占全苏总产量68%的铁、58%的钢材和60%的铝,并把苏联重型机械和化工重要基地的哈尔科夫工业区视为比苏联首都莫斯科更为重要的目标(早在1941年7月28日,他就曾经明确地表示过这一看法)。

另外,苏军依托克里木的军事基地,从海上和空中威胁罗马尼亚油田的事实，也使希特勒无法安寝，以至于好几次被油田燃起熊熊大火的噩梦所惊醒。事实上，苏军1941年对罗马尼亚油田和精炼厂的几次袭击，就使德国人损失了上万吨油料①。这直接威胁到了德国武装部队最重要的油料"血管"，一旦"血管"被切断，德军将休克甚至死亡。早日消除克里木这个隐患，对希特勒来说迫在眉睫。

不仅如此，一旦夺取了上述目标，在获得富饶资源（自然同时也是从俄国人手中剥夺了这些资源）和军事基地的同时，也打开了苏联石油宝库——高加索的大门。按当时德国人的估计，夺取了那里的油田就等于卡住了斯大林的

顿巴斯防御战役地图

① 《停止在斯大林格勒——德国空军和希特勒在东方的失败》，第29页。

第七章 ‖ 1941年秋冬之交的东线南段——顿巴斯、哈尔科夫、克里木、罗斯托夫

脖子。而且德国在克里木和高加索的军事胜利,甚至还有可能使首鼠两端的土耳其人也参加到希特勒的对苏战争中来,并使德国人能够从另一个方向进入中东地区。

正是对于这些目标的极度渴望,导致了希特勒和

商讨作战计划的德国军官

那些死盯着莫斯科不放的将军们在1941年夏秋围绕着南北分兵问题争论不休,并最终导致了基辅地区的大规模会战(参见《东线》第二卷)。

而在会战前后,希特勒仍念念不忘苏联南部的经济目标,并在9月6日发布的第35号训令中,提前命令南方集团军群,在"歼灭克列缅科—基辅—科诺托普三角地区敌人"的同时,以第17集团军兵力向波尔塔瓦(该城在9月18日落入德军手中)和哈尔科夫推进。而在基辅会战接近尾声的9月23日,盘踞在第聂伯罗彼得罗夫斯克桥头堡的德军第1装甲集群快速部队也开始向罗斯托夫方向推进。

在基辅会战全部结束后,面对此次会战带来的有利的战场态势和几乎唾手可得的珍贵目标,希特勒和陆军总司令部更加迫不及待地催促龙德施泰特元帅的南方集团军群采取行动。该集团军群应该乘苏军西南方向部队遭到巨大损失、战线被撕裂的有利形势,不失时机地以中路主力部队(第1装甲集群和第17集团军),继续向顿巴斯和哈尔科夫快速推进,并在夺取工业和资源地区的同时,最后消灭苏军西南部队。而与此同时,南方集团军群的南翼(第11集团军)则应夺取克里木半岛。在实施上述战役期间,德国人还应该夺取通往高加索油田的顿河渡口,为此必须占领罗斯托夫。

顿巴斯

顿巴斯（顿涅茨煤田的简称），苏联的"锅炉房"。位于乌克兰的伏罗希洛夫格勒州、顿涅茨州以及俄罗斯联邦的罗斯托夫州，是苏联最重要的煤炭产地。1721年该地区第一次发现了煤，而在1869年火车修通后，则开始了大规模开采。到1913年，顿巴斯煤产量已占帝国俄罗斯的87%。1940年，顿巴斯产煤9430万吨。1941年，其煤产量占全苏产量的约60%。其比率比一战时代下降的重要原因，是苏联东部地区煤产量的增加，其在全苏（帝国俄罗斯）产量中比重，从1913年的12%，增加到苏德战前的24%。苏联欧洲部分的另一个重要煤矿则集中在莫斯科附近。

另外，在顿涅茨盆地，还出产苏联焦炭的75%、铁的30%、钢的20%。如果加上乌克兰其他地区，则占了全苏铁的68%、钢的58%、铝的60%。

而在顿巴斯北面的哈尔科夫，则有着巨大的苏联工业中心。苏联最著名的T-34型坦克就诞生在这里。在1941年，苏联生产的全部3014辆T-34型坦克中有1585辆诞生在哈尔科夫机车厂（也就是所谓的183工厂）。此外，哈尔科夫的涡轮机厂、机电厂，也是苏联工业所不可或缺的重要设施。

受领上述任务的南方集团军群在1941年的9月底、10月初的兵力，在西方和苏联史料中有着众多不同的说法。按照苏联版本的《第二次世界大战史》，在1941年9月28日，南方集团军群连同仆从军（不包括在敖德萨附近作战的罗马尼亚第4集团军），一共拥有51个师又12个旅。而西顿的《苏德战争》则认为在10月初，南方集团军群有40个德国陆军师，另外有3个意大利师、6个罗马尼亚旅、3个匈牙利支队和2个斯洛伐克师。上述两份统计都不包括独立作战的罗马尼亚第4集团军。

南方集团军群到底有多少部队呢？笔者根据《德国武装部队和武装党卫军的兵团与部队》等相关资料，对当时南方集团军群的兵团数量进行了逐个整理（详见下面的序列表），证实在1941年10月初，南方集团军群共有44个德国师（包括正调往中央集团军群的第454警卫师）。比西顿的数字多4个。

44个德国师当中包括3个装甲师、2个摩托化师、4个轻装师和2个山地步兵师、30个野战步兵师和3个警卫师。此外，南方集团军群还编制有党卫军"希特勒"旅级师、党卫军第1摩托化步兵旅。造成数字差异的原因，大概是西顿的材料没有将集团军群后方的3个警卫师和1个步兵师包括在内。

第七章 ‖ 1941年秋冬之交的东线南段——顿巴斯、哈尔科夫、克里木、罗斯托夫

德军盟军的兵力，根据相关资料，包括意大利远征军的2个步兵师（或者说是所谓半摩托化师）和1个摩托化师，总计6万兵员、60辆坦克；匈牙利快速军的2个摩托化旅和1个骑兵旅；罗马尼亚第3集团军的3个骑兵旅和3个山地步兵旅；另有2个斯洛伐克师（此前在东线的2个斯洛伐克步兵师被调回国，另外组建了1个快速师和1个警卫师为德军效力）。

战壕里的德国步兵

不过需要说明的是，匈牙利此时正在动摇。和罗马尼亚以及芬兰不同，匈牙利参战的动机和目标本来就很不明确，现在又要担心和英美翻脸。9月6日，匈牙利摄政霍尔蒂免去了亲德的总参谋长维尔特的职务（此人是对苏开战的主要推手）。2天后，霍尔蒂本人请求希特勒允许匈牙利军队撤离东线。希特勒似乎对此不太在意[①]，反正匈牙利投入的兵力也不多。于是，匈牙利军队从10月中旬后开始退出战场。

综上所述，南方集团军群管辖下的轴心国兵团总数为49个师和11个旅，比苏联史料的说法要少2个师和2个旅。这里的统计差异估计是由于时间不同造成的。在9月底，南方集团军群有2个普通军被派往中央集团军群，并在9月27日编入新集团军，但其所属的部队有些则可能在此后才到达。另外，苏联人大概把"希特勒"师也列入了统计（德国人把当时的"希特勒"师算成旅）。

上述兵团连同后勤部队在内，共有大约100万陆军兵员，而德军占了其中

[①]《希特勒副官的回忆》，第308页。

的约80万。其中无疑不包括支援其作战的德国空军第4航空队。

南方集团军群虽然拥有众多兵团,但却仅有3个装甲师(第13、14、16装甲师)和2个摩托化师(第60摩托化师、党卫军"维金"摩托化师)和2个摩托化旅(党卫军"希特勒"旅级师、党卫军第1摩托化旅)的快速机动部队。至于南方集团军群在基辅会战期间曾经拥有的其他装甲摩托化部队,则被调去支援中央集团军群对莫斯科的大规模进攻。

除了2个摩托化旅外,南方集团军群的机动部队主力,包括3个装甲师和2个摩托化旅,都隶属于克莱斯特的第1装甲集群(10月6日改称第1装甲集团军)。这个装甲集群现在有2个摩托化军——马肯森将军的第3摩托化军,以及维特尔斯海姆将军的第14摩托化军。这个时期,南线德军的装甲部队较弱。以第14装甲师为例,9月底只有87辆坦克可用[①]。整个第1装甲集群的3个装甲师,此时只有初始实力70%~80%的坦克可用(约350辆)。

躲在单兵战壕里的德国士兵

[①]《装甲部队1933—1942》,第211页。

第七章 ‖ 1941年秋冬之交的东线南段——顿巴斯、哈尔科夫、克里木、罗斯托夫

南方集团军群(龙德施泰特元帅)1941年10月2日战斗序列[①]

预备队　第132步兵师

后方警卫：第213、444、454警卫师，斯洛伐克警卫师

第1装甲集群（克莱斯特大将，10月6日改称第1装甲集团军）

　　第3摩托化军（第13装甲师、"维金"摩托化师、斯洛伐克快速师）

　　第14摩托化军（第14装甲师、第16装甲师）

　　预备队　第60摩托化师、第198步兵师

　　意大利军远征军（第9、52半摩托化师，第3摩托化师）

第17集团军（施蒂普纳戈尔步兵上将，10月8日为原第3装甲集群的霍特）

　　第44军指挥部

　　第4军（第97轻装师，第76、295步兵师）

　　第11军（第125、239步兵师，第101轻装师）

　　第55军（第57、297步兵师，第100轻装师）

　　第52军（第9、68、257步兵师）

　　预备队　第94、24步兵师

第6集团军（赖歇瑙元帅）

　　第17军（第62、294、298步兵师）

　　第29军（第71、75、168、299步兵师，第99轻装师）

　　第51军（第44、79步兵师）

　　预备队　第111、113步兵师

第11集团军（曼施坦因步兵上将）

　　第30军（第72步兵师，党卫军"希特勒"旅级师）

　　第54军（第46、50、73步兵师）

　　第49山地军（第1、4山地师）

　　预备队　第22步兵师

　　罗马尼亚骑兵军：第5、6骑兵旅

　　第170步兵师（配属罗马尼亚第3集团军）

　　罗马尼亚第3集团军

　　（一部配合第11集团军在克里木的进攻，一部守卫黑海沿岸）

　　　　罗山地军（第1、2、4山地旅），罗第8骑兵旅

匈牙利快速军

　　第1、2摩托化旅，骑兵第1旅

合计49个师（44个德国师），11个旅（2个德国旅）

[①]《德国武装部队的兵团与部队》卷二，第6页；卷三，第2、192页；卷四，第51页；卷七，第8页。《德国的东线盟军1941—1945》，第26页。

南方集团军群德国陆军师分布

单位:个

	装甲师	摩托化师	轻装师	山地师	步兵师	总计
直属					4	4
第1装甲集群	3	2			1	6
第17集团军			3		11	14
第6集团军			1		11	12
第11集团军				2	6	8
南方集团军群总计	3	2	4	2	33	44

曼施坦因对克里木的首次进攻

如前所述,南方集团军群在1941年秋季大致有两个任务:首先,他们必须从苏联人手中夺取战线北面的哈尔科夫、战线南部的顿巴斯地区,围歼红军在东线南部的最后一个重兵集团——南方面军。第二个任务,则是占领孤悬于黑海的克里木。

后一个任务由德国第11集团军承担。该集团军司令原为里特尔·冯·朔贝特陆军大将。但在9月12日,他乘坐的"鹳"式座机误落在红军所布的雷区,朔贝特和他的驾驶员都同时被炸死[①]。

事后,希特勒将原北方集团军群所属第56摩托化军军长,埃·冯·曼施坦因步兵上将,派到南线接替第11集团军司令的职务。这位将军虽然到现在为止在东部战线上的表现还比较一般,但他在法国战役前夕却已经给"元首"留下了足够深刻的印象。当时任A集团军群参谋长的曼施坦因在他的司令——也就是现在东线南方集团军群司令龙德施泰特的支持下,越过那位对自己很不感冒的陆军总参谋长哈尔德,斗胆向希特勒进言,以强大的装甲部队穿越阿登森林,发动一次出其不意的大胆进攻。后来的事实证明,正是曼施坦因的建

[①]《南方集团军群:德国武装部队在俄国》,第87页;《失去的胜利》,第192页。

第七章 ‖ 1941年秋冬之交的东线南段——顿巴斯、哈尔科夫、克里木、罗斯托夫

议保证了希特勒在西线的大获全胜。

现在,希特勒把这位满脑子大胆新奇方案的曼施坦因,从德军已经止步不前的列宁格勒城下,调到南方集团军群,在老上级龙德施泰特麾下指挥一个在独立方向上作战的集团军。在这个新职位上,曼施坦因将大显身手。

1941年9月17日,曼施坦因来到他在尼古拉耶夫的新司令部。在这个海港城市的造船厂里,静静地躺着未能完工的"苏维埃乌克兰"号超级战列舰庞大的船壳。

在曼施坦因接手时,第11集团军已经通过第22步兵师(该师以其在西方战役中的空降作战而著名)工兵搭设的浮桥强渡了第聂伯河,现正在两个方向作战:在从第聂伯河到亚速海沿岸的大陆上,扎尔穆特步兵上将指挥的第30军(第22、72步兵师,党卫军"希特勒"旅级师),和屈希勒尔山地步兵上将指挥的第49山地军(第1、4山地师,第170步兵师)正在继续追击红军。而汉森将军的第54军(第46、73步兵师),则已经逼近了克里木的门户。

另外,在第11集团军编成内,还有作为预备队的第50步兵师,这个师一部分由罗马尼亚第4集团军指挥,在敖德萨作战;一部在黑海沿岸扫荡。顺带说一句,曼施坦因后来在回忆录中宣称第50步兵师是从希腊调来增援的,但根据第50步兵师的战史和相关序列资料[①],该师在苏德开战后就一直隶属于第11集团军,并不是从希腊调过来。对这处错误,笔者以前曾怀疑是钮先钟先生的汉译本翻译出了点错。后来看英文版也是这么写。看来是曼施坦因自己

志得意满的曼施坦因

---

① 《希特勒的军团》,第78页;《德国武装部队的兵团与部队》卷五,第163页。

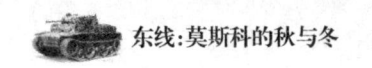

记忆有误。

由曼施坦因指挥的部队,还有罗马尼亚第3集团军。为了控制罗马尼亚人,在罗军师和师以上单位均派有德军联络组。另一方面,在名义上,曼施坦因也要受罗马尼亚独裁者安东奈斯库的指挥,当然仅仅是名义上。

罗第3集团军由杜米特雷斯库将军指挥,10月管辖的兵力包括山地军(第1、2、4山地旅)和骑兵军(第5、6、8骑兵旅)。该集团军原有兵员74700人,但从德涅斯特到第聂伯河的战斗中(至11月11日),已经损失了10838人(其中2559人死亡、6366人受伤、1913人失踪[①]),为此不得不停留在第聂伯河以西地区稍作休整和补充,并承担了黑海沿岸的警戒任务。

罗第3集团军的停滞也有政治原因:罗军抢回了布科维纳和比萨拉比亚后,虽然也跟着德国人打进了乌克兰,但是否要继续深入,罗国内也有反对议论。另一方面,罗马尼亚人更痛恨与之有领土纠纷的匈牙利。而德国却要求罗马尼亚人和匈牙利人一起为对苏作战效力。

不管怎么说,希特勒还是要求罗军也参加攻打克里木。虽然同一时期他允许匈牙利那几个兵力单薄的旅从东线撤军,却不能放走罗马尼亚的几十万大军。夺占克里木在希特勒战略的意义前面已经提到了一些。除了必须赶走那里让希特勒做噩梦的红军海空军外,德国人还希望夺取这个海上咽喉,能够有助于他们对罗斯托夫甚至高加索的攻势。在更深远的层面上,希特勒甚至希望,克里木的战役能够使同样与此地有着密切关联的土耳其公开站到他这一边来(参见克里木历史简介)。这样德国在东线又可以得到几十万援军,德国海军也可以进入黑海。

克里木概况

克里木,苏联欧洲部分南部的半岛(属乌克兰共和国克里木州)。面积25500平方公里。半岛北面仅仅以狭窄的彼列科普和琼加尔地峡与东欧平原相连,北部是克里木草原,西端狭窄部为塔尔汉库特半岛,东部为面积3000平方公里的刻赤半岛,东西长110公里,最窄处只有11公里,与连接高加索的塔曼半岛遥相呼应。克里木半岛西面和南面

[①]《二战罗马尼亚陆军》,第15页。

第七章 ‖ 1941年秋冬之交的东线南段——顿巴斯、哈尔科夫、克里木、罗斯托夫

濒临黑海，东面则濒临亚速海。正是这关键而敏感的地理位置，决定了这个半岛的历史如同它面前的大海般充满惊涛骇浪。

历史上，克里木历来是兵家必争之地。希腊人、罗马人、哥特人、匈奴人以及13世纪侵入并在这里建立汗国的蒙古人，都在这个半岛留下了足迹，而克里木的蒙古人后来又臣服于土耳其帝国。1783年，叶卡捷琳娜二世的宠臣波将金率领俄国军队进入克里木，并驱逐了最后一个汗王沙因·吉雷。这个末代汗王——也是成吉思汗在欧洲最后的一位王族后裔，最终在法国大革命前夕，被土耳其人杀害于罗德斯岛。

处于黑海和亚速海之间的克里木，很快变成了俄国海军在黑海上的重要基地。在克里木战争期间，这里成为主要交战地区。第一次世界大战期间，德国人、协约国、邓尼金和弗兰格尔的白军，以及布尔什维克的红军又纷至沓来。1920年，红色的黑海、亚速海舰队开始将克里木作为自己的活动基地。

塞瓦斯托波尔，位于克里木半岛西南面黑海沿岸，面积770平方公里。1783年，女皇叶卡捷琳娜二世在吞并克里木后，在赫尔松涅斯古城的基础上营建阿赫季阿城和军港，1784年2月，定名为塞瓦斯托波尔，取希腊语"光荣之城"之意。俄国著名将领苏沃洛夫和乌沙科夫都曾经在这里驻足。从1804年开始，塞瓦斯托波尔成为重要军港。克里木战争期间，俄国人在英法联军围攻下，在1854年至1855年死守该城达349天之久，成为历史上第一次塞瓦斯托波尔保卫战，俄国文豪托尔斯泰就曾经参加过这次战役。城市失陷后，英法工程人员将码头和要塞全部炸毁，并在1856年的《巴黎条约》中禁止俄国重建这些设施，直到1871年条约废除。

尽管希特勒对这次战役寄予厚望，但在主力被牵制于大陆的情况下，曼施坦因只能以第54军的2个师作为第一梯队发动进攻。而第49山地军和"希特勒"旅级师则作为预备队：前者准备使用在克里木南部的山区，而后者则应该在突入克里木半岛后，成为快速追击的先头部队。不过对曼施坦因来说，如何从大陆冲进克里木，却是一个必须认真对待的问题：

克里木和大陆之间密布着所谓的"懒海"——在国内也有"腐海"（日本人宫崎骏曾把这个名字用于极具启发性的作品《风之谷的纳乌西卡》中）、"死海"之称——实际上是一种海水退去后形成的碱性沼泽。无论是人还是冲锋舟，都难以通过这种沼泽。而在阻隔克里木与大陆的"懒海"中，只有2个可供通行的地峡——其中位于西面的，是长达30公里的彼列科普地峡。该地峡仅有8～23公里宽，与尼古拉耶夫相通。

彼列科普在俄语中的意思为"横沟",这个名字来自地峡北部最窄处一条长11公里的截断沟渠——"鞑靼壕沟"。1223年,蒙古人在这里建立了城市和要塞,而土耳其人则在15到16世纪依托这条沟渠,构筑了高近12米、长10公里的巨大壁垒。这个堡垒被称为"土耳其堡垒"。在1920年的内战时代,死守在克里木的弗兰格尔白军,为了抵抗红军的进攻,又在法国军事工程师的指导下,在"鞑靼壕沟"的壁垒前挖了一条深10米、上部宽40米的壕沟。伏龙芝率领的红军最终突破了这些工事,冲入了克里木半岛,但工事本身却一直保存到了苏德战争爆发。而从1941年7月底开始,苏军还专门从敖德萨防区调来了野战工程部队,以强化彼列科普地域的防御。"鞑靼壕沟"成为主防御阵地。其后方的第2道阵地则构筑在伊顺以南,这里的狭窄地带也同样是理想的防御阵地。

而另一个地峡位于东面,被称为琼加尔地峡,与梅利托波尔相通。这个通道更为狭窄,只能容纳一条琼加尔栈桥和一条火车轨道而已。当年弗兰格尔曾在这里挖过五六条散兵壕。

站在38T坦克上的德军指挥官

第七章 ‖ 1941年秋冬之交的东线南段——顿巴斯、哈尔科夫、克里木、罗斯托夫

曼施坦因很快发现,在两道如此狭窄的地峡内,进攻一方很难展开兵力。这一点从党卫军"希特勒"旅级师所实施的行动中已经得到了证实:该师的侦察营以装甲车和摩托为先头,驱赶着羊群,企图从彼列科普冲进克里木。但当这些羊踩爆了数十颗地雷后,德军却突然遭到了一辆铁甲车以及散兵壕内的红军机步枪的猛烈射击,很快在对手密集火网的压制下不得不紧贴地面无法动弹。最后依靠装甲侦察车上的20毫米火炮和烟幕弹,这些德国人才得以拖着伤员逃了回去。事后,他们向上级非常肯定地报告:攻占彼列科普地峡是不可能的。

但曼施坦因别无选择。除了狭窄地峡外,在他面前也没有其他的通道。经过仔细研究,曼施坦因决定从彼列科普地峡发动主攻,在琼加尔桥方向实施辅助突击。这和当年伏龙芝的进攻部署完全一致。

1941年9月24日,德军的攻势正式开始。为了增强攻击力量,曼施坦因把集团军直属部队:工兵、炮兵和高射炮单位全部用来支援第54军。为此集中了20个炮兵营和1个强击火炮营[1]。在空中,第4航空队所属的第27轰炸机联

德国指挥官站在坦克上观察形势

---
[1]《巴巴罗萨战役(1):南方集团军群》,第69页。

队,和第51轰炸航空联队的一部分兵力负责为曼施坦因提供空中支援。由于战斗损耗严重,其中第27轰炸航空联队可以使用的飞机大概只有40架。负责为这些轰炸机护航的,是第77战斗航空联队第2、3大队,和第2教导联队第1大队的战斗机。

为了支援这里的作战,苏联航空部队也频繁出动。红海军黑海舰队第62歼击机团和第63轰炸机旅的200架战斗机和130架轰炸机对曼施坦

等待进攻的德国步兵

德军炮兵阵地

第七章 ‖ 1941年秋冬之交的东线南段——顿巴斯、哈尔科夫、克里木、罗斯托夫

因构成了严重的空中威胁。仅在9月21日一天,德第11集团军的一个步兵师就遭到了22次空袭。而远在莫斯科的斯大林也给南方面军、红军空军军事委员会和第51独立集团军下达命令,调动航空兵预备第5集群的庞大机群,在9月26日全天轰炸进攻彼列科普的德国军队。

红海军"巴黎公社"号战列舰,曾用重炮遏制曼施坦因的攻势

除了提供空中支援外,斯大林还下令将正在敖德萨抵抗罗马尼亚军队的苏军撤到克里木(参见《东线》第二卷),以加强这里的防御。从10月1日到16日,敖德萨的苏军滨海集团军等部队,总计8.6万人开始登船撤离敖德萨,经海路开往克里木。

尽管如此,德军仍然在进攻发动2天后,突破了苏军在彼列科普防御地带的阵地,穿越"鞑靼壕沟",并在9月28日占领堡垒后方的阿尔米扬斯克,逼近

经过村庄的一个德国步兵排

伊顺阵地。但在接下来的战斗中，布设了大量地雷的伊顺阵地，以及红军部队不断的反击还是迫使曼施坦因的进攻节奏放慢了下来。德国第54军恶战6天，已经有了2641人的伤亡[1]。这个军的战斗力因此大为削弱。

为了突破红军的防御，曼施坦因准备把预备队投入战斗。但他留在大陆的侧翼此时正面临着相当不利的局面：就在曼施坦因使用少量兵力攻打克里木的同一天，第11集团军留在梅利托波尔地区的罗马尼亚第3集团军和德国第30军，却遭到红军第9、18集团军的凶猛进攻。罗马尼亚山地军第4山地旅的阵地被红军的突击撕开了一个将近20公里的口子。这个旅本身也陷入残酷激战，丢失了大部分火炮。按照罗马尼亚方面的材料，他们在此次战斗中损失了50%的部队。

红军在这个方向实施的行动不可能不牵制曼施坦因在克里木的进攻，他本人就不得不亲自前往那里，以他自己所说的"强有力干涉"去阻止罗马尼亚骑兵部队的溃败。而且在随后所谓"亚速海会战"中，曼施坦因的预备队——第49山地军和"希特勒"旅级师也将被调往这个方向配合第1装甲集群的合围行动。因此，只有在顿巴斯、哈尔科夫方向的大规模决战分出胜负后，曼施坦

具备攻击海上目标能力的德军Ju-87俯冲轰炸机

[1]《塞瓦斯托波尔1942》，第8页。

第七章 ‖ 1941年秋冬之交的东线南段——顿巴斯、哈尔科夫、克里木、罗斯托夫

因在克里木的进攻才能取得决定性进展。这个时机很快就要到了。

南方集团军群的哈尔科夫和顿巴斯作战计划

为了实施在哈尔科夫和顿巴斯地区的主要攻势,龙德施泰特元帅给他的4个集团军和1个装甲集群作了分工:

夺占哈尔科夫和顿巴斯的任务,交给了南方集团军群左翼的第6、17集团军。其中赖歇瑙元帅的第6集团军位于集团军群战线最北面的基辅以东地区,这个集团军在担负掩护中央、南方集团军群接合部任务的同时,正在向普肖尔河一线集结,准备从别尔哥罗德向巴甫洛夫斯克方向发起进攻,由北面向哈尔科夫迂回。

在第6集团军南面行动的,是施蒂普纳戈尔步兵上将指挥的第17集团军。该集团军被分成南北两个集团。其中集结在波尔塔瓦的北部集团将向哈尔科夫发动进攻,而南部集团则将从西北面的克拉斯诺格勒向洛佐瓦亚展开攻势,向伏罗希洛夫格勒方向沿着北顿涅茨河右岸实施突击,从北面夺取

东线战场的德国步兵

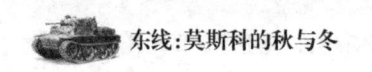

顿巴斯。

围歼红军南方面军的任务，主要由南方集团军群中路的第1装甲集群和右翼的第11集团军承担，并将得到意大利、匈牙利和罗马尼亚军队的配合。两个德国集团军将分别从西北和西南两个方向对红军西南方面军后方实施一次向心突击，德国人将其称为"亚速海会战"。其中，位于西北面的第1装甲集群，将在克莱斯特指挥下，从第聂伯罗彼得罗夫斯克以北的新莫斯科夫斯克一线，如一把快刀般向东南的亚速海斜劈下来；而西南面的第11集团军主力和罗马尼亚第3集团军主力，则由塔夫里亚以北发起攻势，沿着亚速海北岸向正东面推进。两支德军最终将在亚速海沿岸的奥西片科（今别尔江斯克）将南方面军包围在梅利托波尔东北地区。此后，第1装甲集群还将马不停蹄地沿着亚速海东北岸的塔甘罗格海湾，一路冲向顿河边的罗斯托夫，同时从南面迂回顿巴斯。

对于快速兵力严重不足的第1装甲集群来说，这次总行程达400多公里的远征无疑是一次颇为严峻的考验。特别是在第聂伯河铁路桥被毁、燃料和弹药补给颇为紧张的情况下。为了保证克莱斯特的远征，南方集团军群将油料尽可能集中起来提供给他的坦克和汽车。

尽管如此，充满信心的德国陆军总参谋长弗·哈尔德大将还是相信第1装甲集群能够顺利地达成目的。这种信心建立在他对红军已没有足够兵力的判断基础上。正因为如此，哈尔德还特别强调第1装甲集群之所以需要快速推进，"并非是担心（给）敌人建成较强防线（的时间）——由于缺少必要的兵力，它不可能做到这一点——而是害怕敌人开始大规模后撤"。

哈尔科夫和顿巴斯红军的防御措施

对苏联人来说，1941年秋季南线战局的胜负，也同样决定于顿巴斯和哈尔科夫的决战。

第七章 ‖ 1941年秋冬之交的东线南段——顿巴斯、哈尔科夫、克里木、罗斯托夫

此时在苏德战场南段，除了在克里木抵抗曼施坦因的独立第51集团军外，主要是由西南战略方向总司令铁木辛哥元帅（他在9月17日取代了布琼尼的位置）指挥的部队。包括在基辅会战中被打垮了的西南方面军残部，以及南方面军。

在上述2个军队集团中，西南方面军所面临的形势最为严峻。一方面，这个连司令部都被德国人歼灭在基辅大包围圈中的方面军，必须依靠少量残余部队，迅速在第40集团军、第21集团军、第38集团军，以及从南方面军调来的新编第6集团军基础上尽快重建；另一方面，还必须在德军南方集团军群的强大压力下，从杰斯纳

干渴的德国士兵

德军强击火炮闯入哈尔科夫

河、第聂伯河一线向别洛波利耶、克拉斯诺格勒撤退,并竭力堵住由于基辅的大惨败而在库尔斯克到哈尔科夫之间出现的巨大缺口,用残缺不全的兵力守住从格卢霍夫以南地域到第聂伯罗彼得罗夫斯克以北,长达四百公里的宽大正面。

为了让铁木辛哥能够集中精力率领西南方面军摆脱困境,并保住其身后的重要战略目标,斯大林在9月26日至27日下令由铁木辛哥亲自担任这个方面军的司令员,同时解除了铁木辛哥元帅对南方面军的指挥权。这等于把西南战略方向司令部直接变成了西南方面军司令部,而原战略方向司令部军事委员赫鲁晓夫也因此成为了方面军的政委。

铁木辛哥和他的方面军现在主要有两个任务:同时在哈尔科夫和顿巴斯两个方向阻止德军的进攻。正如前面所介绍的,这两个方向正是龙德施泰特和他的南方集团军群主攻的目标。

在哈尔科夫方向部署了铁木辛哥四个集团军中的三个:第40、21、38集团军。在战线北段是波德拉斯少将(11月9日晋升中将)的第40集团军,该集团军防守着大约90公里宽的阵地,其兵力却只有切斯诺夫将军战斗群、拉古京上校的步兵第293师、捷尔-加斯帕良上校的步兵第227师、谢缅琴科将军的坦克第10师。另外,在集团军战线后方的苏梅地区开来了来自大本营预备队的近卫摩托化步兵第1师。

在第40集团军南面是由戈尔多夫少将指挥的第21集团军。这个集团军由于刚刚从德国人的包围中逃出来,只剩下残山剩水。尽管如此,交给第21集团军负责的防线仍然长达80公里。而散布在这漫长战线

铁木辛哥

上的,只有别洛夫将军的骑兵机械化兵集群(骑兵第5、9师,近卫步兵第1师和2个坦克旅),以及卡姆科夫将军的骑兵第5军(骑兵第3、14师,2个坦克旅,1个摩托化步兵旅,步兵第297、212师)。为了赶快把大段的战线空隙填补起来,第21集团军正在阿赫特尔卡地区匆匆忙忙地组建着第295步兵师。

而在第21集团军南面阵地,齐加诺夫少将的第38集团军(1941年12月至1942年2月为马斯洛夫技术少将)也只有5个步兵师和1个骑兵师。

这三个兵力薄弱的集团军,正在别洛波利耶、希沙基、克拉斯诺格勒一线匆忙构筑着防御工事。而在他们正面,则部署着德军第6集团军的主力和集结在波尔塔瓦地区的第17集团军的第11、55军。另外,中央集团军群的第2装甲集群也从北面对红军第40集团军构成威胁。

在这三个集团军的南面,阻止德军冲向顿巴斯的任务,则被交给了新编第6集团军(司令马利诺夫斯基少将,11月9日晋升中将,他就是后来那位夺取布达佩斯,攻入中国东北地区的苏联元帅)。旧的第6集团军此前已经在乌曼地区被德军歼灭了(参见《东线》第二卷),而新的第6集团军则是在8月底以南方面军第48步兵军为基干匆忙组建起来的,最初编制有第169、226、230、255、273、275步兵师,第26、28骑兵师,第8坦克师和第44歼击航空兵师。9月底,这个集团军从南方面军调来加强西南方面军,防守第聂伯罗彼得罗夫斯克以北的克拉斯诺格勒地区。

和哈尔科夫方向的红军部队相比,第6集团军还算比较有实力,截至1941年9月29日,该集团军共有3个步兵师、2个骑兵师、2个坦克旅,兵力达到45000人。在马利诺夫斯基少将当面的德军是第17集团军的南部兵团。

和第6集团军共同承担掩护顿巴斯任务的,还有在西南方面军右翼活动的红军南方面军(司令里亚贝舍夫中将,10月5日起为切列维琴科上将,12月18日后为马利诺夫斯基中将)。该方面军的防线从第聂伯罗彼得罗夫斯克一直延伸到亚速海,长达270公里。

方面军兵力也包括在乌曼被围歼后重建的第12集团军(司令加拉宁少将,1941年10月至1942年4月为科罗杰耶夫少将)、第18集团军(斯米尔诺夫

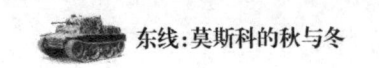

中将,1941年10月至11月科尔帕克奇少将,1941年11月至1942年2月卡姆科夫少将)、第9集团军(哈里东诺夫少将)。该方面军编成内有20个步兵师,3个骑兵师,1个筑垒地区,4个坦克旅,兵员491500人。

如前所述,南方面军在9月底正忙于对曼施坦因留在大陆上的兵力发动反击。事实证明,这个举措对于减轻克里木方向红军的压力意义不是很大,反倒对南方面军的防御产生了不利影响:众所周知,忙于进攻的部队是没有余力来强化防御阵地的。

红军第6集团军和西南方面军兵力,再加上亚历山德罗夫海军上校指挥的亚速海区舰队的5100人,总共为541600人。他们所面对的德国军队主要是第17集团军第4、44、52军,第1装甲集群第3、14摩托化军,第11集团军的山地第49、30军,和罗马尼亚第3集团军主力,另外还有匈牙利快速军和意大利远征军等部队。

按照苏联人的统计,上述希特勒集团部队在9月28日日终,共编制有18个步兵师、3个装甲师、10个旅。而根据笔者逐个核对的材料,这些部队在10月初大约拥有17个德国师、2个德国旅(党卫军"希特勒"旅级师、党卫军第1摩托化旅)、3个匈牙利旅、3个意大利师、6个罗马尼亚旅。总计20个师,11个旅。这个方向上的德国集团拥有南方集团军群的全部装甲摩托化部队,以及他们编成内的350辆可供作战坦克。

对两军的实力进行比较,在兵团数量上苏联人占有优势,但部队缺额却相当严重,各步兵师只有7000人,仅相当于德军的一半左右,其实际战斗兵力反而处于劣势。加上这些红军中相当一部分都是在仓促中组建起来的临时部队,装备训练水准很低。更严重的是,在德国人追击下,不断败退的红军没有能力建立起一条坚固的防线,因此很难顶住德军的攻势。

斯大林对这些情况自然很清楚。但在他本人待着的莫斯科也遭受严重威胁的情况下,斯大林也没有更多的力量去帮助铁木辛哥,只能在9月27日的命令中要求这位元帅"转入顽强的防御",并且"只有在必要时方可实施局部的进攻作战,以改善己方的防御态势"。

第七章 ‖ 1941年秋冬之交的东线南段——顿巴斯、哈尔科夫、克里木、罗斯托夫

与此同时,他还给南方面军发出指示,要求他们停止对曼施坦因的无谓进攻,赶快转入防御。而此刻,离德国人发动进攻,只剩下1天时间了。

顿巴斯和哈尔科夫的失陷

实际上,从基辅战役末期开始,德国人对红军的追击就一直没有停止过。而德军第17集团军对哈尔科夫的进攻则从9月23日就已开始,此次行动还得到了第1装甲集群1个装甲师的支援。

3日后,克莱斯特的德军第1装甲集群也开始从东南方向,对苏军南方面军的后方实施进攻,开始实施以围歼该方面军、进而夺取顿巴斯为目标的"亚速海会战"。9月29日,第1装甲集群从第聂伯罗彼得罗夫斯克地域以北发动强大攻势。德军的装甲突击部队,被集结在新莫斯科夫斯克附近的萨马拉河以东大约25~50公里的狭窄正面上,并从那里对红军第12集团军的右翼实施了猛烈进攻。

一队被丢弃的苏联坦克

此时的红军第12集团军非但没有能够做好防御准备,甚至都未能进入战壕,在德军坦克的密集冲击下很快就丢掉了阵地,听任克莱斯特的装甲集群突入苏军纵深。10月4日,德军攻占了苏军战线上的重要铁路枢纽扎波罗热,在苏军第12、第18集团军的接合部打入了一个楔子。与此同时,南面的德军第11集团军也动用第30军和第49山地军的部队,对当面的红军第9集团军发动了进攻,企图与南下的克莱斯特一道围歼红军南方面军。

不过这一次,南方面军很快就察觉了德军的合围企图。俄国人反应得非常快,而且跑得也非常快。到了10月6日,该方面军的第12集团军就已经退到了巴甫洛格勒、瓦西里科夫卡、加夫里洛夫卡,而第18、9集团军的一些部队也分别撤退到了斯大林诺(今顿涅茨克)和塔甘格罗。

尽管如此,到了10月7日,德国第1装甲集团军仍然推进到了奥西片科以北地域,而从梅利托波尔打过来的第11集团军党卫军"希特勒"旅级师也以强击火炮、装甲车和摩托为先导,冲到了这个地区,并夺取了奥西片科城。这个师(或者说旅),以及第49山地军此后都被编入了与之会合的第1装甲集团军。当天,德军第14装甲师和"希特勒"旅级师还冲进了马里乌波尔。德国人后来非常得意地描绘他们如何开着装甲车和强击火炮冲进这座有25万人口的城市,把正在市内公园里宿营的红军骑兵赶走。但有一个他们所不知道的事实,或许会让德国人极为遗憾:原来安置在马里乌波尔的装甲轧钢机,在德国人进攻前不久被转移了,它将继续为苏联各坦克工厂提供装甲钢板。

不过对德军来说,眼前的胜利更

打白旗投降的两个苏联士兵

第七章 ‖ 1941年秋冬之交的东线南段——顿巴斯、哈尔科夫、克里木、罗斯托夫

为现实；两支德军集团军会合的结果，是将红军第18和第9集团军6个还来不及撤退的师，合围在奥西片科西北地域。陷入包围的还有红军第18集团军司令斯米尔诺夫中将本人。但这位曾在远东和日本人打过交道的将军——1937年7月他担任了红旗远东特别集团军滨海集群副司令的职务——不打算轻易投降。他将被包围的部队编组为一个军队集群，并在奥西片科西北70公里处的古萨尔卡、谢苗诺夫卡地区和德国人一直周旋到10月8日。但在这天，德国人在一个名叫波波夫卡的小镇包围了他的指挥部。

为了挡住德军，第18集团军炮兵指挥官提托罗夫少将指挥一个高射炮连射击冲过来的大群德国步兵。战斗持续了大约7个小时，大部分炮手都已战死，提托罗夫本人便亲自操纵火炮射击，直到被德国人的重炮炸死为止。集团军司令员斯米尔诺夫中将也在这天死于德军的炮火。他的尸体被德国人埋葬，并且在坟墓前树立了一块板子，上面铭刻着的俄文、德文、罗马尼亚文要求德国士兵们也要像坟墓中这个俄国人一

战死的苏联第18集团军司令斯米尔诺夫中将

一辆丢弃的苏军1933型T-26坦克，大概是因为误入沼泽

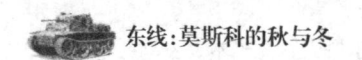

样勇敢战斗。这算是东线战争中德军少有的一次"骑士"行为。

斯米尔诺夫战死的同时,在包围圈外的第18集团军残部正由科尔帕克奇少将指挥撤退。而在德军的快速穿插和包围造成的巨大混乱中,红军第9集团军司令部人员也几乎全部落入德军"希特勒"旅级师之手,只有一人得以逃脱。

截至10月10日,德军基本肃清了包围圈,并宣称此次合围战一共俘虏苏军约10.6万人,同时还击毁或缴获了212辆坦克和766门火炮。从相关资料看,俘虏数字基本上没有大的问题,但技术装备的统计可能有比较大的水分。

但德国人对战役的结果并不满意。他们未能如预期的那样全歼南方面军主力,而抓住的十万名战俘中也没有多少真正的基干部队,因此意义打了很大的折扣。德国人在此次战斗中的损失也不轻微,其"希特勒"旅级师第3步兵连全部战死,而100名增援兵员中也只有7人幸存。

在"亚速海会战"的同时,德军第17集团军对哈尔科夫的进攻却不太顺利,苏联人的抵抗比他们预料的要顽强得多。这迫使希特勒改变了先占领哈

德军的炊事车

第七章 ‖ 1941年秋冬之交的东线南段——顿巴斯、哈尔科夫、克里木、罗斯托夫

尔科夫的初衷,在10月1日命令龙德施泰特以第17集团军先集中力量取顿巴斯,而攻占哈尔科夫的任务则交给正从基辅以东赶来的第6集团军。

为使第17集团军专注于对顿巴斯方向的进攻,德国陆军总司令部还将该集团军左翼的第11、55军转隶第6集团军。两个军分别在10月26日和10月8日列入新战斗序列。另外,第17集团军司令也更换了人选。原来的司令施蒂普纳戈尔步兵上将由于得罪了德国陆军总司令布劳希奇元帅,被迫在10月5日请假离职。而他的职务则在10月8日被原第3装甲集群司令霍特将军所取代。

在做了新的部署后,第17集团军在1941年10月6日发动新的攻势,从克拉斯诺格勒出击,企图打开通向顿巴斯的门户。但在苏军第6集团军的抵抗下,第17集团军的推进遭到了迟滞,在4日时间里仅仅前进了25到30公里。这期间,该集团军还遭受了苏联空军极其猛烈的空袭。其中在10月9日,其第295步兵师(有些材料将其误作为第195步兵师,而德军中并无此番号)遭到了43次空袭,造成200名士兵和238匹马被炸死,整个第17集团军甚至由于这次空袭而一度停止了前进。

由于这些挫折,一直拖到10月10日,第17集团军才占领了洛佐瓦亚,然后开始沿着北顿涅茨河南岸推进。

这时,胜利结束了"亚速海会战"的德军第1装甲集团军正继续挥师东进。克莱斯特现在有了4个军的兵力:在其左翼,意大利远征军和新编入的德国第49山地军,连同德国空军第7师第2伞兵团等部队,指向斯大林诺。他们和第17集团军一道,对顿巴斯构成了严重威胁。而克莱斯特右翼的第14、3摩托化军,则沿着亚速海和塔甘罗格湾北岸,向更为深远的罗斯托夫方向实施追击。

现在,保住顿巴斯,挡住德国人向罗斯托夫的进攻成为了苏联人的当务之急。为此,斯大林在10月6日下令加强撤退到顿巴斯的第9集团军残部,并用3个步兵师组建塔甘罗格战斗地段。为了补充兵员,苏联人还大量动员了顿巴斯地区的工人。

10月14日，苏军第9集团军和塔甘罗格战斗地段，向德军第1装甲集团军所属的第3摩托化军（兵力包括第60摩托化师、第13装甲师和精锐的党卫军"维金"摩托化师）发动反突击，并在个别地段迫使德国人后退10~15公里。这一时期，克莱斯特的攻势由于天气的恶化也受了些影响，特别是10月11日和14日两天下起了暴雨，道路也变得泥泞了起来。一般说来，德国军队在克服自然障碍这方面的能力，只能说是很一般。

但局部的成就改变不了战局整体恶化的局面。就在苏联人发动反击当天，德军第13装甲师已经冲进了塔甘罗格，并在19日占领该城。在该城附近，德国人发现了6名被肢解的德国军人。作为报复，党卫军"希特勒"旅级师在3天时间内屠杀了大约4000名苏联战俘。在世界战争史上，类似这样由于少量战场残暴行为而引发大规模暴行的事件并不罕见。在第一次中日战争期间（1894—1895），日本人就曾经以其军人被清军捕获后斩首示众为借口，在旅顺屠杀了不少于2万居民酿成了近代中日冲突中的第一次大规模暴行。

塔甘罗格失守后，极为虚弱的红军南方面军仅凭现有兵力已不可能遏制德国人的进攻。当南方面军苦撑危局的同时，在其北面的西南方面军在哈尔科夫方向也遭到了德军第6集团军的打击。这个德国集团军在10月初就拥有3个军12个步兵师的强大实力，现在又陆续得到了第17集团军2个军的加强。在其当面的3个红军集团军，虽然纸面上还有18个师的番号，但却都是些残缺不堪的部队。

10月3日，德第6集团军击退了红军西南方面军第38集团军，并在加佳奇等地强渡普肖尔河，于10月6日推进到沃尔斯克拉河一线。10月10日，交通枢纽苏梅也落入敌人手中。德国人还在沃尔斯克拉河阿赫特尔卡以西地区建立起了登陆场，向别尔哥罗德和哈尔科夫缓慢推进。而铁木辛哥在应对德国第6集团军上述打击的同时，还必须注意到，其北面布良斯克方面此时已经被德国第2装甲集团军击溃，这意味着自己的右翼也暴露给了德国人的装甲集团。

斯大林对南部战场日益恶化的形势还算清醒。他在10月15日命令西南

第七章 ‖ 1941年秋冬之交的东线南段——顿巴斯、哈尔科夫、克里木、罗斯托夫

方面军和南方面军务必在10月17日起至30日,将主力部队撤退到卡斯托尔诺耶、瓦卢伊基、红利曼、哥尔洛夫卡、米乌斯河直至顿河河口一线。同时还要求,至少从残破的部队中抽调出3个师来组建预备队。这3个师连同其他部队,构成了新的第37集团军的基础。这个新集团军集结在伏罗希洛夫格勒东南地区。

随着整个南方红军集团都开始向后大踏步后撤,德国人也不失时机地加快了进攻步伐。在顿巴斯和罗斯托夫方向,德军第49山地军在10月21日占领了此前由红军第12集团军防御的斯大林诺。顿巴斯落入德国人手中。但令他们大失所望的是,当地的314个矿井(另有31个在建)早已全部停工,而且很多还被炸毁。而运载着这些矿井的设备物资和几十万工矿人员的列车,正向苏联大后方的乌拉尔和中亚开去。同时被带走的,还有顿巴斯各电站的设备,从锅炉、供电器,到涡轮机、变压器。苏联人什么都不打算留给德国人。而苏军西南方面军第6集团军和南方面军到11月4日也撤退到了伊久姆、杰巴利采沃、大克列平斯卡亚、哈李雷一线。

德军拿下了顿巴斯,下一个目标就是哈尔科夫。为此兵分两路:德国第17集团军从东南进攻哈尔科夫,第6集团军则从北面迂回。最初德国人打得很

被德军击毁的苏联BT快速坦克

顺手。10月19日,他们报告说这一线的红军几乎毫无战斗意志,只顾逃跑①。新加强给第6集团军的第55军派出先头部队,于10月20日打到了哈尔科夫以西3公里处。这个军在10月初编制有第57、297步兵师和第100轻装师,而11月4日则拥有第44、57、68步兵师。

但苏联人不打算轻易让出该城。为了保证整个方面军能够顺利撤退,据守在哈尔科夫的苏联第38集团军进行了颇为顽强的抵抗。该集团军司令齐加诺夫少将原本是西南战略方向司令部主管后勤的副参谋长,但他身上某种高级指挥员的素质却被铁木辛哥所欣赏,并因此将他提拔为集团军司令。

在齐加诺夫少将的指挥下,第38集团军在巨大的工业城市哈尔科夫,与德国第55军展开了长达5天的激烈巷战。战斗中,苏联人甚至把14辆准备送去回炉的废旧轻型坦克也拉上了街道。到10月24—25日,德军最终占领了该市,同时宣称俘虏苏军约2.8万人,缴获或击毁坦克75辆、装甲侦察车16辆、火

一队疲惫的德国步兵

①《巴巴罗萨战役(1):南方集团军群》,第76页。

炮49门。

但德国人的损失估计也不会轻微。按照苏联的说法,德国第55军用以进攻的各师在哈尔科夫丧失了一半的兵力。而在攻占哈尔科夫后,德国人的日子也不是很好过,其第68步兵师师长布拉乌姆少将在进驻该城后,被苏联游击队炸死。而且由于德国人动作慢了一步,在曾经是巨大工业中心的哈尔科夫,他们几乎一无所获:就在德军攻占该城前6天,从哈尔科夫撤离的第183厂的设备人员正在乌拉尔卸车。到了当年年底,用哈尔科夫的设备和人员生产出来的T-34坦克将从乌拉尔的厂房中源源不断地生产出来。而哈尔科夫的涡轮机厂和机电厂,也将在大后方继续为苏联人自己生产。

在哈尔科夫失陷的同一天,德军第6集团军左翼的第51军也占领了别尔哥罗德。但由于遭受苏军的顽强抵抗,德国第6集团军基本上没有能够阻止苏军西南方面军的撤退。到了10月28日,铁木辛哥指挥的第40、21、38集团军已经在季姆、巴拉克列亚一线站稳了阵脚。

至此,苏德两军在顿巴斯和哈尔科夫的较量宣告结束。这场虽然不是特别知名却也有百万大军参加的战役,给交战双方都造成了巨大的损失。在

苏军的T-34坦克乘员小组

德军丢弃的一门105毫米口径榴弹炮

1941年9月29日到11月16日这段时间内,红军南方面军一共死亡、失踪、被俘了132014人,受伤15356人;而西南方面军第6集团军死亡、失踪、被俘11201人,受伤1862人,配合其作战的亚速海区舰队死亡、失踪、被俘了98人,伤45人[1]。上述部队还损失了101辆坦克,240架飞机,3646门各种口径的火炮和迫击炮,369000件轻武器。德国军队的损失没有完整的统计材料,但估计也不会太少。

虽然德国人给红军造成了巨大的人员和技术兵器损失,夺占了哈尔科夫和顿巴斯,但他们所预期的战役目的并未完全达成:苏联西南方面军和南方面军的主力依然存在,而且已经成功地逃避了德国人的合围;由于德军进攻速度太慢,哈尔科夫和顿巴斯的设备在沦陷前不是被苏联人撤走就是被捣毁,无法给德国战争工业提供太大的支援。至于顿河附近的高加索门户罗斯托夫的得失,则将取决于下一阶段的较量。而在罗斯托夫方向的争夺开始之前,德军对克里木的第二次攻势就早已开始了。

---

[1]《苏联在二十世纪的伤亡和战斗损失》,第117页。

第七章 ‖ 1941年秋冬之交的东线南段——顿巴斯、哈尔科夫、克里木、罗斯托夫

曼施坦因夺取克里木主岛

在奥西片科西北地域的所谓"亚速海会战"结束后，德国第11集团军司令曼施坦因将军就已经准备对克里木再度发动进攻。虽然原来由他指挥的第49山地军和党卫军"希特勒"旅级师被调去增援第1装甲集团军，可第11集团军毕竟可以使用剩下的兵力全力攻打克里木。

截至10月17日，第11集团军自身兵力只剩下2个德国军，总计6个步兵师。另外，曼施坦因还从安东奈斯库那里要来了罗马尼亚第3集团军所属的罗马尼亚山地军。该军开始由一个山地旅和一个骑兵旅组成，后来增加到3个旅。根据罗马尼亚的资料，他们还给曼施坦因派去了一个机械化战斗群（包括第6、10摩托化骑兵团）。至于其他的罗马尼亚军队，还在黑海和亚速海沿岸担任防御任务。此前巨大的损失，看来是罗马尼亚军队行动趋于消极的重要原因。

相对于曼施坦因所承担的任务来说，这点兵力确实有点少。为此，希特勒下令将原来隶属于北方集团军群第18集团军的第42军，从遥远的北方战线调来加强第11集团军。这个军编成内有第24、132步兵师，是从南方集团军群和第17集团军预备队调来的，而并非也来自遥远的北方。但在10月28日前，这支部队还一直在赶往新战区的路上。希特勒之所以同意给曼施坦因提供这个军，在于他希望在占领克里木后，能够有一个军越过刻赤海峡，进攻塔曼半岛。

1941年10月17日 第11集团军战斗序列

第30军（第22、72、170步兵师），第54军（第46、50、73步兵师），罗马尼亚山地军（第1、4山地步兵旅，第8骑兵旅），罗马尼亚机械化战斗群（第6、10摩托化骑兵团）。

在进攻部署上，曼施坦因依然只能够从彼列科普和琼加尔桥地峡发动进

攻，并以前者为主攻方向。在10月18日，他在彼列科普方向部署了第11集团军全部2个军6个师（其中第50步兵师部分兵力尚未从敖德萨赶来）。由于地形狭窄，德军只能以第54军（第22、46、73步兵师）为第一进攻梯队，而第30军则在后面作为第二梯队准备跟进，他们将向苏军在伊顺的阵地发起进攻。而罗马尼亚山地军则负责进攻琼加尔桥。

为了支援此次战役，德国空军第4航空队第4航空军在10月12日对克里木地区的红军机场进行了空袭，并宣称在地面摧毁了12架苏联飞机。另外，德军还将第3战斗航空联队第2大队从中央集团军群战区调到克里木支援曼施坦因，但原本负责掩护第11集团军的3个战斗机大队中的2个，则一度被调往罗斯托夫方向。

红军在克里木的防御部队在1941年10月18日前，主要是驻守在克里木的第51集团军。这个集团军是在1941年8月匆匆组建起来的，原本是一支独立部队，但在10月2日被编入了南方面军。其兵力包括第9步兵军，第271、276步兵师，第40、42、48骑兵师，以及第1、2、3、4克里木民兵师①。其兵力在10万人以上。指挥这个集团军的是我们的老熟人ф.и.库兹涅佐夫上将。

这位将军自战争开始以来，就不断被调来调去，他的个人履历也因此变得错综复杂：在苏德战争爆发时，他作为西北方面军司令指挥不利，在7月份被贬为第21集团军司令，不多久被任命为中央方面军司令员，8月又被派到克里木来组建和指挥第51集团军，直到10月底。但在10月份他还曾再度被任命为第21集团军司令。而此前的1941年8月至9月期间，这个集团军曾经由另一位叫库兹涅佐夫的将军——ви库兹涅佐夫中将指挥。由于ф.и.库兹涅佐夫上将曾经分别在1941年7月、10月两度担任第21集团军司令的职务，所以很容易搞混。

在这场战争中，苏军将领的更替变化之频繁到了惊人的程度，而且具有相当大的随意性。往往没有什么特别的理由，斯大林就可以让他的将军和元帅们下岗或者降级降职。军人的资历经验全都不能使独裁者改变自己的灵机一动。

---

①《苏联军事百科全书·军事历史》上，第177页。

第七章 ‖ 1941年秋冬之交的东线南段——顿巴斯、哈尔科夫、克里木、罗斯托夫

到了10月18日,从敖德萨调来的红军滨海集团军也乘船来到了克里木,其司令彼得罗夫少将戴着在苏军中极其少见的夹鼻眼镜,看上去不像个军人,倒像个医生。在沙皇军队中,彼得罗夫曾经是一名准尉。而在战前的红军中,他则高升为少将,甚至在1941年3月担任过机械化军军长的职务。但战争爆发后,他却在南方面军指挥着一个步兵师。在敖德萨,彼得罗夫成为了滨海集团军司令。这位曾经成功指挥过敖德萨保卫战的将军大概没有想到,在克里木,他即将指挥另一次形式极为相似,但规模却更大,也更为残酷的战役。

加上这个刚到的滨海集团军,岛上的苏军连同黑海舰队在内,共有12个步兵师、4个骑兵师①,兵员235600人②。其中除去黑海舰队的约7万余人,陆军兵力大约为16万人,拥有100多辆坦克,1000门火炮和迫击炮,50架飞机(不包括黑海舰队航空部队)。

但在这些部队中,滨海集团军刚刚赶到,还来不及进入防区,而半岛上原有的部队在部署上也极不合理。指挥第51集团军的库兹涅佐夫将军不知出于什么考虑,担心德国海军陆战队会在半岛实施登陆,虽然从黑海海域的实力对比来说,这一点实际上是根本不可能的。

出于上述错误判断,他把所属的9个师平均分在整个半岛上。而在德军从陆上进攻仅有的2个通道:彼列科普地峡和琼加尔桥附近,他却仅仅部署了5个不满员的师,其中在彼列科普有4个师,在琼加尔桥部署了1个师。前面已经介绍过,曼施坦因在彼列科普部署了6个满员步兵师,在琼加尔桥则是3个罗马尼亚旅。这样一来,苏联人本来拥有的兵力优势反而变成了劣势。但在另一方面,苏军部署在辛菲罗波尔和塞瓦斯托波尔等地的部队,也可以充当一线防御部队的预备队使用。

10月18日凌晨5时40分,德军向彼列科普地峡实施了猛烈的炮火准备,并采用了徐进弹幕射击:炮弹首先在德军步兵阵地前约100码的地方落下,在稍作停顿后,下一批炮弹则落在了红军防御阵地内,与此同时,德国步兵开始

---

① 《第二次世界大战史》卷四,第207页。
② 《苏联在二十世纪的伤亡和战斗损失》,第107页。

以冲锋枪手为前导,在迫击炮和机枪的火力掩护下,穿过尚未消散的硝烟,发起冲锋。

但苏军的阵地却没有被德国人的炮击所压制。虽然他们的野战工事事实上并未完工,但在两侧都是"懒海"的彼列科普狭窄的地形上,德国人的炮火非但无法侧射,甚至无法纵深射击,自然更谈不上从侧翼实施迂回了。从正面发起冲锋的德国步兵,因此不可避免地遭到了对手凶猛的射击,并在红军依托有利地形建立的由倒刺铁丝网、地雷,设有机枪、喷射器的碉堡,甚至遥控水雷的防御体系中陷入死亡陷阱。德军即使在战斗中取得一定进展,但由于在当地平坦的盐质草原上毫无屏障,也很快就被红军的火力所压制,只能等到夜间,在寒冷潮湿的地面挖壕据守。由于巨大的伤亡,到了10月25日,德国各进攻部队已经出现了近乎崩溃的势头。

与此同时,苏军航空部队也频繁空袭德军进攻部队,其攻击力度之强大,甚至到了让德军高射炮都不敢还击的地步。德国高射炮手深恐对苏联飞机的射击反而会招来灭顶之灾。

对部队前进缓慢而忧心忡忡的曼施坦因不断向上级求援,要求增派部队,尤其是装甲摩托化部队。10月23日,德军南方集团军群也向陆军总司令部指出,第11集团军以现有兵力根本不可能迅速攻占克里木。但由于德国人需要动用重兵进攻罗斯托夫,无力增援克里木方向。对此,希特勒本人在10月26日特别强

闯入一处工厂的德军迫击炮小组

第七章 ‖ 1941年秋冬之交的东线南段——顿巴斯、哈尔科夫、克里木、罗斯托夫

调,夺取罗斯托夫顿河渡口任务要优先于占领克里木。

第11集团军虽然没有得到装甲摩托化部队,但从北线调来的第42军此时却经过长途跋涉赶到了战场,使第11集团军的实力增强到了3个军8个步兵师,同时,德国空军第4航空队也加强了对曼施坦因的支援,将原来从克里木战线调走支援罗斯托夫战斗的第77战斗航空联队第2大队,第2教导航空联队第1大队,第52战斗航空联队第3大队调到

一架正在投弹的德国战斗机

克里木战场。现在,支援曼施坦因的空中力量已经增加到了300多架作战飞机,其中包括超过100架战斗机。

在他们的支援下,曼施坦因在10月20至22日突破了伊顺阵地。现在,展现在他面前的开阔克里木平原已经无险可守了。作为代价,仅德国第54军经过自10月18日以来的12天血腥战斗,就损失了5376人[①]。

10月29日 第11集团军作战序列

第30军(第22、72步兵师),第54军(第50、132步兵师),第42军(第46、73、170步兵师),第24步兵师

为了挡住曼施坦因,红军一面从辛菲罗波尔等地调动兵力,其中包括滨海集团军的部队,向伊顺方向发动反击。一面在10月22日组建以统帅部海军代表列夫琴科海军中将为首的克里木军队指挥部,对独立第51集团军、滨海集

---

① 《塞瓦斯托波尔1942》,第9页。

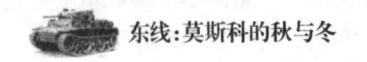

团军和黑海舰队实施统一指挥。

在10月底，原第51集团军司令库兹涅佐夫已经被免了职，由巴托夫中将代理其指挥。他竭尽全力在彼列科普地峡实施最后的反击，以求挡住曼施坦因的进攻。为此，投入了包括第5坦克团在内的装甲部队，以10辆轻型坦克为前导，T-34殿后发动进攻。但苏军很快就陷在德国猛烈的炮火和密集的迫击炮集中轰击中。为了给被打得抬不起头的士兵打气，身着检阅制服，头戴军帽的集团军装甲兵主任波罗金诺夫少将跳下装甲车，一面做手势，一面大喊着命令那些没能跟上坦克的落伍士兵继续前进，却被横飞的德国弹片击中丧生。此后，遭到巨大伤亡的红军放弃了继续反击的企图。

在空中，为了挫败曼施坦因的进攻，红军航空部队也拼命加大空袭力度。但在10月23日，4个德国空军战斗机大队的强大Bf-109战斗机群重创了苏军。在当天的战斗中，苏第63轰炸航空兵团的2架TB-3重型飞机挂着4架I-16（所谓"子母机"，主要是为了增大小型攻击飞机的航程），在11架I-15

成散兵线前进的苏联步兵

第七章 ║ 1941年秋冬之交的东线南段——顿巴斯、哈尔科夫、克里木、罗斯托夫

比斯和8架I-153护航下，准备袭击彼列科普地峡的德军炮兵阵地，却遭到德国第77战斗航空联队第2大队的拦截。苏军丧失了7架飞机。德第3战斗航空联队第2大队和第77战斗航空联队第3大队这天还击落了11架米格-3、8架I-15比斯和3架I-16。在这次空战后，德国人获得了地峡上空的制空权，可以任意屠杀地面的苏军。

得到增强并击退了红军地面空中反击的德军，在10月28日发动了对彼列科普地峡最后的进攻。在此

一架因事故而坠落的苏军TB-3重型轰炸机

骑自行车的德军侦察部队

前的战斗中，德国人发现，对付苏军阵地最有效手段之一，就是第190强击火炮营装备的强击火炮。这些装甲战斗车辆可以顶着苏军的火力，逼近那些建立在复杂地形上的碉堡工事，然后用24倍径75毫米火炮将其摧毁。在10月28日攻势中，德军第170步兵师就在强击火炮配合下最终突破了苏军在彼列科普的防御。10月29日，德军突破苏军第二道防线。失去阵地依托的红军阵脚大乱，被迫向南方和东南方向撤退。与此同时，罗马尼亚山地军也向琼加尔桥发起进攻，加速了红军的败局。

曼施坦因立刻组织德军第54和第30军向南发动追击，罗马尼亚山地军紧随其后，而新到的第42军则向东南方向突击。为了加快速度，曼施坦因接受了参谋长奥托·维勒上校的建议，将所有可以使用的车辆组成快速机动战斗

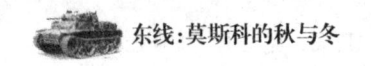

群,在摩托化侦察、高炮和工兵部队的配合下进攻。

克里木的重要据点开始一个个落入敌手。11月1日,德第30军顶着塞瓦斯托波尔第30岸炮连(德国称为"高尔基"I号炮台)的305毫米口径远程巨炮的轰击,占领了克里木自治共和国首都辛菲罗波尔。德军第132步兵师顺势沿着铁路线向塞瓦斯托波尔推进,却遭到苏军第8海军步兵旅的强力阻击。11月2—3日,德第132师死伤428人,被迫暂停下来。2天后的11月4日,新投入的德国第42军又攻占了克里木东南部的重要港口费奥多西亚,迫使苏军独立第51集团军和滨海集团军分别退守到刻赤半岛和塞瓦斯托波尔地域。

经过这次惨败,撤到刻赤方向的红军各师仅剩下少量部队和装备。11月6日,列夫琴科海军中将在给斯大林的电文中报告情况如下:"预备队已经用完,步枪和机枪也没有了,调来的补充连没有武器,向刻赤方向撤退的每个师只有200到350人。鉴于人员太少,已经将第271、276师和第156步兵师合并成一个第156步兵师。"①这位将军的报告或许有些过甚其辞,不过部队兵员锐减则是事实。

斯大林当然不会甘心让出刻赤。11月9日,他命令库利克元帅飞往刻赤,挽救局面。这位元帅此前由于在列宁格勒前线表现不佳,而被解除了第54集团军司令,而这个新任务似乎表明领袖对他依然抱有信心。

11月11日,库利克到达前线,立刻下令"死守战壕,决不后退"。但其后的战斗却迫使他重新判断局势。在确认战况已无法挽回后,库利克反而向斯大林做出了撤退的建议。可在15日,斯大林却致电库利克:"不准放弃刻赤"。为了说服领袖,库利克在回复中举出下列事实证明自己的困境:"第51集团军的情况太严重了,只有第106步兵师充其量还有40%的战斗力,其余各师只有300条枪","逃兵成千上万","目前战斗在城南郊进行,敌军已经揳入米特里达特地区。今天我要求再坚持一昼夜,天黑前撤出主要炮兵部队,16日晨撤出其余部队"。

在说明了自己的处境和计划后,这位元帅似乎还是有些忌惮领袖可能因

---

①《胜利与悲剧》下,第228页。

第七章 ‖ 1941年秋冬之交的东线南段——顿巴斯、哈尔科夫、克里木、罗斯托夫

此而爆发出雷霆之怒。于是他还从斯大林本人的指示中寻找撤退的理由来为自己开脱:"在我启程时,斯大林同志指示我,不能让敌人渡海进入高加索"。换言之,只要达成阻止德军侵入高加索这个根本任务,放弃刻赤并无任何不妥。

在说明了一切的同时,库利克已经在1941年11月15日采取了撤退行动。苏军独立第51集团军放弃该城,通过海路撤向塔曼半岛。第二天,刻赤落入德第42军之手。而撤退到塔曼的库利克,则忙于强化当地的防御。他利用克拉斯诺达尔地区和克里木各军校和预备队武器装备起第12步兵旅,并将其调往塔曼半岛北部,在山脊西侧布防。第302步兵师2个团在塔曼半岛南部山脊布防。由于库利克的防御,德国人后来在很长一段时间里也没有敢于从刻赤攻击塔曼。

但斯大林不肯原谅库利克放弃无法防守的刻赤,于是在1942年2月16日将他送上苏联最高法院特别法庭受审。库利克的悲剧真正开始了。

库利克简历[1](1890—1950)

库利克,曾经荣膺4枚红旗勋章和4枚列宁勋章的"苏联英雄"称号获得者,苏联元帅。他那一度辉煌,最终却极为悲惨的生涯开始于波尔塔瓦的一个农民家庭。1912年,年轻的库利克加入沙俄军队,并作为一名炮兵——一个将和他一生结下不解之缘的兵种——参加了第一次世界大战。1917年,库利克加入布尔什维克,并于当年11月在家乡组织了赤卫队。在著名的察里津保卫战中,他以第10集团军炮兵主任的身份(这个集团军还诞生了另外两位苏联元帅——叶戈罗夫和伏罗希洛夫),指挥炮兵起到决定性作用。察里津保卫战的胜利使斯大林戴上了桂冠,并使他在列宁心目中的地位大大上升。而在察里津胜利中立下大功的库利克也自然成为了斯大林最信任的红军将领之一。

内战结束后,库利克在斯大林的关照下步步高升。作为他心目中的炮兵权威,1937年5月起库利克开始任工农红军军械部长,1939年又担任苏联副国防人民委员兼总军械部部长,成为战前红军军械建设的核心人物。有理由认为,正是他使沙俄军队崇尚的炮兵主义传统在红军中得到延续。在苏芬战争中,正是他的大炮为苏联人赢得了最后的胜利。为了奖赏这位爱将,斯大林在1940年授予他苏联元帅军衔和苏联英雄称号。但作为代价,库利克的妻子——一个被处决的沙俄贵族的女儿,永远地失踪了。库利克本人或许最后也不知道的是,他的妻子实际上是被贝利亚下令秘密逮捕并处死了。有一位俄罗

---

[1]《被枪决的苏联元帅》等资料。

斯作家认为,库利克妻子的不幸是由于她和斯大林之间的暧昧关系,这位风流成性的夫人有可能向自己的另一位情人透露了这一点,结果招来杀身之祸。但对于这一点,这位作家并没有拿出任何有说服力的证据,所谓领袖"情人"的说法也没有得到其他资料的证实,仅仅只是猜想。在笔者看来,更大的可能是斯大林不希望自己最宠爱的将军,即将成为元帅和苏联英雄的库利克,枕头边上睡着一个阶级敌人。不久前这个贵族的女儿甚至还当着别人的面要求斯大林释放她的"反动"兄弟(此人最终也被处死)。不管怎么说,所有的资料都证实这时斯大林依然信任库利克,将他视作自己的军事专家,直到刻赤战役失败。

刻赤的失败使库利克在1942年2月16日被送上了苏联最高法院特别法庭,并以"指挥失误"的"军事职务犯罪"为由,在2月19日被特别法庭和苏联最高苏维埃主席团剥夺了苏联元帅军衔、苏联英雄称号和一切国家级奖赏。库利克从元帅一下子被降为列兵。但已经处决了3位元帅,铁石心肠的斯大林对这位老朋友还是"网开一面",竟然在1942年3月恢复了库利克的少将军衔。1943年4月,库利克又被晋升为中将,并被调任近卫第4集团军司令,他在这个职务上干了5个月,并参加了库尔斯克会战。斯大林或许指望库利克能够重振雄风,但结果却令他失望:在库尔斯克反攻中,库利克拙劣的指挥不仅使他的部队遭到了巨大的损失,也使斯大林对他失去了最后的兴趣(详见《东线》第6卷《库尔斯克》)。10月,库利克被从前线召回。

1944年1月,斯大林再度想起了库利克,虽然没有给他指挥权,但却任命库利克为国防人民委员部部队组建和补充局副局长。但在战争结束前夜,库利克却被他的上级指控"品德低下,胡言乱语,丧失工作能力和兴趣",结果在当年4月12日再次被免职,并且于4月27日以所谓的"道德败坏、政治上腐败"为理由开除党籍,并降为少将。

安装130毫米口径海军炮的SU-100Y

第七章 ‖ 1941年秋冬之交的东线南段——顿巴斯、哈尔科夫、克里木、罗斯托夫

战争结束后，失意的库利克被"发配"到伏尔加沿岸军区担任副司令员。极端的荣辱生涯并没有教会他谨言慎行。由于和同样被贬黜的司令员戈尔多夫上将——曾经担任过斯大林格勒方面军司令员，关于他的情况将在《东线》第3、4卷中介绍——一块发牢骚。1946年6月，库利克被迫退役。但他却并未停止和戈尔多夫的来往，也没有停止那些可能招来杀身之祸的言论，其中包括要求取消红军的政治制度以及对领袖不公正的不满。

斯大林最终采取了极端手段。1947年1月11日，库利克被指控"组织反苏活动"、"发表背叛性和恐怖性的言论"，遭到苏联国家安全部逮捕，关进了莫斯科的苏哈诺沃监狱。1950年8月2日，苏联国家安全监察委员会对其正式提出了指控。8月23日，库利克被苏联最高法院军事审判庭处以死刑并没收财产。第二天，曾经叱咤风云的苏联元帅遭到了枪杀，终年60岁。1957年9月28日，在其亲友部下和朱可夫元帅的活动下，库利克得到平反，并恢复了元帅称号和其他所有的荣誉。

尽管恢复了名誉，库利克仍然是一位颇有争议的元帅，他被说成是一个斯大林庇护下的小人，一个从来没有打过胜仗的庸才。更多的批评来自他战前主管苏军军械工作的成败是非。长期以来，军事历史学家们都指责库利克在新技术面前的保守和无知，并力图将苏联战前军备方面的全部不足都推到他的头上：对"喀秋莎"火箭炮的漠然视之，使之没有能够迅速形成战斗力；要求炮兵采用马，而不是摩托化车辆来牵引；对1937式152毫米榴弹炮和迫击炮要求过分严格，反复试验，耽误了列装等等。

但另一方面，库利克恐怕也是一位思想极为超前的元帅。由于相信德国人的坦克像"无畏舰"一般坚固，他一度下令停止了45毫米反坦克炮及其炮弹和反坦克枪的生产，转而生产76毫米炮弹，导致红军在战争初期反坦克炮数量不足。同时这位元帅还下令在KV坦克上安装107毫米的长身管加农炮（最后只能装上85毫米炮），结果诞生了一种在当时技术条件下极不成熟的KV-220坦克——一个重63吨的铁甲怪物。为此，库利克后

KV-220坦克

装备107毫米口径火炮进行测试的KV-2坦克

来没有少挨骂。因为在1941年,德国人并没有需要用如此强大火力来对付的坦克。这些都成为了库利克的罪状。

但当1942年下半年,德国人将虎式重型坦克投入战场时,当1943年夏季希特勒的"猛兽"装甲集团军汹汹而来时,苏联人在抱怨手中缺乏强有力武器的同时,却没有多少人还记得库利克当年的"超前"主张(库利克本人倒是亲身体验了)。人们也忘记了,最终在苏德战争中为红色帝国的胜利奠定最坚实基础的红军炮兵,正是在这位元帅的苦心经营下成长起来的。最终将上百万德国军人连同他们的阵地夷为平地的不是坦克和飞机,却正是密集轰击的苏联大炮。

背负了众多骂名,在苏德战争中几乎没有取得任何战场胜利的库利克元帅绝不是一位优秀的战地指挥官,可他依然有权利分享最终胜利的荣誉。正因为如此,同样相信大炮兵大火力主义的笔者才写下这篇篇幅有些大的库利克简介。

库利克的悲剧促成了曼施坦因的成功。到1941年11月中旬,他已经可以宣告自己的胜利了:整个半岛除塞瓦斯托波尔以外的所有地区都已经被他占领[①],在这个过程中,德军取得了巨大的战果:从9月下旬以来,德军已经在克里木俘房苏军10万余人,击毁或缴获坦克与装甲车166辆、火炮697门。同期,德军损失1万人左右。

而根据苏方的统计,从10月18日到11月16日,半岛上的红军纯减员为48438人,伤病15422人,损失总数达到了63860人[②]。另外,第51集团军自成立一直到克里木战役结束的94天之间(1941年8月到11月16日),总的损失

---

① 《失去的胜利》,第210页。
② 《苏联在二十世纪的伤亡和战斗损失》,第107页。

第七章 ‖ 1941年秋冬之交的东线南段——顿巴斯、哈尔科夫、克里木、罗斯托夫

为:战斗死亡9480人,失踪被俘32173人,非战斗死亡10550人(估计很大部分是被处死的逃兵),伤病15852人(其中战伤14388人)[①]。根据其他材料,在苏军在克里木的上述失踪人员中,有1315人加入了当地游击队。

但苏联人在克里木半岛毕竟还剩下塞瓦斯托波尔这个最重要的据点。11月中旬,曼施坦因在该城以东展开了第22、50、172、24步兵师,还有第132、170师各一部,以及罗军第1山地旅[②]。攻势于11月10日开始。但红海军步兵打得相当顽强,"巴黎公社"号战列舰和2条轻巡洋舰又用重炮迎头轰击。德军死伤2000多人,11月21日就停止了进攻。

在塞瓦斯托波尔未来的战斗中,曼施坦因和他的第11集团军将花费比夺取克里木半岛其他所有地区还要多得多的时间,而且还将付出极其惨重的损失。笔者将在下一卷《特别篇章:塞瓦斯托波尔攻防战》中详细介绍这场战役。而现在,还是让我们重新回到广阔的东线主战场。在这个战场的南端,胜利进军中的德国南方集团军群正面临着一场巨大的危机。

用305巨炮轰击德军的"巴黎公社"号战列舰

[①]《苏联在二十世纪的伤亡和战斗损失》,第200页。
[②]《巴巴罗萨战役(1):南方集团军群》,第67页。

二、罗斯托夫战役

1941年11月初的罗斯托夫方向

1941年11月初,龙德施泰特元帅指挥下的德军南方集团军群已经占领了顿巴斯西南部和哈尔科夫工业区,而其所辖的第1装甲集团军,正在克莱斯特大将率领下,向通往高加索的咽喉要道——顿河渡口罗斯托夫挺进。德军第17集团军则在其北面配合这次进攻。

在罗斯托夫防御的苏军主要是撤退至此的南方面军,司令员是切列维琴科中将。这个军团防守在红利曼、红卢奇、哈普雷一线。从10月26日开始,这个方面军被重新纳入西南战略方向总司令铁木辛哥元帅的指挥下。

由于在亚速海沿岸的战斗中遭到了很大损失,南方面军只剩下不到20万残兵败将,所属的一些师只有2600到3500人,技术装备所剩无几。这些部队在后撤过程中仓促组建的临时战线也漏洞百出。

南方面军右翼,是撤退到北顿涅茨河一线的第12集团军,在其南部是第18集团军。2个集团军只有7个被打残的步兵师和2个骑兵师。其当面之敌,由北到南,分别是德军第17集团军"施韦德勒将军集群"的第76、94、97步兵师(由第4军主力构成);意大利远征军的第9、3、52师,第1装甲集团军第49山地

第七章 ‖ 1941年秋冬之交的东线南段——顿巴斯、哈尔科夫、克里木、罗斯托夫

军的第198步兵师、第4山地步兵师。

南方面军左翼是哈里东诺夫少将的第9集团军。这是方面军目前最强的一个集团军，拥有4个残编步兵师（第136、30、150、339步兵师）和2个坦克旅（第132、2坦克旅，50辆坦克），负责直接掩护通向罗斯托夫的道路。其当面德军是克莱斯特第1装甲集团军的主力，包括第3、14摩托化军及其所属的第13、14、16装甲师和第60摩托化师，党卫军"希特勒"旅级师、"维金"师，以及第49

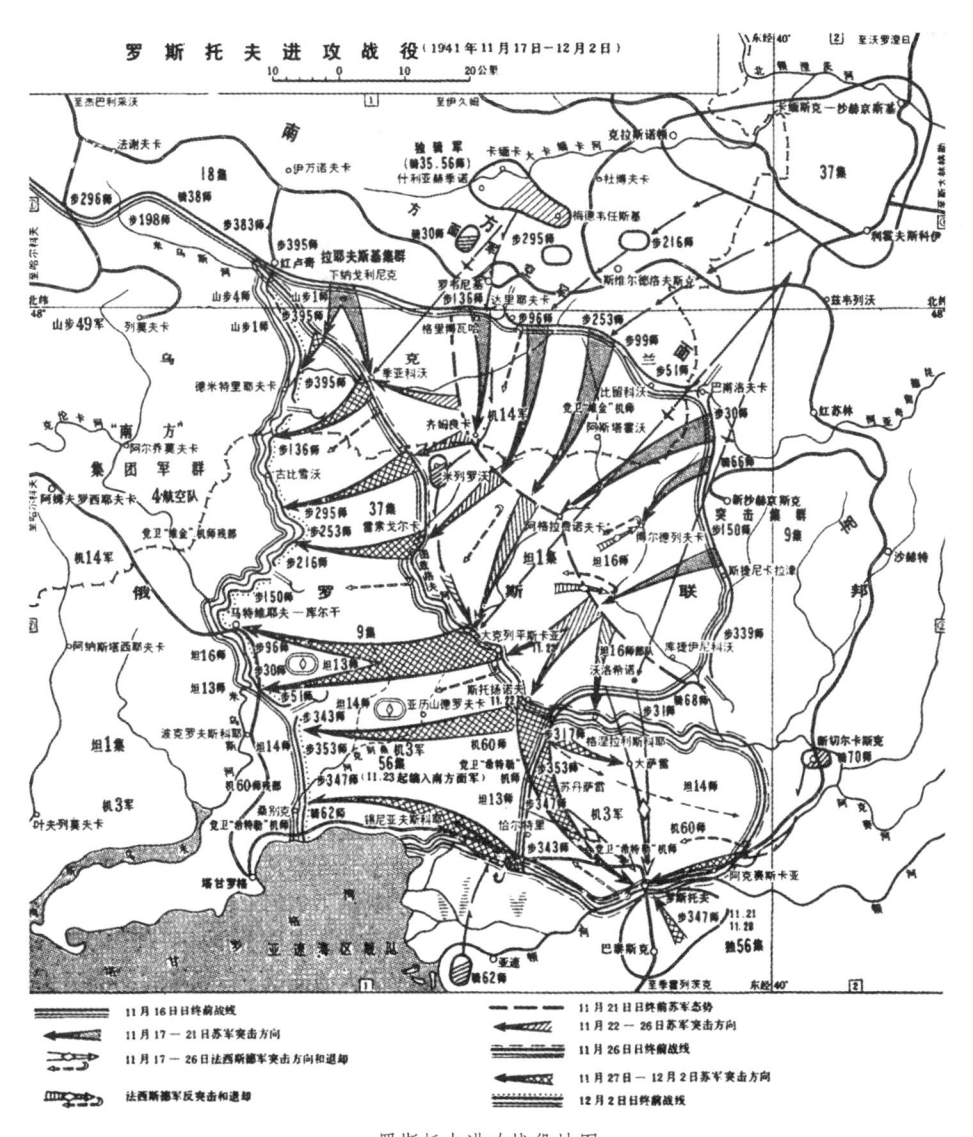

罗斯托夫进攻战役地图

秋季的德国战壕

山地军的第1山地步兵师。德国人装备的坦克数量虽然从10月初的350辆下降为250辆,但依然对苏军处于绝对优势。克莱斯特的装甲部队由第5航空军的250架飞机支援。

整个南方面军当面的德军,共有12个德国师(3个装甲师,3个摩托化师),3个意大利摩托化和半摩托化师。连同后勤部队在内,总兵力接近30万。德国人在兵力上拥有较大优势。

10月22日,德国南方集团军群司令龙德施泰特签署攻打罗斯托夫的第10号指令[①]。德军以第14摩托化军为主力,第49山地军和第3摩托化军分别掩护其左右两翼,向罗斯托夫发动最后攻击。

[①]《巴巴罗萨战役(1):南方集团军群》,第77页。

第七章 ‖ 1941年秋冬之交的东线南段——顿巴斯、哈尔科夫、克里木、罗斯托夫

迟疑不决的龙德施泰特和自信的铁木辛哥

尽管形势看似乐观,龙德施泰特此时却乐观不起来。他不仅没有在顿巴斯和哈尔科夫获得梦寐以求的资源和工业设备,而且对进攻罗斯托夫的计划也产生了动摇:第1装甲集团军虽然逼近了罗斯托夫,但也和友邻的第17集团军之间拉开了一段距离,实际上陷入了孤军深入的境地。不仅如此,第1装甲集团军在后勤方面也面临着巨大的困难[①]。在冬季即将到来的时候,克莱斯特的摩托化装甲部队却由于物资补充的困难而导致战斗力急剧下降,甚至装甲师也只能依靠抢来的苏联小农业马车来运送物资。

不仅如此,德军虽然在第一线拥有兵力优势,但苏军在战线后方的罗斯托夫部署的新部队却可能使这一优势最终丧失:按照斯大林的命令,北高加索军区将10月份刚刚组建的独立第56集团军也投入到罗斯托夫。早在10月17

德军用马车拉着步兵炮前进

---

①《苏德战争》,第213页。

日，在列梅佐夫中将（12月由齐加诺夫接替）指挥下，第56集团军的2个步兵师和1个骑兵师就紧急开到了第9集团军的南翼，防守在罗斯托夫北面和西北面。而在罗斯托夫市内，组建了包括罗斯托夫炮兵学校、军区党政工作人员训练班、政治学校、骑兵第230团、摩托化步兵第33团、罗斯托夫共产党人团和民兵团在内的守备部队，共有6392人。在市区外，部署了第56集团军所属的骑兵第64师、装甲列车营、撤退至此的塞瓦斯托波尔海军学校和亚速海区舰队的一个舰艇中队。

到了11月3日，第56集团军共有第31、317、343、347、353步兵师，第302山地步兵师，第62、64、68、70骑兵师，第6坦克旅，独立坦克第81营，装甲列车第7营。顿河河区舰队也被纳入该集团军的指挥。其总兵力接近9万人，有不少于30辆坦克。这样一来，就算德国人能够突破南方面军的防线，但也会在罗

在1941年冬季的苏德战场，马车往往比汽车有用

第七章 ‖ 1941年秋冬之交的东线南段——顿巴斯、哈尔科夫、克里木、罗斯托夫

斯托夫城下陷入恶战。

出于对上述困难的考虑,龙德施泰特元帅在10月27日提出暂时不要进攻罗斯托夫。11月1日,缺乏物资油料的克莱斯特第1装甲集团军也停止了对罗斯托夫的冲击。11月3日,龙德施泰特又向到波尔塔瓦视察的陆军总司令布劳希奇提出暂缓进攻,让部队先停下来过冬,等到来年春天再发动新的攻势[①]。

但布劳希奇却拒绝了龙德施泰特的要求。而陆军总参谋长哈尔德更是以盲目的乐观态度来看待战局。他不仅要求南方集团军群夺取顿河下游的罗斯托夫渡口,为下一步冲进高加索,掠夺油田创造条件,还要求德军向东尽可能推进到斯大林格勒一线。为了实现这个"宏伟"目标,早在10月24日,德军第6集团军刚刚占领哈尔科夫和别尔哥罗德的时候,哈尔德和他的陆军总参谋部就首次制定出在保障斯大林格勒—阿斯特拉罕北翼安全的情况下,向高加索推进的作战方案。

在11月13日的奥尔沙会议上(在这次会议上,哈尔德确定了在东线严寒到来前继续进攻的方针),哈尔德传达了自己的目标,并驳回了南方集团军群参谋长对继续进攻的疑虑。如前所述,哈尔德要求德军在年内最远争取推进

渡河的德军车辆

---

① 《苏德战争》,第216页。

到科诺科普、斯大林格勒、高尔基城和沃洛格达一线。而最近,也必须到达顿河下游和雷宾斯克。

希特勒似乎也不反对哈尔德的方案。他仅仅在11月7日"谨慎"地表示,占领高加索应该推迟到下一年。而在11月19日,他又将高加索和苏联南部国界作为1942年的进攻目标。

在哈尔德的坚持下,南方集团军群不得不再次发动对罗斯托夫的进攻。其具体部署为:第1装甲集团军经季亚科沃、沙赫持、新切尔卡斯克,向罗斯托夫以北和东北方向实施深远迂回。而第17集团军第4军,则在意大利远征军配合下,向伏罗希洛夫格勒方向实施牵制性进攻,保障第1装甲集团军的侧翼安全。除了夺取罗斯托夫外,德国人还力图消灭当面的苏军第9集团军和独立第56集团军。

面对德国人即将发动的新攻势,红军西南战略方向总司令铁木辛哥——战前的国防人民委员,一位长着蒙古脸型的苏联元帅——却表现得极为自信,颇有大将风度。德国人曾经获得过这位元帅给斯大林的一份秘密报告。其中阐述了他的基本战略:在战斗中把德国人的坦克燃料耗尽,并把敌人阻止在可以获得石油的高加索以外。一旦德军用完了燃料而又没有掠夺到高加索的油田,他们的末日也就来临了。

但铁木辛哥的部下,直接指挥南方面军的切列维琴科却有些惊慌失措。10月31日晚上6时左右,这位将军通过有线电报请求铁木辛哥允许他动用第9集团军的3个步兵师、2个坦克旅和新切尔卡斯克骑兵学校的一个支队,对面前的克莱斯特装甲集团实施一次短促突击,并请求罗斯托夫城下的第56集团军予以支援。对这个计划,铁木辛哥颇为不屑。在他看来,"这些不痛不痒的突击"除了在优势之敌面前白白浪费宝贵的兵力外,没有任何意义。只有一次真正强有力的反击才能够消除当前的危机。

为了实施真正强有力的反击,铁木辛哥将南方面军的4个被打残的步兵师(第4、176、218、253步兵师)撤下了战线,把它们集结在了南方面军司令部所在地——罗斯托夫北面的卡缅斯克—沙赫京斯基地区充当预备队,并请求斯大林以3万支步枪、500挺轻机枪、250挺重机枪、200门反坦克炮、150门野炮和200辆坦克来补充这些连轻武器都剩不下多少的兵团。

尽管正专心致力于莫斯科战役的斯大林根本无法满足上述要求,但从11月5日开始,苏联人还是在这些部队的基础上开始重建被歼灭在基辅的第37集团军。这个集团军原来的司令员是弗拉索夫将军,现在则由洛帕京少将指挥。

克莱斯特向罗斯托夫进攻

但克莱斯特可不会等到苏军兵力集结完毕才开始行动。早在11月5日,他指挥的第1装甲集团军就在第5航空军支援下,向米乌斯河以东发动了进攻。其当面的红军第9集团军遭到了几乎整个装甲集团军的打击。与此同时,德军第17集团军第4军和意大利远征军也在伏罗希洛夫格勒方向对红军南方面军第12、18集团军发动了进攻,使他们无法支援第9集团军。

当天,第1装甲集团军从米乌斯河到罗斯托夫一线展开。在北部,展开了第49山地军的第1山地步兵师,第14摩托化军的党卫军"维金"摩托化师,第16装甲师,第14装甲师,其当面是季亚科沃以南地域的苏军第9集团军右翼的2个步兵师:第136步兵师和第

行进中的德国步兵

罗斯托夫防御战役地图

第七章 ‖ 1941年秋冬之交的东线南段——顿巴斯、哈尔科夫、克里木、罗斯托夫

30步兵师。

在南部,德军投入了第3摩托化军的第60摩托化师,党卫军"希特勒"旅级师,第13装甲师,其对手是大克列平斯卡亚地域的苏军第9集团军左翼部队。

从兵力部署上看,克莱斯特显然将进攻重点放在了北部,在那里集中了他全部3个装甲师中的2个,并得到了1个摩托化师和1个山地步兵师的支援。克莱斯特显然认为,由于北部地区距离罗斯托夫太远,苏军的防御兵力不会太强,德国装甲部队可以比较轻易地突入这个地区,然后从北面和东北面迂回罗斯托夫,这样可以避免陷入与罗斯托夫当面苏军第56集团军的长时间恶战。

这是一场兵力对比悬殊的战斗。德国的7个师(3个装甲师、3个摩托化师、1个山地步兵师)在250辆坦克的支援下,对苏军的4个步兵师实施了凶猛的冲击。占据优势兵力的德国装甲部队在进攻第一天就取得了突破,第14摩托化军的2个装甲师冲进苏军防线。

阵地被突破的红军第9集团军各部队被迫撤退。其右翼的第136步兵师

战壕里的德国步兵

向北退到了第18集团军战线,进入了事先在季亚科沃构筑的坚固防坦克支撑点。这是一件令人感到有些奇怪的事情:德国人明明是要对南面的罗斯托夫实施迂回,而苏联人却把反坦克支撑点修筑在了北面。这种奇怪的部署主要归咎于南方面军司令员切列维琴科,他根本没有准确地预测出克莱斯特的进攻企图,竟然认为德国人不会从第9集团军的战线向南面的罗斯托夫发动进攻,而将扑向东北面的卡缅斯克(他的司令部和预备队都集中在那里),因此在季亚科沃修了这个最为坚固的反坦克支撑点。

依托这个支撑点,苏军第136步兵师在瓦西连科中校指挥下摧毁了第16装甲师的29辆坦克。配合其作战的第132坦克旅由库兹明少将率领,在反击中取得了胜利,击毁了11辆德国装甲车。

但这点战术胜利几乎毫无意义。因为就在第136步兵师死守季亚科沃的同时,其南面的红军第30步兵师甚至连司令部都遭到了德军坦克的攻击。师长贡恰罗夫少将虽然竭尽全力救出了司令部和部队,并撤退到了30公里外,但也因此在战线上造成了一个巨大的缺口。德军第14摩托化军的第14、16装甲师已经通过这个大缺口,向东一口气推进了30公里,然后向南继续进攻。

与坦克同归于尽的步兵阵地

第七章 ‖ 1941年秋冬之交的东线南段——顿巴斯、哈尔科夫、克里木、罗斯托夫

他们的真正目标并不是季亚科沃和卡缅斯克,而是罗斯托夫。

苏联的空中侦察很快发现,新沙赫京斯克市西北附近30公里的地面几乎全部被德国人的坦克和车辆所挤满。慌了神的苏联飞行员甚至报告他看见了不下500辆德国坦克(实际大约有近200辆),这些坦克和车辆正从苏军第30步兵师的后方向南迂回!而在这庞大的德军面前,南方面军只有第2坦克旅而已。

虽然指挥南方面军的切列维琴科没有能够猜准德国人的企图,可指挥整个西南战略方向的铁木辛哥却已经估计到了克莱斯特的真实意图,并决心动用所有可以动用的力量来支援第9集团军。

11月6—7日,从预备队调来的第99步兵师和第142坦克旅被投入对克莱斯特的反击当中,西南方面军约一半的航空部队也用于对德国人的坦克和装甲车实施凶猛的空袭。与此同时,在德国人进攻第一天由于匆忙转移自己的指挥所并和部队失去联系,而遭到斯大林猜忌的第9集团军司令哈里东诺夫,也开始重新指挥他的部队实施反击。

到了11月7日,德军第1装甲集团军的进攻已经出现了衰减的势头。除了苏军的强有力抵抗外,后勤状况的恶化也是克莱斯特进攻受挫的重要原因。不仅如此,从11月6日开始的大雨也迫使德国人必须在泥沼中行军。这

用马拖着反坦克炮在雪地跋涉的德国炮手们

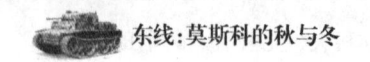

让克莱斯特感到苦不堪言。

铁木辛哥的反击计划

11月7日,对最后的胜利充满信心的铁木辛哥在沃罗涅日举行了十月革命节阅兵。尽管受阅部队都是些临时拼凑的工人、农民甚至知识分子,铁木辛哥还是神采飞扬。第二天,他得到了斯大林的通知:被古德里安打垮的布良斯克方面军第3、13集团军将纳入西南方面军编成(11月11日正式编入)。这样就把莫斯科战线的最南段也交给了铁木辛哥。

但此时,这位元帅所最感兴趣的还是罗斯托夫方向的战役。他请求斯大林允许动用南方面军对克莱斯特发动反击。为此还要使用西南方面军的一部分兵力。斯大林批准了他的计划①。

铁木辛哥总的反击计划是:以北面的第12集团军牵制住德军第17集团军第4军和意大利远征军。而动用南方面军主力:第18集团军、第9集团军,以及刚刚组建的第37集团军,对克莱斯特的第1装甲集团军发动反击。红军第56集团军则继续固守罗斯托夫及其附近地区。

为了实施铁木辛哥元帅的计划,参战苏军各部队匆匆忙忙地制订了作战计划。

11月12日,第37集团军司令洛帕京将军接受了反攻任务。这位前沙皇骑兵军士个子不高,剃得精光的大脑袋上长着大鼻子大眼和浓浓的眉毛,标准的武夫像。但他貌虽如此,为人倒是颇为严谨。就在接受任务当天,他已经制订出了进攻计划,其中详细规定了出发地位表、侦察计划、各兵种(包括航空兵)的使用计划、通信计划和物资保障计划。在其后几天里,这位将军把全部精力放在了对敌情的调查上。为此,他不仅在14日亲自到前线实地勘察,还要求侦察部门对缴获的3035封德军书信、49本德国书籍、340份德国报纸和杂志进

---

①《第二次世界大战史》卷四,第209页。

行详细研究①。通过大量的材料,洛帕京基本摸清了当面德国人的部署和实力。不过可惜的是,这位细心的将军在苏德战争中却是一颗最终未能升起的将星。半年以后,在另一次将决定整个战争结局的决战中,洛帕京丧失了显身扬名的大好机会。

11月12日,苏军总的反攻计划也制订了出来。苏联人预定以第37集团军全部兵力,第9集团军的1个步兵师、1个骑兵师,第18集团军的第96、99步兵师(11月14日,这2个师转隶第37集团军)实施这次反击。上述部队应自11月16日晨开始,向巴甫洛夫卡镇—大克列平斯卡亚—塔甘罗格总方向实施突击。其中,北面的第18集团军应攻击季亚科沃—德米特里耶夫地区,打击克莱斯特左翼的第49山地军,第37集团军则主攻大克列平斯卡亚,直接对抗克莱斯特的第14摩托化军;而第9集团军则进攻博尔德列夫卡地区的德军第16装甲师,以配合第37集团军的反击。

在上述苏军外,在第37集团军后方还另外配置了由霍伦将军指挥的独立骑兵军(第35、36骑兵师)和内务人民委员部的一个旅,这些部队被作为第二梯队。苏联人预定,在进攻开始后的第3天就粉碎德军第14摩托化军,然后从

运往前线的苏联轻型坦克

①《战争是这样开始的》,第146页。

11月20日到22日的三天时间里,推进到米乌斯河一线。

为了实施反击,红军竭尽全力搜罗兵力。11月10日,铁木辛哥下令将西南方面军第216、295步兵师,第3坦克旅,第71坦克营和3个反坦克炮兵团装上火车,调往南方面军。这些部队将用来加强组建中的第37集团军。这个集团军将成为苏军在罗斯托夫方向发动反击的生力军。

截至11月15日,组建不过10天的第37集团军兵力包括:第51、96、99、216、253、295步兵师,军属第437、269、266炮兵团,统帅部预备队炮兵第8团,反坦克炮兵第186、521、558、704团,第2、3、132坦克旅(其后又编入了第142坦克旅),第2火箭炮(所谓"近卫迫击炮")团第1、3营,第2、6、8号装甲列车。

第37集团军和独立第56集团军,使苏军在罗斯托夫方向的兵力增强了一倍。截至11月17日,苏军在这一地区的4个集团军(第9、18、37、56)共有21个步兵师,10个骑兵师,8个坦克旅,总兵力近35万人。其反击部队拥有大约120辆坦克。

1941年11月17日罗斯托夫方向红军兵力[①]

	步兵师(个)	骑兵师(个)	坦克旅(个)	兵员(人)
南方面军(不含第12集团军)	16	5	7	262500
第56独立集团军	5	5	1	86500
总计	21	10	8	349000

同时,斯大林还尽力强化罗斯托夫方向苏军的空中力量。在无法提供更多陆战武器和兵力的情况下,这是他给铁木辛哥最大的支援。根据斯大林的命令,预备队机群、2个混成航空兵师和1个夜航轰炸航空兵团被增派给了南方面军。这些航空兵团的到来,使10月中旬只剩下130架飞机的南方面军航空部队,在11月中旬实力上升到119架轰炸机、72架战斗机和13架攻击机。连同其他型号,共有320架飞机。在最近3个月中,这是该方面军拥有过的最

[①]《苏联在二十世纪的伤亡和战斗损失》,第120页。

第七章 ‖ 1941年秋冬之交的东线南段——顿巴斯、哈尔科夫、克里木、罗斯托夫

强空中力量。

此时在罗斯托夫方向作战的德军,是整个克莱斯特第1装甲集团军。包括第49山地军,第3、14摩托化军。所属部队有第198步兵师,第4、1山地步兵师,第13、14、16装甲师和第60摩托化师,党卫军"希特勒"旅级师、"维金"师。总计9个德国师,包括3个装甲师和3个摩托化师。其总兵力不到20万人,拥有坦克约200辆,担任空中掩护的第5航空军只有大约200架飞机(60架轰炸机和100架战斗机),其所属的一些大队只有6到7架飞机。由于其北面的第17集团军被苏军第12集团军所牵制,兵力上丧失了优势的克莱斯特实际上已经陷入了孤立。

但苏联人为反击而实施的兵力调动也不顺利。由于交通能力有限,苏军各部队必须在短短4天时间里临时调集,然后几乎在没有任何其他准备时间的情况下匆匆投入反击。因此,罗斯托夫苏军的"纸面"兵力虽多,但到了11月16日,却只有一部分开到了战场并做好了准备。

其中,充当反攻主力的第37集团军所属4个坦克旅中,只有第3、132坦克旅做好了进攻准备(但也只有1个按时到达指定地点),而第142坦克旅还没有来得及开到第37集团军,第2坦克旅则根本没有可供使用的坦克。因此,整个集团军只有92辆坦克可用。该集团军所属的步兵部队中,从西南方面军调来的第216、295步兵师由于距离太远,已经指望不上。而第37集团军自身的4个师,除了原来隶属于第18集团军的第96、99步兵师外,第51、253步兵师还在

遭到扫射的苏联军列

行军中，稍后才能进入出发地域。而这些师的实力每个不过两三千人。第37集团军的支援火力有235门76毫米以上火炮[1]。

除第37集团军外，其他参战苏军则有第18集团军的另外2个步兵师，第9集团军的1个步兵师和1个骑兵师。以及独立骑兵军的第35、36骑兵师（全军3000人，87挺机枪和10门火炮，80门迫击炮），1个内务人民委员部的作战旅。和德国人一样，苏军也没有能够及时获得冬装，难以在冰天雪地中进攻。

面对这种形势，南方面军司令切列维琴科将军迟迟下不了进攻的决心。就在这时，铁木辛哥乘火车（当天起了大雾，不能乘坐飞机）来到他在卡缅斯克—沙赫京斯基的司令部。在这位元帅的催促下，切列维琴科终于下达了进攻命令。

相向进攻与罗斯托夫的陷落

1941年11月16日9时40分，在经过30分钟炮火准备后，第37集团军所属的第96、253、99、51步兵师在第3、132坦克旅的96辆坦克支援下，开始冲击。

从克莱斯特的角度来说，苏联人真是选了一个好时机来进攻他。如前所述，在11月初，克莱斯特将他的主力集中在了北部的第14摩托化军。在该军编成内有党卫军"维金"摩托化师，第16、14装甲师。但自11月7日进攻受阻后，克莱斯特在11月8日至11日变更了部署。他放弃了从北面迂回罗斯托夫的计划，改为直接从正面夺取这个顿河渡口。这样一来，其右翼的第3摩托化军也就成了主攻力量。为了加强这支部队，克莱斯特将原来隶属于第14摩托化军的第14装甲师调了过来，使第3摩托化军的实力增加到了2个装甲师（第13、14装甲师）、2个摩托化师（第60摩托化师和党卫军"希特勒"旅级师）。而第14摩托化军则只剩下了第16装甲师和党卫军"维金"师。

11月13日，气温急剧下降，讨厌的泥泞地面被封冻起来。克莱斯特乘机

---

[1]《战争是这样开始的》，第445页。

恢复攻势。于是,在罗斯托夫战场出现了自战争开始以来少有的奇观:苏德两军在同一个战区同时展开进攻,面对面地撞击起来:

在战线的南面,经过加强的德军第3摩托化军,以2个装甲师、2个摩托化师的实力,对防守罗斯托夫的苏军第56集团军发动进攻。

而在战线的北面,苏军的第9、37集团军的11个师、4个坦克旅,对被削弱的第14摩托化军的2个德国师发动了凶猛的反击。其中在党卫军"维金"师当面,集中了差不多整个第37集团军的实力。但苏

投掷手榴弹的德国步兵

雪地中的一个苏联狙击手

联的野战师兵力有限。第37集团军的4个师加在一起,也不过万把人而已。而其当面的党卫军"维金"摩托化步兵师在开战时却有19377人,在战争中,该师作为能够得到优先补充的武装党卫军野战部队,总是拥有充足的兵力。这个德军著名的"北欧人种"师团当时编制有"维斯特兰德(西部地区)"、"诺尔兰德(北部地区)"、"日耳曼尼亚"摩托化步兵团,"维金"摩托化炮兵团,"维金"反坦克炮营,"维金"高射炮营、"维金"侦察营,指挥官是党卫军将军斯塔内尔。和这支部队相比,苏军在步兵力量上固然没有什么优势,但由于第37集团军得到了大量炮兵加强,红军的总体优势还是显而易见的。

战壕里的德军反坦克枪小组

德国步兵的战壕边沿摆满了手榴弹

第七章 ‖ 1941年秋冬之交的东线南段——顿巴斯、哈尔科夫、克里木、罗斯托夫

可是在德国人的顽强抵抗下,仓促发动的苏军反击推进得却极为缓慢。其第18集团军在季亚科沃被德国山地步兵师所迟滞。第37集团军虽然把"维金"师向南压迫着后撤了几公里,但却难以取得进一步的进展。而红军第9集团军则在德军第16装甲师的抵抗下止步不前。同时由于进攻的头三天内天气恶化,经过加强的苏联空军根本无法出动,什么忙也帮不上。

大肆吹嘘罗斯托夫胜利的戈培尔

与此同时,德军第3摩托化军对罗斯托夫的直接进攻却要顺利一些。对此,德国陆军总参谋长哈尔德在11月19日的日记中还特别写道:"总的看来,这又是顺利的一天。克莱斯特装甲集团军正顺利向罗斯托夫进攻。"当天,苏联第56集团军向"希特勒"旅级师和第14装甲师展开反击,却无功而返。很快,在"斯图卡"轰炸机配合下,德国第3摩托化军就已经兵临罗斯托夫城下。守城的红军第56集团军则依托几乎所有的房屋,与之展开激战,并将第6坦克旅所有的T-34坦克投入了战斗。这些坦克在德国人的阵地前横冲直撞,碾碎了德军第60摩托化步兵师的不少反坦克炮。但德国人的进攻并未因此而停止。在第13装甲师第4坦克团的直接配合下,党卫军"希特勒"旅级师和第14装甲师冲向罗斯托夫的顿河铁道桥。付出了很大代价后(被击毙者中包括第14装甲师第2坦克营的营长),他们完整夺取了桥梁,并在11月21日占领了罗斯托夫,迫使苏联第56集团军通过结冰的顿河撤到左岸和罗斯托夫以东。"希特勒"旅级师乘势进抵顿河南岸。

为了庆祝这个胜利,在德国大后方掀起了一股宣传浪潮。戈培尔的宣传

队鼓吹:"高加索的大门被打开了。"而哈尔德也在日记中得意地写道:"看起来,对我军来说,并不存在特别的危险。不过,如果德军军官和士兵们能够经受住这些猛攻并到达顿河弯曲部,那他们就算不愧对这一高度评价了。"

克莱斯特从罗斯托夫败退

但"特别的危险"却马上就要临头了。罗斯托夫的陷落丝毫没有影响苏军的反击作战。相反,铁木辛哥的攻势正变得越来越凶猛,如他自己所说,他要在罗斯托夫"给德国人一个厉害瞧瞧"。

斯大林也亲自给铁木辛哥打气。在11月22日,他专门指示铁木辛哥:向德军第1装甲集团军后方实施突击的任务,不能由于罗斯托夫失陷而有所改变。相反,现在倒是更有必要进攻并夺取塔甘罗格。11月24日,斯大林再次强调,南方面军务必"歼灭克莱斯特装甲集群,攻克罗斯托夫、塔甘罗格地域"。第56集团军应该协同夺回罗斯托夫[①]。

在此前后,遭到苏军优势兵力一轮接一轮凶猛攻击的德军第14摩托化军终于顶不住了,战线被撕开了口子。11月19日,苏军的独立骑兵军和第295步兵师已经迂回到了季亚科沃德军的后方。11月22日,南方面军司令切列维琴科向铁木辛哥报告,德国人忍受不住苏军的猛攻,已经丢弃了重型装备,开始向南撤退。紧随其后的苏军则向图兹洛夫河一线挺进。

现在,战线北部的德军第14摩托化军正在撤退。这同时意味着,在战线南面,刚刚占领罗斯托夫的德国第3摩托化军已经把自己送进了苏军的陷阱当中。

此时,苏军内部却发生了争论,南方面军司令员切列维琴科和西南方面军副参谋长巴格拉米扬等人主张,为了防止克莱斯特醒悟过来丢下罗斯托夫逃跑,应该迅速进攻距离只有90公里的塔甘罗格,以截断德国人的退路。而西

[①]《第二次世界大战史》卷四,第210页。

第七章 ‖ 1941年秋冬之交的东线南段——顿巴斯、哈尔科夫、克里木、罗斯托夫

南方面军参谋长博金则认为,傲慢自大的克莱斯特不会放弃罗斯托夫,苏军应该直接反攻该城,而不必担心会撞上从那里逃出来的克莱斯特。

铁木辛哥最初倾向于前一种意见,但在11月23日,苏联人还没有发现克莱斯特有撤退的迹象,这使铁木辛哥改变了主意,命令苏军在进至图兹洛夫河后,立刻以第9、37集团军转向东南方向,对罗斯托夫发动突击。而夺取塔甘罗格的任务,则交给配属坦克的霍伦独立骑兵军。第18集团军则在米乌斯河阻止德军第17集团军可能发动的进攻,以保护苏军的侧翼。看起来,铁木辛哥过于着急收复罗斯托夫了。

但面对苏军南方面军对自己的侧翼和后方的巨大威胁,克莱斯特却已经醒悟过来了。11月22日和23日,他给南方集团军群司令打了报告(由他的参谋长,以精力旺盛著称的蔡茨勒起草),说明了自己的危急处境,并要求立刻增援。同时,克莱斯特下令将第13、14装甲师从罗斯托夫调了回来,用以反击向图兹洛夫进攻的苏军。还从亚速海沿岸调来了斯洛伐克快速师(该师刚刚开到东部战场不久,兵力约1万人),以强化图兹洛夫防线。克莱斯特的装甲师

德军的机枪阵地

和冲过来的苏联坦克旅展开了激烈的坦克战。

与此同时，同样感到情况不妙的哈尔德也拼命催促南方集团军群北翼的第6集团军发动进攻以牵制苏军。但赖歇瑙元帅指挥下的这个德国集团军由于在哈尔科夫遭到了惨重损失，再加上后勤状况恶化，早在11月4日就已经主动和苏军脱离接触，躲到战线后面并建立了舒适的冬季阵地。对于哈尔德的催促，赖歇瑙也懒得理睬，以至于恼羞成怒的哈尔德告诉南方集团军群参谋长，他对第6集团军已经无法容忍了。但发牢骚也没有用，在11月23日，哈尔德只能在日记中写道："元首大本营现在非常不安。因为第1装甲集团军侧翼形成了极为严重的态势。已命令龙德施泰特从第17、6集团军调出部分兵力，但两个集团军都被牵制住了。"第二天11月24日，希特勒承诺提供24架Ju-52运输机给克莱斯特运送物资。但光靠这个并不能挽救第1装甲集团军的危机。克莱斯特自己最后的预备队——斯洛伐克机动师也被投入战斗，也完全不够用。

到了11月26日，红军南方面军推进到了图兹洛夫一线。与此同时，罗斯托夫城下的红军第56独立集团军（11月23日被编入高加索方面军，月底编入南方面军）为了牵制住德国人，不让他们逃走，也不断地穿过顿河上的薄冰，进攻罗斯托夫城。这一攻势主要针对德军第14装甲师和党卫

德军发射迫击炮

第七章 ‖ 1941年秋冬之交的东线南段——顿巴斯、哈尔科夫、克里木、罗斯托夫

军"希特勒"旅级师①。按照西方史料的记载,大群的苏联士兵在苍茫暮色中高唱着前进冲锋,有些甚至手拉着手。一排排的战士倒在了德国人的密集机枪扫射下,少数战士则在被打死前冲到了可以向德国人投掷手榴弹的距离。这种令德军大为惊讶的进攻一波接着一波,直到大片的尸体堆满了冰封的河面,失去了主人的战马疯狂奔跑着②。

11月27日,一个阴暗而寒冷的早晨,苏军开始对罗斯托夫发动反攻。在西北面,第37、9集团军长长的散兵线在开阔地上冒着德国人的猛烈炮火不断前进。在罗斯托夫南面,刚刚编入南方面军的第56集团军也发动了最后的进攻。局势已经非常清楚,如果再不撤退,不仅陷在罗斯托夫的德军第3摩托化军将全军覆没,整个南方集团军群都要遭到严重打击。情急之下,克莱斯特自作主张,命令第3摩托化军于11月28至29日夜间放弃罗斯托夫。

1941年11月28日,由杰明中校指挥的苏联内务人民委员部第230团,以及由一个名叫瓦尔福洛梅耶夫的厂长指挥的罗斯托夫民兵团,冲进了罗斯托夫市内。接着,红军第342、347步兵师先遣营也进入了市区。到11月29日日

苏军收复罗斯托夫

①《巴巴罗萨战役(1):南方集团军群》,第79页。
②《苏德战争》,第215页。

终,红军第56、9集团军已经在民兵配合下肃清了罗斯托夫城内的残存德军。

罗斯托夫："灾难的开端"

收复罗斯托夫后,苏联南方面军继续向西追击撤退中的南方集团军群。这个德国战略集团在此前的战斗中不仅伤亡惨重,还由于缺乏物资而陷入巨大的困境。此时,德军各装甲师只剩下12~24辆坦克,各步兵连平均只有50人①。11月30日,龙德施泰特在给希特勒的报告中指出:"全体士兵体力衰竭,士气低落,伤亡巨大,坦克的损失尤其惨重,快速兵团战斗力迅速下降。"②龙德施泰特认为自己别无选择,只能把部队全线撤退到米乌斯河。陆军总部批准了他的计划。按照这个计划,南方集团军群将后撤近100公里!这是整个苏德战争开始以来,德国军队第一次大踏步后撤。

可就在当天,希特勒却通过布劳希奇,命令龙德施泰特停止后撤③,并在米乌斯河前方十多公里的地区构筑阵地。对于已经获得撤退批准的龙德施泰特来说,希特勒的上述命令简直是出尔反尔,而且他可能觉得这是陆军总司令布劳希奇给希特勒的建议(大家还记得,龙德施泰特在战前和布劳希奇那次不太愉快的交谈),因此便干脆地答

东线德军的坟墓

---

① 《巴巴罗萨战役(1):南方集团军群》,第81页。
② 《第二次世界大战史》卷四,第211页。
③ 《苏德战争》,第692页。

第七章 ‖ 1941年秋冬之交的东线南段——顿巴斯、哈尔科夫、克里木、罗斯托夫

复道:"要想坚守,简直是发疯"。他还表示,如果不批准撤退,他将请求离职去治疗心脏病。希特勒的答复更干脆:"我批准你的请求,请你马上交出指挥权!"①12月1日凌晨2时,希特勒下令撤销龙德施泰特的职务②。

于是,龙德施泰特成了苏德战争中第一个被免职的德国集团军群司令。第6集团军司令赖歇瑙元帅接替了他的职务。此人当年曾出面建议希特勒清除冲锋队的罗姆,从而建立起了纳粹和德国陆军的同盟。而陆军向希特勒宣誓的誓词,据说也是出于赖歇瑙之口③。赖歇瑙的陆军同僚们甚至将其称为"纳粹将军"。

但陆军将领们不喜欢赖歇瑙的最主要原因,与其说是由于他的政治倾向,倒不如说是他们妒忌赖歇瑙与希特勒较为良好的关系。正因为如此,包括龙德施泰特在内的将军们曾经竭力劝说希特勒放弃任命赖歇瑙为陆军总司令的打算,而且获得了成功。

但现在,赖歇瑙却取代龙德施泰特成为了南方集团军群司令。这位新司令同时接受了希特勒下达的任务:无条件地制止第1装甲集团军的后撤。

不过希特勒此后很快放弃了这个打算,起因是他本人的东线之行。为了搞清楚实际情况,更为了证明自己决定的正确,希特勒亲自前往亚速海的日丹诺夫,在那里会见了党卫军老打手、"希特勒"旅级师师长迪特里希。这位刚从罗斯托夫逃回来的党卫军将军却为自己的上司——第1装甲集团军司令克莱斯特辩解,称在当时情况下,除了撤退没有别的办法。同时,希特勒的首席军事副官施蒙特也把他的朋友——第1装甲集团军参谋长蔡茨勒11月22日和23日打来的电报内容告诉希特勒④。根据这些电报,第1装甲集团军的状况已经十分紧张,迫切需要增援。这些情况希特勒此前并不了解。而隐瞒了真相的人,据说是德国陆军总司令布劳希奇。

了解这些情况之后,希特勒对被革职的龙德施泰特,以及第1装甲集团军

---

① 《第三帝国的兴亡》下,第1185页。
② 《哈尔德战争日记1939—1942》,第573页。
③ 《纳粹元帅沉浮记》,第50页。
④ 《希特勒与战争》,第435页。

司令克莱斯特倒是没有了意见。为此,他还专门在12月3日给国防军统帅部的约德尔打了电话,指出克莱施特对罗斯托夫危机不承担责任。龙德施泰特在被解职9天后,还拿到了希特勒赠送的25万马克的厚礼。此后不久,龙德施泰特被重新任用,但却被派往了西线。至于第1装甲集团军的参谋长蔡茨勒,从此也在希特勒的心中有了一个良好的印象,这将有助他不久以后的"直升机"式的高升。

与此同时,希特勒却转而对陆军总司令布劳希奇不满了起来,认为他无故扣押了反映前线真实情况的报告。这种不满情绪在不久以后将会爆发出来。

就在德国将军们陷入是是非非的同时,德军南方集团军群却在风雪中继续向后撤退。在他们后面,铁木辛哥的部队穷追不舍,直到12月2日冲到米乌斯河一线。此时,德军已经从罗斯托夫后撤了60~80公里。12月4日,用尽一切手段阻止撤退的南方集团军群新司令赖歇瑙也不得不报告陆军总部:如果不能及时派来援军的话,第1装甲集团军还是无法摆脱危机。这个集团军从罗斯托夫撤下来的部队几乎耗尽了兵力,各装甲师的坦克也所剩不多。如第14装甲师,10月31日还有68辆可用坦克,11月20日减少到36辆,11月30日只

停在战壕边上的德国三号坦克

第七章 1941年秋冬之交的东线南段——顿巴斯、哈尔科夫、克里木、罗斯托夫

有13辆。再到12月10日就仅有5辆坦克可用了[1]。

为了恢复这些装甲师的战斗力,希特勒早在12月1日撤销龙德施泰特职务的同时,又通知后备军司令弗洛姆,命令他火速通过铁路,给第13、14、16装甲师三个师,每个师送去40辆三号坦克和12辆四号坦克[2]。

南方集团军群的这次败退,是德国武装部队在东线的第一次大规模失败。而其失败的原因,却只能归咎于他们自己的狂妄:在兵力消耗严重,后勤保障不利的情况下,哈尔德等人却还是顽固地下令发动进攻;在苏军已经对其侧后构成严重威胁的现实面前,克莱斯特还是要坚持向口袋里冲。而最后为他们的狂妄承担责任的,却是并不主张这次进攻的龙德施泰特。

对于红军和铁木辛哥元帅来说,罗斯托夫却是他们在苏德战争中第一次取得的大战役胜利,为此付出的代价是纯减员15264人、伤病17847人。总计损失了33111人[3]。还失去了42辆坦克、42架飞机和1017门各种口径的火炮和迫击炮。在已经被夷为废墟的罗斯托夫城内,苏军士兵用黑色颜料在一座大楼墙上歪歪扭扭地写下了"罗斯托夫屹立在顿河上,克莱斯特一无所获!"的字样。但这次胜利的意义却并不仅限于此。在罗斯托夫战线北面,负责进攻莫斯科的古德里安以旁观者身份作出的评述倒是最为准确客观:"我们的灾难是从罗斯托夫开始的。"

在这位将军本人所处的莫斯科战线,更大的灾难即将来临。此时,这场战争第一个年头的1941年只剩下不到一个月时间。短短6个月的鏖战,已经让交战双方都血流成河。人员的重大伤亡和物资的巨大损耗,在人类战争史上都是空前的。

---

[1]《装甲部队1933—1942》,第211页。
[2]《哈尔德战争日记1939—1942》,第573页。
[3]《苏联在二十世纪的伤亡和战斗损失》,第120页。

特别篇

1941年战争的总结

德国军队在苏德战场头6个月交战中的损失是相当严重的。按照战时临时统计的不完整数据,德国陆军1941年在东线的战斗伤亡为[①]:阵亡173722人、战伤621308人、失踪35875人。合计超过83万人。还不包括非战斗损失。

同期,德国海军在苏联的损失为死亡458人、受伤294人、失踪110人。在这段时间,德国空军大部分伤亡也集中在苏德战场。空军全部5700名死亡人员中,东线占3783人;全部11557名受伤者中,东线占10057人;全部3056名失踪者,东线占2166人。

自开战以来截至1941年11月19日,德国武装党卫军在东线一共损失了1239名军官、35317名士兵和士官。其中,死亡13037人。

综上所述,1941年东线德军损失在884329人以上,其中死亡191000人。

但上述数字是不完整的。按照1999年发表的数字,德国武装部队(陆海空三军)和武装党卫军1941年在东线仅仅死亡一项就达到302495人,比战时统计的17万多人超出了1/3多。其中还不包括在芬兰战区的损失。当然,战时统计只计算阵亡,而没有包括在医院死亡以及非战斗死亡等等。战时统计的失踪人员应该也有一部分死亡。尽管如此,战时统计有所缺失是肯定的。

[①]《德国陆军的武器和秘密武器》卷二,第221页。

1941年东线德军死亡人员月度分布[1]

月度	死亡（人）
6月	25000
7月	63099
8月	46066
9月	51033
10月	41099
11月	36000
12月	40198
1941年总计	（11.0%）302495

虽然1941年德军处于进攻阶段，但也有一些人被俘虏。按俄国官方数据，1941年苏军共抓获10602名德军及其仆从国官兵。其中军官303人，军士947人[2]。但另一个材料却认为，1941年第四季度关押在苏联战俘营的德国军人有26000人，其中死亡222人[3]。

综合上述材料，1941年德军在苏联战场的实际损失可能在百万以上。

东线德军的众多战斗单位都蒙受了巨大损失。如第18装甲师，从6月22日到12月31日，战斗损失了7323人（被打死1009人、受伤5834人、失踪480人）[4]。再如第12步兵师自6月22日到12月10日，战斗损失4201人（被打死1005人、受伤3153人、失踪43人）。"大日耳曼"摩托化步兵团在"巴巴罗萨"行动开始时有6000人的兵力，到1942年1月6日已损失了4070人[5]。

---

[1]《德国在第二次世界大战的军事损失》，第277页。
[2]《苏联在二十世纪的伤亡和战斗损失》，第277页。
[3] 维基百科：德国战俘在苏联条目。
[4]《东线1941—1945：德国军队与野蛮化的战争》，第19页。
[5]《大日耳曼装甲步兵师》，第47页。

"大日耳曼"摩托化步兵团

1941年6月22日到1942年1月6日损失（人）

	阵亡	负伤	失踪
军官	36	89	0
军士	129	377	4
士兵	735	2590	110
总计	900	3056	114

跟随德军入侵苏联的几个仆从国的军队也死伤惨重。按照社会主义时代罗马尼亚发表的数字，罗军1941年在东线损失了30万人，其中11万人死亡。匈牙利快速军截至1941年11月，在苏联死伤也达到了26000人，损失了80%的坦克、98%的装甲车和全部自行火炮。芬兰军队的损失目前还没有发现比较可靠的数字。

德军还丧失了大量技术装备。自苏德战争爆发以来一直到11月30日，东线德军损失了2403辆坦克、85辆强击火炮、27辆自行火炮、759辆其他装甲车辆，总计3274辆[1]。而在整个1941年战局期间，东线德军"完全损失"了3733辆各种类型的装甲车（包括2839辆坦克和强击火炮）、7548门火炮和5279门迫击炮、193062件轻武器，以及近12万辆其他机动车。消耗的弹药达到853000吨。

具体细目如下（火炮、迫击炮、轻武器细目缺部分型号武器数据）[2]：

2839辆坦克和强击火炮：一号坦克428辆、二号坦克424辆、三号坦克660辆、捷克坦克796辆、四号坦克348辆、指挥坦克79辆、强击火炮104辆

607辆装甲汽车、其他类型装甲车287辆、116440辆机动车、143503匹马

1707门榴弹炮：105毫米口径1153门、150毫米口径554门

108门100毫米口径加农炮、9门150毫米口径加农炮、1门170毫米口径加农炮、9门山炮

46门210毫米口径超重炮、2门240毫米口径超重炮

3775门反坦克炮：37毫米口径3349门、50毫米口径426门

---

[1]《德国陆军的武器和秘密武器》卷二，第278页。

[2]《德意志帝国与第二次世界大战》卷四，第1120—1122页；《莫斯科城下的转折》，第316页；《第二次世界大战大事记》，第395页；《德国陆军的武器和秘密武器》卷二，第216—217页。

208门高射炮：174门20毫米口径、17门37毫米口径、17门88毫米口径
1221门步兵炮：75毫米口径919门、150毫米口径302门
5136门轻重迫击炮：3162门50毫米口径、1974门80毫米口径
97门火箭炮、147门外国火炮
60732支步枪、21162挺机枪、22332支冲锋枪、39958支手枪

到12月6日，德国空军已在东线损失了3455架飞机。其中"完全损失"有2093架，内含轰炸机758架、战斗机568架、170架俯冲轰炸机、330架侦察机、267架其他类型飞机。同时还有1362架飞机被击伤，包括轰炸机473架、战斗机413架[1]。

1941年6月22日至12月31日，德国空军一共损失了6225架飞机（3577架完全损失），除去后方训练等原因所丧失的飞机，有4643架损失在战区，其中又有3827架在东线[2]。也就是说，德军战区损失飞机的82%在东线。

1941年在东线损失的3827架德国飞机中，因敌方攻击或不明原因丧失者占2882架。其中1769架完全损失（机体毁坏60%以上），1113架严重受损（机

德军三号坦克

[1]《巴巴罗萨空战1941年7—12月》，第117页。
[2]《空战史1910—1971》，第333—334页。

体毁坏10%～59%)①。

总的来说,德军在1941年东线战役中的伤亡非常大,规模是第二次世界大战开始以来前所未有的。比较之下,在1939至1940年,德国攻略波兰和西欧,全军因各种原因一共只死了10.2万人。

1941年,德国全军死亡35.7万人,其中85%在东线。而这年在北非战场,德军只死了2198人(陆军1815人、空军383人),失去了229辆坦克、27门榴弹炮、6门加农炮、59门反坦克炮、102门迫击炮。

不过,如果和第一次世界大战的阵地战相比,1941年德军在东线的损失倒未必特别严重。而与同期苏联的损失相比,德国的伤亡更是显得比较轻微。

整个1941年,苏联所蒙受的军事损失是沉重而可怕的。连同非战斗损失在内,红军和红海军总的人员损耗多达4473820人②。相当于损失了90%的战前军队。

447万人的具体构成如下:

阵亡或后撤中死亡的伤员有465381人、在后方医院因伤死亡者101471人、因其他原因(患病、事故等)死亡者有235339人。总的死亡人数超过80万。

战伤者有1256421人,还有66169人患病。值得注意的是,另外还有13557人被冻伤(整个1941—1942年冬季冻伤者有64967人)。

总计,苏军的战斗死伤和病患超过210万人,高于德国及其盟友同类损失的150万人。

红军失踪和失去记录人员更多,总数为2335482人。其中除了小部分死亡以及在敌占区幸存下来的,绝大部分都沦为德军的俘虏。而按照德国公布的数字,1941年内共抓获256万～380万苏联俘虏③。但其中无疑包括了大量非军事人员,比如跟随苏军行动的民工。举例说,苏联西南方面军在基辅会战

---

① 《巴巴罗萨空战1941年7—12月》,第119页。
② 《苏联在二十世纪的伤亡和战斗损失》,第94、96页。
③ 《德意志帝国与第二次世界大战》卷四,第849页。

前有62.7万人,战役结束后尚有15万人幸存。德国却宣布抓获了近67万人。还有一组数字值得注意:到1942年2月,德军掌握的苏联战俘只有不到117万人。大战结束后,1941年的苏联俘虏只有672705人幸存。

总之,1941年内有两百多万苏军官兵被俘是比较靠谱的估计。苏联解体后,俄罗斯出版的克格勃史专著,记录苏军被俘人员年度分布如下[①]:

1941年被俘200万;1942年被俘130万;1943年被俘50万;1944年被俘20万。

苏联把这些俘虏视为叛徒,或至少也是不可靠的人。1941年12月27—28日,苏联国防委员会和内务人员委员部,先后下达指示,成立"特种劳改营",对返回的苏军战俘进行审查。通过审查的战俘,回到军队后也往往被派到最危险地段。

1941年,红军不仅丧失了数百万人员,还损失了大量武器和技术装备。包括(含非作战地区)[②]:

各种口径和型号的火炮迫击炮101100门。其中野战炮24400门(76毫米口径12300门、100和107毫米口径400门、122毫米口径6900门、152毫米口径4700门、大威力火炮100门)、迫击炮60500门(50毫米口径38000门、82毫米18500门、107—120毫米口径4000门)、反坦克炮12100门、高射炮4100门。

坦克20500辆。内含900辆重型坦克(以KV系列为主)、2300辆中型坦克。剩下的都是各种轻型坦克和快速坦克。

同期红军还失去了21200架飞机。其中,战斗原因损毁的飞机有10600架,其他则是因为训练事故等原因。损失飞机的类型构成为:7200架轰炸机(战损4600架)、1100架强击机(战损600架)、9600架战斗机(战损5100架)、其他飞机3300架(战损300架)。

苏联在1941年还损失了629万支轻武器(555万支步枪、10万支冲锋枪、

[①]《历届克格勃主席的命运》,第472页。
[②]《苏联在二十世纪的伤亡和战斗损失》,第246—258页、265页。

190800挺各种机枪)、15.9万辆机动车、23700部电台。苏联海军丧失了121艘水面舰艇(2艘巡洋舰、2艘驱逐领舰、19艘驱逐舰)和36艘潜艇。

大致比较,1941年苏联损失的坦克是德国的七倍、大口径火炮(100毫米以上)是德国的六倍、反坦克炮是三倍、迫击炮是十倍。由于苏军多次被大规模合围且不断撤退,自然会丢弃大量重武器。虽然大家比较关注坦克,但其实丢失重炮对苏军战斗力的影响更大,毕竟火炮是陆军最主要最基本的杀伤武器。而重炮的生产和补充都相当困难。开战时,苏联全军(含非对德作战部队)有17900门大口径火炮(100毫米以上),可到1942年1月1日只剩下9400门。同期,苏军的机枪也从近25万挺减少到13万挺。这意味着苏联陆军的基本火力减少近一半。这奠定此后很长一段时间,德军对苏军的火力优势。

这就是闪击战的威力。基于第一次世界大战阵地战旷日持久死伤惨重的教训,改以装甲部队的快速突击,包围对方的重兵集团,就可以轻易抓获大量俘虏,并迫使对手丢失大量重型武器。用这一战术,德国几乎征服了整个欧洲,而且代价轻微。

但在苏联战场,这一战术开始出问题了。虽然德军在1941年依然不断取胜,但和此前的对手不同,俄国人不仅拥有更辽阔的纵深空间,其动员和补充速度更为惊人,无论承受多么大损失依然维持着强大战力。而德国闪电战只依靠战前就动员集中好的优势兵力,而且以短期取胜为目标(准确说就是以一轮战役决胜负),非但没有准备好应付长期战争的损耗和补充,甚至连补充战役伤亡的能力都没有。这样到1941年底,虽然东线德军总兵力依然对苏联保持优势,但其突击力量:步兵和坦克,已经消耗到平均战力的一半甚至更低。结果不仅丧失了进攻能力,甚至连维持战线稳定的能力都没有。这是个很具讽刺意味的结果:德国人在抛弃伤亡惨重的阵地战的同时,居然把最基本的补充能力也一起抛弃了。

但斯大林的处境更糟糕。空前沉重的军事损失,加上数百万平方公里的国土及其大量人口和资源的沦陷、战争混乱和工业区被迫东迁带来的巨大动荡和阵痛,已经让苏联元气大伤。俄国能否在未来战争中继续维持这样的补

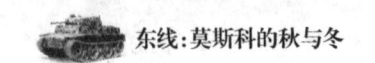

充和动员能力,还是一个未知数。更严峻的是,斯大林几乎耗尽了战前接受过较好训练的基干军队,以后就只能指望开战以来临时拼凑动员起来的质量更拙劣的部队。

如果说在1941年战役中德国是"筋疲力尽",那么苏联就可以用"伤筋动骨"来形容。莫斯科保卫战的胜利虽然证明了俄罗斯民族的顽强,却不能保证他们最终能赢得这场战争。在辽阔的东线,战争的苦难历程还远远望不到头。

当然,在本卷叙述所截止的1941年12月5日,对俄罗斯和德意志两个伟大民族都意义重大的1941年还没有完全过去。两支庞大军队在莫斯科城下的较量也只是刚刚到攻防易位的前夜。战局乾坤倒转的时刻即将来临。

重庆出版社朱世巍《东线》系列书目

《东线:巴巴罗萨与十八天国境交战》

主要介绍了苏德战争的基本历史背景,苏联和德国各自的战争准备,巴巴罗萨计划以及苏德战争最初的十八天边境交战。

《东线:辽阔的南方大地》

国境结束交战后,德军攻入苏联境内,面对苏军的顽强抵抗和各地战局,德军统帅部围绕战争下一步的展开方向进行了激烈辩论,最后,夏季和秋季战役的决战焦点由中部转向南部,相继爆发了规模巨大的斯摩棱斯克和基辅战役。德军虽然取胜,却失去了进攻莫斯科的宝贵时间。围绕这一战役方向改变的得与失,史学界争论至今。

《东线:莫斯科的秋与冬》

介绍了东线战争战局的变化。战争由夏季进行到了秋季,德国军队开始集中力量去夺取苏联的首都莫斯科。自边境交战后,苏德战争史上再度爆发数百万人规模的激烈交战。德军在最初的胜利后,攻势逐渐陷入停顿。

《东线:1941 年的冬天》

德军在莫斯科城下的攻势陷入停顿后,苏军趁势发动了反攻,致使德军遭受了苏德战争爆发以来的首次大惨败。

《东线:命运——斯大林格勒》

德军经过了 1941 年冬季的惨败后,开始策划 1942 年夏季攻势。苏德两军在意义重大的斯大林格勒展开激烈争夺。巷战过后,冬季来临,苏军再度反击,合围并歼灭了德军第 6 集团军。

《东线：从哈尔科夫到库尔斯克》

　　1943年初，德军在东线南部遭受连续惨败，直到哈尔科夫反击才稳住阵脚。苏德战场因此迎来较长的平静时期。而随着战局的改观，交战双方都在考虑以何种方式结束战争。因此需要一次战役来检验新的力量对比。

　　1943年夏季，德军集中了庞大的装甲部队，在库尔斯克发动了苏德战争中的最后一次战略进攻，但很快失败。红军乘机收复了哈尔科夫和奥廖尔地区。

《东线：决战第聂伯河》

　　1943年夏秋，随着德军在库尔斯克战役中失败，红军开始了大反攻。东线南部第聂伯河成为主要决战地区。与此同时，其他战线的红军也发起进攻。经过上述战役，红军收复了斯摩棱斯克、基辅、顿巴斯和塔曼半岛。苏联因此坚定了以武力手段结束战争的决心。

《东线：从乌克兰到罗马尼亚》

　　1944年上半年的红军进攻。重点介绍1944年上半年东线南部的几次合围战役，以及苏军收复克里木和推进到罗马尼亚境内。由于这几次战役，德国工业部门为装甲部队提供的大量精良战车遭到了不可恢复的损失。

《东线：中央集团军群的覆灭》

　　1944年夏季的白俄罗斯之战。这次战役直接导致了德国中央集团军群覆灭，也是苏德战争史上的大规模合围战役之一。加上西方军队开始进入西欧大陆，德国武装部队的总崩溃开始了。在外部压力下，德国内部出现叛乱，但被镇压。

《东线：大崩溃》

　　白俄罗斯之战后，红军的全面进攻。包括波罗的海地区的战役，以及苏军向东南欧和德国本土的推进。在苏军打击下，德军在波兰遭到重创，其部署在罗马尼亚的重兵集团几乎被全歼，布达佩斯集团被包围。在战争进程中，德国的盟友陆续背叛。

《东线:1945 年的春天》

1945 年春季的东线全景。包括在波兰、东普鲁士、匈牙利境内的战役。德军波兰集团崩溃,东普鲁士集团也在挣扎中走向灭亡,布达佩斯被苏军占领。

为了挽救败局,德军集中最后的精锐装甲部队,在巴拉顿湖地区发动反击,却以惨败而告终。苏军随后占领了维也纳。

《东线:攻占柏林》

东线战争的最后阶段。苏军的全面推进,直到柏林的最后决战,希特勒自杀。东线各战区的最后结局。

随着战争走向结束,东西方之间的利益争夺开始加剧,出现了错综复杂的军事和外交态势,并由此产生了战后欧洲秩序雏形。苏德战争的最后总结。

《东线特别卷:远东战役》

1945 年 8 月苏军进攻中国东北境内的日本关东军。美国人也投下原子弹。日本陷入绝境。关东军在遭受重创后,放下武器。第二次世界大战最后终结。

与此同时,中美苏三角之间的明争暗斗也在进行。亚洲战后秩序雏形确立。